きみが死んだあとで

代島治彦

晶文社

装　丁　松田行正、杉本聖士

写　真　北井一夫（表紙、帯、203頁、309頁、341頁、373頁）

撮　影　加藤孝信（帯、3頁、47頁、79頁、163頁、229頁、
247頁、277頁、395頁）

編集協力　朝山実

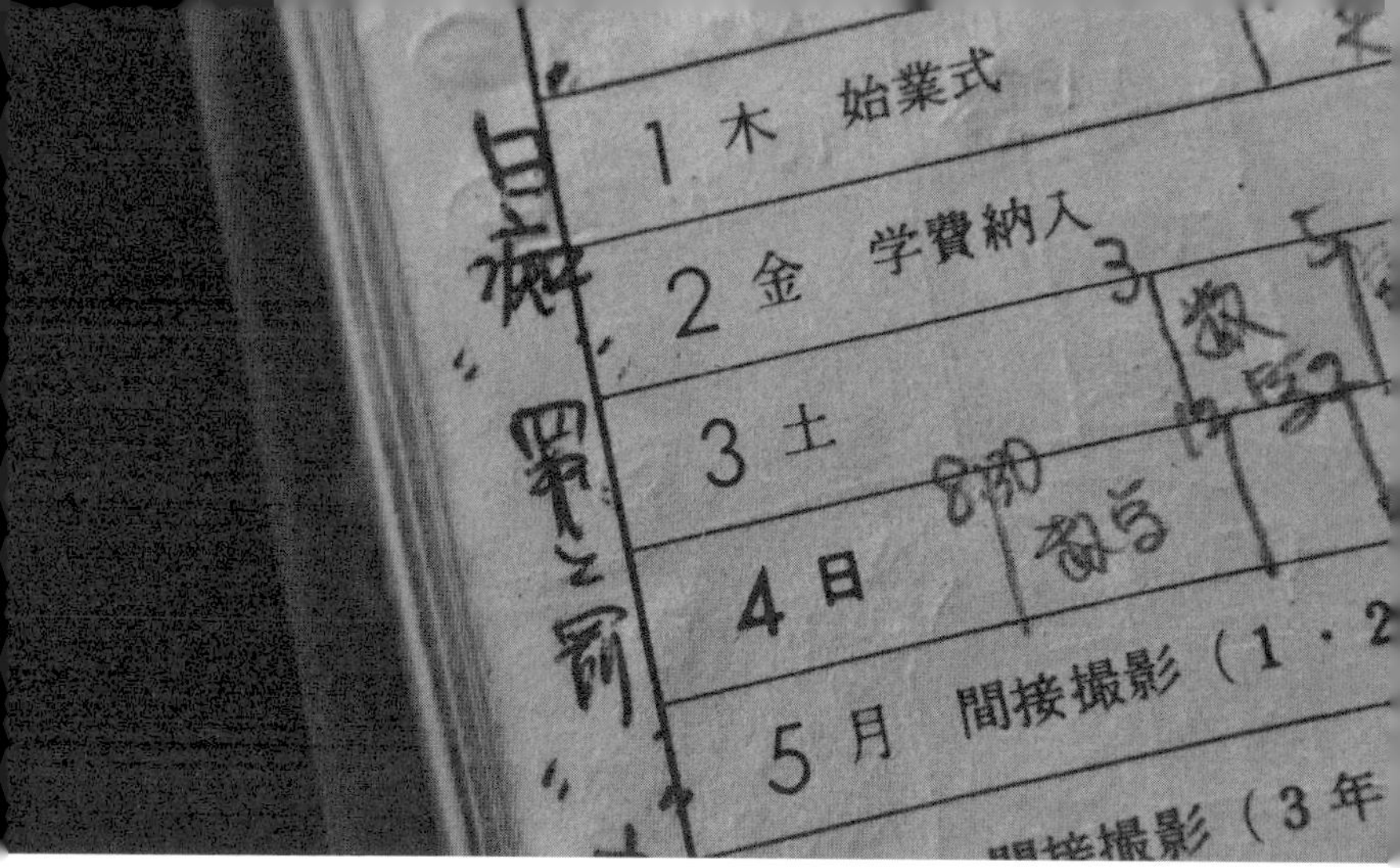
1 木 始業式
2 金 学費納入
3 土
4 日
5 月 間接撮影（1・2
間接撮影（3年

はじめに

1967年10月8日、羽田・弁天橋で18歳の若者が死んだ。ベトナム反戦を訴えるデモのなかで当時京都大学1年生だった山﨑博昭が殺されたのだ。この事件が号砲となり、怒れる若者たちは荒野を前進した。彼らは冒険者であり、革命者だった。彼らの後ろに道はできるように思われた。しかし……、道はできなかった。山﨑博昭が死んだあと、荒野を前進する若者たちの一団が誤って崖から落ちた。前進から挫折までの当時の若者たちの「記憶」をぼくは一本の映画にまとめた。それがドキュメンタリー映画『きみが死んだあとで』である。

2019年1月から5月まで14人の人物を撮影した。インタビューの累計は90時間に及んだ。14人のインタビューを3ヶ月かけて全文書き起こし、それから半年かけて編集した。映画は3時間20分になった（普通の映画よりだいぶ長いが、これ以上短くできなかった）。映画が完成したあと、映画に収録できなかった14人のインタビュー（90時間を超えるインタビューのうち、映画に収録したのは3時間。つまり残りの87時間を超えるインタビュー）で1冊の本を作ることにした。せっかくならということで、映画が描く時代と重なるぼくの少年時代の「記憶」を書き下ろした。どうせならということで、当時ぼくが一番あこがれた元日大全共闘議長・秋田明大《ひろ》さんに会いにいき、その原稿もこの本に収録することにした。

古い「記憶」をちゃんと埋葬する。埋葬された過去の「記憶」の土壌から未来の「記憶」の種子ができて、古い「記憶」が新しい「記憶」に新陳代謝する。ぼくの作る映画、そして本は、そんなことをめざしている。

18歳のきみ＝山﨑博昭が死んだあとで、彼らはいかに生きたか。きみの存在は、彼らをいかに生きさせたか。ある時代に激しい青春を送った彼ら＝団塊の世代の「記憶」の井戸を掘る旅は、（ぼくの自宅から一番近いという物理的な理由により）高校3年時に山﨑博昭とクラスメイトだった女性との対話からはじめることにした。

代島治彦

きみが死んだあとで　目次

俺いなくなったら、絶対集まらないから待ってるしかない。
だから、ひとりで待っているんだよ。

きみが死んだあとで

「よく見比べてから判断したいので、いまは入りません」とお断りしました。

向千衣子さんの話（山﨑博昭さんとは大阪府立大手前高校3年4組のクラスメイト）

1番目の撮影は向千衣子《むかいちえこ》さんだった。お互いに東京のJR中央線沿線に住んでいたからだ。撮影前に「座・高円寺」という劇場で月一で行われる食べ物市場で会い、ビールで乾杯した。そのあとビール好きの向さんの案内で近所のクラフトビール専門店へ移動。二人で浴びるほどビールを呑みながら、話は何時間もつづいた。ぼくがそれまでに聞いた人生のなかで最高に近い悲しい体験もあれば、笑える逸話も揃っていた。

山﨑博昭さんとは大阪府立大手前高校の同学年。3年生のときは同級生。活発な向さんは弁論部、新聞部、マルクス主義研究会で活動。家が貧しかった二人は奨学金をもらって学んだ。1967年10月8日、向さんは浪人生だったが、佐藤首相南ベトナム訪問阻止闘争に参加した。羽田空港に通じる弁天橋は中核派、稲荷橋は革マル派、そしてもう1本の穴守橋は社学同（ブント）と社青同解放派。

新左翼党派は3本の橋に分かれて闘った。

山﨑さんは弁天橋、向さんは稲荷橋だった。山﨑さんが死んだあとで、向さんの人生はバラ色になったり、灰色になったりした。面白い男と出会い、結婚し、その男と死別した。そして70歳を越えた。

インタビューは向さんが暮らす都内の自宅アパートで始めた。

私が（早稲田大学）第一文学部、彼は第二文学部で、同学年だったんですね。当時は人数がたくさんいましたから。第二文学部のイッパイいる男たちのなかで、後ろの方で腕を組んで、いつもニコニコしているひとでした。最初に飲み屋で会ったときに「あんた、一文の向さんだろう」「そうだけど、人の名前をあげつらうんなら、まず自己紹介した方がいいんじゃないの」「そりゃそうだ。こりゃ失礼した。おれ、二文の中村」と言ってくれたんですね。それがユウジくんとはじめてしゃべった日で。あたしも「てめえが名乗れよ」って、ちょっとしたもんでしょ。

これはまたあとで話すかもしれないけど、当時緊迫している早稲田の本部の近所に住んでましてね。学校帰りとか、おでん屋帰りとかに脅かされたりしたときは、逃げないで、ゆっくり歩いていた。逃げない人を、彼らも追っかけられないからね。怖くないわけはないですよ。でも、走っていたら彼らだって追うでしょう。追ったら捕まえるでしょう。一歩そこへ踏み出したら次の事態になりますよね。そういうことは生きていく上でも重要で、分かれ道になることがあるんじゃないかなぁ。

つくづく思うのは、私は人に言われてやるのは嫌なのね。人から提案されたものも少し色をつけて違うものを提示して、こっちの方がいいでしょう、そう言いたい性質《たち》なんでしょうね。しかも口が立つジャジャ馬ですから。まじめに言われたことをやってきたグループの人たちは私のことを持てあましちゃうんですね。論争には負けない。カンパ集めの成果はあげてくる。言うことは聞かない。そんな向千衣子の「取り扱い説明書」はないわけですから。

やめると決断したのは69年の10・21、国際反戦デーのあとです。あのとき、女子行動隊長をやれって言われたんですが、私は肺結核をやっていて、そんなに派手な行動をする党派だとは思っていませんが、行動隊長となるともしものことがあるでしょう。長期留置されたら医者も行けないし「困る」とお断りしまして。それじゃ本部のレポをやってくれと。あっちこっち行って報告をするお役目を仰せつかり、リバーシブルのコートを表にしたり裏にしながら歩き回りました。

次の日、報告集会っていうのがあって、全学連の書記局長が地図を広げ「我々はここでもやった、ここでもやった」って言うんですね。我々の部隊がやったって。そんなこと言わなくてもいいのに。丸太ん棒抱えて防衛庁へ行きたきゃブントへついていくわけで。革マルに、それを誰が望むかって思いますけど。

よせばいいのにね。だから「何を言っているんだ、私は見てきたんだ。嘘つかなくていいよ」って言おうかと。安田講堂だって途中で逃げたんだし。まあ、それがいいところでもあるわけですから。モノは考えよう。立場立場で違っていいんだから、そんな嘘をつくのはよくない。それが一番決定的ですね。それと、このままランクアップしたら将来どうなるのか……。

10・21まではいいけど、来年も再来年も（闘争に追われる）そういう人生なんてぞっとするじゃないですか。それから、ある6年生の奥さんで、自治会室へ勤め帰りに寄られる方がおられたんです。卒業して就職してですよ。他にやることいっぱいあるでしょうに。職場でだって、社会でだって、やることあるだろうに。組織の中に入ってこんな使われ方をするのは嫌だなあ、と。だいたいこの三点です。

早稲田大学を受けたのは、大阪の家庭裁判所の人がいろいろ相談に乗ってくれて。「東京行けるんだ、私立に行ってもいいんだ」とヒントを与えてくれたんですよね。小さい頃から病人がいる暮らしが当たり前で、ばあちゃんを家族みんなでお風呂に入れてました。世の中的には恵まれない暮らしだったけど、そのおかげで、ものには動じないようになったから。

私、12月8日が誕生日なんですけど「チーコは梅干しと、らっきょうが好きだから」って、友達がタッパウエアに詰めて誕生祝いにくれたんですよ。高校3年生だったから、66年でしたね。「チーコはあれを何日で食べきるだろう」とみんなで賭けしてたらしい。いまでも、梅干しとらっきょうは自分で漬けてますからね。たいしたもんでしょう。

らっきょうはね、これは塩酢漬けにする。柔らかくならない、甘くもない。もうちょっと置いとくと琥珀色《こはくいろ》になっちゃう。歯応えはなくなりますけど。そういうことをやりつつ、ひっそりと生きてまいりました。

母が亡くなったのは、62年の8月26日。私が中学2年です。お葬式というか通夜をしますでしょう。あれ、困ったもんでね。子供ひとりなのに、手伝いにきた人がちゃんとビール飲むんですよ。そういうご接待をしなくちゃいけなくて、当時冷蔵庫がなかったから余計にとったビールが残るんです。その残ったのを私が飲んでいた。まだ中学生でしたけどね。あったかくなる前に飲まなきゃって。高校のときもね、（おまいりに）来る人たちがいて酒盛りして、飲みすぎた人を、通りまで出てタクシー呼んで、うちへ送り届けたりとかしてましたね。

誤解のないように最初から根本のところを言っとかないといけないんですけど。もうおわかりのように普通のお嬢さんじゃないのでね。だから、結婚もする気全然なかったんです。でも、私が一緒にやっていけて、相手も私と一緒にやっていける。そういう男はそういないぞ、と考えた。そしたらこの話いっちょう乗ってみるか。嫌だったらやめればいいし。そのときはそう思ったの。

私、母親が死ぬまで、父親の顔を見たことがなかったんです。近所にいたので向こうは知ってたでしょうけどね。うちに帰って、今日あそこでこんなことを言われたって母にいうとね、「他所はよそ、うちはウチ。あんたはアンタ、それでエエんやないの」って言ってくれたんです。うん。それでいいよねって。

不利だと思ったことはもちろんありますよ。でも、恥ずかしいとか思ったことはありません。私が10歳を過ぎてからのこと、自分でやったことについては責任はとれるけど、生まれる前にどうだったかは私に言われたってしょうがない。言うやつに問題がある。気にしないと思って生きてきました。

15歳くらいのときに法務局行って手続きしたり、印紙を取ったり、後見人さんにお頼みできないことは私がやってましたから。私からどう生きていこうか、家庭裁判所で相談したわけじゃない。それはみんなで相談してお決めになることなので。ただ、新米の調査官補の人が私のことを比較的わかってくださって。父親が後見人になることは私が反対してるから、母親の友人をお願いする、と。しかも施設に入ったり、キリスト教系の全寮制の学校へ行くとかではなくて、自分のうちで食事を作ってひとりで生活することを「あの子ならできるんと違いますか」って言ってくださったおかげでね、そうなったんです。

もう人のこと文句言ったってしょうがないじゃないですか。婚外子に生まれてね、病人のばあちゃんとオジさん（母の兄）がいて、両方とも中風でヨイヨイなわけですよ。その世話をしながら、そこにしか私の人生はないんだから。力尽きて母親が逝っちゃって。文句言ってもしょうがないんです。私は私の人生を生きないとね。

高校1年で「社研」に入ると、年に1回くらい機関紙出すんです。「新世代」という。そこに赤松英一《ひでかず》氏の「大衆社会論、以前と以後」という論文が出るんですね。それは松下圭一という学者の「大衆社会論」について論じたもので、とっても面白いんですよ。「この人できるわ」って思った。いまでも題名が言えるってすごいでしょう。

私、一番ショックだったのは、入学してすぐに肺に影があるから自宅療養した方がいいって言われたの。「入院する必要があるんですか」って聞いたら、入院する必要はないんだ、と。「それは先生少しおかしいですよ。私の置かれた状況を知って勧めているのですか」と言いました。入院する必要があるなら入院する。自宅療養ならば、私の場合、面倒を見てくれる親がいない、半身不随の伯父と同居でかえって具合が悪くなります。先生方のするべきことは、近くで、通学しながら通院・治療できる病院を紹介してくださることではありませんかって。紹介してくれたのが大手前病院で、高校のすぐ近くです。だから、面白くない授業があると「通院のため」って言ってね、エスケープしてました。

あれは65年の12月だったかな。中核派のオルグが入ったんです。

アラビカっていう喫茶店へ呼び集められたのが岩脇、北本、佐々木、向、あとひとりは伊藤さんだったかな。中核派の阪大の学対（学生対策の人）が、こうこうで入らないかと。みなさん同意なさって私ひとり「いろいろ見てみたら、マル学同も革共同も二つあるように聞くから、大学入ってよく見比べてから判断したいので、いまは入りません」とお断りしました。

その冬休みに阪大の石橋寮で勉強会をやったんです。（中核派の）関西委員会の偉い人もその勉強会に来てましたね。「反戦高協」は大衆組織だから、あちらは下部組織だと思っても、私は大衆組織として加盟したのであって、中核派の下部組織に入ろうと思ったわけじゃない。（だからオルグにノーと答えたのは）筋の通った論だと私は思ってるんですが、取り方によっては喧嘩を売られたと受け取る人もいるでしょうね。

だって革共同とマル学同は中核派と革マル派に分かれていて、中核派が誘っているのに「よく見比べて私は判断します。いま決めない」と言うんだから。

なんでそう言ったか？　そんなふうに誘われて行くなんて最低でしょう。

はっきり言うと1年生の夏休みに私は「原水禁」の署名活動とかしていましたから。あれは団地を下から上がっていって、誰が最初に署名してくれるかによって決まるんです。嫌々してくれる人もいれば、隣が書いたからしてくれる人もいる。「ごくろうさん」って麦茶を出してくださる方もいる。世の中を見ちゃうわけですよ。

大阪駅前でビラ配りして署名集めをするときも、同じビラ配っててもね、受け取ってもらってる人と、もらってない人といる。いい加減にやっていると、人は受け取らないんです。膝を柔らかくして、足を前後に開いて「あなたの胸元へどうぞ」っていうふうにするとね、相手も受け取るの。同じ志、同じ行為なのに、届くか届かないかはやり方次第。それもすぐ読めるように向きを考えて差し出す。そういう心配りをすればね、違うんだってことを15の夏の署名とビラ配りで発見するんです。これはいい勉強でしたよ。

だから入るか入らないかは問題じゃないの。入らないのなら「この運動に参加させない」とは誰も言わない。絶対言わない。やらせないって言うんだったら、そんなのバカだから関わらないほうがいい。そういうふうに思っていた。

山﨑さんの印象は、非常に控えめな人。深い話をしたことはあまりないです。勉強はできるけど、う〜ん、この子は貧乏くじ引くなあっていうのがありましたね。

自治会祭は例年、仮装がメインになっていたんですね。3年のときは女の子たちは学生服を着て、山﨑さんや西村さんはセーラー服にモンペをはく。従軍看護師の白衣を着ている人もいましたね。ハリボテの戦車も作ったりして。（当時の写真を見せながら）これが「平和の鳩」が燃え上がっているところです。企画、構成、演出は私で。提案して、みんなのOKはとりました。

従軍看護師だとか国防婦人会だとかだけじゃなくて、動員されて戦争行為に邁進していった人たちのことを考えないといけない。そういう意味で男には女役、女には詰襟を着せて、学徒出陣の行進のようなものにしたんです。寸劇というか戦車のハリボテも作って。

平和の鳩、平和の鳩ってよく言うんですけど、鳩を大事にしたら平和がくるわけじゃない。平和の鳩なんか燃えたって平和運動はしなきゃいけないし、平和をもぎとらないといけない。そういう意味も含めていろいろ考えたんですね。

クラス討論を重ねてOKをもらい、着物作ったり、服を縫う人もいて、企画を膨らましてもらう。私は演出というより、音頭取りですね。先導するのは私。デモの後方で、白い大きなハリボテの鳩が燃え上がる。ええ。燃えるのは、みんな知ってたと思う。

自治会祭は例年最後にファイアーストームを必ずやるんです。自治会歌を手を打ちながら歌う。古典的というか。だから自治会祭で火を扱うことに危険という感覚はなかった。「国際学連」の歌のイントロをやって、さあ行進というところで突然後ろからハンドマイクをはぎとられたんです。私はびっくりして大きい声だしながら引っ張っていかれた感じですね。

その日はわっさもっさして、私への教師の行為に抗議して体当たりして止めようとしてくれた人が後に無期停学処分になるんですが、それでも中断することなく次の出し物に移って「軍事費を教育費へ」とデモをするクラスもありましたね。

前年の2年生のときには、佐々木幹郎さんと山﨑さんのいたクラスはベトコンのなんとかいうのをやってますしね。だから自分が関心あるものを仮装で工夫したり、おちゃらけたりしたりするのが腕の見せどころなわけです。仮装行列なんですから。だから、あんなふうに強硬にやられちゃったと呆然とはしてたけどオタオタもしなくって、その日は終わったんですね。

向さんが、国際学生連盟の歌を歌いだす。

学生の歌声に　若き友よ手をのべよ
輝く太陽　青空を　ふたたび戦火で乱すな
我等の友情は　原爆あるも　たたれず
闘志は火と燃え　平和のために戦わん
団結かたく　我が行くてを守れ

いい歌詞でしょう。高校生の感じにすごく合ってる。一字一句ズレがないと私は思って「これ、みんなで歌いませんか」って提案したんです。反対されませんでした。だけど教師たちにしたらね、この歌を学内で生徒にやられるという意味はまた違うものがあったのではないでしょうか。

次の日、英語の授業中に呼び出されて「がんばってこいよ」「おお！」って。不思議なことに企画構成者についての責任は問われない。火を誰がつけたのか。灯油を誰が持ち込んだかの特定もしない。そういう話は一切なく「なぜ、ぼくらはいま反戦を訴えるという企画をしたのか」を話すと、悪いとは言われない。ただ、学校は怒っている。担任が「校長先生のところへ行って謝ってくれや、それでええ」とおっしゃるんですよ。

それまでクラス討論の議長を私がやっていたけれど、私は処分対象者になるかもしれない。だったら私は私の主張をしたいから議長を降りさせてもらいたい。「次の議長をどなたかに」と山﨑さんに頼んだんです。

彼は、成績が圧倒的な一番でしょう。無口だけど信頼も置ける。ちゃんと（クラス討論を）捌《さば》いてくれましたよ、言葉少なにだけど。中立的にいろいろ言ってくれて。それでクラス全員50人、校長室へ行きまして「この度はすみませんでした」って。私は一番後ろにいて、頭下げませんでしたけどね。一応、処分者なしで収まって。山﨑さんも謝りたくないから、後ろの方にいましたね。

亡くなったのを知ったのは……。鮮明に覚えているのは「京大生が」「京大の1年生が」というヒソヒソ声が聞こえてくるんですね。それこそ50人以上、大手前から京大へ入っています。でも、山﨑しか思い浮かばなかった。阪大の学対の勉強会に来ていた人たち（関西の中核派幹部）と萩中公園ですれ違いましてね、「京大生って言ってるけど」と聞いたけど「わかりません、前進社（革共同中核派の事務所）へ連絡してください」って。彼らだってわかるわけないいんだけど。

結局ニュースで見たのか、覚えてない。親しいつきあいではないけど、教室の片隅と片隅で、あいつこういうところあるなぁとか観察してますからね。彼は（中核派に）入らなくてもデモなんか行けるのに。私、それを言いたい。それが残念。

でも、入らなくて、という選択肢はなかったのよね、きっと。民青も中核派も革マル派も、みんな入っちゃうの。私は学内活動家としてはいろいろやったけど、結局組織に加盟することはなかった。そういうふうに違う、嫌だって言ったのは私だけだったりしてね。

私、フケが多いの。子供のころフケ症だって言われたら、たまんなかっただろうに、うちの母、ひさのさんは「新陳代謝が激しいんや」「おかあちゃん、その新陳代謝って何？」「古い皮膚がはがれて新しいイイモンが下から出てきて、新しくなることよ」「それって、ええことなん」「うん、エエことや」って。セーラー服の肩が白くなったりすると、パッパッと払われて。だからそれを悩み事にするか「毎日頭の皮が入れ替わっているんだ」と思うかの違いはとっても大きいと思います。しょうがないからね、頭の皮膚を入れ替えるわけにもいかないわけだし。そういうことを、要所要所で言ってくれてました。「それで、エエやないの」って。

当時下見に上京したのは、受験の日に初めて大学を見て「こんなはずじゃなかった」とかいうのは嫌でしょう。賛同してくれる女性がひとりいて、その父上が千駄ヶ谷に宿を2泊手配してくだすって、二人で新幹線に乗って12月の半ばに上京するんです。

偶然、新幹線途中で乗ってこられた出張帰りの方がいて「きみら、どうして東京へ行くの」って聞かれたんですね。「大学に入ったときにいろいろやりたいと思っている」と言ったら、「この日に三派全学連の発足の大会がある。見たいのなら、この名刺を出したら入れてくれるから」って一筆したものを渡されました。それで駿河台の明治大学の会場で「紹介を受けて来ました」って言ったら入れてくれたんです。

中に入りますと、それぞれ自分の言いたいことを言い、相手の悪いことばっかり言ってて「しょうがないなあ」というのが第一印象だったんですね。

次の日も、紹介状もあるんだから見極めなきゃいけないっていうんで、五反田から大田区の池上会館の方まで行っちゃうんですね。名刺をもらった方の勤め先に電話をかけて「二つ見てきましたけどイマイチで、あんなもんなんですね」っていうご報告をしました。

次の日は早稲田に行き、たまたま第一文学部で「Z」というところの中央委員会をやっていて。看板が出てましたのでね「今度受験しにまいります、合格したら一緒に運動をやりたいと思っているんで傍聴できませんか」と。ああいいですよ。しっかり勉強していってくださいって言われ、見たんです。うんそうかと思いながら帰ってくる。

それで1年目は一文しか受けなかったのかな。2月に受験終わったあと、私は砂川と横須賀へ下調べというか探索に行くんです。ひとりで。試験終わってせっかく来たんだからと思って。横須賀は、沖縄もそうでしょうけど、米軍の兵隊さんがいて商売をしている街ですから、初めて見て、なんとも言えない雰囲気があるわけですよね。

砂川も田園風景のなかで、ここで基地闘争があったのかと思いつつ、でも何もないところでしょう。トイレもないのね。農家で「トイレを貸してください。大学受験でまいりまして、砂川闘争のことを小さい頃からニュース映画で見て、実地探訪に来たんです」。ああ、よく来たねぇって、お茶をごちそうになって帰ってくる。笑っちゃうでしょう。

それで3月に入りましたら、なぜか私の番号がない。結果発表の日です。おかしいなあと思いながら学バスに乗るんです。高田馬場でバスを降りたら、当時（自治会の）委員長だった高島忠正氏がいて、最後に降りてくるのを見て、「この間、委員会を見学させてもらった者ですが、なさけないことに落ちちゃったんです。だけど世の中に関わってやっていきたいので、なんか方法ないですかね」って言ったら、「一文自治会室へいらっしゃい。通ってなくても一緒にできるよ」って言ってくれたんです。

その後、向さんは東京で一人暮らしをはじめた。

だから予備校も通わずに自分んちで勉強して。映画、演劇を見るのと勉強と闘争が三分の一ずつのようなバカな生活をしてまいりました。

10・8のときは大鳥居駅から降りて、めったやたら走りました。土地勘なんかありませんから、置いていかれないように付いていくしかしょうがない。必死で。途中でトラックが来て、角材がバラバラバラバラと手渡されたんです。

初めてのことで。「実力阻止闘争」って言っていたからいつもとは違うと思って緊張してたけど、実力阻止ってこういうことなのかって思った。私はもちろん角材は手にしませんが、後ろの方にいて。女の子は少なかったし、先頭部隊ではありません。

ヘルメット? 被ったかな? あの当時、被ってないと思います。ヘルメットを被るようになったのは68年に入ってから。68年の6・15。日比谷野音で中核派とバッティングしたときに、それぞれ同じ「白ヘル」を被っていたので、あわてて赤テープを巻きはじめたんですよね。ですから、まだ被っていません。だから頭やられるんですよ、みんな。角材もはじめてでしたから。

あの日、朝がとにかく早かった。3時間半か4時間くらい押したり引いたり、催涙弾を浴びて蹴散らされ、しょうがなくて萩中公園へ流れついて呆然としていたら、「京大生が……京大の一年生が……」という声が聞こえてきたんですよね。

日比谷公園の追悼集会は、霞門で止められたんです。機動隊に「あんたの来るところじゃない」と入れてもらえなかった。集会が終わるまで日生劇場の日比谷公園側に佇んで待ってました。友人代表で、送る言葉っていうんですか、あのとき話された島元恵子さんは、前の晩私のところへ泊まっているんですね。彼女が来るっていうんで、うちに泊まってもらったんです。そんなに（山崎さんと）親しかったのか、知らなかったと思いながら。

新聞報道については私自身が現場（稲荷橋）にいたわけで、そりゃ穴守橋も弁天橋も見えるわけですよ。あんなに近いんだから。何が起きたのかを見ているから、新聞報道の論調について動揺したりなんかは一切しておりません。新聞ってこんなもんか、なさけないなって思ったりしただけで。ただ、この状態をどう受け止めて、どういう収拾の仕方をするのかに関心がありました。うまく捌けよって。そうでないと無念の死を、死なされちゃった人が気の毒過ぎると思いました。

その後の運動の流れについて、ひと言で言っちゃえば、党派の性《さが》ですね。中核派だけじゃなくて、他の党派だってきっと同じことをやったと思う。そうしなければ党派たり得ないのかもわからない。私が、党派に心と体があまり合わなくて、嫌だと思ったのもそういうところだと思うんです。

もっと別の方向性、膨らまし方、理解の仕方を考えたら安易に次のスケジュールで、10・8のあとは11・12（佐藤首相訪米阻止を掲げた第二次羽田闘争）だという形でつくりあげていけるものではない。政治日程に振り回されて、柄でもないことをやって、質のいい活動家を潰してきている。闘う立場からいうと政治日程をほっとけないんでしょうけど。でも、政治日程が大事か、闘う主体の本質的力量が大切か。本当に「社会変革」っていうものを考えたら、11・12のあとの細かい闘争はネグレクトしたっていいわけですよ。

私は大学ではちょっと目立ったクラス委員のひとりにしか過ぎません。翌年合格したあと、しばらく自治会室へ行かなかったので、落ちたと思われていたんですね。結局ね、通ったら自由の身でしょう。去年まで交ぜてもらったからって義理立てする筋合いはない。自由の身だから「王子闘争行かないのか」と言われたら「行かないよ」って。

前年1年やって、（革マル派は）他のところよりはマシだけども80点ではないなという感じはありましたね。文句言いですから。で、アテネ・フランセに行く。後年フランス文学の教授になった江中直紀氏と同クラスで、最初は競ってたんですよ。

でも、あんまり知らん顔はできなくて。4月の4・28の闘争日（沖縄デー）に向けて、20日前に1年Lクラスで真っ先に「ストライキ決議」をあげるんです。上級生たちは1年生にやられて焦って、次々に奮励努力なさってという感じになるんですけどね。そのときのデモは後ろを振り返っても末尾が見えないくらい。そういうこと初めてだったので胸がときめいたというか、お腹にグッときたというか、燃える思いがいたしました、はい。

まだ、しゃべっていいですか。そのあと5月1日にメーデーがあって「メーデーのカンパニア（大衆行動）化反対。戦闘的メーデーに」って革マル派は言ってたんですね。4・28からの大闘争が終わったということもあるんでしょうけど、コンパが提起されるわけです。全学自治会に参集している人たちの。

カンパニア反対のデモが終わったあとに一杯飲むのかって。私は飲むのは大好きだけど、自治会全体でやる必要はないじゃないか。「今度1年○組に入りました○○です」って上級生にお酌でもしろっていうのか、頭きたなあって。「1年生だけで集まって飲むから、私ら行かない」って言ったら、みんなついてきたんですね。みんなで飲んでいる最中に、こっちに来てくれって言われた覚えがあります。

それで、今度は何なにだって言うんですね。政治課題だからやらなきゃいけないんでしょうけど、そんなふうに政治課題ばっかりに振り回されていたら、私らはどうなるんだ。4・28をやるのにフラフラで力を絞ってやった、あれでよかったのかどうかを捉え返し反省して、今後の参考にしないといけない。その時間がほしいのに次の闘争をやれって。「そんなことばっかりやってるから活動家がどんどん潰れていくんだよ」って言っちゃった。困ったでしょうね。

革マル派の幹部候補生だと周囲に見られていた向さんが離脱を決めたのは69年のことだった。

夏合宿がありましてね、（革マル派の）フラクション（小グループ）の。千葉の海辺の宿で。そこでステップアップすることを要求されるわけ。そこでは「M″」という同盟員のMにダッシュが二つついていたのが、課題総括をクリアしてダッシュが一つ取れるたびに同盟員になるという段階に入れられちゃったんです。これはちょっとやばいぞと思いました。私は、その時代の大衆運動を自分の問題として受け止めて闘っていきたいのであって、革マル派になりたいわけではなかったから。5・12沖縄闘争、学内闘争のための長期ストライキ決議をあげ、学生大会を出てきたら「反戦連合（反革マル党派とノンセクト）」に襲われ、逃げ込んだ教室にバルサンを投げ込まれ、一気に緊迫した状態になった。そこで、「反革マルと革マルの間にクッションのような運動を作ってほしい」と依頼されまして、私のいた2Lクラスで大学立法反対のクラスデモを学部全体から全学へ呼びかける活動を始めたんです。東京神学大学の「靖国法案」に反対しているグループと連携し、日比谷野音をほぼ埋め尽くす「全都クラスデモ集会」を実現できたんです。

参加してくれたのは共立薬科大をはじめ、女子大生のグループが多かった。来てくれるところはウェルカムで、何派も関係ない。無党派のクラス、グループ単位の集会とデモ。革マル嫌いの人たちとも一緒にやれるような運動づくり。これは69年とはいえ、結構すごいことだったんですよ。

浅草橋へヘルメットを買いに行き、紫に白抜きで「芸」を入れた文芸科の人たち。「赤モヒカン」のヘルメットを作った仏文科の人たち。日大闘争にあこがれていたんですね。自分たちの好きなようにできたから、みんな楽しそうでした。

そのときに言われたのは「向さん、あんた嬉しそうにやってたな」ってね。たしかに嬉しがってやってたんです。だから（革マルと距離をとっていた中間層の学生たちを集会などに参加させることに）成功したとも言える。だけど彼らにとっては、嬉しがってやっちゃいけないんです。これは組織的な課題でやっているんだから「組織性に裏打ちされた視点をもってやっていくべきだ」と言わないといけない。

その組織性については、私はあまり賛成できないので、言わなきゃいけないお答えがだいたいわかっていても言いたくない。でも、それは通らない。だから（同盟員候補に）ピックアップされなかったら、（やめるという決断を先延しにして）もうちょっとやってたかもわかりません。それで9月になったら10・21の準備に入りますよね。

9月か10月に入ってかな、寒い日に（第二次早稲田闘争で革マル派が占拠していた）大隈《おおくま》講堂の前におでん屋が出てて「おじさん、寒いね」って食べに行ったんです。（革マルと対立する三派系が占拠する）第二学館と大隈講堂があって、緊迫しているわけですよね。誰も危なくて行かなかったかもわからないけど、私は住まいが近所だったっていうこともあるし、大野屋って文具店で模造紙を買ったり、ポスターカラー買ったり、ザラ紙を買ったりしては文学部へ戻ったりしていて大野屋のおじさんに可愛がってもらっていた。そこらへ行くことになんの躊躇《ちゅうちょ》もなかったんです。ときどき学生が捕まって一晩閉じ込められたという事件はすでにそのときにはあったんですけども。

今日は寒いし、おでん食べたいと思って「こんばんは。おじさん、今日はけっこう冷えるね」って言ったら、屋台のまわりにそれこそ青（社青同解放派）の人たちとかがいっぱいいて、びっくりする。私は、おでんを食べたい。「なんだ、珍しい女のお客さんが来てるんだから開けてやれ」っておじさんが言う。「コンニャクと大根とガンモ、おつゆたっぷりね」って言うと、みんなこうやって見てる。美味しくいただいて「またね、ごちそうさま」って帰る。

ちょっと遠巻きにされて「いい度胸してるな」って声もあれば、「こんなところをうろうろしてたら、ぶっ殺すぞ」っていう声もあって、怖くないわけじゃないんだけども、怖いと思ったら最初から行かない。こっちも腹を決めておでんを食べているんだから。ここで早足になったり、走ったりしたら、きっと追っかけてくる。逃げるものを追っかけるのは、犬も人間も一緒だ。「ここは、ゆっくり歩かないといけない」と思ってゆっくり歩く。

すぐ後ろまで来た人はいたんだけど、私が逃げないでゆっくり歩いているので、引き返して戻られました。結局あのときに怖くて走ったら追っかけてきて、追っかけたら捕まえないといけないでしょう。捕まえたらそれをなんとかしないといけない。締め上げたり反省させたり、一晩預かるとかね。反論したらどういう展開になるかわかりませんよね。それこそ勢いというか行き掛かりですから。

私の考えでは、人っていうのは論理とか能書きとか、そんなことで体は動かないと思うのね。結局「間《ま》」、深呼吸できるかどうかとか。そういうところにかかってると思うので、このタイミングひとつで外せたと考えています。

やめるときは、あんまりしつこく引き止められはしなかった。なぜかというと、こういう反論もする口数の多いジャジャ馬なわけですよ。対処するのに、きっと困ったと思う。6年生で元委員長の高島忠正さんとか度量のあるユニークな人は私のことも少しはわかってくれて、使いこなせたんですよね。でも、その下にいる人たちはお困りになったと思う。取り扱い説明書はどこからも出てませんからね、合わなきゃおしまいなわけです。だからこっちが疲れて、もういいやと思ったと同時にむこうさんも、もういいやと思ったんじゃないか。「やめる」と言ってから引っ越して。11月（佐藤首相訪米阻止）闘争を都内で見聞きするのがつらくって、東北6県へ旅行に行きました。

戻ってきた頃ですかね。場所を突き止められたけど「戻れ」とかという話にはならなかったです。でも、やめるんだったら「こういう書籍はいらないだろう、持っていくよ」って。『宇野経済学方法論批判』と『組織論序説』を隠した以外、全部持ってってもらいました。

ただ、あるとき後輩がやって来て「わざわざ来てくれたんだから」って近所のお店に入ろうとしたら、駐車場からスーッと人影が出てきて、私たちが座っている横に座られる。そういうことが何度かありまして。私専属の誰かがついてるんだ、すっげえなあと思った。

反執行部活動でもやるのかと思われたのかもしれませんけど。だって、せっかくやめたんですよ、そんなバカなことするわけないじゃないですか。ただ、おでんの屋台じゃないですけど、間ひとつ、タイミングひとつで、どんな局面になるかわかんない。考えなくちゃなと思いながら、池袋にあるブロンズチェーンという喫茶店でウエイトレスをして、バイトをしていました。
　年明けて1月だったか2月だったか、「あなたがウロウロすると活動家がひとり潰れたことを言いふらしていることになる。1年ほど東京を出てくれないか」というお話がありまして。我が身ひとつを自分で守らないといけませんから。1年って言ってるし、休学届けを出して日仏学館のある京都に行こうかなと思ったんです。友達が向こうにいましたし。さしあたり、そこへ転がり込んで考えようと。手荷物はダンボール二つ。本と衣類と。それが70年の3月31日。ちょうど「よど号」のハイジャックがはじまった日ですね、奇しくも。布団は持っていったのかな。

　いたのは12月まで。だから8ヶ月ですね。なにしろ京都は寒いのでね。転がり込んだ友人のアパートに空きがあって、私も翌月くらいに自分の部屋を持ちました。そこの大家が京都の叡《えい》電《でん》前の交差点で「交叉点《こうさてん》」という喫茶店をやってまして、カウンターで働くと敷礼（敷金礼金）をとらないという話になり、パフェを作ったりクリームサンドを作ったり、シェーカーを振ったりコーヒーを淹《い》れたり。5ヶ月の敷礼分を勤め上げて、あとの3ヶ月は淀の競馬場で馬券を売って勉強してました。

大学は休学届けを出して。だけど「1年の約束だから戻してくれよ」って、言って通るような世界ではありませんから。ただ、うやむやにはしたくなかったので「学部関係者周知の事情により登校、学習が不可能なため1年の休学後、余儀なく退学いたします。このような事情を学部当局もご考慮いただきたい」と書いて、退学届けを郵送しました。

活動家をやめてフリーで、ときたま運動に参加する私を彼らはそりゃ許さないでしょう。確認とったわけじゃないですよ。でも、70年になるといろいろなことがあって。8月に（革マル派の東京教育大生）海老原《えびはら》さんっていう人が内ゲバの初の死者になった。事態は私がいた頃とまるっきり変わってる。そんな中に飛び込んでいったら、それこそどうなるかわからないじゃないですか。それよりは自分で勉強した方がいいや、みたいな感じはありましたね。

朝早起きして朝倉季雄《すえお》先生のフランス語講座聞いたり、英語講座聞いたり、がんばってた。お昼くらいにちょっとラジオつけながら居眠りしてたんです。そしたら「ミシマが」って聞こえてくる。なんだろうミシマ、ミシマってうるせえなあと思ったら「三島由紀夫が」っていう声が聞こえて。勝手に世の中が動いちゃってる。

私は現場から離れて少し大人しくなって、少し向上心が出て。だけど、変化に対応できない。その後にも、内ゲバで亡くなった人も、加害者側で報道された人も、新聞記事で名前を見た人が何人かいます。

結局、三派全学連のスタートのときにもつくづく感じたんですけど、自分らの言いたいことだけ言ってて、相手のことは悪く言う。相手と自分との論点の違い、論理の差、何が違って何が一緒なのかを見極めることはしない。正しいのは我々だ。相手は間違っている。我々じゃないから間違っている。そういうような堂々巡りのなかに三派も四派も何派も入っちゃってて、引っ込みがつかなくなった。ご破算にできなければ再スタートができないところまでいったんじゃないかなっていう感じがしてました。

だけど、ご破算にはできないでしょう。

もう何人死んでるか。最初にやったのはおまえの方だ、報復したのはどこかっていう話になるとね。それを分け入って何かをできるほどの度量のある人がいなかったし……。

ああ、この机はね。高校入学時、オリンピックの年に父親からですね。机と洋服ダンス付きの本棚と、私が所望したんです。そしたら姫鏡台も付けるって言ったので「鏡台はいらない」とお断りしたんですけど。私は、鏡見てどうこうという趣味はないから。

ここ、がんばって消したんですけど。浪人時代にね「苦悩」「苦闘」「苦渋」と落書きしたのが、いまもうっすらと残ってるでしょ。父親とは年に一度くらい、大阪へ戻ったというか、出向いたときに行くこともあるという感じで。顔とか性格は大好きだった母親の方には全然似ていなくて、ここのシワだとかは父親の方に似ているらしい。はい。そう言われております。

向こうにも家庭があって、お子さんがたくさんいらしたからね。なんで私を産んだんやろうね。小学4、5年ですかねえ。もっと小さいときだったか「うちとこはなんで父親がおれへんのや」って母に聞きました。母の兄のおっちゃんは一緒にいましたけど。「男の機嫌とってるより、子供の機嫌とってる方がようなったから別れたんや」と大変明快な答えをしてくれました。なんで産んだんだという話をしたときには「湯川さんは、素粒子理論を残せる。谷崎さんは、谷崎源氏を残せる。私もいろいろやりたかったし、やってきたつもりやけど、私に何が残せる？　半身不随のおばあちゃんをおぶって焼夷弾《しょういだん》が落ちる中を逃げ惑い、やっと戦争が終わって……、私に何ができる？　子供産むしかあらへんやないの。そやからあんたを産んだんや」と言われたのです。

私の誕生日は、48年の12月8日。スッキリしている。子供産むしかなかった36の子ですから。彼女自身が勉強家というか、英文の活版印刷の植字工をやってまして「今日は知らない単語が出てきた」って帰ってきてはこの辞書を引いてましたから。ええ。コンサイスの。私が中学、高校で使って、自分の名前を汚く書いちゃったりしてますが。

この30センチの定規は母親が「3年3組、向千衣子」って書いてくれてます。それを後生大事にもっているわけです。私の字と字配が全然違うでしょ。そうそう。古いものっていったらね、このアイロンも。中学1年の夏に、洗ったセーラー服の三本線をこうやって伸ばしたりするのに買って、まだ使っています。もう、うちにしかないものはイッパイあると思います。

「わしらノーエアコン、ノーパソコン、ノー携帯。前世紀の遺物じゃ！」って、そう言って生きてきたんです。

この間、下の階の方がエアコン使いすぎて壊れて、修理を頼んだみたいなの。管理会社が来て「お宅ついてないんですか。大家さんに交渉してつけてもらいましょうか」って。なくても窓と戸を開け放しにしたら風通しいいですから。簾《すだれ》を下げて、風鈴をかけ、打ち水をして……、本を読んで夏を過ごしてきました。それでいいと思っていたんですけど、つけてくださった。余計なものっていう気がしないでもないですけどね。

ほんとうに結婚するつもりなんかまるっきりなかったんです。3年くらい一緒にいて、ちょっと踏み出してみたんですね。私は自分のために生きたい、自己実現のために生きていたい。だから子供はいらない。産まない、というふうに思ってたんです。がん検診センターに検査に行ってたら「世の中には産みたくても産めない人がいっぱいいるのに」って説教されて、怒って帰ってきたこともありました。

ただ、ユウジくんは子供が好きな男で、子供から好かれるんです。公園で缶ビール片手にタバコ吸いながら本を読んでいると、親子連れの子供が寄って来て、股の間に入るようなひとだったんです。アルコールもニコチンの匂いもするのに子供に好かれる。そういう不思議なひとだったもんで、彼には悪かったなぁという気がしないでもないです。そしたら彼もシャカリキになって働いたでしょうしね。

運動関係の人に言われましたよ。みんな教師や看護師といったクビにならないような職業の相手を選んでるんだって。あんたは公務員と一緒になるべきだったんだよってね。

2011年の年末に、ユウジくんが頭が痛いって言って、MRIを撮ったら頭はきれいなんだけど「喉の奥に大きいものがあります」って。来年の年末はないかもわかんないなぁと思いましたからね。確定したのが2月の初旬。上咽頭がんだって。区役所の担当部署へ相談に行ったら、いろいろパンフをコピーしてくれたりしたの。耳鼻科の先生に、そのパンフレットを出してね、2Bのところを指して「先生、このあたり?」って聞いたら「どうしてこんなものを持ってるの?」「区役所でくれたんですよ」。で、「このあたり」って指されたのが4B。ああ、そうなのって。

うちじゃあ症例も少ないから有明（がん研有明病院）か東大病院か、どっちかをお勧めしますって。通うことを考えたら東大の方が近いから。医者を変われば、セカンドオピニオンにもなるだろうというのも考えてね。それで東大では、あのひとの場合は糖尿があるもんですから、抗がん剤を勧められなかったのが嬉しかったですね。部位的にオペができない場所だということで放射線しかないって。「それじゃやるか」と本人が言っちゃったから、よしなさいとも言えない。でも、帰って私が言いました。

「ユウジくんね、大変なことになっているけどね、これは受け容れないとしょうがないよ。だって、あんたさぁ、この何十年、タバコのヤニを強いアルコールで喉にすり込んできたんじゃない。言えば、当然の結果だから」

私はショックっていうより、うちにもとうとう来たかって。お友達はみんなとっくに死んでるんですよね。30代後半から。だから他人はこんなことをおっしゃらないと思うんだけど、「よかったじゃないの。腸とか胃とか、みんなが罹《かか》るありふれたところじゃなくて上咽頭がんだってさ。さすが変わり者だけある」

一緒にやっていこうねって。そういう感じです。病院はね、治らない人は早く出てってほしいわけですよ。放射線で脱水して、苦しんで、どうしようもなくなったから入院したけど。もう面倒みきれないとなると、担当の医師さんが悲痛な表情でね、説明してくださるわけ。そんな言わなくったってね、ちゃんと受けとめられるから。

あれは（緩和ケアの）担当者会議をした前の日かに、急変したんです。「痰づまりで窒息したから、すぐ来てくれ」って電話がかかってきて、タクシーでふっ飛んで行ったんです。私が着く少し前に、死にかけていたユウジくんが体を起こし、痰をペッと吐いたんですって。それがピンポン球くらいあったっていう。

緩和ケアの担当は、いいチームでしたよ。あの人たちがいなかったら、やってられなかった。メディカルソーシャルワーカーと、緩和のナースと専門医とドクターと。このチームはとてもよかった。

それから自宅で3週間。電動ベッドを入れて、ほっとした顔をしてましたね。毎日違うドクターが来て、これも面白いんです。通りいっぺんの先生には彼も無愛想で、つっけんどんな感じでね。ちょっと気が合いそうなドクターが来たときには目で合図して「眼鏡とってくれ」って。眼鏡をかけ、「いい男だな……」って言うんですよね。

そしたらドクターは照れちゃって。人生最後だからね、お愛想する必要がないこともあるんですけど、あからさまに態度が違いました。その先生に「やりたいことは?」って言われて、「トイレに行きたい」「散歩をしたい」って。散歩なんかそれまでにしとけばいいのにと思いましたけどね。いまさら……、でもそういう問いかけにちゃんと応えていました。

すごく吸引の上手な男性ヘルパーがいて。それまでは20秒くらい「ごめんね、ごめんね」って言いながら痰を取る。それが苦しくって。あまり痰も取れないから、訪問ドクターに「いやだ」と言ってたんです。でも、(ヘルパーの)オーダー表のトップには「鼻からの吸引」って書いてある。せっかくうまい人に来てもらって、もったいないと思ったから「ものは試しっていうじゃないのユウジくん、一回やってみようよ」って。

そしたら無茶苦茶お上手でね。チューブを15センチほどゆっくりゆっくり入れていって、ねじりながら引き上げていくといっぱい取れるの。ニッコリ顔になりましてね。その方が2日目に来てくれたときに「いままでで一番感銘を受けた本は何ですか」って聞かれたの。1冊じゃなくてもいいですよ、絞りきれなかったらって。苦しそうな息のなかから答えたのは「(原始)

仏典、中村さんの……」。

私、びっくりしましてね。「中村さんって、あの中村元《はじめ》さん？　へえー、ユウジくん珍しいこと言うね。本棚の奥にあるのは知ってるけど、あれを言うのか、あなたは。じゃ読んでみるよ」って言ったの。

その人の本質というか相性というか、その方を見て答えたんだと思う。どうでもいい人には、あんなこと絶対に言わないと思う。私だったら何て答えるかなぁと思ったりして。意外だけどもね。よかった瞬間でした。


ああ、これね。「仏壇酒」と称しているんですけど、お葬式に行ったあと、くれますでしょ、小瓶のお酒。うちのばあちゃん、かあちゃん、おじさん、後見人の方。こっち側が中村（ユウジ）のかあちゃん、親父、兄貴、あとは仕事仲間と教えてくれた人たちの命日も一緒に入ってる（酒瓶に死んだ人の名前が貼り付けてある）。「ぼつぼつ、ご命日だっけ？」っていうと、これを見たらわかるんです。いいシステムでしょう。

お骨はこの中に入ってるんです。持って帰ったときには、器も入れて5キロありましたね。最後の時間にビールをしゃぶらせて、危篤が2日くらい伸びたんですよね。「座薬どうしましょう」って電話をかけたら、ナースがびっくりしてました。ガーゼを小さく切って、ちゃぷちゃぷビールを吸ってた男ですから、お骨になったあともビールの搾りかすに溶かしてやりたいなぁと思っていた。

最期はね、夜が明けたら旅立ったんですよ。ほんとうにお約束で（好きだった浅川マキの歌をなぞるように）。まだ状態がよかった日にマイウエイ協会というところへお願いして、近くのファミレスで打ち合わせしようと思っていたんですが、その日に危篤になってしまった。しょうがないからうちに来てもらったけど、お友達とか弟夫婦もいる。本人も聞いているところで、「お経よりは浅川マキを、お線香やローソクよりは献ビールを」という趣旨で、お棺に入れないで火葬場へ行きたいんだという話を寝ている隣でやった。だから彼も、安心できたと思います。

ここで終わってもよかったのだが、向さんが働くヘルパーの現場まで同行しながら、すこし日々の仕事の話を聞いた。

ほかの人はこんなにやってくれないよって言われますから、出血サービスするタイプなんでしょうね。たとえば照明器具を替えてくれっていうのだって、買い物に行くときにスーパーでサークライン一つ買ってきて付け替えてあげればいいだけなんですよ。ついでに埃もあれだからシードも洗いましょうかって。そうするといっぺんにお部屋明るくなるから、部屋華やぐんですよね。

利用者さんの具合もよくなるから、それはケチらないほうがいいかなぁとは思います。はっ

きり言って、生身の人間ですから相性っていうのがあって、決められたこと以外にもやりたいと思わせるような方と、所定の労働をしてサッと失礼しましょうという方もいるわけでね、それはしょうがない。

そうね。亡くなられた方は印象に残っていますよ。お一人暮らしで78くらいの殿方は都営団地にお住まいで「明日来るからね、待っててよ」「う〜ん」って。次の朝、いつも布団被って寝ておられる方がいいシャツ着てニッコリ笑っておられるから「どうしたんですか、今日はスッキリなさっているね」と声かけたんだけど、息をしてらっしゃらなかった。訪問したのは11時過ぎで、まだあったかかったから、朝一番に来ていたら間に合っていたのかも。

でも、決まりだから。それはやっちゃいけない。だけど、もうすこし早くに伺っていたらと心残りですね。お医者さん呼んで。家族というか、少ないけど遠縁の方とかがいらして。人が来るなら、ちゃんとしてあげないと気の毒でしょう。お掃除して、片付けしてね。普段より時間かかりますけどね、そうやって失礼しました。

その方はね、糖尿で人工透析は嫌だと拒否されていて、いつ逝ってもおかしくないなという感じだったんですけど。人間ね、食い気が勝っている間はけっこう保ちますよ。夏にね「うまそう、これ食いたいなあ」と、おせちのチラシを見て言ってたの。「上天丼おごるから、二つ出前とってよ。104で番号調べて、頼むよ」って。それが、できなかったのよね。

「生姜焼き食べたい」って言うから、うちから生姜を下ろす皿を持っていって、二切れくらいしか食べないのに一人前作って。「あと、冷蔵庫にしまっときますか？」「いや、出しといてくれ」って。夏に出してたら保たないでしょ。

でも、匂いにしろ何にしろ、お気持ちだから。食い気は人を最後まで生かすエネルギーになるんだなあっていうのはとっても思いました。

仕事もそうですけど、自発性をかきたててくれるものがない限り、私は無理なんですよ。ベッドサイドで、ティッシュとか薬のカプセルとか捨てますよね。だけど、気が利かないヘルパーは大きなゴミ袋を買ってくるんです。「私がレジ袋を持ってきてあげるから」って言うんですけど。オムツ入れるにしたって、最後にまとめるのに大きな袋は必要だけど、そんなのにお金使っちゃダメですよって。「浮かした分で美味しいものを召し上がれ」って。

そういうこと事務所は推奨しませんよ。「あなたがそういうふうにやると、やらない人が批判されるから、やりすぎないように」とは言われます。それでもね、ずっとお世話してきたおばあちゃんが亡くなられたときにね、棺に向日葵《ひまわり》を入れたんです。身寄りがなく、数人でね、見送ったんですよ。

映画『きみが死んだあとで』を撮るにいたった動機

詩人の佐々木幹郎さんから撮影を頼まれなかったら、ドキュメンタリー映画『きみが死んだあとで』はこの世に存在しなかった。といっても、佐々木さんに「映画を作ってくれ」と頼まれたわけではない。佐々木さんが発起人のひとりになっている「10・8山﨑博昭プロジェクト」のイベントの撮影を頼まれたのだ。山﨑博昭と佐々木さんは大阪府立大手前高校2年の同級生で、ずっと席が隣同士だったという。

山﨑博昭の兄・建夫《たてお》さんが大手前高校で同学年だった友だちを中心に声をかけて、弟・博昭を改めて追悼するプロジェクトを立ち上げたのは2014年7月だった。その設立趣意書にはこう書かれている。

《1967年10月8日という日付と、この日に羽田の弁天橋の上で、18歳で亡くなった山﨑博昭の名前を、わたしたちはいまも忘れることができません。

山﨑博昭の死は1960年の反安保闘争のとき、国会議事堂前で亡くなった樺《かんば》美智子さん以来の、学生運動のなかでの死でした。

戦争に反対する。
その一点で二人の死は共通していました。67年10月8日の羽田闘争は、当時、ベトナム戦争が続いていたなかで、日本の首相が羽田空港から出発して南ベトナムへ向かおうとしたことへの異議申し立てでした。日本がベトナム戦争に加担することを阻止しようとする学生たちの闘いでした。（中略）
あれから半世紀が経とうとしています。
1967年10月8日という日付と、山﨑博昭の名前を聞くと、わたしたちはいまも泣きます。（後略）》

この設立趣意書には「わたしたちはここで泣く！」というタイトルがついていた。みんなが泣ける「ここ」を半世紀後につくる。それがこのプロジェクトの目的のひとつだった。山﨑博昭を改めて追悼し、67年10月8日の闘争を記憶する場所として、羽田・弁天橋の近くに鎮魂碑を建立すること。その碑がみんなが泣ける「ここ」だった（山﨑博昭の日記や書簡、友だちや関係者の手記、当時の記録資料を収録した本を出版することが、もうひとつの大きな目的だった）。

2017年6月、67年10月8日の闘争の出撃地となった萩中公園に隣接する福泉寺に建立された鎮魂碑の建碑式があり、ぼくはそれを撮影した。70人ほどが集まったろうか。そのほとんどが山﨑博昭の友だちであり、先輩であり、67年10月8日の闘争の参加者だったと思う。

建碑式は兄・建夫さんの短い挨拶からはじまった。半世紀も経ったというのに、福泉寺の門前には数人の機動隊員と私服警察官と思われる男性が見張りに立っていた。ほんとうに泣いている人は見かけなかったと記憶しているが、たぶん参加者はみんなこころで泣きながら鎮魂碑に献花し、手を合わせていたと思う。

「わたしたちはここで泣く！」

建碑式を撮影しながら、ぼくは微《かす》かな疎外感を覚えていた。当然のことながら、ぼくは「わたしたち」ではなかった。建碑式の撮影者であり、部外者である。ぼくのような部外者まで巻き込める、追悼の方法はないものだろうか、と考えこんだ。

２０１７年10月８日は67年10月８日と同じ日曜日だった。山﨑博昭の死から、まさに半世紀が経ったのだ。この日「10・８羽田闘争50周年集会」が開催され、ぼくは撮影した。参加者は２００人を超えた。かつてはぼくにとってかっこいいお兄さんであり、お姉さんであった「団塊の世代」で会場は埋まっている。半世紀という年月を考える。この人たちは、山﨑博昭が18歳で死んだあとの半世紀、どんな人生を歩んできたのだろうか……。もしも死ななかったら、山﨑博昭はどんな人生を歩んだのだろうか……。

そのときステージから、マイクに向かって興奮気味にしゃべる佐々木幹郎さんの声が飛び込んできた。「みなさん、記念誌ができました！　寄稿してくれた全員の原稿を掲載したら、600頁を超える本になりました。ここにはわたしたちの山﨑博昭への想いが詰まっています。と同時に、わたしたちの世代の人生が詰まっています」

佐々木幹郎さんを代表編集人として出版された『かつて10・8羽田闘争があった――山﨑博昭追悼50周年記念〈寄稿篇〉』を読んだぼくは、少し「わたしたち」の人生がわかった。「わたしたち」の仲間になったような気持ちになった。翌年出版された、その続編にあたる『かつて10・8羽田闘争があった――山﨑博昭追悼50周年記念〈記録資料篇〉』も読んだ。そこには山﨑博昭が死んだ時代、「わたしたち」の時代があった。

《記憶は、過去のものでない。それは、すでに過ぎ去ったもののことでなく、むしろ過ぎ去らなかったもののことだ。とどまるのが記憶であり、じぶんのうちに確かにとどまって、じぶんの現在の土壌となってきたものは、記憶だ。

記憶という土の中に種子を播いて、季節のなかで手をかけてそだてることができなければ、ことばはなかなか実らない。じぶんの記憶をよく耕すこと。その記憶の庭にそだってゆくものが、人生とよばれるものなのだと思う。》

詩集『記憶のつくり方』長田弘より

JR大森駅前の喫茶店。ぼくはそこに佐々木幹郎さんを呼び出した。2018年11

月だった。テーブルには佐々木さんが持ってきてくれた大手前高校の卒業アルバム。かつては鮮やかな深紅色だったであろう、その布カバーはすっかり色あせていた。「山崎博昭さんという死者を主人公にした映画を作りたいんです」と切り出したぼくに、佐々木さんは卒業アルバムを開いて「この写真を見てごらん」と言った。サークル紹介のなかに社会科学研究部の卒業記念写真があった。

顧問の若い先生と18人の部員が写っていた。最前列左端に佐々木さんがいる。2列目右端に山﨑博昭がいた。

「山﨑さんも社研だったんですか」

「いや、2列目以降の13人は社研のシンパ。高校2年のときに社研の部長だった岩脇が呼びかけて作ったマルクス主義研究会のメンバーなんだよ」

卒業アルバムの記念写真を撮るときに「お〜い！」と声をかけたら、みんなが集まったのだそうだ（ぼくの偏見かもしれないが、なんだか暗いイメージの社研の部員がこんなに多いはずはない）。

高2のとき同じクラスだった佐々木さんが山﨑博昭を「マルクス主義研究会」に誘った。

「ここに写っているメンバーはみんな、山﨑博昭を羽田・弁天橋へ行かせ、そして死なせた責任を背負って生きてきたと思う。マル研に誘い、デモに連れ出したぼくの罪が一番重いけどね」

その卒業アルバムの写真に、ぼくの眼は釘付けになった。そのなかには67年10月8日、羽田・弁天橋で山﨑博昭と一緒にいた友だちが大勢いた。記憶は、過去のものではない。写真に写っている山﨑博昭の友だちに会って、彼らの「過ぎ去らなかった記憶」を集めた映画を作りたい。それは「わたしたちはここで泣く！」場所を超えて、部外者と感じたぼくらの世代も、学生運動を知らない若い世代も、みんなが時代の記憶をよく耕し、みんなが「ここで泣く！」記憶の庭になるのではないか。そう、卒業アルバムの1枚の写真からドキュメンタリー映画『きみが死んだあとで』ははじまったのだ。佐々木さんとの会合の帰り道、ぼくの頭にはふと松任谷由美の「卒業写真」の一節が思い浮かんだものだった。

人ごみに流されて変わってゆく私を
あなたはときどき遠くでしかって

あの頃の生き方をあなたは忘れないで
あなたは私の青春そのもの

2019年1月から、ぼくは映画の撮影をはじめた。撮影旅行中、ぼくは父を埼玉県熊谷市の老人介護施設に短期入所（ショートステイ）させることを決断した。

2018年の秋までは、ぼくが仕事で出かけるときには介護ヘルパーに朝夕2回来てもらい、父は在宅でひとりで留守番することができた。しかし、認知症は確実に進行し、不可解な行動が多くなって、排泄の管理も自分ではできなくなった。そこで、映画の撮影中の対策をケア・マネージャーに相談したところ、短期入所（ショートステイ）の利用を勧められたというわけだ。父を見ていると「記憶」がなくなるということは、長年かけて記憶の庭に育ててきた「人生」が枯れていくことだと思った。「記憶」がなくなっていく父を見守りながら、ぼくは「記憶」をテーマにした映画を作りはじめたのだ。

映画を作っている最中、ぼくの頭の中にずっと棲みついた短い言葉がある。山﨑博昭と同世代の作家、村上春樹の小説『ノルウェイの森』の中の一節だ。この小説のなかでは、この短い言葉だけが太字ゴチック体で強調されている。この小説のテーマだからだ。

《死は生の対極としてではなく、その一部として存在している。》

『ノルウェイの森』という小説は1968年に大学へ入学した「僕」の物語。ひとりの親友と二人の恋人が出てくる。そのうち二人は自殺し、「僕」は二人の「記憶」とともに生きる。

『きみが死んだあとで』というドキュメンタリー映画は山﨑博昭が死んだあとで、彼の死を自分の生の一部として存在させてきた14人の「記憶」の物語。そこには山﨑博昭という死者の存在を含んだ14人の「人生」がある。

捕虜を撃ち殺す写真を見たのは大きかった。

北本修二さんの話（大手前高校と京都大学で同学年）

2番目の撮影は北本修二さんだった。場所は大阪地方裁判所から徒歩5分圏内に拓けた弁護士村（ビル群の村）の一角にある北本さんの事務所。北本さんは「元大阪市長橋下徹《はしもととおる》（彼は弁護士でもある）に勝ちつづけた男」として関西では有名な弁護士である。

高校時代の卒業アルバムに写る北本さんの第一印象は「キユーピーマヨネーズのキユーピーちゃんみたい」だった。眼がぱっちりして可愛かった。

社会科学研究部と水泳部で活動する文武両道を絵に描いたような高校時代。高3のとき、それにマル学同中核派の同盟員としての活動が秘かに加わる。1967年3月、京都大学法学部を受験した北本さんは、文学部を受験した山﨑博昭さんに、中核派の合宿へ誘う手紙を出した（二人とも現役合格）。北本さんと山﨑さんは京大から深夜バスで上京し、法政大学で一泊し、67年10月8日に羽田・弁天橋で闘った。二人は山﨑さんが死ぬ直前までずっと近くで行動していた。

山﨑さんの死後、京大同学年の同志が次々と中核派を去るなかで、北本さんは活動をつづける。しかし、東大闘争の安田講堂攻防戦で逮捕され、拘留された小菅《こすげ》刑務所（現・東京拘置所）で「司法試験を受けよう」と決めた。そして弁護士になった。

弁護士になって43年目です、76年4月からですから。（資料に目をおとし）このころは、企業倒産に対して働く場所と生活とを守るための労働者の闘いが活発でした。多くの闘いがありました。鳥取まで応援に行ったこともありました。なかでも全金田中機械の弁護団に加わり、自己破産攻撃に対する10年の闘いに勝利できたことが印象に残っています。

その後も多くの労働組合に協力してきました。最近では、東日本大震災で派遣された大阪府職員の公務災害認定（派遣先で急死した）の事件に関与しました。高裁では逆転勝訴し、労災における成果をあげました。

橋下さんが2011年12月、大阪市長に就任してから「強制アンケート」（市職員に組合加入などについて質問）をはじめ、不当労働行為を連発しました。市労連は直ちに反撃を開始し、私もその弁護団結成に加わりました。16戦16勝となりましたが、なかでも府労委の「強制アンケート中止勧告」を引き出したことは大きかったです。橋下氏も、組合に頭を下げ、誓約文を手渡しました。

インタビューは司法文献が並ぶ弁護士事務所で行った。目の前には古い週刊誌の「初の挑戦で270万円獲得」という記事が置かれる。

ああ、これ、最初はね、確か母親が応募したんです。当時は視聴者参加型のクイズ番組がいっぱいあったんです。まだ貧しい時代で、賞品がヨーロッパ旅行とかハワイ旅行とかだった。それで、いきなり270万円当たってしまった。「ベルトクイズQ&Q」という番組でしたね。生放送で、まさかと思ったら最後まで勝ってしまった。ベルトクイズというのは司会者がクイズを読み上げて、早押しして勝ち抜いて、30万、90万、270万と挑戦してゆくんです。

そのベルトクイズが3月3日でしょう。1週間後の3月10日には「クイズグランプリ」の収録があった。これも勝ち抜いてヨーロッパ旅行をもらい、3月17日にもうひとつあって。それはもうちょっとでアメリカへ行けるところだったんですけどね。だから3週間で3回。非常にラッキーでした。

自分ではそんなに熱中したというつもりはないんですけどね。申し込めば、当たる。クイズは毎日見てるとトレーニングになっちゃいますから。司法試験もそういうところがありまして、いまはシステム変わってますけど、当時は短答式の試験で、これは同じことを5回くらいやったらできるようになるんです。

法学部にしたのは、当時は理科系の大ブームで、勉強のよくできる子は工学部に行くという時代だったんですね。ぼくは数学、物理学はあまり得意じゃなかったんで、法学部ならつぶしがきくっていうことで。大学にいた頃を思い出すと、司法試験も受けたんですけど、学者にもなりたかったんですね。

法学部のゼミはヨーロッパ政治史に入れてもらいました。高校2年生の頃は「初期マルクス」が高く評価された時代で、社研部の読書会で、岩波文庫の『経済学・哲学草稿』などを読み始めました。

1960年代の日本では、まだソ連とか中国の社会に対する幻想が強かった。また、日本国民は戦争の被害者だという面が強調され、加害者責任が取り上げられていませんでした。そのころぼくらは、トロツキーの影響を受けたところから勉強をはじめ、ベトナム戦争についても日韓条約についても、加害者となることを拒否するという視点に立っていました。

山﨑の印象は、とにかく生真面目で勉強家。高校3年のときは常時1番から3番くらいの大秀才で、おまけにマルクス主義研究会や反戦高協にも参加していたということで、すごい人やと思いました。高校時代に彼にガールフレンドがいたということが最近わかって、当時全然気がつかなかったですけどね。彼にもそういう面があったのかって。いまと時代が違いまして、公然と付き合っている人は少数という時代でしたから。

戦争は厭《いや》やなあっていう話は親から聞いてたんです。軍隊の悲惨さもある程度家族から聞いていた。当時は、彼の家もそうだったけど、貧乏でも金持ちでも大学は同じように行けるようになった。みかん箱（を机代わりにして）でも勉強したら、ちゃんと国立大学は受かる、と。給料は毎年上がっていくんだろうと思ってましたしね。仕事がなくて困るということは誰も想像していなかったですね。

高校時代で覚えているのは1965年。日韓条約とベトナム反戦集会に大挙して出かけたことですかね。大手前高校では、そういうことに関心をもっている高校生はたくさんいましたよ。大学に入ってからは門の前でビラを撒いて、週に2回くらいは同志社で開かれる京都府学連の集会へ行く、そんな感じです。こないだ山﨑くんのお兄さんが持ってたのを見たんですけど、ぼくが3月に、まだ受験の発表の前に「合宿に来ませんか」という手紙を彼に書いているんです。「君は絶対に合格間違いないけど、ぼくは不安でドキドキしてます」と。

わざわざ手紙を書いているんだから、非常に付き合いは近かったんでしょうね。合格発表の日に、ぼくはその合宿の場所から見に行ってるんです。京都の大原だったかな。

山﨑くんが運動に飛び込んだのが京大に入学した年の5月と（日記に）書いてあるなら、それが正確なんでしょうね。ただぼくは「飛び込んだ」っていうのではなくて、ダラダラと行ってしまっていた。そこに山﨑くんも一緒にいた。でも、ぼくが出した手紙のことは完全に忘れてました。下手な字で、見たらぼくの字に間違いない。

10・8は（チャーターした）バス券をみんなで売ったというか、買って行ったんです。京大だけではなかったかもしれませんが、一緒に行ったことは間違いない。こちらは「佐藤首相南ベトナム訪問阻止」で行ったつもりが、現地では党派間の葛藤がけっこうあって、嫌だなあと思ったのは憶えてますよ。

前日、法政の学館で泊まってすごく寒かった。翌朝、飯田橋までデモして行って、電車で大鳥居駅まで行って。萩中公園で反戦青年委員会の集会に参加するのかなぁとこちらは思っていたんですね。前の日に、デモは禁止されたって聞いていたので。

そこを一周して、そのまま走っていったんです。ええ。そのときにヘルメットは誰も被っていなかった。20人くらいの人が太いプラカードを持っているけど「何に使うのかな」と見ていたら、警察の阻止線があって、突然ぶつかりに行くのでびっくりしました。1000人くらいはいたうちの20人くらいでしたね。

それまではデモといえばずっと「サンドイッチデモ（デモ隊を機動隊が車道と歩道とで挟む）」で、両側を取り囲む機動隊の方が学生よりずっと多い。囲まれて蹴られたりこづかれたりするデモだったのが、警察官が逃げてしまったので、びっくりした。最初の阻止線を突破したら給水車が止まっていて。ぼくの位置からすると完全に膠着《こうちゃく》状態、先へは動けない。シュプレヒコールをしてたのは記憶しています。そのときに（学生が奪った）給水車がゆっくり後退して、危ないからぼくも下がっていった。

ぼくは給水車に接したところの3列目くらいにいたんだけど、誰も轢《ひ》かれるような状況ではなかったんですね。非常にゆっくり降りてきた。彼が間に挟まれて轢かれたというようなことは全然考えられなかった。

そのときはもう京大のメンバーはバラバラです。ひとり、知り合いが川に落ちたのは見てるんですけど。誰がどこにいるか、わからなかった。だから彼を見た記憶はない。彼が防衛隊にいたってことも全然わからなかったし、黒瀬くんから聞いてそんなことがあったのかとはじめて思ったんですね。

統一的な戦術とか何もなかった。先頭の何十人かは打合せしてたのかもしれませんけど、ぼくらはひたすら後をついて走っていっただけ。どこで何をしろっていう話もなかった。

記憶があるのは、怪我をした人をタクシーを見つけて「乗せてくれ」と言ったけど断られたんですよね。裁判でよく証人に証言してもらうことがあるんだけど、記憶っていうのは非常に断片的なもので、怪我をした人を運ぼうとしてタクシーで断られた。それで救急車を呼んだ。そういうことなんですよね。

亡くなったのを知るのは、新聞記者みたいな人から「学生が死んだの知ってますか」って聞かれ、しばらくして「京大の山﨑」だという。ショックを受けて探し回って、一瞬彼かなと思ったけど、それは人違いでしたね。

法政へ戻ってからだったか、弁護士さんが来て説明とかあったような記憶はあります。ええ。

こたえましたね。

60年安保で樺美智子《かんば》さんが亡くなったのも非常に衝撃でしたが、平和運動、反戦運動で人が死ぬなんてことは想像を超えていた。樺さん以来ということで大きかったですよね。

ああ、そうかあ。ぼくが京大に戻って、バスの中に残された彼のバッグを整理すると、本がいっぱい出てきたんですよ。キルケゴールがあったり、と。

学生葬の準備をし、山﨑くんのお家に行って、お兄さんに、彼と一緒に行ったということを説明して「学校で集会をするので来てもらえませんか」ということをお願いしました。どんなことを言われるか。どんなに怒られるかって心配してたんですけど、淡々と受け止めてくださって。教員の人も来てくれて、非常に大きな集会になりましたね。

いまと違うのは「京都大学としてベトナム反戦を決議して抗議すべきなんだ」という主張をして、大学の問題だという教官もたくさんいたんですね。総長は「そこまではできない」という態度をとるんですけど、大学自体でベトナム反戦の意思表明をすべきだという声も盛り上がりました。

翌月の11・12羽田闘争にも参加しました。ただ、当時の学生運動を長く続けるのは大変だったと思います。それでも新しく加わってくる人々も次々と出てきて行動していったっていうのは、やはり山﨑くんのことがあったんでしょうね。

10月のときにはまだ警察の方が準備してなくて、盾なんかもまだ小さな木製だったんですけど、11月は、いま使っているようなジュラルミンの全体をカバーするような盾に変わっていた。催涙弾も催涙ガスも大量に用意していましたから、まったく近づける状態ではなくて。ええ。催涙ガスの臭いは憶えてます。

68年1月の佐世保のエンタープライズ闘争は、アメリカの原子力空母エンタープライズが日本を作戦基地にする、そのための寄港を許さない闘いでした。このとき三派全学連の行動に対する市民の反応は大きく変わりました。エンタープライズ寄港に反対するっていうのは正当なんだということを、佐世保市民は受け入れてくれたんですね。

そのあとに三里塚、王子の野戦病院の反対闘争があって。佐世保、王子、三里塚っていうのは学生と市民の人たちとの結びつきが非常にうまくいったんです。いまから思えば、あの結合を大事にすべきだったんでしょうけど。

佐世保はね、東京から電車で直行する部隊に乗り込んでいこうということだったんですけど、東京ですでに百何十人が逮捕された。京都でも太いプラカードを持っていたのを取り上げられた。向かった九州大学は封鎖されていてダメで、ぼくらは佐賀大学に集まったんです。そこではずいぶん歓迎してもらいました。地元の市民が蜜柑を持ってきてくれたりして。あれはエンタープライズ反対闘争だったから、市民の支持を得たんだと思いますね。

地域でも佐世保重工の組合が、当時は同盟系の保守的組合と言われてたんだけど、ジグザグデモをやるようになりました。運動が盛り上がるとはこういうことなんだという、貴重な経験でしたよね。

安田講堂には、69年1月に東京で「全国全共闘集会」をするということで行き、そのまま向こうに残ったんです。あのときもぼくらはどんな方針の議論があったのかは知りません。機動隊がどう抑えに来るかということはある程度わかっていたんでしょうけど。

いまから思えば、（検察も）現場の末端の人間まで起訴することないのに、と思いますね。島元（健作）さんなんかも23日に逮捕され、副隊長だから実行行為としてはたいしたことをしたわけでもないんですけどね。

ぼくは安田講堂の前に法文何号館というのがあって（安田講堂封鎖が解除される19日の）前日に落ちたんですが、そこに2日か3日いました。機動隊とやりあうなんてないですよ。そもそも体力も何もかも違いますから。

それが2回目の逮捕。最初はね、京都の円山公園でデモの許可条件に反してジグザグデモかなんかをしたというので、2泊3日です。

安田講堂の闘いのときは建物の中にいて、石を投げたわけでもない。そこにおっただけのメンバーで、普通だったらゴボウ抜きで（一人ずつ）排除して終わりだったと思うんです。だけど当時の緊張関係、権力から見れば深刻な危機を感じたんでしょう。「大量逮捕、全員起訴」

ということになった。だからもう拘置所が満員で入りきらない。府中にあった刑務所、小菅にあった刑務所、ここを活用して（代用の）拘置所にしたんです。ぼくは小菅刑務所でしたね。

裁判は「統一公判要求」というのをしまして、拘留期間は約9ヶ月。当時の記憶があんまりないんですが、留置中にはじめて「司法試験でも受けようかな」という気になったのは覚えています。教科書というか、そのための本を入れてもらうんですが、目は悪くなるし、あまり勉強にはなりませんでした。

その後の69年、夏の京大闘争のときにはまだ小菅刑務所にいて、出てきたときにはほぼ終わっていた。島流し状態だったんで、残念といえば残念でした。

運動から離れて弁護士となった北本さんだが旧知の縁もあり「内ゲバ」事件の依頼を受けることがあったという。

内ゲバ事件を弁護するのは、当時は重かったんです。いまの感覚であれば、無罪を争っている被告人がいれば、弁護士として当然取り組むべき仕事です。でも、そのころは、なかなか弁護を引き受ける人がいなかった。私も考えはしましたよ。だけど、頼まれて断る理由はなかったので、引き受けました。弁護団に参加し、無罪判決になって、大変勉強になりました。

そう。連合赤軍の事件は、司法試験の勉強中にスキー場で見たのを憶えています。国家権力はキャンペーンのために、わざわざ日にちをかけて遺体を発掘し、ニュース見出しをつくるんです。ひとり直接知っている京大の先輩がいて、山田さんという方が亡くなっているんですけど、暗澹《あんたん》とした気持ちになりました。

警察は、いまでも無茶なことをしていますね。住民票が違うという口実を設けて強引に身体を拘束する。それも繰り返し行うんです。

ひどいといえば組合運動でもそうです。私は「関生支部」（全日本建設運輸連帯労働組合関西地区生コン支部）の弁護団に入っています。関生支部は生コンミキサー車運転手を中心とした産業別労働組合であり、個別企業を超えた関西の生コン産業全体の「労働条件向上」を実現し、また沖縄問題、反ヘイトなどにも熱心に取り組んできましたが、2018年1月ころから延べ約80名の組合員が逮捕されるという異常な刑事弾圧や数多くの「不当労働行為」攻撃を受けています。刑事弾圧の中には、保育所入所手続のため在職証明書の発行を求めたことや、組合員の正社員化を求めたことを捉えて「強要罪」で逮捕するというようなことまで行われています。労働組合活動に対する刑事・民事免責など憲法、労組法で保障された労働組合の基本権が侵害されているといわざるを得ない事態になっています。

格差社会となった現在の日本の惨状は、これまで労働組合の権利が狭められてきたことと大きく関係していると思っています。私は、労働者・労働組合の基本的な権利を守ることが、社会を良くするために不可欠と思い、関生支部の一連の刑事事件、民事事件、不当労働行為事件に弁護士として取り組んでいます。

ぼくらがあの頃革命についてイメージしていたのは、資本主義でもなく、中国やソ連のような官僚主義でもない。自由な市民社会でしたが、きちんとした社会像をもつまでには到達していなかったと思います。

当時の革命のイメージは、ロシアの10月革命だったと思います。労働者階級の前衛である革命政党が組織するものと想定されていました。しかし、第二次大戦の後、社会の変革は、自然発生することが多いと思うようになりました。

中学生の頃ぼくらは『ジャン・クリストフ』とか『チボー家の人々』を読みました。数学者ガロアの伝記を読んだり、『レ・ミゼラブル』も必読書のように読みました。みんな市民がバリケードを築いて抵抗する場面があるんです。だから、そういうのを当たり前に思っていました。

ぼくの父は、軍隊に長く連れて行かれて、よく苦労話をしていました。母とか祖母とかは大阪大空襲にあって、何もかも焼け出されているんですね。

父親は中国に行って、軍用犬を飼っていたようです。あまり当時の話はしませんでしたが、当時の戦友とはその後も会をつくり結びつきがあったみたいで、同じ中隊の人たちと本を出していました。最後に会で残ったお金を靖国神社に納めていたみたいです。2、3人になって、これ以上集まれないので解散しようということになったのですね。

ぼくらの世代は、親から戦争被害の体験を聞いて「戦争はよくない」という感覚になったのだと思うし、それを超えて「加害者になることを拒否しなければならない」と考えたのだと思います。

でも父親が語りたがらなかったように、あえて記憶としては塗り込めたいことってけっこうあるんですよ。ぼくらが裁判所に主張を書くときにも、ここの部分は調整しよう、ここの部分は知らん顔しよう、ここはこう説明しようとする。それが我々の仕事なんですけどね。

内ゲバは厭やね。だけど指令があれば、いや、わからないな……。

山﨑建夫さんの話（山﨑博昭さんの兄）

3番目に撮影したのは山﨑博昭さんの兄、建夫《たてお》さんだった。撮影は大阪府内の建夫さんの自宅で行った。写真や資料の撮影も含めて3日間かかった。

映画『きみが死んだあとで』の登場人物のうち7名が関西在住。撮影のたびに父親を介護施設の短期入所（ショートステイ）に預け、埼玉県熊谷市の実家からクルマで出発し、東京でカメラマンの加藤さんと撮影機材をピックアップし、東名高速を関西までぶっ飛ばした。撮影が終わると、その逆コースを走る。父親を長く預けられないので、結局関西を4往復した。

加藤さんは運転しないので、運転手はぼくひとり。もしも「今回の撮影で何が一番大変でしたか」と聞かれたら、間違いなく「クルマの運転」と答えるだろう。府内の安宿を発見して、予約。着いてみたら元ラブホテルっぽい建物。加藤さんに「安いわけだよね」と言い訳しながら部屋に入ったぼくらを待っていたのは、広い部屋に置かれたツインのダブルベッドとゴージャスなお風呂。毎度どケチな撮影の旅程を組むが、たまにはいいこともある。

そこから3日間、建夫さんの自宅へ通った。撮影初日、黄色と茶色を主な色調にした細かい模様の長袖のポロシャツの上に黄土色のダウンベストという衣裳で建夫さんは、ぼくたちを待っていた。実は「細かい模様」は撮影者泣かせなのだ。でもぼくは自分に「建夫さんはいろいろ考えた末にこのポロシャツを選んだに違いない」と言い聞かせて、さわやかにインタビューを開始した。

世論は「暴力学生」だ、という論調で宣伝されましたからね。○×式の受験勉強で育ったからこうなったんだという言い方をされて。けれども（事件のあと）週刊誌に博昭が読んでいた本の名前とかが出て、きちっとこれからのことを考え、がんばっていた青年だったということがわかってもらえた。大江健三郎さんが弟の日記を読んで文章を書いてくださったりして、それが知られたのはよかったなと思いましたね。

ぼくが覚えているのはね、『パンセ』（パスカル）。これをよう読んでた。自分も学生で帰りが遅く、そうするともう布団の中に入って、うつ伏せで読んでいた。あれは高校3年生くらいかなあ。受験勉強をしっかりやりながら、そればっかりではなくて、こういうのを遅くまで一生懸命読んでた。

運動とかの話はほとんどしてないね。あんまり家では言い合うということもほとんどないんですよ。ぼくが大学3年生のときに腰を痛めてクラブ活動を休んでいるときに、同じクラブの友達が心配して見舞いに来てくれたことがあって。喫茶店で、弟が京大へ現役で通ったって言ったら「金の卵やな」って言ったんで、そのときはピンとこなかったけど普通に生きていけば金の卵だったかなあ。

たまたま表を通りかかったんで「あれが弟や」と言ったら、「金の卵の話が聞きたい」って。どっからそうなったのか学生運動の話になって、その友達が「赤旗」を読んでいて、意見の食い違いがあってね。かなり激しい話をするから青臭い論理やなあと、ぼくはそのときは思っていた。

あの日（10・8）は2、3日前から家へ帰ってなかったから。試験勉強で友達のところへ泊まり込むという話やったと思うんだけどね。だけど、母親は聞いていたんかもしれんなあ。20年くらい前だったか、「30年目の同窓会」っていう新聞記事があったんです。三田（誠広）さんが10・8のときに自分は文芸部で女の子たちと話をしていたというのを見て、実は同じ学年なんだっていうのがわかった。ずっと弟のことを気にしている人なんだっていうのもわかって、手に入る本を揃えてみたんです。どっかで語ってないかなって思って。この本（『赤ん坊の生まれない日』）にちょっと出てくるんですね。

建夫さんは高校教師退職後、「10・8山﨑博昭プロジェクト」立ち上げに奔走した。

亡くなって10年目くらいから、なんかせなという気はずっとあったんですよ。これがね、汚いノートですけど、77年にまとまった文章を書いて、残さなければという思いがあって。（読みたいと手を差し出すと）いや、あかん！

このノートは翌年の68年の1月に週刊誌の記者が、（博昭さんを轢死《れきし》させたとされる警備機動隊の）車を運転してた人（学生）のお母さんと、うちは殺された方の母親ということで、二人のことを記事にしたいということで来はった。

母親はあまり体の調子がよくないので、代わりにぼくが母親の手紙を預かっていくということで当時の現場へ行く。監察医務院へも行く。検死した先生にも会う。弁護士にも会うという話があった。

ぼくはいい機会だと思って、行ったんです。そのとき自分で書こうとは思っていたけれども、結局記者が書いたのが、それなりのいい文章で。こちらが言いたいことも書いてくれたんで、だからこのノートは途中まで書いて出来上がってないんです。

これは当時の女性誌の付録で、母親が毎年年末だけ、このために買っていた家計簿です。10月に入ると、下のメモ欄にちょくちょく書き込みがある。

「おひるすぎ、平岡君より博昭の悲報を聞く。6時頃主人と建夫上京。親戚の方々来てくれる」

家計簿だけども日記として残してくれているんですよ。

「9日、夜中13時電報あり、新幹線に乗ったとのこと。午後3時頃、遺体確認の電報くる。午後3時過ぎから解剖はじまり、12時頃までかかるとのこと」

翌日の10日は早朝、三里塚で（土地収用のための）杭打ちがあった日で、朝、ぼくは弁護士事務所で説明を聞いている。次の日、葬儀の打合せをやって、12日葬儀を行いました。

「14日、京都大学で学生葬。主人と建夫が出席」

短いけども、これを見返すといまでも日にちを間違えることがないんですよね。

「10月17日に日比谷公園公会堂で中央葬、主人と建夫が出席した」

呼びかけ人は樺（美智子）さんのお母さんで、いろんな方が来てくれましたね。このときの式次第もありますけどね、どこかに。

「17日、上條もと子さんより手紙（ショック）」

これも週刊誌に書かれてたんですが、女子高生が葬儀の場で泣いていたという話があって。スモン病の人で、葬儀の日、12日に彼女が訪ねて来られているんですよね。それを見て週刊誌の記者が取材したんかなあ。そういうことがあったからぼくが一度会いに行ったんです。

滋賀大津の日赤だったかなあ。こちらは若い男二人だったからか、そのときはカーテンも開けてもらえなかった。日を替えて姉と行ったら彼女は、姉とは話してくれて。実際どんなことがあったのか詳しいことを知りたかったけど、それはわからないままです。

京都の市電で、何か彼女が困ったことになっていたんですって。他の客から嫌がらせがあったのか、ご自分が（体調が）苦しくなられて困っておられたのか、それはわからないんですけども。電車の中で弟が助けてくれたというので、彼女は「命の恩人です」って言っておられた。そのあとも弟は何度か会ってるみたいで。最初は「一度だけ会いました」っていうことだったんだけども、実際には「3回か4回会ってます」と手紙を書いてくれたわけ。

4回もふたりで会っていたということで、母親はショックだと書いていたんですね。ぜんぜん知らなかったから。のちにスモン病とあるんでネットで調べたら「患者の会」のところにお名前がけっこう大きく出ていました。彼女の訴えが裁判資料として残されていて。「この病気のおかげで家族の関係が全部壊れてしまった」と訴えている。それを弁護団が取り上げていたんですね。そうです。こちらからはずっと連絡がとれなかったんだけれども、このプロジェクトのこともあって気になって調べたんです。いまから20年前くらいに亡くなっておられますよって聞いて。訴訟の判決文がアマゾンに出ていたので取り寄せてみたら、大阪の裁判、京都の裁判、各地の結果が出ていて。京都の原告団のところにお名前を見つけました。

ウイルスだっていうのとね、製薬会社が悪いという説があって、判決は製薬会社の非を認めたものでした。彼女も、がんばって裁判闘争をやったんだなと思いましたね。

これは高校の生徒手帳です。（昭和）41年だから、3年の。勉強の予定表。5月、夕方4時からはじめて12時まで、きちっとやるんです。これを見てね、「6時間勉強した」って言うてたのがほんまだなと思いました。弟の高校の同窓生だった黒瀬さんと出会ったときに、彼から「あの話は本当ですか」と聞かれ「分からない」としか応えられなかったんですが。その証拠が残っていました。

「9月、『白痴』『罪と罰』『カラマーゾフの兄弟』」

勉強しながらこういう本も読んでいたんですね。ここにテストの点数が書いてある。数学100点、化学99点、世界史90点。もう恐れ入谷の鬼子母神ですよ。

マル学同への加盟決意書もありますよ（と資料を探そうとする）。ああ、これはちょっと違うけど。英語の単語帳（めくると白土三平の漫画のキャラクターの似顔絵が描かれている）、なかなかいいでしょう。捨てられないんですよね。

これは追悼の集会の（写真を見ながら）。呼びかけ人に鶴見俊輔さん、羽仁《はに》五郎さんも入ってる。私は、ここに。親父と私が並んでるんです。当日は雨だったんですが、こんなにも人が集まるんだなあっていう驚きもありました。集会場に入るときには弁護士の小長井さんと一緒に入るんだけど、危険物を持ち込むんじゃないかと警官に止められてね、入れない。小長井さんが強かったね。弁護士バッジがついているからかなあ、押しのけて入っていくのについていき

ました。

海外でも大きく報道されたそうですけどね。死者が出て、日本でもこれだけベトナム戦争に反対する力があるんだってことを認められたけど、つらいなあと。ああ、これがさっき言った上條さんの手紙。「妹のようによくしてもらった」と。彼女が気にしているのは（10月）5日に会っている。激しくなる闘いだということをかなり意識していたんでしょう。「もしかしたらこれが最後になるね」みたいなことを言っていた。「おかしい。そのことを親御さんに知らせるべきではないかと思った」「おかしい、いつもの博昭くんではない。おかしい、おかしいと気づきながら。ご両親に連絡するということに知恵がまわらなかったのかと思うと私はいてもたってもいられません」

こんな覚悟で行くと伝えていれば親が止めたかもわからない。そうしたら彼が死ぬこともなかったと思われたんやねえ。

手紙といえば、ひどいのもひとかたまりくらいありました。「売国者、共産党の犬、死ね、ソ連中共へ行け、君は日本人ではないのか、馬鹿者」って書いたのがひとかたまりも。どれも殴り書きです。こちらの住所があるから届くけど、自分の名前は書いてない。罵倒《ばとう》する言葉だけで。それがかえって母親を「負けてられへん」っていう気にさせたみたいで。

こっちは死んで悲しいのに傷口に塩を塗るみたいに「お前の息子は非国民だ、アカだ、早よ死ね」と書かれたものを見るとね。一周忌のときには東京集会があるから母親は私も行くって。

あのときは「息子のおかげで強くなりました。息子のやったことは間違ってなかった」というような話をしていましたね。

弟の生まれたときからの話ですか？

1948年、昭和23年11月12日に弟が生まれたんだけども。高知の徳島に近い方。山の中のちっちゃな家で、ちっちゃな畑もあって耕したりしていました。仕事がなくて、親父は近くで崖崩れが起こると土方の仕事があって出かけていた。これはずっとあとになって聞いた話ですけど、ポン菓子の製造機を借りて、田舎の道をあちこち通って訪ねていくということもしていたんです。

重い荷物持って出て行くんやけど。重たかったし、田舎だから帰りは真っ暗ですごく怖かったと話してました。ポン菓子の話は面白いんですよ。あれは新聞の記事に載ったか、ラジオで話してたんかなあ。母親と同じ歳くらいの人が大阪にいたんです。代用教員の人がね。子供たちが腹を下すのがしょっちゅうで、なんとかお腹にやさしいものを作れないかと思って考えていた。ポン菓子みたいなものができたらいいなと思うけれども、機械が作れない。聞いたら八幡製鉄所へ行ったらそういうのができるだろうというので、家族の反対を押し切って製鉄所へ行ったんですって。

作ってくれる人と出会って完成して、それがあちこちの町へ広がっていった。親父からその話を聞いて、そういう記事を探して読んだことがあります。その経緯は『バケモンの涙』（歌川たいじ著・光文社）という小説にもなっていますね。

高知にいたのはぼくが就学前までで。小学校へ上がるからというのもあって大阪へ出てきました。まだ弟は二つか三つくらいやね。母親の上に男きょうだいが4人いたんかなあ。二人目の伯父さんの息子さんが、山道を自転車で荷物運んでるときに崖下に落ちて死んでしまった。とてもいい人だったので、その人の名前の一字「博」をもらって博昭ってつけたんですね。

大阪に出てきたのは親戚のつてで、工場で倉庫の番してくれる人おらへんかなって話があったときに、住み慣れていた大阪に出られるというので親父が行くことにした。それが生野の猪《い》飼野《かいの》というところです。工場では電燈の傘を作っていたんですね。

スプレイで吹き付ける塗料の揮発性の臭いがプンプンしていて。地面は油汚れや鉄サビで茶色くなってるし。鉄仕事、油仕事をするから糠みたいな石鹸のかわりに洗うものがあったり。倉庫の番の仕事で、倉庫に寝泊まりしてるんです。

倉庫の2階みたいなとこでね。ぼくの記憶にはあまりないんだけれども、姉が小学校で「しょっちゅう南京虫に嚙まれて、かわいそうだからどうにかしてください」というので家庭訪問されたっていう話を聞いたことがあります。そこにいたのは1年未満だったと思う。親父に詳しく聞いたことがあって、お前が小学校へ入ったときに母親はまだ大阪へ出てきてなかった、一緒にポン菓子をやっていた白石さんの奥さんがお前を小学校へ連れていっていたはずだと言われたんです。姉と弟を連れて母親が大阪に出てくるのは少しあとだったんですよね。小学校の成績なんかを全部、母親が保管してくれているんだけども、姉の3年生のときの分だけがないっていうんです。終業式に出られなかったのかもしれない。

これは大事な話じゃないけども、4月頃だと思うけど、小さな工場では運動会と言って、社員の家族で遠足に行くことがあって、バスで奈良へ行ったんです。写真に残っているんだけども、白いセーター着の首がきつかったのを覚えていますね。奈良では金属製の鹿笛を親父が買ってくれた。そんなものを買ってもらったのは初めてだったから、よく覚えています。それで奈良へ行くときには土産物屋で同じものが売ってないかと探すんですけど、ないんですよ。これくらい（広げた指間は3センチほど）のちゃちなものなんだけどね。

そのときは親父とふたりだから服を着せたり、面倒みてくれたのは親父でしょう。親父にとっては大阪は自分の育ったところでもあるから仕事さえ見つければなんとかやっていける、そういう気持ちがあったんでしょう。田舎におったら、それこそ何にもないから。

それから大阪の父親の異母姉なんですが。祖父は先の結婚で女の子が三人できてるんだけども奥さんが亡くなられ、後妻に入ったのが祖母だったんですね。ふたりの間に生まれたのがうちの父親で。そういう関係で大阪で育っているから大阪へ行けるっていうのは嬉しかったんでしょうね。

倉庫での生活はきつかったので、異母姉のご主人が「知り合いの家で住むとこあるからどうや」と勧めてくれて、鴫野《しぎの》へ移ったんです。その鴫野での生活が長くて。ぼくと弟は子供時代、主にそこで過ごしたんです。弟はまだ学校へ行っていない。姉が4年生か。そこで子供時代がはじまって、私が中学1年までいました。

そこは帽子の生地の裁断をやっていて。親戚の息子さんが住まってる長屋の1軒が、私たちの新しい住み場所でした。

1階に4畳半と6畳があり、4畳半と中2階が私たち家族の住むところ。奥の6畳は仕事場で、夜は息子さんの寝室になるんです。夜トイレに行こうと思ったら、階段を降りてきて6畳を通らないといけない。そういう生活。中2階は、夏は暑かったねえ。

博昭さんの小学6年生の「卒業文集」を見せてもらう。

「このごろローマ字をあまりしていないので、今日急ピッチをあげてローマ字をした。それに東堤くんや小林くんに負けられないので一生懸命に書いた。ローマ字は書き始めると面白いのでどんどん出来上がっていく。

ところが7時頃父が帰ってきて『博昭、悪いけれどもちょっと管理人さんのところへ家賃を持っていってくれないか』と頼まれたので、ぼくは仕方なしに管理人さんのところへ行った。

家に入っていくとカレーの匂いがしてきた。入って用事を済ませて帰ろうとすると、アーモンドチョコレートをくださった。そのわけは、ぼくが公園で遊んでいると街灯がつかなくなっているので、管理人さんが『つけなおしてくださいませんか』と言った。それでぼくが、はしごに登ってつけなおしてあげたからです。家に帰ってから、みんなで仲良く分けて食べた。」

これは諸口《もろくち》の家へ行ってからですね。2、3軒先に公園があって。公園の側に管理人さんの家があった。そこまで行ってお手伝いしてきた。この公園でお葬式をしたんですよ。

諸口へ行く前の鳴野の時代というのは、家の前の道路が遊び場でね、いまは舗装されているけれども、舗装されていない土の道路だから穴掘ってビー玉やったりね、いろんな遊びをしました。

（父親は）鳴野では帽子の裁断をしてましたね。型紙に沿って生地を切るんだけども、その仕事をしているときに母親が病気になった。病院に行って保険に入ってないっていうのがわかったんです。これは将来的にも困る。なんとかしてくれって相談したんやろね。だけど返事もないから健康保険があるところへ変わったほうがいいというのと、ちょうど市営住宅の抽選に当たって諸口への引っ越しが重なったんかなあ。

諸口から少し離れた製帽工場へ働きに行ってたら父親が腎臓結石になってしまって、南の緑橋のあたりに入院したんだ。治って帰ってきて、あそこまで自転車で通うのも大変だっていうので近所で仕事を探していたら、貼り紙があって募集していたのがベニヤ板を注文に合わせてサイズ切ったりする仕事。そこには長いことお世話になりました。雇ってくれるというので、70歳まで働いていましたね。

子供にとって親父が働いているのを見る機会って、なかなかないんですが。（羽田の）事件があって「週刊サンケイ」が父親の職場へ行って、社長さんにインタビューしているんです。どんなお父さんですか、と。三木のり平に似てるだとかね。だいたい喜劇役者にたとえられて「そっくりショーに出たらどうやと言われてもニコニコ笑っているだけで反論もしない。おしゃべりではない。息子さんが京大へ現役で通ったっていう話も、私なら周りに言いふらしてまわるのに、山﨑さんは何も言わずに黙ってた。仕事はもちろんきちっとやるし、人よりも少し早く出てきて、丁寧に遅くまでやるからみんなに信用されていて、大事にされてる」と。

親父のいい姿を知ることができて嬉しかったですけども。皮肉な話ですよね。

市営住宅に入れたのはみんな嬉しかったですよ。それまで人の家に間借りしている生活ですから、自分たち家族が、これだけの空間に住めるというのが。あの頃はよくあったんだけども、赤いスレート葺《ぶ》きの1階建で小さな庭もあったんですよね。植木も植えられるので、桜や桃の苗木を買ってきてね。桜は毎年咲いてくれたし、柿もあって。そういうのは楽しかったですよ。

弟の死をきっかけに建夫さんの人生も変化していった。

たとえば逮捕されたとか、怪我を負って入院したということだったら、どうなっていただろうかなあ。それでも、どっかでそこにつながるかわからへんけど。10・8で弟が死んだときに私がそれなりに大事だと思ってたものが全部否定されたような感じがありました。

自分が信じたり、こういうことをやっていきたいと思っていることが全部間違いなんじゃないか。自分は間違っていたんじゃないか。自分の信じていたものがガラガラと崩れてしまってね、価値観が。ということをサークルの機関紙に書いたら、意味がよくわからないと否定されたけどね。それで、もっと他にもゆるやかな生き方とかいろいろあるんだということを知っていくのはそのあとですね。

大学卒業後に建夫さんは高校の国語教師となり、反戦青年委員会の活動に関わっていった。

教師になったのは1969年の4月からです。働き出して講師できていた先生がいたんですよね、同じ学科に。その先生と「学校の教科書は面白くない。生徒が退屈するのは当たり前だ」というようなことで、違うことやろうとなった。

彼は栗原貞子さんの「生ましめんかな」の載った詩集なんかをもってきて。ぼくは峠三吉の詩集を。国語の授業を原爆のことで占めた時期があるんです。そういうことをやっていくなかで在日の人のこと、部落のこと、アイヌのこと、そういう人たちのことが考えられていないのは教育ではないということは痛感しましたね。同時に反戦の運動をやっていくなかで、産業別の教育労働者の集まりっていうのがあるんですけど。

なんていうのか。反戦青年委員会としては、そういう教育実践を具体的にどうやったかなんてことは重視しない。そういうことは己の甲斐性でやれみたいなことでね。求められるのは（中核派の）党活動。いついつ集まれ、人を集めろ。集会をやるからと。そのことで不満をもった人たちもけっこうたくさんいましたね。

東大闘争があったのが69年1月で、あのときはテレビにかじりついて見てました。ヘルメット被って放水にさらされたり、警棒で殴られているのが全部、弟にかぶさりますからね。よど号事件のときも「そこは北朝鮮じゃないぞ、だまされたらいかんぞ」というような気持ちで見てました。狭山とか三里塚とか何度も参加していましたが、76年くらいだったかなあ。

77年に下の子が生まれたときには、もう離れていました。理由ですか？　精神的にも限界まできてた気がしますね。デモに行っても途中で吐きそうになったり、胃に負担がかかっていた。でも、危ない時代だから集団行動から外れてはいけない。ひとり途中で抜けることもできないし。どんだけしんどくても最後まで一緒にいなきゃいけない。

弟の死の影響、それはやっぱりあったでしょうね。68年の暮れくらいだったかな。全学連大会があるのでアピールをくださいと言われる。兄としてね。反戦高協で激励の挨拶を頼まれるんですが、あのときはつらかったなあ。まいった。「怪我せんといてくださいね」と言っても意味のないことでしょう。

ええ。内ゲバは厭《いや》やね。

目の前で革マル見つけたとしても、じゃあ叩きにいくかっていうのはできないなあ。だけど指令があれば、あればやったかもわからない。

いや、わからないな……。

いくつかのアジトが近くに集まっているところを（革マル派に）襲撃されるということがあって、一斉に。あるとき革マルらしいレポがアパートの前に佇んでるんです。「革マルちゃうか」と見に行った。怪しい可能性があったら自分は鉄パイプで彼を殴れるだろうか。できるか、どうやろう。……できないだろうなあ。

あとで言われたけどね。「相手は革マルやろ。目の前におったのにお前は何しとったんや」って。いっとき鉄パイプをみんなが持っていた時期があるんですよ。背広の背中に隠して歩いたりして。攻撃のためじゃなくて、防衛のためなんですけどね。

だけど訓練をしたこともないのに、どれだけ役に立つのか。実践的ではないと思ってた。実践的であると、それはまた怖いけどね。そういうこともあって、脱退したのは体が悲鳴あげてたから。上の人と話をしたら、それはすっと認めてくれはった。

内ゲバをいいとは思ってませんけども、内ゲバが間違っているとか、党派のあり方を批判するためにやめたわけではない。身体がついていけないからやめたんですね。だけどもう離れている方が長いからなあ。親父が死んだときにもお世話になった人が来てくれましたね。

その後に東京と大阪で二つに分かれたとか、二つ以上、もっとバラバラになっているとかいう話を聞いたときはそれはそれでショックでした。

休憩を挟んで、あらためて博昭さんが亡くなった日のことを聞いた。

これが葬儀の写真。市営住宅の会館での葬儀です。これが母親、親戚のおばさん。これが親戚一同。（集会所の）建物の外側の公園をぐるっと取り囲んだ。そう。500人ぐらいでした。

こちらが東京の17日の集会（日比谷野音での中央葬）。社会党の人の挨拶もあって、みなさん壇上にあがって。このとき会場へ入るときに止められたんですよね。

中へ入っていくとヘルメット被った連中がたくさんいたので、学生かなと思った。ここでもそんな態度をとるんかなと思ったら、違った。報道の人が立派なヘルメット被っていたんですね。

これは、お墓ができたときの写真です。（墓碑の後ろに68年6月8日建立と刻まれている）革共同だけでなく、いろんな党派から香典が寄せられ、こうしようと考えました。

あの日ですか？　知るのは昼1時頃のニュースでね、1回チラッとは見てるんですよ。「学生、デモで死亡」というのを。テレビで。だけど、また学生死んだんかと思ったくらいで。ちょうど試験の時期で、ぼくは3回生だったから科目も少なくて、終わってほっとしていたのかなあ。

日曜日で、天気がよかったのでブラッと外へ出てたら黒塗りの車が向こうへ行って、通り過ぎた。しばらくするとまた帰ってきて、なんか探しているようだから「なんか探していますか」って声をかけたら、山﨑という家を探してますって。山﨑っていう家はあの住宅のなかで3軒あるんですが「大学生のいる家です」っていうから、それはうちだ。産経新聞の車だったね。社旗に「産」って書いてあったから。

山﨑っていう名前だったというので生年月日とかも聞かれたと思うけど、もう詳しくは覚えてない。母親もそれと前後して弟の中学時代の友達が知らせてくれて「テレビで山﨑っていう名前の京大の学生が死んだと言ってたよ」って。母親もぎょうてんして、どうしようかって。京大の寮から何回か手紙が弟宛に来ていたから、公衆電話のある店まで走っていって問い合わせた。だけど、よく考えたらみんな出かけていて、いないわけ。連絡してみても、どこも通じない。そうこうしているうちに新聞記者たちが訪ねてきた。たくさん来て嫌だなあと思っていると、警察がやって来た。近くの城東警察です。「助かるなあ」と思うぐらいでしたね。

城東警察まで連れて行かれる途中で「京大には山﨑が7人いる」というような話をされた。まだ、こっちも半信半疑で。署まで行くと、いつから活動しているか、いつ家を出たかとか聞かれても、ぼくは何も知らないから答えられない。夕方になって大阪の前進社（革共同中核派の事務所）の人から「遺体の確認に行ってもらえませんか」という話があった。ほんまかいな。弟が死んだっていうのが信じられない。確かめる必要があるというけど、親父か俺しか行けない。母親はしんどかったからね。

親父は、わざわざ行くにしても退院してまだほんの数日しか経ってないから「しばらく休みくれ」っていう話を会社に届けに行くんです。新聞記者が追っかけてきて、なんと律儀な父親だとか書いてました。ほっといて飛んで行ってもいいじゃないかって思うんでしょうね。世間はね。

そいでバス停まで行ったんかなあ。そのとき思いました。俺の弟が死んだのに日常は何も変わっていない。そのままの日常が続いている。一方で、ああ違う違う、弟でない可能性が十分ある。否定したい気持ちと、わからんというのと。両方が混ざった気持ちで、とにかく東京へ向かいました。

ほとんど話もせずに親父と夕方6時に出て、向こうに着いた。だけど遅すぎると言われた。その間も「弟とは違う違う」と言い聞かせてました。

次の日、弁護士さんに連れられていって白紙委任状を書いたんかなあ。弁護士さんと一緒に蒲田警察署へ行ったと思います。警察官に案内されて遺体の確認。その前に建物の外で、父親が調書をとられていた。

生年月日を書いて「活動していることは知っていましたね」「すぐやめると思ってましたね、

ハシカみたいに」と向こうが下書きを言ってくれるのを「はい」って応えるとその通り書く。調書は全部向こうの作文です。思いっきり違ってなかったら「はい」で。そのとき社会党の議員さんが来て「死因を争われますか。政争になりますよ」って。なってもかまわないと返事したけども。

そこから警察官に案内され、入っていったら着衣が並べてある。見覚えがあるかと言われても、ズボンなんかはよくあるものだからわからないけども、胸に天狗のマークが入ったシャツがある。これは特徴があるからすぐわかった。

親戚のおばさんが鴫野の一筋隣でお店やってたんです。頼まれて、夏休みに部屋の掃除に駆り出されたことがあって、「これ持って帰り」ってもらったのが七味唐辛子の天狗の商標のついたの。ぼくも着てたけど、彼も着てたんやね。

そのまま進んでいくと棺桶があって、こっち向いて置いてある。開けると首から上が見える。弟ですわ。親父も認めざるを得ない。その時に警察の人が「帷子《かたびら》は私たちが、あまりかわいそうだから着せました」というようなことを言った。

しばらく時間があったんかなあ。「(午後)3時過ぎから解剖します」ということで、遺体はそこから運ばれていった。ええ。弁護士さんもいました。京大から来た先生が医学部の先生で、「解剖に立ち会わせろ」とか要求をするんだけど全部無視された。立ち会えるのは遺族だけだと。

遺族というと親父と私。親父は断ってしまったから誰もいないのはかわいそうなので、人間の解剖なんて見たことないし、つらいやろうなあと思うけど「私が行きます」ということで入りました。大学の解剖室だったのかなあ。学生が見学するのか。ベッドがいくつかあって高いところから中が見えるようになっていた。

入り口の所には警官がたくさんいた。他の者は入れない。弁護士もそこで追い返されて、ぼくだけが入っていった。

医者が3人か4人。白衣の医者が入ってきて、遺体にかけてあった白布を外す。「きれいな遺体やね」っていう話はしはったんです。それは覚えてる。年かさの先生は「若い遺体は珍しいからね。お年寄りに比べるときれいに見えるかもしれない」と言うんだけど、若い医師の言葉は外傷がなくてきれいだという意味だとぼくは思った。若い医師が「やっぱり頭かなあ」と言いかけた途端、年かさの医師が発言を止めましたね。

擦り傷はありますけど、全身裸になってみたら銭湯で見る弟の姿そのもので、何の変わりもない。あとで問題になったタイヤ痕、幅が20センチとか10センチとか言われたけども、何もない、きれいな体です。医者にその前に「メモはとらないように」釘をさされましたね。

それで全体をひっくり返して見たあとかな、ふいに思い出した。たぶん遺体を持って帰れないと思ったんでしょうね、母が「遺髪だけもらってきて」という話をしてたから解剖台へ近づいていって、ちょっと怪訝な顔をされたけど「遺髪がほしいのでちょっと切ってください」と。

事情がわかったら向こうの人は安心なさって、チョキンと切って「これぐらいでいいですか」って。いいかどうか量なんてわからないけど「ありがとうございます」と。それはありがたかったですね。すっと応じてくれたのは。

それをティッシュにくるんでポケットに入れ、しばらく見てたけども、なんか限界を感じてしまったんですね。縫い合わせるのが12時だったから。あのときもう少し、頭の内部とか顔とか見とけばよかったかなと思うけども。限界感じて「引き上げてもよろしいか」って。それは全然止められなかったですね。

9日の朝刊ですね。警察発表という形で「装甲車が轢《ひ》いた」と。運転していた学生を手配中だっていうようなことがバッと流れる。誰もが装甲車に轢かれたと思い込んでしまうんですよね。反論はあっても、もうちょこっと載るだけ。しかし、あの日の解剖は12時までかかったんですよね。午後3時過ぎから深夜の12時まで。こんなに長時間になるのは異常らしいですね。

立ち会わせろと言っていた弁護団、医師たちが「解剖後でもいいから遺体を引き取りたい。検死したい」ということで待っていたんですが、内臓も脳も取り外され骨と皮だけになった遺体がこちらに渡された。医師団は縫い合わされたあとでもわかるんだろうね。「轢殺痕《れきさつこん》はない」という判断をし、写真も撮ったようです。全学連の中執の人たちはそれを見たと言ってました。弁護士を通じて。

これを発表したら轢殺ではなくて「撲殺《ぼくさつ》」だということがはっきり証明できる、と学生たちが主張したんだけども。（革共同中核派の書記長の）本多（延嘉《のぶよし》）さんが「君たちはそのために同志の切り刻まれた姿態を衆目に晒《さら》すのか」って激怒されたらしいです。というのは後に全学連の委員長になった金山さんと話をする機会があって、そう教えてくれました。

火葬する場所なんて知らないですから。連絡を受けて連れて行ってもらったのが代々幡斎場だったかな。何人かの方が付き添ってくださいました。

再解剖する場所を提供すると言ってくださったお医者さんも一緒に来てくださったし。普通のお葬式の場合は、火葬場へ行って、焼き上がるまで食事したりしながら待って。2時間くらい経って、お坊さんがお経をあげる。だけどそういうのは一切なく、焼き上がるのを待って引き取る。帰りの寝台特急の切符をいただいて列車に乗って、朝何時に着いたのかなあ。

あのね、焼き上がりたてのお骨って熱いんですよ。そんなん持ったことなかったからね。熱くて持ちにくかったなあ。ふたりとも寝つかれないんですよ、緊張が残っているから。

翌朝、大阪駅に着きました。向こうが見つけてくれたんかな、親戚のおじさんが。何時の列車に乗るからという連絡をしてなかったのに。2時間ほど待ったと言ってたけども。タクシーに乗せてもらったら、もうだめでしたね。おじさんの顔を見た途端に涙が溢れ出て、もう嗚咽《おえつ》になってしゃべれない。そこで気がゆるんだんやね。迎えに来てくださって、ありがたかったね。

家に帰ったら親戚の人たちも来てて、母親に遺骨を見せる。渡す。泣きますね。当然ね。遺髪も渡す。また涙が増しますね。私もつらいけど母親が一番つらかっただろうね。あのときは、ほんとうによく泣いた。恥ずかしいくらい泣いたな。

11日に家にたどり着いて、その日に準備をし、12日にお葬式です。泣かないでおこう。こういう複雑な死に方をしてるから笑顔にはなれない。親族で記念の写真を撮るときも、私ひとりだけ怖い顔してますね。あとからやけど姉から「何でそんな怖い顔すんの」って言われたけども。さっき見せた、うちに来た怖い手紙のなかに「葬式なんかあげさせてやるか。ぶっ壊してやる」という脅しがあったので、もしかのときに備えて中学校時代の友達に頼んだんです。なんかあったら助けてほしいんやって。青年団で来てくれました。それは助かりましたね。

建夫さんと山﨑家のお墓参りに同行した。博昭さんの墓石には「知秀院釈深解」と刻まれていた。世の中のことを深く理解しようとした若者という意味だ。

ぼくの話　1

2020年7月5日、母が死んだ。映画『きみが死んだあとで』は両親の介護をしながら、（ぼくが19歳で逃げ出した）埼玉県熊谷市郊外の実家で完成させた。脳梗塞で左半身不随になり、車椅子の生活になった母から「まだそんなルンペンみたいなことをやっているんか」とため息混じりに言われながら。

訪問客はまず実家の「長屋門」に驚く。その門をくぐると木造2階建ての「大きな屋敷」。屋根には避雷針が乗っかっていた。異常に怖がりだった祖父が太平洋戦争前に設置したと聞いている。避雷針は雷を集める。夏の間ずっと、幼かったぼくは避雷針に落ちる雷の音と振動に恐怖した。小学校5年生くらいだったか、家のすぐ前の田んぼに東京電力の送電線を支える巨大な鉄塔が立ち、ほとんどの雷はその鉄塔に集められるようになって、ぼくの夏の恐怖体験は終わりを告げる。

小学5年生というと、1958年2月生まれのぼくは10歳。つまり、家の前に鉄塔が立ったのは1968年ということになる。その頃にはもう家に白黒テレビがあった。

ダイハツのワゴン車があった。父が運転免許を取り、すぐに母も免許を取った。高度経済成長を謳歌する日本の典型的な中流家庭だったということになる。ぼくが3歳くらいのときに、父は自動車部品会社のサラリーマンとなり、それまでの家業であった農業は主に母が（嫌々ながら）担っていた。「お見合いでは田畑仕事はさせないという約束だったのに、嫁入りした翌日から野良に出された。ああ、すっかり騙《だま》されたよ」というのが、母の口癖だった。

　都会の中流家庭と違うのは「農家」だということ。ぼくの小学校時代までは「稲作」と「養蚕《ようさん》」が主な農業収入だった。「大きな屋敷」の八畳座敷二間と2階全部は5月から11月まで蚕《かいこ》に占領された。春蚕《はるご》からはじまり、夏蚕《なつご》、初秋蚕《しょしゅうさん》、晩秋蚕《ばんしゅうさん》、晩々秋蚕《ばんばんしゅうさん》。一番多い時期（生糸の相場がよかった時期）には年5回蚕を育て、繭《まゆ》を出荷していた。蚕が大きく育ってくると桑をバリバリよく食べる。ひとりで蚕の世話をしている母は学校から帰ったぼくに「治彦、耕運機で桑を取りに行くよ～」と声をかけるが早いか、有無を言わせず連行した。

　祖父はぼくが小学校1年の冬、胃がんで亡くなった。祖母はぼくが大学2年生の秋まで生き、心筋梗塞で亡くなった。祖母は若いころに結核を患い、それ以来田畑仕事はできなかった。だから、母は苦労した。ウエスト60センチ、体重55キロで嫁いだ母は、たちまち筋骨隆々、ウエスト75センチ、体重68キロになったらしい。

　祖父が亡くなってからの家族構成は祖母が亡くなるまで、祖母と父と母とぼくと弟、

5人家族の時代がつづいた。弟とは7歳離れていたので、「ひとりっ子」が二人いる感じだった。弟が小学校に入学するとぼくは中学校へ進学。だから、あまり一緒に遊んだ記憶はない。会社人間になった父とも遊んだ記憶がないから、ぼくはいったい誰と遊んでいたのだろう。

これもたぶん小学5年生のとき。「べーゴマ」が流行った。いろんな友だちの家へ「決闘」に出かけた。「ひとりっ子」のぼくは誰からも指南を受けられず（長男から手ほどきを受けられる次男、三男は強かった）、負けてばっかりだった。

その日の「決闘」は家から1・5キロくらい離れた学区の北のはずれのNくんの家でやることになっていた。運悪く母につかまりそうになり、「今日はNくんちでべーゴマ大会」と答えると、母は「Nくんの家には行っちゃダメだ」と強い口調で止めた。それでもぼくは母を振り切ってNくんの家に行き、「決闘」でこてんぱんに負けた。その夜、母は「あの辺りは『部落』なのだ」と教えた。Nくんは友達だ、同じ人間だ。なぜ母は差別するのか。なぜ世間は不平等なのか。そのあと「部落」について調べた。ぼくは小学校5年生だった。それは1968年だった。

実はもっと前に、ぼくのなかで大きな自問自答がはじまっていた。小学4年生のときに仲良くなったYくん。すごくやさしくて、美しいバリトンの声をしていて、耳が大きくて、大好きになった。はじめてYくんの家に遊びに行って、ぼくは驚く。大きな屋敷の門の脇に立つ納屋のような小屋で両親とひとりっ子のYくんは暮らしていた。

四畳半の畳の部屋と狭い台所があるばかりだ。

　Yくんの父親は病弱で、魚の行商をしているという。こころに生まれた「可哀想」という気持ちをどうしようもできないまま自分の家に帰ると、そこには「長屋門」があり、「大きな屋敷」がある。なぜぼくの家はこんなに広くて、Yくんの家はあんなに狭いのだろう。あるとき、母は教えてくれた。「Yくんのご両親は戦争で疎開してきて、そのままあそこに住んでいるんだよ。東京の家は焼けてしまったんだって。Yくんはご両親が30代になってやっと生まれた男の子。大事に育てていらっしゃるよ」

　ぼくはそれから自分が生まれた「長屋門」「大きな屋敷」という境遇にコンプレックスを抱くようになった。小さな共同体（旧村）の「階層」を意識するようになったと言ってもいい。「階層」を教えてくれたのは母だった。母の実家は戦前までは代々村長を務める旧家であり、大地主だった。「番頭がいて、女中がいて。末っ子の私は乳母《うば》に育てられたんだよ。戦後の農地解放で全部変わっちゃった。あそこの家も昔はうちの小作人だった」と。母が差別主義者だったわけではない。母はそういう環境で育ち、生きてきたのだ。そして、同じような旧家であり、元地主の家に嫁いできたのだ。農地解放後に残された田畑を、サラリーマンになった父に代わって、お姫様のように育てられた白い手をまっ黒にして、母は女手ひとつで耕してきたのだ。戦後民主主義のなかで消えてしまった「階層」を内なる誇りにして。長男が「長屋門」「大きな屋敷」にコンプレックスを抱き、頭のなかで「家出願望」を育てはじめたことも知らずに。
「家出願望」を育てながら、ぼくの身体はなぜかぶくぶくと太っていった。小学3年生までは痩せ型で、短距離走も学年で一番速かったのだが、小学4年の3学期には肥満児の体型になっていた。忘れもしない体育の時間。小学5年で担任になったT先生（男）が「代島は急に太ったな。中年太りか。なんか、もう中年みたいだな」とぼくを指差し、クラス全員が笑った。それから、ぼくのあだ名は「中年《ちゅうねん》」になり、同学年の男子全員が常にぼくのことを「中年」と呼んだ。このかっこ悪いあだ名は中学校へ進学してもつづく。小学校同学年全員が同じ中学校へ進学したからだ。

悪いことに同学年のボス（まあ、言ってみればぼくの天敵）が市街地の別の小学校から進学してきた同学年の男子全員に「中年」というあだ名を広め、使うように強要した。だから、最終的にこのあだ名から解放されるためには、高校進学を待たねばならなかった。中学2年のころには、もう痩せ型に戻っていたのに。

思春期には誰でもさまざまな葛藤を抱え込む。容姿のこと、能力のこと、友達関係、家族関係、そして早熟な男女は恋愛関係まで。ぼくの初恋は、もしもそれが初恋と呼べるなら、中学1年。1学期の最初の席決めで隣になった別の小学校からきたEさん。席が隣なのに文通を申し込んだ。ぼくはバスケット部で、彼女はバレー部で、たまに下校時間を合わせて家まで送った。中学2年になると違うクラスになって自然消滅。

ただ、それだけだった。そのあとの中学時代は片思いばかりがつづいた。もちろん、母はぼくの初恋も片思いもまったく知らない。思春期になった息子というものは、一般的に母という存在を遠ざける。ぼくの場合は「反抗」という意識もあったのではないだろうか。「勉強しろ」「いい高校に入れ」「えらい人になれ」と毎日繰り返す母の内面に蹲《うずくま》りつづける「階層」意識を嫌悪した。「長屋門」「大きな屋敷」から1日も早く逃亡したかった。そして「中年」というあだ名を誰も知らない世界へ早く旅立ちたかった。

両親の介護と映画づくり

2017年5月、ぼくは韓国にいた。映画『三里塚のイカロス』が招待されたチョンジュ国際映画祭の会場にいた。携帯電話が鳴った。液晶画面に国際電話の表示。妻から「お義母さんが脳梗塞を起こし、入院した」と告げられる。帰国してすぐに病院へ駆けつけると、母はしっかりとした意識で「大丈夫」と言った。左半身が麻痺したが、懸命にリハビリに取り組み、3ヶ月後には杖をつきながら自分で歩いて退院した。

母が入院した直後から父の様子がおかしくなった。認知症検査の結果、「前頭葉側頭葉型認知症」と診断される。

2017年8月から、ぼくは生活を一変させた。19歳で上京してからずっと遠ざけてきた「長屋門」「大きな屋敷」に戻り、両親の介護に専心した。東京の家は妻と娘たちが守ってくれた。近所の介護施設のデイサービスと介護ヘルパーに頼りながら、約40年ぶりに両親と暮らすことになったのだ。週に何度かは仕事で東京へ出かけなければならなかった。そういうときは宅配弁当と介護ヘルパーの組合せでなんとか切り抜けた。２０１７年の年末には弟家族も参加する毎年恒例の餅つき大会も実施できた。でも、そんな小康状態は長くはつづかなかった。

18年6月のある夜、自宅で母が心筋梗塞を発症。救急車を呼び、ぼくが付き添って、母は病院へ向かった。カテーテル治療（「ステント」という筒を血管が狭くなった部分に入れる）を行っている最中に2度目の脳梗塞が起きる（手術中にはわからず、退院後の診察で発覚）。入院治療、リハビリを行ったが左半身麻痺は悪化し、車椅子生活となった母は老人保健施設へ入所。18年9月からぼくは実家で父を介助しながら、母の施設生活を援助する体制に入った。

17年5月に母が倒れるまで、両親は毎年田植えと稲刈りを繰り返してきた。母が倒れた年の田植え、稲刈りは、ぼくが農協指導員に教わって、なんとか田植え機やコンバインを動かして、父と二人でやり遂げた。

18年春の田植えも父は助けてくれた。そして18年秋の稲刈り。父から「稲刈り」の記憶がすっぽり消えていた。コンバインが何をする機械なのか、わからない。わからないから田んぼに近づかない。もって行き場のない憤りを抱えながら、ぼくはひとりでコンバインに乗って稲を刈り、ひとりで軽トラに積んで農協へ出荷した。そんな逆境ともいっていい状況のなかで、ぼくは新しい映画づくりに（無謀にも）着手した。ベトナム反戦運動のなかで死んだ山﨑博昭さんを主人公に、彼の兄、友だち、先輩たち14人にインタビューして1本の映画を紡ぎだそうという企画だ。カメラマンの加藤孝信さんと二人体制で撮影を開始したのが19年1月だった。

毎月3人くらい撮影し、5月にはインド・ダラムサラ在住の岡龍二さんを訪ねた。最後に東京都内の試写室で元東大全共闘代表の山本義隆さんをインタビューしてクランク・アップ（映画製作の話は別章で）。認知症が確実に進む父を母が入所する介護施設へ短期入所（ショートステイ）させて撮影に出かけること10回に及んだ。介護関係のスタッフの助力があり、なんとか両親の介護と映画撮影を両立させることができた。

19年春の田植え。娘のひとりが東京から手伝いにきてくれて、なんとか無事に終えたものの、田植えの翌日、門前のキウイの棚を剪定《せんてい》中に脚立《きゃたつ》からコンクリート床に落下。ぼくは肋骨《ろっこつ》を3本骨折し、全治3ヶ月の重傷を負う。父の介護があるので入院を拒否し、自宅静養。「大きな屋敷」の一室に蹲りながら、さまざまな想念が渦巻く。「自由に生きたい」と思って、約40年間東京で暮らしてきた。「自由に生きたい」と思って、大学に通い、就職した会社を辞め、結婚し、自分の会社を起こし、子どもが生まれ、離婚して、再婚し、映画館を経営し、また子どもが生まれ、映画館が閉館に追い込まれ、テレビ番組制作で稼ぎ、50歳になってから自分の映画を作りはじめ、25

年前に連帯保証人を引き受けた負債（映画館を経営していた時代）が原因で自己破産し、突然両親を介護する生活に入り、精神年齢は未熟な18歳のままで還暦を迎え、それでもまだ懲りずに新しい映画を作りはじめ、田植えの翌日に肋骨3本骨折して悶々《もんもん》と寝込んでいるぼくの人生とはいったい何なのだろう。

ぼくは妻を愛し、愛されもしていると思う。血がつながっていたり、血がつながっていなかったりする（そんなものは関係ない）5人の娘たちはみんな大好きだ。たぶん前の妻のこともどこかで大切に思っている。すべては「自由に生きたい」と思った結果なのだ。

骨折した肋骨3本がようやくくっついてきた2019年8月、母が入所する介護施設で夏祭りがあり、父と二人で参加。盆踊りの会場で母と合流した。櫓《やぐら》のスピーカーから「秩父音頭」が流れると、車椅子に乗った母が麻痺していない右手だけで踊り出した。「こんばんは。代島くんのお母さん、相変わらず、元気いいねえ」と声をかけられ、後ろを振り向くとYくんだった。母からYくんの母親が同じ施設に入所したという話は聞いていた。

46年ぶりに見たYくんは恰幅のいいグレーヘアの好紳士である。高校からぼくとは別の学校になり、その後医療系専門学校を出て、診療放射線技師となり、地元の病院に勤務し、50代にはどこかの大病院の放射線科の責任者になったらしい。彼はがんばったのだ。「自由に生きたい」なんて思わずに、両親のために、家族のためにがんばったのだ。祭りのあと、Yくんと一緒に駐車場まで歩いていくと、彼は白いメルセデスベンツに乗り込んだ。すごいよ、すごいよ、Yくん。きみにはそのクルマに乗る資格がある。

「自由に生きたい」と思って、その通りに生きられる人は、能力、容姿、学歴、出自、運命、いろんな意味で恵まれている人だけだ、「自由」は競争社会そのものだって言ったのは誰だったろうか。また、「自由」は資本主義と相性がいいとも。確かにぼくは能力、学歴、出自には多少恵まれていたが、競争社会や資本主義からドロップアウトして、権威主義的マジョリティーの立場ではなく、自由主義的マイノリティーの立場に身を置いてきたつもりだ。でも、Yくんがメルセデスベンツに乗り込む姿を見たとき、「自由って、そんなにえらい価値観なのかよ」という見えない拳が脳髄をゴツンと激しく打った。それは、生前の母が「いつまでもルンペンやってるんじゃないよ」と口癖のようにぼくに浴びせた見えない拳と同じものだった。

「就職しないで生きるには」と真剣に模索した20代のぼくは母の期待を裏切った。一度目の相手と離婚し、恋した相手と再婚した30代のぼくは母の期待を裏切った。映画館の経営に失敗し、多額の借金を背負った40代のぼくは母の期待を裏切った。50代になって自分が監督する映画を作るようになったぼくを母は心配していた。でも、熊谷市の隣の東松山市にある、丸木位里《いり》・俊《とし》夫妻の「原爆の図」で有名な丸木美術館でぼくの映画『三里塚に生きる』の上映会があったときには、母は父と親戚一同を引き連れて観に来てくれたりした。

２０２０年６月下旬、母が入所する介護施設の医師から「肺の機能が低下し、呼吸困難」との連絡があり、母をその施設が提携する近くの病院へ緊急入院させた。７月４日、「もうだめかもしれない」と入院先から電話があり、かけつける。母と面会。ぼくが「おかあちゃん！」と大きな声をかけると、うっすら眼を開けた母は酸素マスク越しに言ったのだ。

「治彦、いろいろありがとうね」。それが母が発した今生最後の言葉になった。

「自由に生きたい」と思った愚かな長男が約40年ぶりに両親の介護をするために「長屋門」「大きな屋敷」に帰り、最後の約３年間を親密に暮らせて、あまり口には出さなかったけれど母は嬉しかったのかもしれない。

父は今年から熊谷市内の認知症グループホームのお世話になっている。90歳になった。五体は至って満足で、薬は認知症の進行を抑えるという眉唾ものを毎日１錠飲んでいるだけだ。長生きしてほしい。ぼくはもう「自由に生きたい」とは思っていないし、残された時間も少なくなった。ずっと反抗してきた母が死んだいま、ぼくはもう「自由に生きたい」とは思っていないけれど、母を裏切りつづけてきた人生の落とし前をつけなければ死ねないとは思っている。

２０２１年３月、ぼくは東京の自宅と仕事場を引き払い、妻と二人で父と母が守ってきた「長屋門」「大きな屋敷」へ移住することを決めた。

だから「襟裳岬」をふと耳にするだけで胸がジンとする。

三田誠広さんの話（大手前高校の同学年）

4番目に撮影したのは三田誠広《まさひろ》さんだった。当時、武蔵野大学文学部教授だった三田さんの研究室で話を伺った（2019年3月末退職、現在は名誉教授）。「ぼくたちの高校時代のことを三田は小説にしたよ」と佐々木幹郎さんに教えられ、1980年に三田さんが書いた『高校時代』という小説を古本で手に入れ、予習してから撮影に向かった。

三田さんも、山﨑博昭さんも、その友だちもみんな東京オリンピックが開催された年、1964年4月に大阪府立大手前高校に入学した。『高校時代』の主人公はその年に名門O高校に入学した「真《まこと》くん（三田誠広）」。小説に登場する社研部の「熊沢」は岩脇正人さん、美術部の「狸穴《まみあな》」は佐々木幹郎さん、物知りの「藤田」は北本修二さん、不思議な同級生「鳳」は黒瀬準さんがモデルになっている。

高校を1年落第した三田さんは68年4月、早稲田大学文学部Kクラスに入学。隣のLクラスには向千衣子さんがいた。大学2年に「第二次早稲田闘争」が勃発。全学部がバリケード封鎖に入り、文学部自治会を牛耳る革マル派と全共闘が激しく闘う。三田さんはこの闘争を元ネタにした小説『僕って何』で芥川賞を受賞。「『僕って何』に出てくる文学部自治会情宣部長レイ子さんのモデルは向千衣子さんですか」と質問すると、即座に大きな声で「違う」という答えが返ってきた。

高等学校に入りますと、最初はみんな受験勉強ばっかりやっているんですね。だけど受験勉強ばっかりやるというのは面白くないので、何かないかなあと思っていたら1年生の2学期になって、学校内で「ツッカケ問題」が起きた。

当時、学校へは革靴か運動靴で来て、靴箱でサンダルみたいなものに履き替えていたんです。特に夏になると運動靴は蒸れるのでサンダルに履き替えるんですが、2学期になると「サンダル禁止」という校則が発表されたんですね。それでまず1年生が集まって学年集会というものを開きまして、なぜ突然ダメなんだという抗議集会をやった。一部の生徒なんですけど、これは高校生というものを体制の秩序のなかに飼いならすといいますか、そういうことのための一環として「校則の強化」があるんだという生徒たちが出てきた。

あとで考えると、そういう生徒たちは大学生とのつながりがあって、後に中核派だとわかる反体制勢力もいれば、民青と呼ばれる共産党系の人たちもいて。そういう人たちが社会的な視野でね、高校生の日常生活に起こった問題をその背景まで考えて論争に加わってくるということがありました。面白いなと思いましたね。ただツッカケやサンダルを履きたいということではなくてね。それに意味を付与して長期的な反対闘争をしなければならないんだという人たちがいたことが。

それでまずビラを配ろうと。これはツッカケだけの問題ではない。社会背景があるんだ、時代の流れがあるんだというのをビラにして配ろうとなった。ここで民青系の人と中核系の人とで激しい論争になるんです。民青が早朝、先に教室に撒いたビラを、あとから行った中核系が回収して別のビラに入れ換える（登校前の早朝、塀を乗り越えて学校へ侵入し、全校生徒の机の物入れにビラを入れ、学校側に見つからないように逃亡していた）。そういう戦争ごっこみたいなことをやってて。そうしたら民青系の人が怒って、中核系の1年生が大阪城公園に呼び出されて「何でそんな卑怯なことをするんだ」「お前たちが間違っているからだ」とやりあっている。そういう論争が面白くなってきたんですね。

1年生のときに「社研部」、社会科学研究部の人たちで、のちに中核派に入るような人たちが同学年にいたので喫茶店で話をするようになりました。私は中学の頃には世界文学全集みたいなものは一通り読んでいたんですけども、哲学とか政治には疎かったのでいろいろ教えられるんですね。吉本隆明とか埴谷雄高《はにやゆたか》とか梯明秀《かけはしあきひで》とか。大阪駅前の旭屋書店の裏に別館があったんですけど、そこへ行くとそういう思想書が並んでいて。そういうものをこっちは知らないから、もうちょっと読んだだけで、付け焼き刃で論争する。そういうことがとても面白くてね。いっぽうで受験勉強っていうのが全然面白くなかったんで、そういう現代思想というものに触れ、1年経つと日韓闘争というのがはじまりましてね。2年生のときにそういうデモにも出るようになったのが出発点だと思います。

　でまあ、その中核系の友人が社研部とは別に「マルクス主義研究会」というのを作ろうということで『経済学・哲学草稿』を読む読書会をはじめる。20名くらい集まったと思うんですね。

　文庫本1冊を夏休みに読んだあと、次は何をテキストにするかということで友人が中核派のテキストみたいなものを持ち出した。「それはないだろう」ということで私は抜けたんです。そう。抜けて、学校にも来なくなった。1年間登校拒否ですね。

　その間に仏教を勉強したり、物理学を勉強したり、独学でフランス語を勉強して『星の王子さま』と『異邦人』を読んだ。講談社青い鳥文庫に私の『星の王子さま』の翻訳が入ってますけども、17歳で『星の王子さま』を読んだのがあとになって効いてくるんですね。

　仏教の本も10冊くらい書いてますし。物理学の本も5、6冊書いてる。休学してひとりで読んだ本というのがいまの私を作っていると思うんですね。それで最初の小説『Mの世界』を書いて「文藝」の編集部に送ったら、掲載してくれたんです。これがデビューになりましたので、17歳の1年間で「私」はほぼ決まったという感じです。

　自分の作品が「文藝」に掲載され小説家として生きようと思いましたし、小説家として生きるためには閉じこもっていてはだめだ、また学校に戻って友達を増やしたり、同世代の人が何を考えているのかということを学ぼうと思い、1年落第して戻るんです。そうすると、かつての仲間たち、マルクス主義研究会の仲間のうち5人くらいがいわゆる「(革共同中核派の)同盟員」というものになってましてね。同盟員になるということは反体制運動のなかに組み込まれるわけです。昔だったら地下に潜るということですが。地下には潜らないんだけども、同盟員とそうでない人は「命のかけ方が違う」というような感じで見られていたので、こちらはやっぱり面白くない。休学している間も日韓闘争のデモが毎週のようにあり、デモには出ていました。

特に大阪は韓国の方が多いので非常に盛り上がっていた。いまの韓国との問題もそのときの条約がいい加減だったというか、いろんな補償を全部チャラにしようということで条約を結んでしまった。すごく不備のある条約だった。当時の韓国というのはまだ発展途上国で、日本企業が朝鮮半島に進出していくと国内の空洞化が起こるだろう。さらにこれは労働者のエゴイズムなんですけどね、「賃金が下がるんじゃないか」という恐れもあって反対をしていた。

ただ高校生というのはそういう詳しいことまでは何もわかっていない。体力的にも弱いので、デモでは両側に大学生が並んで、真ん中は高校生。制服を着てやっていたから。そういう守られたデモには出ていたんですけども、高校に戻ってからはそういう闘争を本気でやっている人たちと距離をとるようになって、それから半年くらい経つと彼らも卒業してしまったんですね。

彼らがいなくなった高校の最後の1年は、1年下の人たちとのんびり過ごしていました。文芸部で下級生の女の子とチャラチャラやっていたら、あの10月です。羽田のデモで山﨑博昭くんがお亡くなりになったという号外を社研部の女の子が持ってきて、「山﨑くんを知っているか」と。そのときは顔がすぐには思い浮かばなかったんで、知らないと言った。

ただ同じ高校の卒業生で、かつて同学年の人だということはすぐにわかった。仲間だった人たちは命かけて闘っているのに自分はという反省の念がありましたし、山﨑くんのノートが週刊誌に掲載されるんですね。ドストエフスキーみたいな小説が書きたいというようなことが書いてあったんで、自分もドストエフスキーをやりたいなあと思いました。

その年の3月ですね。時間は前後しますが、私の現在の奥さんも同級生だったので一緒に新幹線に乗って東京へ出てきて、黒瀬くんという早稲田に入った友人のところに泊めてもらって早稲田大学を見に行ったり、「文藝」の編集部とコネができていたので河出書房に行って挨拶をした。

そこで「会いたい作家はいないか」と言われ、その場で埴谷さんに電話してもらったんです。明日なら会ってもいいと言われて会いに行きました。当時、埴谷さんは『死霊《しれい》』という大長編を中断されていて、私は生意気な高校生だったんで「埴谷さんがお書きにならないから『死霊』の続編はぼくが書きます」と言ったら、埴谷さんムッとしてね。「それは自分が書きます。君は若いからドストエフスキーの『カラマーゾフの兄弟』が途中で終わっているので、その続編を書きなさい」と言われ、その気になってしまった。

作家になったあとずっと忘れていたけれど、60歳を過ぎて何かし残したことがあると思い出し、がんばって本当に続編を書いてしまったんですけども。山﨑くんは死んでしまって、思いがあっても実現することはできないのだから自分はがんばらないといけないと当時は考えていたのですが、やがて忘れていたのです。その忘れていたことを、後にまたときどき思い出すんですね。

本を読むようになったのは9歳年上の兄が結婚して近くのアパートへ引っ越したときに、本をぜんぶ実家に置いていったんです。ぜんぶで図書館くらいの量がありまして。カフカの全集、カント全集、ヘーゲル全集、マルクスも全部揃ってる。夏目漱石全集もありました。プルーストの『失われた時を求めて』も全巻ある。私が学校へ行かなくなったのは、この本を読んでる方が楽しいというのがあった。

ひきこもって読むようになり学校に行かなくなったということで親が心配をして兄に相談したことがあったんですね。「語学をやらないと頭が悪くなる」と大阪外国語大学の学生さんを紹介してくれて、フランス語会話の分厚い本とレコードが20枚くらいセットになったのを買ってくれて、第1章から丸暗記するんです。学校へ行ってないので時間はたっぷりあるから。

バンバン丸暗記したら、その学生さんは「もう教えることがない」と。そのひとは実はお寺の息子さんで、仏教の話しかしなくなったんだけれども、その後『星の王子さま』をフランス語で丸暗記していくことをやっていました。

当時、大学の進学率は10パーセントいってなかったと思うんです。でも地域一番の高校だったですから、全員大学に行く。１００パーセント進学です。子供を進学させようという親の子供なわけでね。だから自分はがんばって大学へ行くんだというエリート意識というのかな、指導的立場の人間になっていくんだという上昇志向みたいなものは、みんなあったと思いますね。

それで羽田闘争は、このタイミングでベトナムへ行くという首相の行為に関して「ベトナムでは戦争をやっているんだ」と。朝鮮戦争はまだわれわれは幼かったし、テレビがなかったのでリアルに受け止められなかったんですが、ベトナム戦争はテレビにも映るし、共産党とか公明党の事務所の前に新聞が貼ってあって。ボール爆弾、いまでいうクラスター爆弾ですね。小さい鉄の玉の散弾で穴だらけになった死体の写真だとかが街頭に貼られてある。そういうのを見ていて「アメリカが残酷な戦争をやっている」という思いを抱いておりました。終戦から20年も経ってない段階です。

もうちょっとあとになると「べ平連」というのも出てきたし、小田実《まこと》とか高橋和巳、大江健三郎、開高健といった人たちがベトナム戦争に反対をする。当時の大学生も高校生も、ベトナム戦争はアメリカが武器をもってベトナムの民衆を弾圧していると捉えていた。

首相がベトナムへ行って、アメリカに支えられた南ベトナムの政権と癒着《ゆちゃく》をするということが許しがたいという思いがあったと思います。そういうベトナム戦争に付随する経済圏の中に日本が置かれ、東京オリンピックがあり、大阪万博が準備中という時代に豊かさが広がっていく。この豊かさってベトナムの民衆の犠牲の上に成り立っているんだ、と。それはよくないと思っていましたね。

親しかった友人たちがセクトという組織の中に入るわけですけども、当時もうヘルメット被って、ゲバ棒持って、戦争をやっていた。そこに入るというのは「一兵士」になるということなんですね。上意下達式の命令を受け、肉体として働く。自分のオリジナルの言葉を捨てて、組織のスローガンだけを連呼する。自分の親しかった人たちが、そういう組織の中に入っていくということに対して「なぜだろうな」というふうに感じていました。

ただ、運動が盛り上がっていくのとは逆に、高校時代の主な友人たちは大学に入ってから早い時期にセクトから抜けていくんですね。佐々木幹郎は「死者の鞭《むち》」という詩を書いて、若くして詩人として出発していく。高校時代に論争をやっていた人たちも、そういう意味で自分の言葉を16歳、17歳で一人前のオリジナルな言葉をもっていた。当時、私自身「言葉を捨ててセクトの中に埋没することはできないな」という思いをもっていましたので、セクトには近づかなかった。

大学に入学したのは68年です。当時一浪は普通なんですね。たとえば村上春樹とは高校は同学年。あの人は神戸ですけど、2回東大を落ちて一浪で早稲田に入った。私は高校で1年遅れはしたけれどもストレートで入った。だから一浪の人たちに追いついたのですね。当時はみんな国立をねらって、２回国立に落ちてしょうがなく早稲田か慶應に行くんですよね。

当時、早稲田にはまだ青ヘルメット（社青同解放派）が強い時期があって、政経学部などがある本部キャンパスにいた。文学部はちょっと離れていて文学部だけのキャンパスになっていて、そこは革マルの拠点だったんですね。４月に入学して、５月の連休のあとは年中行事のようにバリケードストライキをやっている。

文学部の門から入ると左側がスロープになっていて、右側に「記念会堂」という体育館みたいな建物がある。平らな方を進んでいくと階段があって、中庭に出る二つの経路があった。自治会をおさえている革マルが左側のスロープの上の方でバリケードを作ると、のちに「全共闘」と名前がつくんですが、革マル以外のセクトが右側の階段のところにバリケードを作っている。どっちから入るかで派閥が分かれるんです。

私は高校時代に中核の仲間が多かったんで右側の方から入るんですが、そこには色とりどりのヘルメットの人たちがいましてね。青いヘルメットの方達とも口をきくようになって、先に入学していた黒瀬という同級生がいろいろ教えてくれるんです。

数年前の闘争で活躍していたような人がいて「あれは誰だ」と教えてくれるんで、ちょっとご挨拶に行って顔を覚えてもらったり。やがてクラスのなかでも３人くらい革マルに入ったやつがクラス委員になって「今日はこの授業をボイコットしてクラス討論をやろう」と討論会をやりだすんです。

そういうやり方は一方的で気に入らないということを誰かが言い出すと、面白いから私も参加して。当時、日本共産党とか民青を「あいつらはスターリニズムだ。独裁的になったソビエトロシアを一方的に支持信仰している」と言ってたんですが、われわれは革マルもスターリニズムだと。独裁色が強くなると言論の自由が弾圧されるんだとクラス討論が沸きかえったことがありましたね。

2年生の終わり頃までバリケードはありました（第二次早稲田闘争）。秋に機動隊が入り、その前にほぼ撤収をするんですが。セクトに入っていた人たちは非常に機能的に撤収するんですね。次の闘いがあるとか「東大へ行こう」とか言って。残ったセクトに入ってない全共闘の人はうろうろする。どこへ行ったらいいかわからない。そういうなかで20人くらい籠城部隊を出そうということになって、われわれのクラスからも一人出した。それが学生会館の最上階にいて、最後は屋上に出ていく。

11階建てだから、9階か10階の階段は生コンのコンクリートで完全に塞いでしまって、籠城部隊を封じ込めるんです。兵馬俑《へいばよう》みたいな感じで他の一般学生は撤退をする。そこへ機動隊が入って、屋上からヘリコプターで降り、籠城部隊の人を逮捕していった。

私は、その頃もう奥さんがいたので「日帰りの全共闘」と自分を呼んでいましたけれども、夜はうちに帰って小説書いてたんです。翌日は大隈講堂（革マル派が籠城）と学生会館（全共闘系が籠城）の前の道路が瓦礫《がれき》だらけになっているのを見て「すみません。日帰りだから申し訳ない」と。もう戦争ごっこですけどもね。面白い体験だった。

演劇科に進級してからはちゃんと単位をとるようにしていたので、5年で卒業しました。村上春樹さんは7年かかったそうですが。同じ演劇科なんですよね。あの人は喫茶店を始めて大学には来なかったし、私も出席とってない授業にはほとんど出なかったので会うこともなかったですね。

1回パーティーで村上さんがいたから何年入学とかチェックして「30人の同じゼミに入ったはずなのに会ったことないね」って言ったら向こうもそう言ってましたね。

村上さんは「9共闘」だったと思う。9号館に演劇や音楽関係のサークルがあってね。小説の中に、そこでレコードを聴いていたというのがあるんですが、図書館の分室もそこにあってレコードが置いてあった。のちに教養課程の村上さんと同級生だった人と知り合いになって聞いたら、バリケードから撤退する人が文学部に戻ってきたときにね、みんなボーッと中庭に寝っ転がって空を見ていたって。そういう喪失感が当時の大学生のすべてで。早稲田のなかで同じ風景を見ていた学生たちのひとつの共有する風景なんですね。バリケードから出てきて行くところがないという。

『風の歌を聴け』とか『1973年のピンボール』とかね、こういう作品を読むと闘争のことはひとつも書いてないんだけども喪失感があるんです。信じられるものは何もない、どう生きたらいいかわからない。そういう喪失感を読んだだけで共有できる。そういう時代だったと思います。

『僕って何』の草稿を書いたのは卒業間際です。5年かかって大学を卒業するんですが、卒論の提出から卒業までタイムラグがあって2ヶ月くらいは暇なんですね。就職活動をまったくやってなかったんで、この2ヶ月で面白いものを書いて「文藝」に載ったら食っていけるんじゃないか。そんな甘いことを考えて書いたのが、最初の第一草稿です。それまでは埴谷さんの影響があって、埴谷雄高的な哲学小説を書こうとしていた。書くものは全部ボツになっていたんですが、『僕って何』の初稿は実際に「文藝」に掲載されて芥川賞になった作品と比べると、ドタバタ喜劇のようなポップなものだったんですね。

そこには自分なりの絶望感みたいなものがあって、全部ギャグにしてしまおうという思いがあった。けれども「ふざけすぎている。これは文学ではない」と言われ、しばらく放っておいた。4月になって求人広告を見て、4年くらい仕事をやってました。

完成した作品の大筋は最初に書いた草稿と変わっていないんですけどね。69年（第二次早稲田闘争）には自分が2年生になっていたけど、1年生を主人公にすると青や赤いヘルメット、白に赤線があるヘルメット、その違いがわからず、いろんなヘルメットに呆然としている。演説を聞いても何もわからない。そういうシーンが頭の中に浮かんだので、架空の1年生を主人公にして書いていくわけです。

小説のなかにサングラスをかけている上級生がいるんですけど、それを自分というふうに見立てた、そういう悪戯《いたずら》もあって。あのころ体験した学生運動をドタバタ喜劇にした。主人公は架空の人物ですが、ほぼ早稲田で体験したことがリアルに書かれている作品です。

向（千衣子）さんとは高校の同学年で、私と黒瀬くんがまだボーッとした若者だったころに集会があるからと連れて行かれたら、そこは革マルの集会だったということがあったんですね。

彼女も一浪ですか？　でも2年生になったときには彼女は自治会のえらい人だったですね。キャンパス歩いていても、こうふんぞり返ってましたから。私と黒瀬くんは遠巻きにして「あ、向がいる」とか言ってね、恐れていた。顔を見かけたら逃げていました。

そういう意味では、（彼女は）闘争から抜けるのには苦労したんじゃないかなと思いますよ。われわれは単なる野次馬に過ぎなかったけど。苦労するというのは、日帰りの全共闘だった私から見ると、われわれ一般学生は機動隊が導入されて逃げて撤収をする。それで終わってしまう。ところがセクトに入っている人は「次は東大だ」とか指令が来る。次から次へと指令が来るので戦争がずっと続いていく。われわれは「戦後」になっているのに、彼らはずっと闘争が続いていくんですね。

だからどの段階で抜けるかということで、みんな傷を負って抜けていくという体験をもっているんですね。全共闘というのはセクトの寄り集まりのところに一般学生が加わっているので、残ったセクトの人は次の闘争へ行く。パッとやめた人は普通に就職する。そっから抜け落ちていく人が連合赤軍とか、より過激なところへ入っていったんだと思います。

連合赤軍、それから日本赤軍のテルアビブ空港乱射事件、三菱重工本社爆破事件。中核、革マルの数百人死んだと言われる戦争（内ゲバ）が長く続いて。札幌オリンピックの直後ですけど、NHK教育以外はテレビが1週間、あさま山荘を映し続けていて、私が小学生で「60年安保」を見たときは「正しい学生さんが頑張っている」というイメージだったんですが、連合赤軍事件は「学生さん間違っている」というイメージを当時小学生だった人たちはもったんじゃないですかね。だから、そこからパタッと学生運動というものがなくなってしまった。

その前から少しずつ、たとえば人工衛星でテレビ中継が行われるようになって「月面着陸」を見たり、オリンピックもリアルに映像で見られるようになる。そういうなかで中国の文化大革命、紅衛兵の運動、そういうものが見えてくる。まだ自分が学生時代ですけれども「なぜ中国は貧しいんだろう？」と考えはじめる。みんなまだ軍服を着ているのを見ると「何か間違っているな」と思いますし、当時ベストセラーになった『誰も書かなかったソ連』だったかな、ソ連が貧しいと書いたルポルタージュがありましてね。われわれが学んだ社会主義というのは、労働者が革命を起こして資産を有効に産業基盤に投資をすることによって経済成長する。社会主義国の方がやがて豊かになっていくものだと教わったんですよ。

ところが、ソビエトロシアも中国も日本よりも貧乏だということがわかってくる。なぜなんだろう。振り返ると、禁欲主義みたいなのがあるんですね。連合赤軍の人たちにしても「即席ラーメンを二人で1個食べて生き延びる」それが正しいと思うような。学生運動の中にはそういう禁欲主義がはびこっていて。われわれは子供の頃は貧しかったので、そういうものに対する懐かしさもあるんです。それが、ああいうテロ集団を生んでしまったかなあというふうにも思います。

いまでも反省するのは、大学のバリケードの壁に毛沢東の「造反有理《ぞうはんゆうり》」というスローガンが書いてある。『毛沢東語録』という赤い本を持って、造反有理って言ってたんだけど、当時、毛沢東は田舎の中学生を軍隊みたいに組織して北京大学に乗り込み、学生を辺境の農地に追いやった。あれは非常に恐ろしいファシズムの闘争だったんですね。結局、日本の大学生が「造反有理」と書いたのは、自分で自分の首を絞めているようなものだったんだということがあとになってわかってきた。

山﨑くんの場合、あっという間に闘い終わってしまったわけだけど、『僕って何』の新入生はいろんな疑問を投げかけながら、下宿に帰るとお母さんがいて、女の子と川の字になって寝て、元の木阿弥《もくあみ》みたいな、なんだかわからなくなる。いまでは普通なんですが、理念のない小説なんです。でも戦後派からずっとそれまで理念というものが文学には必要だと信じられていた。だから、けっこう批判されました。島田雅彦が出てからは、そういう批判は起こらなくなったけれど。『僕って何』が出たのが77年でしたから。「神聖な学生運動を茶化している」という論評が出ましたね。

まだ中核派で活動していた友人を一度、私が芥川賞をとったあとにうちに泊めたことがあって。「どうよ」と聞いたら彼は「あれは革マル批判の小説だと評価している」と。たぶんカンパを求めにきたんだと思うんです。

私は知らん顔した。殺し合いをやっている組織にお金は出せないから、と。一晩泊めてあげて話を聞いただけで「さよなら」と言ったんですけど。それが最後。彼はその直後に交通事故で亡くなったんですよね。あれは大学祭かなんかに向かっていて、角材（ゲバ棒）をレンタカーで運搬していてパンクをしたのかな。高速道路の路側帯に止まっていたら居眠りのトラックに追突された。週刊誌にも出てましたね。

（彼らは）まじめだったからでしょうね。ある程度の幹部までなっちゃうとそれなりの面白さもあったと思います。戦略を立てるとかね。しかしオウム真理教でもそうですけど、幹部になってしまうともう抜けられないといいますよね。抜けるということは、何の生産能力もないひとりの人間として社会に出ていかなければいけない。いっぽう、組織の中の上くらいにいたら人に命令が出せるじゃないですか。

それと「理念」というものはいつまでも残る。われわれが生きている現実の社会っていうのは間違っているところはいっぱいある。そういうものを変えていくために、国家の組織を一から作り直すという理念はいつまでも消えていかないだろうなと思います。「襟裳岬《えりもみさき》」の話ですか？　あの歌はね、先に闘争から抜けた人が民宿をやってて、コーヒー差し出して「暖まっていきなよ」って言う、あの感じがなかなか良くてね。いろんなところにいる同世代の人が、そういうささやかなところに暖まる場所を見つけて生きていこう、そう思ったんでしょうね。お祭りのあとの寂しさみたいなところから自分の生きる場所を見つけて、それぞれの人がその後を生きてきたんだろう。ただ歌を聴いて何かシンパシーのようなものが持てる。それがわれわれの世代だろうと思う。だから「襟裳岬」をふと耳にするだけで胸がジンとする。

でも、これを若い人に言ってもね。田舎でコーヒー飲んでるだけの話にしかならない。村上春樹の『1973年のピンボール』も、昔遊んだピンボールをムキになって探しているやつがいる。この虚《むな》しさは「傷み」のあとに来る虚しさの持続なんです。傷《いた》んだことのない人にはわからない。それは学生運動だけじゃなくてね。「ヒッピー」なんて呼ばれてボロボロの服着て歩いているだけであの時代は闘いだったんです。シンガーソングライターの人もボロボロの格好をして、ギター一本抱えて、親からは「お前何をやっているんだ」と言われながらね。そういう体験を共有していたんだなと思います。

そうそう。「10・8山﨑博昭プロジェクト」がはじまってからお兄さんに山﨑くんがもっていた手帳を見せてもらったら、ドストエフスキーの『悪霊』を何ページまで読んだとかずっと書いてあるんですよ。あれはリンチ殺人事件の話なんですね。そういうものを山﨑は読み終えた直後に亡くなってしまう。メモには「ドストエフスキーのような小説を書きたい」とあった。

そのあと中核、革マルの戦争みたいな内ゲバとかリンチ殺人事件が起こって、ドストエフスキーが書いていた世界が現実になっていく。山﨑くんは見ることなく亡くなってしまった世界を、生き残ったわれわれは見てしまうわけですよね。ある意味で、美しい理念を抱えたままで去っていった彼は幸福だったと思うことがあります。その後のリンチ殺人や内ゲバ事件について、彼が生きていたらどんな感想をもつのか。そんなことを考えながら私は今日まで生きてきたわけです。

もうちょっとで山﨑の一周忌やなあと思ったんですけど、その前にやめました。

岩脇正人さんの話（大手前高校の同学年）

5番目に撮影したのは岩脇正人さんだった。大阪市内の自宅を訪ねた。そこは、山﨑博昭さんが5歳から小学5年まで過ごした家から徒歩10分くらいの場所だった。子供時代は近所だったことを知ったのは、山﨑さんが死んだあとだ。いまでも命日の10月8日の前後に山﨑さんの墓に参るという。命日に行かないのは家族や友だちとの遭遇を避けるためだ。

2020年11月、大阪で関係者を集めた映画『きみが死んだあとで』試写会をやった。岩脇さんは奥さんと一緒に参加してくれた（奥さんも山﨑博昭さんと大手前高校同学年である）。その打上げの席で岩脇さんから「ぼくが最後にしゃべったメッセージが映画に入ってなかったのが残念だったなあ」と言われた。5時間の映画にすれば入ったかもしれないが、編集的に仕方なかった。そんなわけで、映画には入らなかった岩脇さんの発言を次に書き出すことにする。

「イデオロギーでも共同幻想でも宗教でも何でも、絶対化しないこと。ある考え方を絶対化したら、必ずヒエラルキーができる、序列ができる。そのなかに自分も入っていかざるを得ない。それは隷《れい》従《じゅう》です。その思想に隷従することになるから、それだけはしない方がいい。むしろ相対化して、自由って言い方が正しいかどうかわからないけれども、少なくとも隷従しない。自由っていうのは難しい。何から自由になるか。みんなある程度生活のなかで何かにからめ取られているわけだから。でも、隷従するのは絶対だめだとぼくは思う。若い人に『どうしろ』とは言えないけど、これだけは『やめとけ』っていうのは言えます」

インタビューは岩脇さんの自宅のリビングルームで行った。

私、早熟だったので人よりちょっとずつ早く本を読んでたんですね。体も大きかったし。ドストエフスキーとかニーチェを授業時間に読んでいる、そういう子供だったんですよ。ただ、家に本はほとんどなくて、そのころ貸本屋っていうのがあって、小学校のときからお小遣いを貸本屋に全部つぎこんでいました。

高校に入ると赤松氏と、もう亡くなってますけど牧野っていう人が社研（社会科学研究部）の3年生のリーダーで、彼らはすごいたくさん本読んでて、すごい人がいるなって思いましたね。三田くんと会うのは夏休みに入る少し前です。同級生で、黒瀬くんが三田くんをぼくに会わせたんです。

三田くんのことは繊細で文学的な才能をもった男だなと思いました。何を読んでるのって聞いたら「ツルゲーネフ」と言ったので「ロシア文学だったらドストエフスキーでしょう」と返したんですよね。それからいろいろ読んでる本を話題にしたり批評し合ったり続けるようになったんだけど、そのうちに彼が休学しちゃって、いまで言う不登校になる。学校の情報を週1回、ぼくが家に教えに行ってたら、あそこのお手伝いさんがぼくを家庭教師だと誤解していたみたいでね。

社会科学研究部には、ぼくのあとに岡龍二が入ってきました。彼はいっときやめて、また入りなおして。あと何人かいましたけども。

これは「マル研（マルクス主義研究会）」ですね（卒業写真のアルバムを開きながら）。ぼくが2年のときにマル研をはじめて。「おい。写真撮るぞお」って声をかけたらみんな集まってきたんです。ほんとうの部員は（20人くらいいる中の1列目を指し）ぼくと岡、あと北本、その3人くらいだったのがこんなにいっぱい集まってきた。

ああ、スリッパですか。あれはぼくが中心じゃないです。全校で、あのときは自治会も関わっていたし。3年生の赤松の世代がかなりやってましたね。1年生はまだ学校に入りたてで、中学生の延長みたいなところがあって、おとなしかったんですよ。

当時、ぼくは「勝手に校則を変えるな」って1年生代表みたいな感じでやっていて、3年生が卒業間際になって運動に一生懸命じゃなくなり、中心が2年と1年に移ってきた。手分けしてビラ撒きをしたのがぼくと岡、三田と黒瀬。その4人だったかなあ。いまだに覚えているのは、それがあまり例のない闘争のはじまりでしたからね。次の年に学校が折れて「履いてもいい」ということになっていちおう勝ったんですよ。ぼくらにしても、こんな小さな問題にいつまでも関わりあっているのもなあっていう気持ちもあってね。

のちに彼（三田誠広）とは東京で会っているんです。「いま高校生だったときのズブズブの私小説を書いてるんだ」って。そのうち発表するんだと言ってましたね。そこ（『高校時代』）にぼくが出てくるとは思わなかったですけど。中心メンバーの名前はいちおう動物に変えてありましたけど。

あの教師と出会っていなかったら、もうちょっと違う道を行ってたかもしれないというのがいてね。さっきのスリッパですけど、ぼくはスリッパ履いて授業に出てたんですよ。「そのスリッパ履いてるヤツ」って名前呼ばずに、耳をひっぱられ教室の外へ連れ出された。「職員室の前に3年生が二人立ってるから、お前もそこに並んで立っとれ！」って言うんですよ。

それで職員室の前に行ったら、3年生が二人立っていた。その人たちとはいまでも付き合ってますけどね。そういうこともあって、その教師とは卒業するまで不倶戴天《ふぐたいてん》の敵でしたね。あと生活指導の教師。元特攻隊だったというんですけど。予科練のときの精神を言いながら「チャラチャラとしとったらあかん、もっとちゃんとやれ」って。そういうものへの反発心がものすごく強かったですね。

赤松の世代が卒業したあとは社研はぼくひとりになるから「お前がやらなければ無くなってしまう」と牧野さんに言われて、まあそれで俄然やる気になって。下の学年が何人か入ってきたりもして、一応「部」としての体裁はできるようになった。その頃には赤松は京大へ入って中核派になり、中核派の人をぼくに紹介するんです。

その人に誘われて1年の終わりの頃にマルクスの勉強会をしようと考えていたら、思いがけずたくさん人が集まった。それで社研部が主催して「マル研」というのを作ったんです。ええ。そうです。「マルクス読みたい人は誰でも来てください」と集めました。

20名くらい集まりましたから、1回目には。あれ、もうちょっと来たかもしれないなあ。教室がいっぱいになったような気がしましたけど。いたのは向、社研部の連中でしょう。三田や黒瀬とか、のちに一緒に活動する人たちがそこに集まったんです。マル研自体は純粋な勉強会で、それだけのことだったんですけどね。

それで秋になると「政治の季節」になって、日韓闘争のデモが大阪でも頻発するようになる。そこに赤松の紹介でぼくと岡の二人がデモに行くようになったのかな。時期は2年生の秋、2学期はじまってすぐです。それがデモの最初だったと思いますね。あれ、もしかしたら夏休みかもわからんけど。

それから大学生に交じって高校生がデモをするようになっていくんですよね。結局5人が

「高校マル学同」に入った。ああ、名前ですか。勝手に名乗っていただけです。デモは多いときは大手前だけでも100人はいましたね。

集会への動員数から大手前高校は当時、全国でも有数の「反戦高協」の拠点校と見られていた。

大阪の反戦高協の言い出しっぺがぼくだというのもそうです。あれは日韓闘争が終わって、東京でまずできた。新宿高校、上野高校、戸山高校で100人くらい。ぼくも1回東京の集会に出かけたことがありました。そこで仲良くなった新宿高校のYくんが大阪の集会に来たときに「これだったらできるから、大阪でも作れよ」って言われ、じゃ作ろうかってなった。

反戦高協っていうのは中核派の高校生組織で、関西では当時ブントの勢力が強くて、中核派は第三勢力でしたね。ぼくが入ったのは、赤松に連れられてというのが大きい。そう。人間関係です。

はっきり言ってね、党派の考え方の違いがわかっている人ってあの頃ほとんどいなかった。私もたいしてわかっていなかったし。どの党派に入ったかっていうのは偶然みたいなもんで、大学行って内ゲバが激しくなったときには「なんでこんなことせなあかんねん」っていうのが本音でしたね。それが党派的な運動から離れるきっかけにもなったんだけど。憎いやつでもないのに、なんでこういうことせなあかんのかって。

少し話を戻し、高校時代「マル研」に山﨑博昭さんが参加していたのかをたずねた。

1、2度くらいは来たと思います。最初の頃に様子を見に来たのかな。曖昧なのは別に入会届けとかもない、ただの読書会でしたから名簿もなくて。

ベトナム戦争が激しくなるにつれ反戦デモがあるたびに人数が増えていき、2年生の終わりの方、12月くらいに準備会があり反戦高協が正式に発足するんですが、あれは3年生の春だったかな。ちょっと記憶があいまいですけども。

なぜ盛り上がったのか？　ぼくもちょっとわからない面があるんですけどね。ぼくも一生懸命になって人を連れていったっていう覚えはないんですよ。たとえば佐々木幹郎くんが山﨑くんを、誰々が誰を連れてくるというふうに広がっていったんですが、それはぼくにとっても謎みたいなもんで。なぜ大手前1校があれだけ盛り上がったのかはね。ただ、そういうことに参加してみたいという気持ちがみんなにあったんでしょうね、潜在的に。

要するに目の前に不合理なものがある。日本政府はベトナム戦争に加担するような方向にある。そういうことに対する怒りというか。それと受験体制ですよね。きびしい受験戦争に対する反発も強かったと思います。

そういう自分たちが置かれた体制に対する「異議申し立て」みたいなものを問題意識として

もっていたということだと思いますね。それ以外にあまり説明できないですね。ああ、もうひとつ。時代的なこともあったでしょうね。大手前でもぼくらの1年下はダメなんですよ。1年上もダメ。大手前からデモに行った100人のうち、ぼくらの学年が70人くらい。上の学年が20人、下の学年は10人。たぶんそういう比率だったと思いますね、2年生のときには。

自治会祭の「平和の鳩」ですか？　あの鳩は美術部のKくんが鳩の絵を描いて飾りも作ったんですね。反戦の象徴としての鳩はインチキだから燃やしてしまおうという。当日、それに教師が激昂したんです。「勝手に火なんか使うな」って大揉めになる。ひとり停学になったのもいるんですが、教師に食ってかかって体当たりしたというのでね。柔道部のやつで、彼はいま弁護士になってますけど。それをやったのが山﨑くんや向さんのいたクラスだったんですね。

クラスが違ったからぼくはそれにはタッチしてないですけども、鳩を燃やすとか文化祭の行事に対して（学校側から）処罰を受けることがあったら立ち上がろうという準備はしてました。自治会としてね。

ああ、そうですね。珍しかったでしょうね。大阪の公立学校でも「自治会」の名前が残っているのは大手前だけだったんじゃないかなあ。どこもみんな生徒会なんですよね。それだけ自治意識が強かったということだと思います、大手前の場合は。たしかに伝統もあったたし。なんで大手前が突出していたのかと言われて、いろいろ考えていたんですけどね。

山﨑の印象は、ものすごく静かで寡黙。マル研でも会ってるんですけど、発言はほとんどしなかった。そういうときにはいつも静かに黙っているような子だった気がしますね。

ぼくはここにいてもいいんだろうかという意識が芽生えたのは、大学に入ってから徐々にですね。たとえば「三派全学連」ができて、全学連大会が東京であるから行くんですよ。ぼくは高校時代から再建全学連大会とかも出てました。そこでゲバルト（暴力的衝突）になる。どっかの党派を缶詰めにして誰が殴られたとか。ぼくも1回殴られたけど。そういうのが嫌なんですよ。生理的に。そういうのは避けたいなとずっと思ってました。

でも、しょうがなかった。あの頃の学生運動っていうのは、それこそデモも各党派バラバラなんです。みんなで何かしようっていう雰囲気はあんまりなかった。

なぜ？　やっぱり指導部のせいでしょうね。

10月8日の羽田は、現地で決戦的なデモをやるつもりでいました。やらなあかんやろって。立命と京大は同じ夜行バスで行ったんですけども、私が立命の経済のリーダーで、みんなを連れていく。十何名いたかな。そのはずだったのが、バスが出発する15分前に赤松が「岩脇、お前は京都に残っとれ」って言うんですよね。「はあ？」「俺、お前にしてもらいたいことがあるから」「ああ、そうですか」って。友達の経済の、本当はそいつが留守番役だったんですが「お前、俺の代わりに行く？」って聞いたら「うん、行く行く」って言うんで交代したんですよ。

そういう偶然であの日ぼくは行かなかった。行ってたらぼくが死んでたかもしれない。まあ、よくわからない。ただ、立命と京大の部隊はいつも同じ場所にいたんですよね。最初から最後まで弁天橋で。一緒に行った連中から詳しく聞きました。

それで次の日学校へ行こうとすると、赤松から電話がかかってきた。そのときまでぼくはまったく知らなかったんですよ。山﨑が亡くなったことを教えられ「お前のところに卒業アルバムがあるだろう。すぐ持ってこい」と言われて持って走った。京大へ。それが遺影になったんですね。

聞かされたときは、真っ白になりましたね、頭が。電車のなかでもずっとボーッとしてました。羽田から戻ってきた者もみんな一様に俯《うつむ》いた感じで、言葉が出なかった。つらそうにみんなしてましたね。

あのときは弔合戦というか、どうするんだっていうことが頭を占めてましたね。立て看板とか作るんですけども、どういう看板を作るのかという討論なんかもしてました。「同志山﨑の虐殺に抗議する」というような看板なんですけども、「虐殺」かどうかっていうことが議論になった。中核派の内部でです。

なかに「轢断《れきだん》かもわからない」ということを言い出す人がいて、もしもそうだったら虐殺なんて言えないのではないかって。ぼくは「何を馬鹿なことを言ってるんだ、別に轢断であろうが何であろうが、機動隊と衝突したなかで亡くなっているんだから虐殺に決まっているだろう」って怒ったんですよ。だいぶ大きな声でね。ぼくも少し感情的になったかもわからない。

かなり気合い入れていましたから。

11月12日（佐藤栄作首相の訪米阻止を掲げた67年第二次羽田闘争）ですか。あのときは、京大は動員数が半分くらいになったんですよ。ええ、減ったんです。もうかなり。立命は倍になりましたけど。もちろんぼくも行きました。あのときはね、機動隊、警察の方も気合い入ってました。最初から「こいつら粉砕してやる」っていう殺気を感じたから。これは身がほんまに危ないなあって。

地理に弱いので詳しいことは覚えていないんですけどね。1回目の衝突で散り散りバラバラになって、2回目にもう1回行くというときに周りがみんなブントになってしまったんですよね。そう、私の。「知ってるやつがおらへんな」ってキョロキョロして、もうどこの党派でもかまへんとついて行った。でもブントって、すぐ逃げるからね。ああ、あかん。ぽつんとひとり取り残されるみたいになって、逮捕されるんです。

まだ19歳です。拘留される前に裁判所で尋問があるんですが、姓名と住所を名乗ったら逃亡する恐れがないと判断されたのと未成年でしたから3日で出てこれましたけど。

もうヘルメットは陥没してましたね。あとで返してもらいましたが、ボコッと。あれ被ってなかったら危なかった。あのときは先輩にもらったヘルメットでデモに参加していたんですが。11月のときには、ほとんどが被ってました。命を賭けるっていうのとはちょっと違う感覚でしたね。一戦交えようという気持ちはありましたけど。

棒がね、すぐ折れちゃうんですよ。あの頃の角材は。こんなもんじゃ闘えないなあって。警棒ははるかに威力があるので、負けるばっかりだなあと思ってましたね。向こうには催涙弾もある、放水車もある、全然勝てないなあって。

ええ。佐世保も行きました。かなり善戦はしたけども、やっぱり蹴散らされましたよね、最終的には。佐世保市民病院のところの橋やったんですけども、弁天橋とよく似た感じのところで、あのときも川に落ちた人も何人もいたし。ぼくも落ちたんですよ。ちょうど下に船が停まっていて、船の中に転がりこんだんです。上がってきたらもういっぺん行こうという。日付が変わってもやってましたね。というのも、だんだん応援してくれる味方が増えてくるんです。佐世保の町の普通の人たちが応援してくれるんですよ。あのときは気持ち良かったなあ。

ぼくの考えてる、学生が先頭になって町の人も応援してくれる、そういう大衆運動があの場では成立していたんですよ。学生が敷石を剝がして機動隊に投げるでしょう。そしたら、まわりの人も渡してくれるんですよ石を、私に。これが目指す闘争だなと、すごく元気になりました。なかには「石を剝がすのをやめなさい」という人もいたけど、「よかよか、石ンごたるなんぼでもあげれ」と言うおばちゃんがいたりして。

あのときは赤松と早稲田の水谷、その二人が「突っ込み役」に決まっていたんですよね。佐世保橋だったと思う。橋の上で機動隊と押したり引いたりやっているときに突然「入るぞ！」と声が聞こえて、下を見たら赤松が走っていくんですよ。浅い川を。飛び石伝いに走っていって、フェンスに手をかけ、ひょいっと（基地の）中へ入っちゃう。すぐ赤松ってわかりました。ずっと上から見てましたから。橋の上から。

怖かったと思いますよ。中には米兵がいるんですから。カービン銃持ったやつがね。そう。撃たれるかもわからない。ふたりは覚悟の突入だったと思います。10・8から赤松も人が変わったみたいになりましたから。

そのあと2月の三里塚と王子野戦病院と続けて闘争があり、王子のときにぼくは怪我をするんですよ。一番先頭でやってて、味方の石がここに当たるんです。不細工な話ですけど。眼鏡が吹っ飛んでしまって、痛いから後ろへ下がったら「岩脇どうしたんだ、シャツが血まみれだぞ」って。あれ、もうちょっと下だったら眼が危なかったですね。そのあとも包帯巻いて三里塚には何回か行っていましたけど。

やめたのは68年の9月です。もうちょっといると山﨑の一周忌やなあと思ったんですけども、その前にやめました。ええ。なじられましたよ。岡にはキツイこと言われました。「お前がやめるとは思わなかった」って。

やっぱり武装闘争路線とは、ぼくは相容れないなと思ったんですね。怪我したり逮捕されて裁判抱えてしまったり、いろいろあって厳しくなっていくけど、自分がしょいこんでいくのは仕方ない。でも「なんでこいつが？」という、初めてデモに出てきたようなやつが捕まって裁判にかけられる。これはちょっとまずいぜって。そういうふうに人を使い捨てにしていって、いいのか。それは自分が運動をはじめたときの精神にもとるんじゃないか。そういう疑問が強くなってきた。無理かなあと思ったんです。

ぼくらが入ったときの関西の中核派にはリーダーが3人いたんですけど。佐世保のあと、68年の4月ころに全員パージされるんです。その人たちと一緒にやっていたのに、いきなり東京から来た武闘派が3人を排除して組織を全然違うものに作り変えようとする。それも納得いかない。ぼくは立命にいたのに「前進社」へ常駐にさせられるんですよ。ぼくは大衆運動したいのに大衆から切り離され、手足をもがれたような感じ。したいことが何もできなくなっていた。

やめる際に脱盟届けを出しました。こういう理由で私はやめますって。あとは自分が持っていたノート、どこの大学へ行って誰と会ったかを書いたノートと住所録をセットで組織に郵送した。ええ。持っては行かなかった。前進社に行くのが嫌になってたんですね。引き留められるというか、少しは言われましたけどね。まだあの頃は赤松みたいに苦労してやめてないです。赤松は大変やったと思いますね。

振り返ると67年、68年って映画館なんて1回も行っていないし、本も読んでない。それだけ活動に一生懸命だったというか。だからやめたあとは鬱《うつ》状態だったですね。

そうです。大学を卒業してからは家の仕事を手伝っていました。流通業だから、物とお金が目の前を流れていくわけですよね。それを円滑にするのがぼくの仕事だと自己規定したら、思い入れも何もなくてすむ。居場所を見つけたってことでは、ちょっと救いだったかもしれないですね。

罪責感を感じるかと言われたら、M大学の学生がいてね、彼は運動に入ってすぐに逮捕されるんです。起訴され、裁判を抱えてしまった。できるだけのことをしたいけど思うようにならず。家族との関係で彼がぐちゃぐちゃになって、家を飛び出さざるを得ないということになった。その辺までぼくは面倒をみてたつもりなんですけど、ぼくがやめたこともあって連絡が取れなくなったんです。そのあとぼくは仕事をしだすでしょう、そしたら家に公安が来るんですよ。「岩脇正人さんっていらっしゃいますか」「私です」「えっ？」と公安がびっくりするんですよね。

「いま何してるんですか」「ここ、ぼくの会社ですから。社長してます」って言うとまたびっくりする。いろいろ話しましたけど、その子の名前を出すんですよ。「そういう人は知りません」ってシラを切ったけど、ぼくの会社を就職先にしているらしかった。

つまり彼は、活動は続けていたということですよね。それで公安にマークされていた。なんや漫才みたいな公安との問答もありましたよ。いろんな人の名前を出されては「知ってますか？」って聞かれる。毎年みたいに来てましたね。

インタビューをしながらも岩脇さんの部屋の壁面が気にかかった。マニアらしきオーディオとともに映画のＤＶＤが棚にぎっしり詰まっている。相当な映画通らしく、自宅での上映会を25年間続けてきたそうだ。

27歳のときに父親が亡くなって3年くらいは何もする余裕がなかった。それが終わったあとに映画を観だしたんですね。ちょうどレンタルビデオ屋もできてきた頃で、記憶のなかにあるだけだったものがどんどんビデオになっていく。（フランソワ・）トリュフォーとか宝の山みたいな時代があって、レンタルビデオ屋に入り浸ってました。

音楽はね、父親が亡くなる前から好きやったんですけど。音痴《おんち》なんですけど聴くのは好きで。気持ちが落ち着くのでね。父が病気してからずっと聴いてました。まだ本は読めなかったけど、音楽は聴いてましたね。

1981年だったかなあ。父が亡くなった6年後くらいです。芝居はあまり好きではなかったけど、早稲田小劇場とか寺山さんとこの天井桟敷《てんじょうさじき》、それから紅テント、黒テントを少しずつ観に行ってたんです。そのときに佐々木幹郎に「転形劇場が面白いよ」って教えてもらった。青山で公演があるからって。

公演を観て、打ち上げで太田省吾さんと意気投合したんです。芝居だったら政治じゃないからいいだろうと呼び込みの文章を書くのを手伝ったりして。太田さんはすごく喜んでくれました。大阪公演が黒字になったのでね。地方で初めて黒字になったそうです。1800人くらい動員したのかなあ。田谷くんが「岩脇はいつまでたっても人集めの天才やなあ」って言ってましたね。

転形劇場とは解散するまでずっと付き合ってました。うちで劇団の解散パーティーもやったし。東京と大阪で1回ずつやったんですよ、解散パーティーを。ここでやったときには20人以上来てくれました。車座になって酒飲んで。あれも高校時代と同じくらい楽しかったですよ。

うちの会社もね、ぼくは長男ですから家族を養うために継ぐんだけど、ぼくの方針で「残業なし。接待なし」なんです。物を売る仕事なのにね、それを貫きました。おかげで経営的にも伸びて、社員が3倍。ぼくが入ったときは4人だったのが10人を超えました。

社長だったのは49歳と8ヶ月まで。50歳ちょっと前にやめました。父親が50で亡くなったから、私も50になったらフリーになると決めてましたね。やめて何をしたいというのは別になかったですけど。結婚したのが92年で、(会社を)やめたのが98年。結婚するまでは海外旅行をしたことがなかったんですけど、妻が行きたいというので新婚旅行でニュージーランド、次の年のゴールデンウィークにはイタリアへ。ええ。絵とか彫刻とか建物とか、好きなものの実物を見て仰天しました。仕事やめたら、もっと海外へ行けるなあって。

ずいぶん言われましたよ。「好きなことできていいなあ」というのと、「毎日お前退屈しないのか」と二種類の反応がありましたね。「まだまだしたいことは山ほどある」と、まず退屈しないかという人には言いましたね。いいなあっていう人には「いいやろ、お前も早く仕事やめろ」って。

ぼくの話　2

少年時代の「記憶」の断片

『きみが死んだあとで』は「記憶」をたどる映画である。「記憶」を「記録」すると、それは「記憶」ではなく「記録」になってしまうのだろうか。ぼくは「憶」を大事にしたい。「憶」＝❶おぼえる。忘れない。❷おもう。おもいだす。❸おしはかる。「記録映画」ではなく「記憶映画」。人生とは「記憶」そのものである、と言い切ってしまってもいい。

「水田で泳いでいる自分」。それがぼくが覚えている最初の記憶である。泥土の感触の記憶。アルバムに残る1枚の古い写真が、ぼくのこころに「水田で泳いでいる自分」を最初の記憶として移植したのかもしれないとも思う。水田の端っこに立つ桑の木に荒縄でつながれた赤ん坊が水田をはいまわり、田植えをする女衆が一瞬その手を止めて喝采《かっさい》を送っている写真。でも、ぼくの身体にはそのときの泥土の感触が確かに残り続けているから、それを生まれてはじめての記憶だと信じている。

ぼくは1958年2月生まれだから、59年春の田植えだろうか。当時は田植えも稲刈りもすべて手作業で、近隣の仲のいい農家5軒くらいが助け合って（「結《ゆい》」を組んで）いた。そんな村落共同体の助け合いは70年代前半に消滅する。農業の近代化＝機械化である。田植え機、コンバイン（稲刈り機）が登場し、その購入代金を稼ぐために男衆は賃労働に出かけ、女衆が農業の主体となる兼業農家が増えていった。毎年春になると「春はさなえの季節です」と桜田淳子が田植え機を楽々と操るCMが流れていた。

「治彦、田んぼの川でドジョウをとってこい」と祖母によく頼まれた。小学4年くらいまでの春先から夏にかけてだったか。魚網とバケツを手にしたぼくは川に着くと「かいぼり」をはじめる。幅1メートルくらいの用水路（まだコンクリートで固められていない）を上流側と下流側で堰《せ》き止め（泥土で堰をつくる）、堰の内側の水を汲み出して、その底にもぐりこんでいるドジョウを捕まえるのだ。フナやハヤもよく獲れた。ドジョウは3日間くらい金盥《かなだらい》で泳がせて泥抜きし、ネギと一緒に丸ごと醤油で煮て食べる。フナやハヤは甘露煮にして食べる。

身体の弱かった祖母は田んぼの川で獲れる川魚が大好物だった。「治彦のおかげで精が出るよ」と言われると嬉しくて（お駄賃ももらえた）、毎年春になると勇んで「かいぼり」に出かけたものだった。しかし、「かいぼり」ができたのは小学4年くらいまで。川が汚染されてしまったのだ。フナやハヤが川面に浮かび、死んでいる光景が見られるようになる。

60年代、ヘリコプターによる田んぼへの農薬散布が普及。汚染の一番の原因は田んぼへの除草剤散布だと言われている。村落共同体で助け合って稲作をしていた時代は田んぼの草取りも手作業で小まめにやっていた。しかし、賃仕事に行く男衆が農業から抜け、人手不足になり、一番の重労働の草取りができなくなる。だから田んぼに除草剤を使い、農薬を残留させた水が川へと循環し、川魚が死ぬ。

68年9月、水俣《みなまた》病の原因がチッソ水俣工場から排水されたメチル水銀化合物（有機水銀）であると公式発表された。56年に発生が確認されてから原因確定まで12年間も、政府と企業は隠蔽《いんぺい》を図ろうとしたのである。その12年間にどれほど多くの新たな水俣病患者が生まれたか。特に胎児性患者を増やした罪は重い。

当時、ベトナムでは米軍によって枯れ葉剤が空から散布された。ベトコンの隠れ家となる森林を枯れさせるためである。その結果、先天性異常児の出産が急増した。81年に生まれた結合双生児、ベトちゃんドクちゃんは日本でも有名になった。ベトナム戦争で化学兵器として使われた枯れ葉剤は米国の化学メーカーが量産した除草剤の一種である。

60年代、つまりぼくの小学校時代、何かが大きく変わった。川のドジョウやフナやハヤが食べられなくなった。水俣では工場から海に排出された有機水銀を体内に溜めた魚を食べた多くの人間が死に至る病になった。ベトナムでは米軍が散布した枯れ葉剤によって先天性異常児が急増した。70年、大阪で「人類の進歩と調和」をテーマにした万国博覧会が開かれた。いまから思えば、それは産業革命以来の「人類の進歩」に警鐘を鳴らすイベントだった。無際限な科学技術の進歩が自然の不調和をもたらす時代の幕開けだったのだ。やがて田んぼからゲンゴロウやトノマサガエルが消え、家の前の畑ではナナホシテントウやオニヤンマを見かけなくなった。2011年3月11日に発生した東日本大震災によって甚大事故を起こした福島第一原子力発電所の工事着工が1967年だったことは、60年代に何かが大きく変わったことを象徴している。

Mくん

ぼくの父と母には本を読むという習慣はなかった。家には『家庭の医学』や『株式投資入門』などの実用書以外の、たとえば小説とかは皆無だった。だから、小学校時代は学校で読まされる本以外は読んでいない。

1970年4月、家から歩いて30分もかかる市街地の公立中学校へ進学。はじめて本と出会う。正確に言うと、いろんな本を読んでいる市街地の別の小学校から進学してきた友だちと出会った。Mくんの家に遊びにいくと、彼の部屋には映画のポスターが貼ってあり、ステレオセットがあり、本棚には小説やレコードが並んでいた。憧憬のまなざしでMくんの部屋を眺めたと思う。彼から夏目漱石や森鷗外、大江健三郎や太宰治の小説を借りて貪り読んだ。海外の作家の本は少なかった。

あとでわかったのだが、彼には女子大に通う姉がいて、彼女の蔵書を譲り受けたものが多かったらしい（ひとりっ子みたいに育ったぼくは姉の存在が一番うらやましかった）。ある日曜日、自転車に乗ったMくんがひょっこりぼくの家までやってきた。その時、ぼくは父と二人で肥桶《こえおけ》を吊るした長い棒を担ぎ、家のすぐ前にある畑へ向かっていた。恥ずかしかった。

数日後のMくんとの会話の断片。

「いまでも糞尿を畑にまくんだね」

「ああ、臭かったろう」

「いやいや、あの臭いが世界から消えたら人間はダメになる。臭いという人間の実存が大事なんだ。それを消したらロボットと同じだよ」

「近くの川の1キロくらい上流にある女子高校が、最近和風のボットン便所を全部洋風の水洗便所に変えたんだ。もう川はかなり汚れているんだけど、もっとひどくなるかなあ」

「それは公害問題というよりも、文化の問題だ。糞尿の臭いが消えて、いい匂いだけになった人間社会は生きる力を失う。俺は絶対に水洗便所反対だ」

そして「天地真理のウンコは虹色の香り」とか「天皇陛下はどんな風にウンコをするんだろうか」とか、しばらくウンコ話に花を咲かせた記憶がある。ぼくは覚えているが、Mくんはすっぽり忘れているかもしれない。とにかく、Mくんはぼくの文化面の先生だった。だから、Mくんは作家とか、大学教授とか、評論家とか、とにかく文化芸術方面で活躍するに違いないと思っていた。

でも、大学を卒業したMくんはちゃんとした大企業に就職し、定年を過ぎたいまも同じ会社に残って働いている。逆に文化面でコンプレックスの塊になったぼくの方が、肥桶を担いでいたぼくの方が、いつまでも文化面にこだわり、還暦を過ぎても映画監督なんぞをやっている。ほんとにコンプレックスは恐ろしい。そして人生は最後までわからない。

マスターベーション

下ネタの記憶。ぼくの初マスターベーションは小学6年の秋だった（69年の秋ということになる）。校庭のプラタナスの木の葉が黄色く色づきはじめた頃、昼の給食が終わったあとの休み時間、校庭へ走り出したぼくはいつものように「のぼり棒」に飛びついて、足を絡めてのぼりだした。てっぺんに到達する直前、ぼくは身震いした。オチンチンの辺りが異様に気持ちいい。生まれてはじめての感覚（日常的にマスターベーションをするようになってから、それを一般的に「快感」と呼ぶことを知る）。もちろん、その体験は誰にも打ち明けられなかったけれど、ぼくはしばらく休み時間になると「のぼり棒」にのぼるサルになった（自分でこっそりできるようになると「のぼり棒」にはのぼらなくなった）。

ぼくの初マスターベーションは風変わりだった。自分の創意工夫、オリジナルである。「のぼり棒」の原理を使う。足を絡めてのぼりながら、オチンチンの辺りがズボンの上から棒に擦られることによって、てっぺん付近で気持ちよくなる。棒の代わりに自分の両手を使って交互に上から下へズボンの上からオチンチンを擦ってみた。「ああっ」って、感じた。友だちには絶対に教えなかった。でも、クラスの男の子はみんな内緒で同じことをしているんだろうなと思っていた。中学1年の夏休みの林間学校（学年全員で秩父の山でキャンプする。70年夏）で、自分のマスターベーションの方法がおそろしく風変わりであることが判明する。

夜遅く、男の子ばっかり6人が詰め込まれたバンガローで「好きな女の子」の話題から盛り上がり、ひそひそ声でマスターベーションの話になった。そこでぼくは自信をもって真っ先に自分のやり方を披瀝し、みんなに大笑いされる。奥手でまだやったことのない同級生も何人かいたが、正統なやり方はみんななんとなく知っていた。年上の兄弟や先輩に教えられたというケースが多かった。「オチンチンを利き腕で握って上下させるんだよ、普通は」とませた同級生が教えてくれた。実際やってみると、その方が簡単だった。最近はネット上にありとあらゆる情報が出回っているから「のぼり棒」で初体験し、その原理から自分で創意工夫するなんて男の子は絶滅種だろう。

みんな悩んで大きくなった

いまも強く記憶しているCMソングがある。作家の野坂昭如《あきゆき》が出演したサントリーゴールドのＣＭだ。調べたら１９７６年に放送されていた（作詞はコピーライターの仲畑貴志）。ぼくが大学浪人した年だ。

ソ・ソ・ソクラテスか
プラトンか
ニ・ニ・ニーチェか
サルトルか
みんな悩んで大きくなった
大きいわァ大物よォ
おれもおまえも大物だァ
そうよ大物よォ

「みんな悩んで大きくなった」というフレーズに共感した。と同時に「みんな悩んで大きくなって、それからどうするの」と思ったものだ。敗戦後の混乱期から１９５０年に勃発した朝鮮戦争特需で立ち直った日本は、60年代後半はベトナム戦争特需の恩恵を受け、68年についに米国に次ぐＧＮＰ（国民総生産）世界第2位の経済大国になった。

１９５4年に警察予備隊が自衛隊に格上げされ、60年に日米安保条約が改定され、東西冷戦の国際的枠組みに組み込まれた。64年の東京オリンピックが成功し、同時に東海道新幹線や首都高速道路の開通、70年には「人類の進歩と調和」をテーマに大阪万博を開催、72年にのちに総理大臣となる田中角栄が「日本列島改造論」を発表。「みんな悩んで大きくなった」と野坂昭如が歌うCMソングが一世を風靡《ふうび》した76年には、「みんな悩んで大きくなっても、絶対ぶっ壊すことができない」システム（体制）がほぼ完成した戦後日本社会が誕生していたのだ。

おまけに1960年の「60年安保闘争」からつづいてきた「若者が主役の闘争」は完璧に権力に敗北し、その負けた当事者たちの多くはのうのうと日本社会の政治経済プログラムに組み込まれていった。そう、ぼくが大学に入学した77年4月にはすべてが終わっていて、前の世代と同じように「みんな悩んで大きくなった」ぼくたちは、前の世代の失敗を目の当たりにして「悩んで損しちゃった」とため息をつき、マスターベーション、つまり自慰するしか能のない「しらけ世代」になり、プログラム化された社会の一員になることを一時的に拒否する「モラトリアム世代」になった（大学時代を〝モラトリアム期間〟として自堕落に過ごし、その後まじめに就職する。この国ではそんな青春が70年代後半から定番の定食のようにずっとつづいている）。

何の役にも立たない老人に、何の意味があるんだと思うでしょうけど。

佐々木幹郎さんの話（大手前高校の同級生）

6番目に撮影したのは佐々木幹郎《みきろう》さんだった。映画『きみが死んだあとで』のことを真っ先に相談したのは佐々木さんだったが、撮影は山の雪解けを待たなければならなかったので6番目になった。「もうだいぶ雪が少なくなったから、いらっしゃい」と連絡をもらい、2019年3月下旬、ぼくとカメラマンの加藤さんはクルマで群馬県嬬恋《つまごい》村にある佐々木さんの山小屋へ向かった。

山小屋には2泊3日させていただいた。到着した日は佐々木さんと近くの温泉宿へお風呂をもらいに行き、夜は嬬恋村の仲間（農家の親子、大工さん、なかには東京から来た女性もいた）が集い、みんなで手造りしたというピザ釜でいろんなものを焼いて食べ、赤ワイン、白ワインをボンボン開けて飲んだ。2日目は午前中は焚き火をして昼ごはんを作り、午後ようやく「撮影しましょうか」となった。これが詩人・佐々木幹郎の流儀なのである。

書斎小屋でのインタビューのあと、山﨑博昭さんが死んだ直後に書いた詩「死者の鞭」を朗読してもらって撮影終了。もしかしたら、登場人物のなかでもっとも撮影時間が短かったかもしれない。しかし、映画では一番長くしゃべっている。映画に登場する14人のなかで、兄の山﨑建夫さんを除けば、一番深く山﨑博昭さんの「記憶」を維持しているのが佐々木さんだったからだろう。短時間に「記憶」が噴出したのだ。

詩人・佐々木幹郎は「時代という舟の舳先《へさき》にちょこんと座る、何の役にも立たないおじいさん」役がよく似合いそうだ（インタビューを最後まで読むと意味がわかります）。最近、佐々木さんが『猫には負ける』という本を出した。そこに「猫が全身で示す言葉たちは、意味に囚われて身動きできなくなる人間のコミュニケーション言語よりも、ずっと魅力的である」とあった。ぼくの頭に「舟の舳先で『ニャオニャオ』言ってる佐々木さん」が浮かんだ。

月に1回か2回、週末に東京を夜10時くらいに出発したら深夜1時くらいに山小屋に着きますから。関越と上越を使って、渋滞がなかったら3時間くらい。あの山の向こうにあるのが浅間山ですね。ここからは見えないけど、嬬恋村は日本有数のキャベツ産地で、作付けは浅間山の残雪が馬の形に見え出したとき。7月に出荷がはじまり、夏ここにきたらキャベツの匂いが広がっています。

ここはぼくの友人が72年に、斜面に山小屋をひとつ造り、その10年後に東京の友人たちと地元の人とでも1棟、手作りで造った。さらにその10年後にこの書斎を作って、そう、ぜんぶで3棟になります。村人にとっては都会からいろんな職種の多彩な人がやって来る不思議な空間。都会の人にとっては自然のなかで遊べる場所。そういうエアポケットのような場所を作りたくて。もう30年以上ですね、通い続けて。ここはプロのミュージシャンも来ますから、音楽を聴く場所であり、酒を飲む場所でもあり、村のキャベツ農家や八百屋や、いろんな人が集まるから、東京とはまったく違う会話になるんですね。

大学は京都の同志社で、大学を離れてからも京都に住んでいました。もともと東京へ来る気はありませんでした。ずっと関西に住むと思っていた。あんな成り上がりの東夷の国には行きたくない。そう思っていたんだけど、鴨川で猫を拾いまして。その猫を飼っていたとき、下宿の大家さんから「1ヶ月で出て行ってくれ」と言われ、きゅうきょ猫を飼える家を探したんです。

関東に比べて関西の一戸建ての借家の条件は、敷金・礼金がものすごく高い。安いところが全然見つからなくて困ってたとき、映画監督の岩佐寿弥《ひさや》さんから「東京の国分寺に親戚の不動産屋が扱っている一戸建てがあって、空いてる」と言われたのです。岩佐さんとはその頃、一緒に映画をつくることになっていた。それで猫を抱えて新幹線に乗った。そう。猫がきっかけですね、東京に住むようになったのは。だから人間はどういうふうに転がっていくかわからない。

高校時代から詩を書いていて、その後、映画に関わりましたが、50代の終わりから音楽の世界にも関わって、今年の10月で72になるけど、最近の仕事はオペラの台本です。この前も新国立劇場で石川淳原作の「紫苑《しおん》物語」をオペラにして、その公演が終わったばかりです。

生きつづけるっていうのは、ほんとうに面白いと思うね。ぼくは若い子に会ったら「長生きしろ。生きていれば何してるかわからない自分がいるんだから、絶対死ぬな」って言うんです。それは高校2年生のときにぼくの席の隣に山﨑がいて、大学に入ってわずか半年、18歳で、第一次羽田闘争の弁天橋で亡くなる事件に遭遇しましたから。「死ぬな」っていう思いは一般論と同時に、個人的な体験として痛切にそう思います。

山﨑が殺されたことを知って、あのときぼくは浪人生だったけれども「50年後、何人の日本人があいつの死を思い出すか。ぼくだけは忘れないぞ」と思い、「死者の鞭」っていう詩を書いたんです。それが50年経って「10・8山﨑博昭プロジェクト」を通じて、山﨑の死によって人生が変わったという人がたくさんいることを知るんだけれども。

都会から山小屋に遊びに来る子供たちは、すごく元気になるんです。村の人たちも、住んでいるのはここから車で5分ほど下の集落ですが、あの人たちにとってもここは人里離れた山なんです。子供たちには焚き火をさせる。薪拾《たきぎ》いや火の付け方を教えたり、いろいろやる。

山小屋のルールがひとつだけあって、飯を食うのも酒を飲むのも泊まるのも無料だけれど、

「一宿一飯の恩義は体で返せ」と言っています。それを子供たちにも大人にも最初に言うわけね。それで、子供たちは薪とか集めてくる。

あそこの大きな栗の木の上にツリーハウスがありますが、あのツリーハウスを作ったのも、村の小学校4年生の女の子たちがこの山で遊んでいて、山で遊び疲れたときに山の斜面で休憩できるベンチを作ってほしいってぼくに言ってきたのがきっかけでした。

ベンチを作るんだったら木の上に家はどうか。「え、そんなの作れるの」って。ぼくはアメリカに住んだことがあるんだけど、郊外の家の庭にはツリーハウスが多いんですよ。女の子たちは自分が作りたいハウスの絵を描いたりして。山小屋の大人のメンバーも手伝いはじめたら、子供そっちのけでツリーハウス作りに夢中になっちゃった。7年間作りつづけてまだ未完成ですけれども。

何の役にも立たないもの、実用には遠いもので遊ぶっていうのはどれだけ面白いか。そこに文化がある。無用なもの、無駄なもの。それこそが文化なんだということを、ここでいっぱい教わりますよ。

群馬県は自民党王国ですし、総理大臣をいっぱい出してる土地柄でしょう。村も派閥に分かれていて、選挙のときには互いに口をきかなくなる。ところが、そんなときでもこの山小屋へ来たら、まったく違った関係が成立する。それを村の人たちは面白がるわけですよ。

山小屋のどこかが壊れたら、山小屋の仲間が勝手に直す。みんな、自分の山小屋だと思ってる。谷川俊太郎さんが遊びに来たとき「血のつながらない新しい家族のかたちがここにはある」と言ってました。

高校2年のときは、ぼくの右側の席に山崎博昭が座っていて、あるとき横を見たら山崎が文庫本のキルケゴールを読んでいるんです。60年代文化と言われている文化がダァーッと熟成していく、出発点みたいな時期だったと思うんですね。青林堂の「ガロ」っていう雑誌で白土三平の『カムイ伝』とか、水木しげるの妖怪ものの漫画がはじまる。つげ義春の『ねじ式』もそうでした。

とにかく「ガロ」が一番人気。それから「少年マガジン」「朝日ジャーナル」。この三つの雑誌が出るたび、みんなで回し読みする。ぼくが読み終わると隣の山崎に回す。いっぽうで翻訳本なんかも、ロートレアモンの『マルドロールの歌』、セリーヌの『夜の果ての旅』を授業中に読んで、読み終わったら隣の山崎に貸す。

倫理社会の授業では好きな哲学者をテーマに選んで発表するっていうのがあって、山崎はキルケゴールをやったのか、ニーチェかな。どっちかをやりましたね。同じ頃、社研をやっていた岩脇正人くんが「マルクス主義研究会」っていうのを立ち上げるんですね。

ちょうどその頃、日韓条約が締結されることになって、韓国と日本の間の不平等な条約であるということで反対闘争がはじまったんです。その基本的な問題を考えようとして最初にマルクス主義研究会で読んだのが、新潮社の『マルクス・エンゲルス選集』というシリーズの中の

「ユダヤ人問題に寄せて」というマルクスの論文。その次が『経済学・哲学草稿』の読書会。『ドイツ・イデオロギー』も文庫本で読み出す。10人くらいが毎回集まって読むんです。

へんな高校でねえ、大手前高校の前に大阪城公園があるんですけど、毎週末、夕方のデモに集まる。大手前高校だけで50人を超えていた。文科系のサークルの連中だけじゃなくて、サッカー部、剣道部、ラグビー部、陸上部、柔道部といった運動系のサークルからも。大手前だけで一つの梯団《ていだん》ができていたんです。

扇町公園から大阪駅までデモをするなんてことをしょっちゅうやっていて。いまから考えると、どうしてあんなに急成長していったのだろうか。不思議な感じがしますね。ええ。もちろん女生徒も一緒です。リードしていったのが岩脇くんで。彼は優秀でした。ぼくが読んでない本を克明に読んで教えてくれたりしました。三田誠広もそういう形でマルクスを読みだしたと思いますけども。彼は高校2年生のときに休学するんですね。休学中に小説を書いて「Mの世界」という小説で文藝全国学生小説コンクールに入賞した。ぼくらが3年生に上がったときに、彼は2年生に復帰するんだけども。

山﨑はぼくが読んでる本をいつも気にしていて「佐々木、いま何読んでる？ 読み終わったら貸して」って声をかけられることが多かった。ぼくはテストがあると数学のノートを借りる。テストの前夜まで借りていても、彼は怒らないんだよね。彼の数学の解き方は5、6行でパパ

ッとまとめてあって、ほんとうにきれいなんですよね。あのノートは助かりましたねえ。

彼が卒業した中学から大手前高校に入ったのは一人か二人でしょう。大手前高校でも優秀な生徒として京大へ行く。どこで培ったんだろう、あいつの勉強のスタイルは。塾に行くとか一切そんなものはやってない。ほんとうに克明な勉強の仕方をしていたんだと思います。

彼が死んでから大学時代のノートに、フランス語、ドイツ語をやってマルクスの本を読んで、その次にどの本を読むというスケジュール表が書かれていたのを見たことがあるんです。ほとんど1時間か2時間単位で、夏休みの過ごし方をきちっと全部書いている。そういう彼のノートをお兄さんの建夫さんから見せてもらったときに、なるほどこういう形で高校時代も受験勉強をやっていたのかとよくわかりましたよ。

そう。そこが山﨑なんだよね。控えめに人と接するところ。無口だけど、彼とはいつも一緒にいました。卒業アルバムの寄せ書きに「18歳の老人」と書いたりするのも如何にも山﨑らしいところです。ずっと年上のような落ち着きをもっていた。静かなおじいさんのような物腰だって、誰かに揶揄《やゆ》されて書いたんでしょう。山﨑らしいですよね。

ぼくなんかよりも山﨑と親しかったのが山本望っていう、彼も優れたやつで一緒に京大に行きましたけれど、あと下西。この三人は仲良しだったんですね。下西くんは弁天橋で山﨑の隣に写っている写真があります。下西も山本もほんとうにおだやかで人柄のいい人間でした。

先輩に赤松さんがいたからね。赤松さんが先に京大に入って中核派に入ったから、山﨑なんかもその延長線上で。そのこと自体は自然なことだったと思いますね。だから、赤松氏がブントを選んでたら彼もブントになっていたんじゃないだろうか。

ぼくは、時間を経てみると大手前高校の学生運動は面白かったと思いますけれども、所詮はエリート高校のエリート運動だったと思います。全国的に見て、どうして同時期に職業高校で最初に起こらなかったのか。高校出てすぐ働くようなところでは起こってないんですよ。その限界を認めておかないとダメだと思うんです。後に全共闘運動が始まったとき、高校生運動は職業高校にも広がりますが。

あの日、羽田で10・8の闘争があるということはもちろん知ってました。予備校の授業が終わって、大阪阿倍野橋駅、近鉄のプラットホームまで歩いていこうとしたら駅の柱という柱に、その当時大阪は夕刊だけの新聞がたくさんありまして、夕刊紙の号外がバァーと貼ってあった。大きく山﨑の写真があって「京大生死亡」っていう文字が。あわてて家へ帰ったら、友達から電話がかかってきて、大学へ行った連中は大学で動きがあるから浪人している連中だけでも集まろうっていうので、大手前高校の社研部の部室へ駆けつけたんです。

夕方にこっそり入って、電気もつけないで真暗闇のなかでどうしようと相談をしました。追悼デモをやらなきゃいけないっていうんで13日だったかに決めて、大阪の扇町公園で追悼集会をやったんです。でも、先頭に行くようなやつじゃなかったからねえ。高校のデモでだって、そんな戦闘的な人間じゃなかった。「どうしてお前が装甲車の前まで行ったのか」と、長い間疑問でしたね。

警察側からは、学生が奪った装甲車に轢《ひ》かれて死んだと発表がありました。けれど、一緒に弁天橋に行った仲間や遺体を見た弁護士からは、そんなことはあり得ない。「山﨑は機動隊に殴り殺されたとしか考えられない」という話を聞く。どっちを信用するか。現場にいた人間や遺体を見た人間の話を信用する以外ないですよ。

ぼくは翌年同志社へ入るんですけども、同志社のマルクス主義研究会で一緒だった田谷くんから聞いたのは、彼は山﨑のほとんど2、3人隣にいて、血を噴いて倒れる姿を見ていた。だけど、当時はそのことは言わなかった。言う言葉がなかったんですよ。同時に、闘争の直後に公表すると捕まりますからね。いくらでも後で起訴していくっていうことがありましたから。その後は、語る場所がどこにもなくなった。ようやく50年経って、子供も成人し、それぞれ「これだけは言葉に残してから死にたい」そういう連中がいまになってしゃべり出したわけですよ。つまり、ひとつのファクトに近づくためにはこんなにも時間が必要だということですよね。

あのときは、どこの大学でもよかったんですね。最初に合格発表があったのが同志社で、もうすぐデモに行きましたね。入学式の前に王子野戦病院反対闘争で捕まり、勾留期限いっぱい上野署に留置されていました。

あのときは21日間だったか。釈放された翌日に入学式に行くんですね。在宅起訴で1年半ほど裁判があり、懲役1年半、執行猶予3年。東京地裁で毎月裁判があって、月1回裁判所へ行かなければならない。金がなくてほんとに困りました。

1年生の9月の終わりですね。やめてセクトの闘争から一切身を引いたのは。理由は、次々上からの命令を受け、次は立川基地闘争、次はどこどこっていう形で動員されていく。こんなのが一生続くのかって。思想的な問題とかもありましたけども、組織の方針に対してクエスチョンマークがいくつも出てきて。

まあ、やめようと思うのはね、9月の末に立川基地（砂川）の闘争で「次は佐々木、お前が先頭に立って、柵を乗り越えて入って捕まる役」と決められるわけです。まだ王子の裁判の決着がついていませんから、次捕まったら何年くらうんだろう。そういうことを自分は命令されてやるのか。お前はそういう生き方を選んだのかと。

あの日は、同志社のボックスでみんなで待ち合わせしていたときに、たまたま岩脇くんが立命館から来たんですよ。「ひさしぶり」と喫茶店でコーヒー飲んでて、いろいろ雑談していた。「今度行ったら岩脇、ぼくはまた捕まるんだよな。どうしよう。今度は長引くぞ」っていう話をしていたときに、岩脇が「いつまで佐々木（は）やる?」って素直に聞いてきた。そのときぼくは即座に岩脇に言ったんだな。「その言葉だけは言わんといてほしかった」。うーん、それを言葉にしてしまったかって。

「山﨑の一周忌がある今年の10・8まではやるよ。やろうと思ってる」と答えたんですけど、10代の末っていうのは面白いですよね。うわーと、いろんなことを考えながら頭のなかで言葉をひねり出してますから。言った直後に、なんで一周忌まで、という区切り方をするんだと思うわけです。瞬間、そんな時間的な区切り方は違うと思った。「いや、いまやめる」って言った。岩脇はものすごく驚いてね。

これから京都駅まで行って、立川基地闘争に仲間と行くことになっていて、ぼくはそのリーダー格で突っ込む役の決意表明をしたあとだったから「黙って消えるのは無責任だから、みんなにそのことを言いに行く」と言ったら、「お前やめとけ、やめとけ」って。いや行かなきゃというと、袋叩きにあうかもしれないからって、岩脇が心配してついてきてくれたんですね。

みんなが集まっている同志社のボックスの扉を開けたら「佐々木、あと15分で出発だ」と言われ、「いや今日は行かない。永遠にこのボックスに来ることもないだろう。ぼくは中核派をいまやめる」と言った。そしたらぼくの右腕になっていた、ものすごくいい男なんですけどね、その彼が「ちょっと待って、ちょっと待ってくれ」って。「佐々木、それは俺だけに言ってくれたらよかったのに。ちょっと外へ出よう」「ごめん、いま決めたばっかりだから」「今日は俺が責任もって立川へ行ってくるけれども、戻ってきたら二人で話そう」と彼が言う。岩脇は心配そうにぼくの後ろにいて、ボディガードみたいにぼくを守ろうと思ってくれていたんでしょう。

それ以上は何もなかったからボックスを離れ、二人で京都の町をぶらぶら、ぶらぶら、同志社のある今出川から四条河原町へ歩いていった。大学入って、こんな視線で京都の町を見るのは初めてだなあって思いましたね。

いろんな音があって、いろんな店があって。ぼくが大学入って半年間で見たのは大学と四条河原町、それから、円山公園までのデモのコースだけなんですね。それ以外の京都は見ていない。あとは、四条河原町の交差点で連日のカンパ活動。何、こんなに風景が違って見えるんだと思いましたね。

それから岩脇くんと二人、これからどうしようか。どちらが言いだしたのか忘れたんだけれども、京都府の郊外に河井徳治《とくはる》先生（大手前高校で倫理社会の授業を担当）の家がある。日曜日だから河合先生いると思うから会いに行こうって。京都駅から電話して「遊びに来るならおいで」と言われ、二人で行ったんです。

先生も心配されてたんですね、ぼくらのことを。大学でドイツ語をやろうと思ったけど、連日デモとかやってたんでドイツ語（の授業）は1回しか受けてない。まったくやってないんですよって話したら、「そうか、じゃあ今晩ここに泊まれ。ドイツ語の初歩を教える」って言われ、2泊3日したんじゃないかな。岩脇と二人「アーベツェーデー」とアルファベートの書き方からはじまって、大学1年生の終わりぐらいまでのドイツ語講座をやってもらった。それがやめると決めた日からのことです。もう河井先生には感謝しかないです。いまでもそのノートは残っていますよ。

詩は高校時代からずっと書きつづけていたけれども、「死者の鞭」という詩は、山﨑が死んだ1週間後から書きはじめていたんです。翌年の1月の王子闘争で捕まったときにぼくがインディアンリンチを受けて、ヘルメットを破られ血まみれになって捕まった。その体験を詩の最後のところに加筆してまとめたんですね。

そこで見つけたのは、生き抜くということ。絶対生き抜いてやる、という思いです。機動隊の警棒を、10人くらいから乱打を受けると、ヘルメットなんてすぐに穴が空くんですね。こうします（両手で頭部を庇う）から手の指が骨折する。もうこれで死ぬかもしれないと思ったけれども、同時に、絶対に生き抜いてやると思うんですよね。

蝸牛《かたつむり》みたいに土の中に潜りこみたくなるんだけれども、アスファルトだから潜れない。蹴られて血まみれになっていく。「死ぬなあ」と思いながら、逆にものすごい解放感に浸される。そのとき「絶対に生き抜いてやる」と思ったんです。死なんぞ、生き抜いてやるって。だから「死者の鞭」の最後には自分の体験を踏まえて「生き抜く！　生き抜くことだ！」って入れている。山﨑もそう思ったんだと思う。意識を失う寸前に「絶対に死んでたまるか」と思ったに違いない。そのことはとってもよくわかった。

それで1年後の10月8日にぼくが何をしていたかというと、中核派の関西の事務所に行って、みんながデモに行って、ひとりだけ幹部の人が座っていた。その人とずっと話をしたんですね。いろいろ話をして、大学戦線にはきみは戻りにくいだろうから反戦青年委員会をやってくれないかと言われ、「もうちょっと考えさせてほしい」と答えました。その日から、ほんとうにお前がやりたいことは何なんだってことをひとりで考え、ぼくがほんとうに一生かけてやりたいのは詩を書くことと絵を描くことだ。それ以外にないだろう。最終的に政治運動から離れ、そこから政治的用語を一切自分の中から遮断しました。

そこから先、ぼくが同志社で何をしたかというと、党派の学生運動には一切タッチをしない。大学で全共闘運動がはじまりますが、哲学科のみんなと一緒に哲学の自主講座っていうのを、あれは2年くらいやったかなあ。面白いメンバーがたくさん集まったんです。政治用語は使わないで、文学と哲学の言葉で「なぜバリケードが必要なのか」をやりつづける。

ただ、ぼくがキャンパスを歩いているだけで中核派がぼくの行く授業を潰しにかかるんです。「佐々木幹郎批判」を授業が始まる前に延々とやる。友人が「佐々木、授業に出たらダメだ」って言いに来てくれて、幸い襲撃はされませんでしたけれど。そういうこともあって、大学は中退です。この自主講座を持続できなくなったときにはやめよう、大学にいる意味がないと考えていた。

その頃には、ぼくは好きな文学者とか思想家に直接会いに行って話をしていました。松下昇さんが神戸大学でドイツ語教官としてバリケードを自ら築いて闘っていたので、松下さんの闘争を支援しに神戸大学へ行ったり、あるいは詩の評論家で北川透《とおる》さんという方が豊橋におられて、ぼくの詩を評価してくださって『死者の鞭』の解説を書いてくださったんですけども。大学の外に学びたいと思う年上の文学者や思想家が数人いて、それ以外必要ないと傲慢《ごうまん》にも思っていた。

連合赤軍事件ですか？　直接関わりはなかったけれども、我々のなかで何が一番大きく欠落していたのかは考えますね。

これは谷川雁《がん》さんのエッセイで読んだのかなあ。天草《あまくさ》の漁師は、若い漁師が魚を捕りに行くときに、船の舳先に働くことができなくなった爺さんをひとり置いとくんだそうです。そう。漁には役にも立たない老人を。何の意味があるんだと思うでしょう。

ところが、若者たちが漁に夢中になっている最中に、「あと2時間後に南から嵐がやってくるぞ」と老人がポツンとつぶやく。そうすると網を引き上げてすぐに港へ戻る。どんなに魚がいても。「これが天草の漁師たちの組織論だ」というようなことを谷川さんが言っていた。あの時代に、この無駄を組織論に生かしている組織というのはひとつもないじゃないか。でも庶民は全部知っているんだ、と。

何かを始めるときに、何が一番大事なのか。どういう文化を大事にするか。たかだか10年の年齢差でまとまった程度の組織論、上から目線で、すべて突破していこうとする。そんなこと成立するわけがないんですよ。だからぼくがやらなくちゃいけないのは、いまの若い連中から、昔の連中は失敗ばっかりやってきて日本の社会は劣化していると言われても、船の舳先にぼんやり座ること。船に乗せてくれるかどうか、わからないけれど。ただ、ぼくは言葉でずっと生きてきましたから、たとえ何の役に立たなくとも、無駄なことを言わなきゃいけないと思っている。ええ。ぼくはそう思っています。

49歳ではじめて没頭したんです、いまの仕事に。

赤松英一さんの話（大手前高校の2学年先輩）

7番目に撮影したのは赤松英一《ひでかず》さんだった。山梨県にある赤松さんの自宅ログハウス。南に面して傾斜する自宅前の広大な土地ではワイン醸造用のブドウが栽培されている。

日本ではブドウは棚で栽培されるのが一般的だが、このブドウ畑はワイヤーで垣根を作り、それに沿ってブドウを植えて育てる「垣根式」だ。1996年に山梨県のワイン醸造会社へ就職した赤松さんは、ブドウ畑の農場長としてヨーロッパではじまった「垣根式」栽培をいち早く取り入れ、日本に定着させた。「お土産に赤白1本ずつもって帰ってよ」と渡されたワインは、酸味、甘味、うま味、渋味のバランスが絶妙な、とても美味しいものだった。

赤松さんの人生のバランスはどうだったのだろうか。

大手前高校出身の赤松さんは山﨑博昭さんの2年先輩である。現役で京都大学に入学、マル学同中核派で活動をはじめ、3年生になったときには学生のリーダーになっていた。そこへ大手前高校の2

年後輩たちが入学。山﨑さんもそのひとりで、すぐに中核派に加盟した。そして半年後、67年10月8日に羽田・弁天橋で山﨑さんは死んだ。この第一次羽田闘争には赤松さんは参加せず、送り出す側にまわる。出発前夜には山﨑さんを含む後輩たちを自分の下宿に泊めて、励ましている。山﨑を死なせた責任をどうとるのか。赤松さんは人生のバランスを崩す。

立花隆が書いた『中核VS革マル（上・下）』という本をぼくは大学時代に読んだ。1981年だったと思う。当時、内ゲバの死者は百人に迫っていた。上巻に71年に起きた「革マル派による辻・正田虐殺事件」のことが載っている。この事件現場の中核派側の責任者が赤松さんだった。また、後輩を死なせたのだ。

このあと赤松さんは非公然の軍事部門で活動し、76年7月に内ゲバ事件で逮捕される。5年間収監された赤松さんは、その独房で人生のバランスを取り戻そうとするのだが……。

高校のときに社会科学研究部に入ったのは、受験戦争至上主義の学校で勉強でいい大学に入るような生活はしたくない、60年安保のときのような新しい運動と結びついた社会主義とか共産主義とかマルクス主義とか、そんなものを考えてみたいというのがあったということですね。社研部ではマルクスの『賃労働と資本』とかエンゲルスの解説本とかを読むんだけど、ぼくらが真剣に討論していたのは安保ブントの知識人たちが提起する思想、つまり吉本隆明とか谷川雁《がん》とかが言っていることを読み、大学の文化祭に聞きに行ったりして論議する。そんなことが中心でしたね。

赤松さんが3年生のときに起きた「ツッカケ闘争」について聞いてみた。

ツッカケがいいのか運動靴がいいのかっていうのは、いまとなってはそんなにたいしたことではないように思う。だけども当時のぼくたちにとっては、かなり自由な高校であった大手前のなかで、生徒の管理が進められると受けとめたんですね。ただ、ぼくらは3年だということもあって運動として組織するという気持ちはあまりなくて、体育祭に来賓が来ているなかをスリッパで走ったり、スリッパを掲げて「スリッパ反対」とやる。ちょっとふざけてると見られても仕方ないような行動をしたぐらいでした。

でも1年生たちが中心になって、そのことをクラス討論とか学校への要求というふうにしてやったのは立派なものだと思います。

ぼくは46（昭和21）年生まれですが、生まれた年の差というよりも東京や大阪の大都市とそうでない地方都市、あるいは親がどういう階層であったとか、どちらかというとそういうところの違いの方がほんとうは大きいんだと思います。

ぼくの場合は、高校時代から受験のために何かを我慢するとか、いまはこういうことには目をつぶろうとかいうことは一切なかった。ただ自分が今後生きていくためにも大学は行った方がいいだろうから、授業とかはさぼらなかったし、それなりの試験勉強もしたんですが。それよりも「日本読書新聞」とか吉本隆明の「試行」を定期購読したりとか、関西ブントの機関紙を読んで集会に行ったりというのを並行してやっていましたね。

職業革命家をめざすということはなかったですが、大学卒業して就職してサラリーマンになる、そんなことはまったく考えてなかった。思想者というか革命者というか、そういう生き方をしようとは思っていて、京大へ行って学生運動をしようというふうに思っていました。

ぼくが山﨑を党派オルグしたかということについては、記憶はない。というか、ぼくは京大の中核派のなかでは大衆運動のリーダーという立場で、党派オルグは主に別の人がやっていたということもある。ただ、大手前出身の十数人の人間について中核派の候補者ですと紹介されるので、その全員と運動をやろうという話はもちろんしてました。

大手前での「反戦高協」の組織づくりに関しても、ぼく自身は岩脇を通す以外、ひとりひとりには話してないです。関西の前進社という中核派の事務所にいる常任の人だとか、高校生対策部という組織が確立してからはそういう人たちが（勧誘や指導を）やったんだけども、大手前の場合は、現場のオルグは岩脇たちに任せていた。彼は「反戦高協大阪府委員会議長」っていう立場で、当時の反戦高協の雑誌に論文を書いたりしていましたからね。反戦高協については、いろんな高校にできていて、いまでも誰それが「元反戦高協」だったという話はあるけども、初期の反戦高協っていうのは党派系列化した組織じゃなかったんです。

日韓闘争の場合は「朝鮮再侵略」だとすぐに肌身で感じるわけじゃない。理屈から入ってやる人間もいたけれども「ベトナム戦争反対」っていうのは、それまでの運動と明らかに次元を画するんですね。特に1965年の「北爆」によって一挙に戦争が拡大し、当時はマスメディアっていうかジャーナリズムの戦争に対する報道が非常に大きな影響をもっていました。そこにも二つの要素があったと思うんです。

ひとつは悲惨な戦争が起きていて、そこでは無辜《むこ》の人たちが殺されている。それに日本が無関係でないということがわかる。なんとかしなくちゃならない。そういう意識。もうひとつは、ベトナムの民衆は「かわいそうな存在」だけではなくて、不屈に戦い、アメリカがひょっとしたらボロボロになるかもしれないという現実性が一方で見えてくる。何か新しい時代が、新しい世界が、ここから生み出されてくるんじゃないか。そういう驚きとか期待、その二つが共にリアルに感じられてくる。

65年の北爆から70年代に至るベトナム戦争をめぐっては、日本が米軍タンクの輸送に関わったり、野戦病院も含めて協力している。特に沖縄がその最前線基地になっている。これはどうなのか。これをどうしたらいいのかという危機意識、対極でベトナムから世界が変わるかもしれないという期待、これらが社会運動の新しい段階をつくったということですね。

赤松さんが中核派に加盟した理由をきいた。

記念誌の文章にも書きましたが、理由は三つある。ひとつは、たまたま合格発表の日に、当時関西ブントが京大の「同学会」という全学自治会を握ってた。その同学会に入りますって挨拶するつもりで行ったんですよ。ところがもぬけの殻で誰もいない。それでいろんな京大のサークルボックスを眺め歩いてたんです。

「マルクス主義哲学研究会」という看板のところがあったんで訪ねたら、そのサークルは梅本克己の『現代思想入門』という本をテキストにするから参加しないかと誘われた。それがまあ、たまたま中核派だった。

たまたま知ったそのサークルが党派の政治主張をとうとうと展開し「さあ、やれ」っていうところじゃなく、梅本の本を読みながら「現代とは何か」「思想とは何か」を考えてみようっていう。そういうところだったんで、雰囲気がいいなと選んだ。京大支部に対する親近感、それがひとつですね。

二つめは、党派からのオルグはその現役の京大生たちではなくて大幹部っていいますか、もともと日本共産党から安保ブントをつくり、ブントが崩壊したあとに革共同へ行った小川さん、ペンネームは竹中明夫ですが。関西の代表だったその人が、ぼくがブントシンパだったということを聞いて、安保ブントの系列の人にオルグさせた方がいいだろうということでやらしたと思うんです。彼らはぼくが安保ブントから革命を志向したというようなことについて全面的に肯定した上で、「それをいまやるなら中核派だぞ」とオルグされたということですね。

つまり「マル学同」っていうのは安保ブントとは対極にあった黒田寛一をひとつの起源にしているんですが、そちらの話をまったくされずにぼくは中核派を選んだ人間なんですね。その総括、安保ブントを正しく継承し弱点を乗り越えて、いまあるのは革共同だという総括に納得した。

三つめは当時、革共同の学生組織（マル学同）が革マル派と中核派に分裂していた。主流派が革マルで、中核派っていうのは少数で、東京では7人しかいないところからやるんですね。そういう弱小だった中核派が生き延びていくための方針として、60年安保のあとの運動の四分五裂状態を乗り越えるためには「統一戦線」が必要だと。もう一度学生大衆運動の組織を作り直さなきゃならないっていうことに一番熱心で、ぼくはそういう姿勢をいいなと思ったということですね。

同じ「革共同」という一つの組織から分裂した革マル派と中核派の違いは何なのか？

当時の運動全体でいうと、日共（日本共産党）と反日共の違いは明確にありました。三派と革マル、あるいは三派のどれそれっていうことなんかについては、ほとんどの人はわかんなかったと思います。

まず三派の中のことでいいますとね、先ほど統一戦線を下支えしてやると言ったけど、実際に東京の都学連再建の過程では、ほんとうに小競り合いばっかりしてる。正直、なんて幼稚なんだと感じました。人が発言をしているときに他党派は「ナンセンス！」と声を揃え、自派の発言のときは「異議なし！」と言う。討論がちゃんと成り立たない会議とか集会とか正直、辟《へき》易《えき》しました。

なぜそういうことが起きるのか？　活動家たちはみんな革命家のつもりでやっているんですよ。「革命党」の党派闘争として学生運動をやってる。それは学生大衆運動じゃないだろうっていうのが最初の感想ですよね。それこそ党派によって違うんですが、情勢分析をアジテーションし、それに賛同するかしないかで運動への決起を迫る。そんなことで党派が分かれてどうするんだ。いまからすると本当に必要な論争はもっと違うところにあったのに、低い水準で論争していたなって思いますね。

10・8羽田闘争への過程

まず戦術にもつながるので少し前の段階から話しますと、京都でデモするときは京都府学連っていうものがあり、60年安保後でも一つの大学で少なくとも数百名の学生がデモに参加し、京都全体では1000名近い、多いときは数千名、同志社か京大から出発して四条河原町まで歩くんです。機動隊は横にいるんですが、ジグザグデモと言って、街頭を埋め尽くすようなデモをして円山公園へ行く。そういう感じだったんですね。

ところが東京に動員で行くと全然違う。ひとつの大学から活動家が数十人くらい。デモじゃなくて、電車とか地下鉄とかに乗って学校へ集まる。そこからデモに行き、全部合わせても数百人くらいの活動家のデモだった。それに対して、学生よりも多い数の機動隊がデモの周辺を取り巻いて、小突くんですよ。蹴ったり殴ったり。「お前ら活動家だろう」って。だからデモに行くことが苦痛以外のなにものでもない。それが60年安保以降の東京のデモの姿だったんですね。京都のように、大学からクラスでぞろぞろと出てくる感じでもないし。活動家のデモだから機動隊は何してもいいいって感じでやる。

そういうデモのなかで、特に横須賀原潜寄港とか砂川といった緊迫したデモになるとより厳しくなってくるし、デモ自体を禁止するというところまでいく。そういうものがあったというのが前提です。それを打ち破らなければ意思表示すらできない。当時の東京地裁の裁判官ですら「現在の奇観である。珍しい姿である」と言うくらい異常な規制だったわけです。そういうことをどうして打ち破るか。

それから切迫性。単にどっかで会議をすることに「反対」っていうんじゃなくて、現実に砂川で基地を拡張されようとしている。どこそこに新たに基地を作ろうとしている。佐藤がベトナムに行くとかっていうことになったら、それを座して見ていていいのかってことですね。戦前の戦争に至る歴史の教訓も含め「あのときにどうして、もっと止めておかなかったのか」と言われてきたけれども、ぼくたちにとってはまさに今がそうだっていう。真剣にそう考えたってことですね。

当日の作戦行動は事前に知らされていたのか?

それは中核派に限らないかもしれないけれども、基本的には地方の学生には事前に知らされないです。組織のなかでも、中央の幹部以外は戦術問題はまったく知らされてなかったでしょうね。それでは心構えもなしに無理やりやらされたのかっていうと、そうじゃない。つまり先ほども言ったように精神的な意味での武装というか、座して見過ごすことができない事態になっている。サンドイッチ規制に甘んじるような闘いでは許されない。そういう闘いをやるんだという気持ちの武装は事前にありました。それほどの決意をもった闘いをやるんだってことはね。

あの日、じつはぼくは留守部隊になっていて、翌日の宣伝活動のために大阪の実家に帰っているから(京都の)下宿を空けていた。そこを提供するというので(京大メンバーは)前日に泊まったんじゃなかったかな。ひと間の部屋でゴロ寝したんだと思います。自分が行かないのは申し訳ないと言ったのか記憶はないんだけど、行く人間について「頑張ってくれ」くらいは言ったでしょうね。

山﨑くんっていうのは、同学年の人の方が性格も生い立ちも詳しく知っているだろうけれども、数ヶ月大学での活動を共にした記憶でいうと、派手な人じゃまったくない。学生運動のリーダーになろうという気も特になかったと思いますね。日頃、弁舌雄弁とかでもなかった。だけども、芯の強さっていうかな、決意したら引き下がらない一徹さは感じてましたね。テレビのニュースで彼が死んだということを知ったんですが、全学連が、あるいは中核派が、ああいう闘いをやったときに京大の部隊がその先頭にいた。その一員として彼が最先頭にいたということ自体は意外ということはなかった。つまり闘いがそういうものであるなら、その先頭から逃げなかっただろうなというふうに思ったということです。

なぜ関西の部隊が「羽田」の最前線にいたのか。

当時の中核派の部隊のなかで、東京は各大学で活動家が数十人くらい。それもバラバラに集まってくるというのに対して、関西の部隊は東京に100人近い人間を出せる力を持ってたんですね。これは東京の中核派の指導部にとってはある意味で一番使いやすい部隊だった。それぞれの大学の都合にも縛られないまとまった組織だし、党派闘争的な試練もくぐってきている。だから集団行動の場合には関西の部隊はアテにされていて、指揮者は東京の幹部がなりますが、先陣を担うのは関西であるということが多かったんですよ。

山﨑博昭の死を知り、何を思い行動したのか。

それに答えるには、ぼくがなぜ行かなかったのかということを話さなければならないんですが。当時大学に入って3年目、授業にほとんど出てなくて、試験も受けてなくて2年生を2回やってたんです。いつまでも教養部の学生でリーダーもできませんし、試験を受け単位をとって学部に上がるっていう位置づけに組織的になったんです。

それから当時中核派は医学部自治会の執行部をとっていたんですが、（自身のいた）文学部の自治会の執行部をとることも極めて現実性のある話だった。これは当時の三派全学連の議席争いとも絡んで、それはそれとして重要なことだったんですね。

そんなことでぼくは留守部隊となった。それは他の人も認める理由だったんですが、内面では先ほどぼくが中核派好きになった所以《ゆえん》だと言った「統一戦線と大衆運動の誠実な担い手」という姿を自分から捨てはじめていたんですね。

つまり66年の12月に三派全学連が再建され、直後の明大闘争で全学連委員長であった社学同

（ブントの学生組織）の斎藤くんのボス交（渉）の問題を突いて、斎藤くんを追放し（中核派主導の）秋山委員長体制を作る。さらにはその体制を永続化するために、統一戦線の維持よりは「中核派主流体制」を守ることの方を優先する路線に転換するんですね。

それは当時の中核派の中心メンバーのなかで軋轢《あつれき》を生み出した部分でもあって、小野田（襄二）という学生の指導者が、そのことだけじゃないんですけどやめる。のちに反戦連合、黒へル（ノンセクト）になる人たちがやめる。そういうことに関係して、ぼくは中核派の路線に反発を感じながらもやめる気はすぐにはなかったんですが、運動の先頭に立たないというふうに自分から選んだっていうこともあった。

そんな中で山﨑くんの死というものを知らされた。「10・8ショック」ってよく言われていたことなんだけど、自分が何もしなかったときに山﨑博昭くんが命をかけた。自分は何をしているのかということで闘いに立ち上がるということが出てくる。ただぼくの場合はちょっと性格が違って、革共同というものに距離を置こうとしていた自分、デモに行かなかった自分と、一方でこれまでの自分の闘いに影響を受け京大で頑張っていた山﨑が死んだということ。それを自分はどう考えるかという問題になった。

それからすぐに「山﨑君虐殺弾劾」ってことで京大での運動が始まり「激動の7ヶ月」と言われる闘いの過程ではその先頭に立つという考えしかなかったですね。

ええ。そうです。山﨑さんの葬儀には行ったと思います。ただ具体的なシーンとして、そのときのことは覚えてない。その後もお兄さん、お母さんとは何回か会って、お話ししたことは強い印象をもっています。お兄さんについては（京都）府立大学の学生さんで、当時民青系だって聞いていたんです。だから非難されないかということも含めて、少し構えていたところがあるんですが、非常に思慮深い方で、真剣に受け止めておられる。そんなふうに感じましたね。

京都大学の追悼集会は、教授方の協力を得て「全京大葬」という形でやろうと。高校時代から私淑《ししゅく》していた野村修先生、ドイツ文学者で詩人でもある方とかも含めて「10・8羽田救援会」のアピールを出してくださった。これは水戸巌《いわお》さんなんかの動きと結びついて、その後の救援会の母体になるんですが。そういう先生方、京大の方だけじゃなくて鶴見俊輔さんみたいな方も名を連ねてくださったりとかして、京大の法経一番教室という一番大きな教室を借りてやりました。

ぼくがちょっと違和感をもったのは、本職の仏壇屋にお願いしてね、葬儀壇みたいなものもこしらえて、坊さんは呼びませんでしたが、そういう形式も作ってやったことですね。

赤松さんは翌年の佐世保闘争で逮捕された。

68年の1月17日から始まって18、19と3日間やって。20日は1日休み、いわゆる街頭カンパをしてました。エンタープライズはすでに19日に佐世保基地に入っているなかでのまとめ的な集会が行われ、デモに入ると佐世保橋を渡らせない、通さない。警察にはデモコースとして申請してあったにもかかわらず、橋の上に装甲車を並べて行かせない。その段階でこちらは装甲車の上に乗って、石を投げたりしていた。膠着《こうちゃく》した段階で、指導部が秘密作戦として設定してあったのが、川を乗り越える作戦でした。

ぼくと水谷が100人くらいだったかな、デモ隊を組織して下流の浅瀬になっているところを渡り、フェンスを乗り越えて米軍基地の中へ。そうです。入ったのは、4人とか5人です。最後尾が入るか入らないかの頃、すでにぼくはだいぶ基地の中に行っていた。決死隊というか、米兵とぶつかるかもしれない。その前に（米軍が）銃を使うかもしれない。ある程度、それはもう覚悟はしていました。正面突破で機動隊を突破し、橋を渡って基地へという作戦でしたから。川が干上がったときに渡って、フェンスを乗り越え基地へ入る。指揮者の間では「最後の戦術」として確認されていたんですね。

当日一緒に飛び込んだ水谷の方に「そろそろ行け」という指示があり、彼がぼくに声をかけ二人でデモ隊を組織し、迂回して橋を渡って飛び込んだ。それは参加しているメンバーに事前には全然言ってない。だから川の岸まで来たとき、ぼくと水谷がワアと走り、そのあと川を渡ったのが数十人。ぼくたち二人に続いて2、3人がフェンスを乗り越えた。

前方に米兵、機動隊がいた。それで結局、横から入ってきた機動隊に追いつかれて逮捕されたんですね。あのときは水谷が旗（中核と記された赤い旗）を持ち、ぼくは角材を持ってた。（当時の新聞誌面を見ながら）ぼくの方は一面でも名前が書かれちゃった。闘争としては冒険戦術なんだけれども、闘争の最後に基地の中を「中核旗」が走ったのは佐世保闘争のひとつのエピソードにはなったということですね。

拘留されたのはひと月くらいですね。2月には出てきました。起訴され保釈で出てきて、裁判になる。この裁判が佐世保の人たちとのつながりを作り出してくれましたね。「19日佐世保市民の会」という市民運動ができたり、もともとは運動とは関係ない海軍の軍人さんから戦後に弁護士になられた方が手弁当で弁護士を引き受けてくださったりして、佐世保で2年、高裁は福岡で3、4年は裁判闘争をやったんですが。佐世保に行ったときは必ず弁護士の先生の家に泊めてもらっていました。

この新聞は、実家に保存してあったものを最近ぼくが持ってきたんです。ええ、親がとっていた。この当時の裁判の「情状証人」っていうんですけども、母親がね、法廷で「運動をやめろとは別に言わないけれども、ずっと見てきたからどういう契機で続けているかはわかっている。けれども、いまの運動のやり方ではみなさんの支持は得られないから、もっと考えてほしい」というようなことを言ってました。

職業革命家になると決めたのは、抽象的な意味では10・8直後ですね。それ以外の生き方っていうのはないいんじゃないか。それは佐世保闘争もそうですし「激動の7ヶ月」と言われる闘いもそうなんですが、その過程で当時の革共同の関西の指導部の人たち、ぼくが京大に入ってブントシンパとして中核を選ぶ原因になった人たちが中央との対立でやめていくんですね。

人間のつながりという点でいうと、そのときやめていった人たちとのつながりの方が圧倒的に強いわけです。それどころか東京の指導部や運動のあり方に関しては、どちらかというとぼくも疑問を感じていることが多かった。だけども、いろんな問題点、批判点があるからといってやめていく人たちと一緒になるのか。それは大きな転換でしたよね。

そこで、どんなことがあろうともここに残り、ここでやるんだと思ったっていうことですかね。できすぎた話みたいだが、路線が違うだけじゃなくて、(やめた人たちが)一方で大学を卒業してから院に通い大学教授になる道を確保していたり、医学部を卒業して医者になったり大学の助手になるという。立場、身分を確保しつつ革共同の指導部でもあるという人たちだったんですね。

つまり、すばらしい能力をもった人たちなんですけれども、最後のところで「自分の生活」ということを抜きに革命のことは考えないっていうことでもある。そういう人たちを信頼し、付き従ってやってきたメンバーにとっては、そういう幹部のもとで自分が命を投げ出せるかっていうことにもなっていくんですね。

いっぽう東京の幹部っていうのは基本的に職革(職業革命家)で、もう学生の頃から職革コースしか考えていないような人たちだった。ただ、ぼく自身は京大のブントであった竹中さんたちにオルグされて組織を選んだということもあって、活動家としてどう生きていくべきかを考えた。たとえば竹中さんは理論家なんだけども、貧農の出身で。自分が生きるっていうことに対してものすごい執着と努力をする人なんですね。ぼくが3ヶ月の実刑判決をくらったときにもぼくの将来のことを心配してくれて「お前だったら1年くらい勉強したら弁護士資格が取れる。執行猶予が付いたら大丈夫だからな」と心配までしてくれる。

それはありがたいんだけども、世代がちがうというか。ぼくたちはそんな生きるための心配なんか関係なしに運動に飛び込んだ世代なんですね。その違和感がもともとあった。ただ、正直にいうと職業革命家としてのあり方に確信をもったとかいう意識はまるっきりない。「現実社会における退路を断つ」と言ってたんですけど、つまり安定した個人生活を求めない。職業としての革命家を選ぶんだったら計画性とかが問われてきそうだけども、そういうことではなかったんですね。

69年になると運動から離れる学生が多くなり、党派の活動家だけが残っていった。

一番の問題はやっぱり中核派ないし革マル派、そういう党派のあり方っていうかな、それが67年から69年に至る高揚のあと、社会運動の遺産として残さなかったことにあると痛切に思いますよね。

運動を始めた頃に三派の集会で小競り合いも含めて稚拙だと感じたと言いましたけども、69年から70年過程で起こった内ゲバともう一方での「武装闘争」の問題っていうのは少し違って深い根拠があったと思います。

武装闘争ということでいうと世界の歴史を考えても、戦争とか蜂起ということは現実に起こらざるを得ない局面もあるわけですから、それにどう臨むのかが重要で。70年闘争の過程は日本の民衆運動のなかで結果的に敗北はしましたが、そういう領域に真剣に運動が取り組んだという点で全否定されるべきものではないと思っているんですね。

一方、内ゲバに関しては詳しく言うことはできませんけども、革マルという組織の特殊性から言って、その対立は大人になれば収まるというようなものではない闘いになっていて、それに全力で当たらざるを得なくなる。マイナスイメージだけど必然性があったと思ってるんですね。ただ、そのときの運動が正しく対処し得たのかというと、今日的な総括でいうと間違った路線を歩んだと言わざるを得ないです。

72年12月4日、関西大学で起きた内ゲバの現場に赤松さんは？

これはどの程度言いましょうかね。断片だけ言うと誤解を招くので。正確に言うとまず革マルの側から言うと周到で全国的、全組織的な計画をもって、非常に策略を凝らして中核派の部隊を襲撃し、そこで殺戮《さつりく》するということを計画した事件であったということですね。それに対して中核派の側は当時革マルだけじゃなくて、（社青同）解放派とも非常な緊張関係にあったんですよ。

10・8くらいからはじまる歴史があって革マルとの闘いが激しくなるという。もともと関西大学っていうのは解放派が拠点としていたところだったんですね。そこに関西の中核派の精鋭部隊が泊まり込んでいたわけですけども、それに対して革マルが襲撃する。中核派の方はそうした深刻さというか、進行していることを予期せずにいた結果、衝突において完敗を喫したということなんですね。

そこで先頭にいて死んだ京大の辻（敏明）、同志社の正田（三郎）のふたり。山﨑はまだ1年生で、将来性という意味では無限に開いていたけども、活動家としては偶然みたいな側面があった。一方、辻、正田は関西の精鋭が集まった部隊でも最も中心にいた人間で、凶悪に仕組まれたあれによって殺されたってことなんですね。

ぼく自身はあの衝突の現場にはいなかったんだけども、政治的責任をもつという立場にあったわけです。ぼくの責任として突きつけられた思いがしました。ちょっと、これ以上言うのは難しいんですが。

その前に「計画」されたものではないにしても、海老原くんという革マル派の活動家が殺害される事件が起きていた。それが中核派に対する報復へとエスカレートし、互いに相手を「反革命」だとして絶滅させるまでやりつづけると主張するようになる。その間、赤松さんは組織の中にいたわけで「彼らは、何のために死んだのか」を含め、どのように総括しているのだろうか。

山﨑博昭さんが亡くなったのは偶然かもしれないけれども、山﨑さんが橋を架けたものが、そのあとの運動を動かしていったというのは事実としてある。それが内ゲバの闘いに帰着したということは山﨑博昭にとって「自分は何のために死んだのか」ということになるような結末じゃないかと思うんですよね。

当時の意識のことからいうと、その問題には自分が担い手になることによってしか責任はとれないと思った。つまり、実行は他者に任せて自分は安全なところにいるという、そういう形で語ることは絶対に許されない。そう思ったということですね。だから自分は「当事者」にならなければならない。

結局、我々が負けてしまうと革マルという党派が天下をとる。我々だけの敗北にとどまらない災厄をもたらす。正直言ったら、共倒れになってもいいんだ。それがいま問われていることだっていう意識があった。同時に、そうなれば我々と革マルだけにとどまらない災厄を及ぼすかもしれないっていう恐れってていうのかな、それはもちろんもってました。

74年に琉球大学で学生が殺され「誤爆」と言われた。これは中核派が起こした事件で、中核派のなかでも意見が割れたと言われている。

中核派がある程度開かれた組織であったということは、当初はそうでした。だけどもそれはだんだんそうでなくなっていくんですよね。それは実際この組織がいわゆる非合法非公然活動、「対権力対革マル」の武装闘争の領域に踏み込み、実行する組織として「非公然体制」という形が強くなっていくほど、指導部の間での討論、論争が許されなくなっていく。組織が上意下達に侵されていくのと同過程なんですね。

これは軍事組織がもっている固有の論理とか、党内体制の問題とかを見ても組織としての豊かさを失っていったっていうか、革共同がもっていた開放性を失っていった過程だったというふうに思いますね。途中から誰もが気づくようになるんだけど、それを止めることのできない組織になっていってしまった。なんとか次の段階の形にすべきだったものができなかったのは、なぜか。

直接的には書記長の本多（延嘉）さんが殺されたということです。唯一舵取りをできる人間がいなくなった。（党内討議を交わそうとしても）「本多さんが虐殺されたのに、そのままにしていくのか」っていうことに対して誰も何も言えない。というか、発言できる人間がいたとしたら一人か二人なんだろうけども、その人たちが言う勇気をもたず、総括もなしに、党内討論もなし崩し的にやめてしまう。これはほんとうに間違っていたことですね。

赤松さんが非公然部門にいた期間は？

73年から76年7月に逮捕されるまでです。革マルのメンバーを襲撃したということで、結局5年間入るんですけど、拘置所では独房で袋貼りしたりとかを。

やめる判断をするのは80年頃から90年に至る過程、90年から93年に分かれるんですが。前の方は出身地である関西で、いくつかの常任としての任務についていたんです。正直言って、ぼく自身は革共同に根本的な批判はもっていたんだけども、それでも革共同にずっといるつもりだったんですよ。いなきゃならないっていうかな。はっきり言って、組織がボロボロになるんだったら自分も一緒にボロボロになるべき人間だと覚悟していた。ただ、路線についてかなり対立する意見をもつようになったので「ラインの執行過程からは外してください」ということを要求していたんですね。

忠誠を誓い、できることは何でもするからと。中央の方針を下部のメンバーに伝えて実現する。そういうラインから外れ、その当時ラインって言葉は使わなかったんだけれども、スタッフ的にやれることは何でもすると言っていた。関西前進社にいて、最後は大阪地区を担当し、労働者メンバーをまとめるという位置にいると、やっぱり矛盾があるわけですよ。ラインの執行役としては。それで限界を感じて無断で逃亡した。脱党届けを出して。意見があまりにも違うようになっているので、ということでね。

そのことを東京の指導部が聞きつけて、関西ではぼくは除名になるんですが、東京の指導部がぼくの置き手紙と関西の処分を見て、組織に忠誠を誓う気があるのになぜ追い込む必要があるんだと。東京に出てきたらやれる範囲で任務を与えてやるからということで、90年3月から93年暮れまで4年間活動するんです。

東京では周辺の人はぼくが「問題党員」だということはわかっている。でも仕事をしてくれるのであれば一緒にやりましょうというスタンスですね。それで手掛けたひとつが中核派系の雑誌の編集で、これはもともと一番したかったことでもある。左派系の雑誌がなくなっていくなかで幅広い内容をもった機関誌を作って、運動と理論の面で新しい地平を広げたい。そう思ってね、92年秋に創刊というところまでいくんですが、ぼくが委嘱した執筆者の一人が三里塚闘争の話し合い路線の推進者だったということが政治局の知るところとなり、直前に発刊停止になる。

もうひとつ。高校時代の友人で、社研部だった牧野。67年に彼は静岡大学の活動家で、そのあとやめていったんだけど応援してくれて、ぼくのこころの支えにもなっていた。その彼が急死したということがありましてね。46歳だったかなあ。この二つがね。それまでこれは人間として果たすべき義務だろうと思ってやってきたんですが、そういうこと自体が結果的に自己欺《ぎ》瞞《まん》と退廃と言ったらおかしいけど、そういうことにつながっていく、もうつながっているんじゃないかと思った。

運動、組織のなかで同じようにいつまでもやめないで頑張っている人たちを見るときに、この人が頑張っているのは他のことができないからいるだけなのではないか。そういう実例を同僚の中にも見てきましたし、最高幹部の中にこういう人が最後まで頑張っているからダメなんじゃないかと思うようなことがあったりもして。そういう意味では、少し前に読んだ安保ブントの青木昌彦さん。彼が日経新聞の「私の履歴書」に書いていた総括のなかで、当時の仲間だった清水丈夫《たけお》（現在の中核派最高指導者）さんとか北小路敏《きたこうじさとし》さんとか、続けている人たちのことについて個人的には愛をもちつつも、彼らはイノベーションを拒否した生き方なんじゃないかというふうなことを書いていて、改めてグサリときたりなんかしてね。それで、これを機会にやめた方がいいんじゃないかと思ったということですね。

やめるのに関西で除名的な修羅場はありましたから。東京では問題党員で、新雑誌も党の「三里塚基軸論」に合致しないということで潰されて、これ以上置いてもと思ったんでしょうね。

円満退社というか。いまはもう除名もいっぱいしてるみたいだし、組織が常任をたくさん置くほど豊かじゃなくなってきているので「常任をやめて労働者になりたい」と言ったら歓迎してやめさせてくれるそうですね。ぼくらがやっていた頃は常任になった人間がやめるっていうのは認めてなかったようですけど。

赤松さんは現在はワイナリーの会社で働いている。

93年まで中核派にいて、最後は東京で活動していたんですけども。年末にやめるということになったときに何のあてもなかったので、中学時代からの親友に相談しました。まだ若かったら外国に一時期行ってというところなんだけど、もうこの歳で外国は難しいだろうから日本のなかで静かなところを考えてみたらと青森を勧めてくれたんですね。それで青森で2年間過ごした。そこで偶然いまのワイン会社に勤めていたかつての同志に出会って、その縁で96年からこちらに来ることになったんです。

だから、はじめからブドウとか考えていたわけじゃないんです。運動をやめたあとは文章を書いたり、運動のときのことを語ったり、人を説得したりとか、そういう、かつてやったようなことをやるのはもうやめよう。するべきじゃない。そしたら何するんだって。

やっぱり自然を相手にものを作って、世の中の多少は役に立つということで生活が成り立つっていうか、そういうことがいいんじゃないか。漠然と職人とか農業とか、そういうことを考えたんですね。

それがたまたま人の縁で、ワイン用のブドウ栽培っていうことになったんです。ワインをつくるために自然と格闘する農業っていうのは結果論ですけども、「こんなにいい仕事はなかったなあ」と思える生活でしたね。幸いにしてちょうどそれが、日本のワインづくりの歴史で非常に大きな転換点のときに、切り拓く推進者になる会社に入ることができた。

49歳ではじめて没頭したんですよね。日本で本格的なワインのためのワイン専用品種を、世界の共通の方式「垣根式」で作るということが中小の会社ではいままでになかった。そのことに取り組めた。もちろん最初の数年はゼロからですから苦労はありましたけれども、5年、10年というなかである程度専門家として生きていく力をつけられてきた。そんな感じですね。

やってきてわかったのは、ワインづくりとブドウづくりっていうのは一体なんです。ワインっていうのはブドウの出来で8割以上が決まる。ひとりの人間がすべてのことをやるっていうのが当然という、いまのぼくの勤めている会社もそういう形で指導されているんですけども。ぼく自身についていうと、49歳からはじめて、農業も醸造学もゼロからっていう人間にとってはね、すべてについて学ぶというのは難しい。そういうふうにしないほうがいいだろうっていうのと、ブドウ栽培が日本のワイン会社のなかでは手薄で、本格的に取り組むところも少なかったから「頑張ったらブドウ栽培は一人前になるんじゃないか」。やめてからは、ただそれだけに集中してやってきたってことですね。

今回、本にまとめるにあたり、確認をもとめると赤松さんからこんな近況報告が添えられていた。2019年2月のインタビューから2年の間に嬉しい変化があったようだ。

《最初はブドウ栽培家として一人前になることに没頭したんですが、徐々にワイン業界の人やワインファンにブドウ栽培について説明したり、手ほどきをする機会が増えたりしてくると、それが面白くなってくるんですね。それで、2007年にワイン愛好家に年間を通してブドウ栽培を教え、一緒に働く「栽培クラブ」という組織をつくったのです。そのときには年齢が60歳になろうとしていて、農場長という役職は若い人に引き継ぐべきだということもあって、今後はこのクラブ活動をライフワークとして続けていこうと考えたわけです。

それから13年間活動を続けて、その間500人を超える人が会員になり、しかもみなさん、クラブの活動とそこでの人間関係が楽しく、人生の生きがいにもなってきて永くつづけられるのです。さらに、そのなかからブドウ栽培農家に転じたい人や、事業としてワインづくりに挑みたいという人も出てきています。

それで、2020年5月に会社を退職し、そうした方と一緒に新しくブドウ農園を開設することにしました。新しく会社をつくって、ワイン製造まで目指します。

だからこの事業は共同事業なのですが、ぼく自身としてはこれまでの人生の総決算として取り組むつもりです。つまり、人類史と資本主義が巨大な転換点を迎えるなかで、新しい社会や生活をどうつくっていくかを考え、行動する場所としてつくり、次の世代の人につなげていきたいのです。》

中核派）京大

ぼくの話　3

「記憶」を時代に埋葬する

２０１２年の夏。大津幸四郎さんをクルマの助手席に乗せて、ぼくは成田国際空港へ向かっていた。正確に言うと「空港建設に反対した農民」に会うためにクルマを走らせていた。

「代島くん、ぼくが半世紀前に撮影した空港建設反対同盟の人たちがその後どんな人生を歩んだのか、いまどうしているのか、確かめたいんだよ。特に婦人行動隊の女衆と青年行動隊の若者が気になっている。三里塚は広いから、クルマじゃないととても回れない。悪いけど乗せてってくれないかなあ。それで、映画にできないかとも考えているんだけど、そのときは手伝ってくれないかなあ」と頼みこまれたのだ。

大津幸四郎さんは日本の戦後ドキュメンタリー界を代表するカメラマンで、小川紳介監督の三里塚シリーズ第一作『日本解放戦線 三里塚の夏』（以下、『三里塚の夏』）を撮影している。全共闘運動が本格化した１９６８年、バリケード封鎖された大学キャンパスなどで上映された『三里塚の夏』は評判となり、小川紳介は自分の元に集まってきた若者を土台に「小川プロ」を結成した。「小川を頂点とするピラミッド型の組織に、小川の相棒だった自分の居場所はない」と判断した大津は小川と決別し、三里塚を去るのである（その後、土本典昭監督と組んで「水俣」シリーズを連作した）。

「しらけ世代」であり、「モラトリアム世代」であるぼくは学生運動には一切関わらなかった。「空港建設に反対した農民」のことは、小川プロが製作した7本の三里塚シリーズで知っていることがすべてだった。一部の新左翼党派が拠点確保のために細々と活動を継続しているだけで、実質的な農民による空港建設反対闘争は1990年代には終わり、最後まで反対していたほとんどの農家も空港会社に土地を売って移転したものと認識していた。「映画にできないものか」と考えている大津さんには失礼になるので言わなかったが、「映画にはできないのではないか」と思いながらクルマを運転していた。

大津さんが最初に訪ねたのは、元青年行動隊リーダーのひとり、宿部落の柳川秀夫さんだった。大津さんが「おっかあは元気かい？」と聞くと、「死んだ。畑の向こうの墓にいるど」。

柳川さんの母・初江さんは婦人行動隊のリーダー格で、大津さんが撮影した『三里塚の夏』では重要な役割を務めた。たぶん、大津さんが一番会いたかったのは初江さんだったのではないか。秀夫さんはいまも反対を貫き、反対同盟熱田《あつた》派の事務局長を務めている。「オラいろいろ知ってるけど、絶対話さねえぞ。墓場までもっていく」

と語気を強める秀夫さんに「また来るよ。今度はカメラをもってきてもいいかい」と大津さんはさりげなく撮影許可を求めた。

「農作業しているところならいいけど、オラは絶対話さねえからな」

そうやって撮影がはじまって、完成した映画『三里塚に生きる』には空港反対同盟の元青年行動隊員5名、元婦人行動隊員2名、元親同盟2名、新左翼党員1名が登場する。しかし、ひとりで編集作業を進めながら（大津さんは撮影終了直後に肺の病気で入院した）、この映画の主人公は「死者」たちであり、テーマは登場人物が語る「死者の記憶」ではないか、と思った。それは「空港反対闘争の記憶を時代という墓場に埋葬する映画」ということでもある。けっして「伝説の闘争を美化したり、現在もつづく闘争を鼓舞したりする映画」ではない。機動隊員3人が死んだ事件の責任を取るように自殺した元青年行動隊リーダーの三ノ宮文男は仲間の「記憶」のなかに生きつづけていた。空港用地のなかにあった自宅と田畑を第二次強制代執行で収用され、不遇のうちに死んだ大木よねばあちゃんは養子となって闘いを引き継いだ夫婦の「記憶」のなかに生きつづけていた。

映画『三里塚に生きる』のエピグラフには「ヨハネによる福音書・第十二章第二十四節」を置いた。

よくよくあなたがたに言っておく。

一粒の麦が
地に落ちて死ななければ、
それはただの一粒のままである。
しかし、もし死んだなら、
豊かに実を結ぶようになる。

ひとりひとりの「記憶」を時代に埋葬しなければ、それはただのひとりの「記憶」のままである。しかし、もし埋葬したなら、豊かに「記憶」の実を結ぶようになる。

『三里塚に生きる』の完成を見届けるように、劇場公開直後の２０１４年11月28日に大津幸四郎さんが亡くなった。享年80歳。『三里塚に生きる』の上映活動はカメラマン大津幸四郎の「記憶」を時代に埋葬する行為ともなった。

つくづく恨めしい役回り

どうしてこういう役回りになるのだろうと、ぼくはつくづく自分を恨めしく思うことがある。

かつて岩波映画製作所（１９５０年設立／98年倒産）という会社があった。50年代後半、そこに映画を志す若者たちが入社した。しかし、この会社が製作するのはスポンサー（大企業）が発注するＰＲ映画。劇映画にも負けない予算の、大がかりなＰＲ映画づくりで腕を磨いた若者たちは、次は「自分たちが作りたい映画をめざそう」と集団で会社を辞める。集団は「青の会」と名乗った。

主なメンバーに黒木和雄、土本典昭、東陽一、岩佐寿弥《ひさや》、小川紳介、そして大津幸四郎がいた。この人たちがぼくの映画の師匠である。ぼくが映画の世界に足を踏み入れたときには、小川紳介さんはすでに亡くなっていたが、ぼくは小川さんの映画を観てドキュメンタリーを学んだ。土本典昭さんの映画もぼくの教科書だった。東陽一さんは劇映画の監督になったが、何本かの劇映画でメイキング映像のディレクターを担当させてもらった。

自分の役回りを「つくづく恨めしく」思うのは、残りの3人についてである。『三里塚に生きる』が完成した後、大津幸四郎さんが亡くなったことはすでに書いた。その大津さんと一緒に黒木和雄さんのドキュメンタリー映画を企画し、『父と暮せば』（2004年）『紙屋悦子の青春』（06年）の現場で黒木さんを撮影しつづけていた。黒木さんの戦争時代を描くことへの執念は衰えず、次は中国大陸で無念の死を遂げた映画監督・山中貞雄の生涯を描く劇映画を構想していた。シナリオもできていた。題名は『ロング・ロング・アゴー』。

山中貞男はものすごくアゴが長かったのである。大津さんとぼくは山中貞男の映画を作る姿を追い、黒木さんのドキュメンタリー映画を完成させるつもりだった。ところが黒木さんは『紙屋悦子の青春』の完成直後、06年4月12日に亡くなってしまう。

享年75歳。そこでぼくに黒木和雄の「記憶」を時代に埋葬する「つくづく恨めしい役回り」が振られてきて、NHK教育テレビで『戦争へのまなざし——映画作家・黒木和雄の世界』（ETV特集/90分）という追悼番組を作った。

つづけて、ぼくは岩佐寿弥さんも見送ることになる。「インド・ダラムサラへ、ヒマラヤを越えて亡命してきたチベットの少年を主人公にしたドキュメンタリーを撮りたい。手伝ってくれないか」と岩佐さんから頼まれ、プロデューサー役を引き受けた（その後、編集も担当することになった）。完成した映画『オロ』は12年初夏から公開され、ミニシアターを中心に全国を巡回した（結局、配給・宣伝も担当するはめになった）。

13年5月3日、東日本大震災の被災地でのはじめての自主上映を成功裏に終え、夜の打ち上げでもご機嫌だった岩佐さんは翌日4日に病院で亡くなった。前夜、ぼくは岩佐さんと同じ2階の部屋に泊まっていた。夜中にドスーンという音を聞き、かけつけると階段下に岩佐さんが倒れていた。すぐに救急車で病院へ運ばれた。頭部打撲による脳内出血が原因だった。享年78歳。

後日、岩佐さんが生前親しかった加藤登紀子さんと坂本スミ子さんがデュエットし（初デュエット！）、麿赤兒《まろあかじ》さんがセーラー服姿で乱舞する、明るい「お別れの会」を企画し、渋谷の映画館で「岩佐寿弥監督特集・全作品上映」を開催する。それが「つくづく恨めしい」ぼくの役回りだった。

「記憶」を時代に埋葬する。それは映画『三里塚のイカロス』でも同じだった。この映画の登場人物に元中核派政治局員の岸宏一《こういち》さんがいる。中核派の三里塚現地闘争責任者を1981年から2006年まで25年間務めた人物である。

この映画の最後でぼくは「三里塚の闘いが失敗だったというならば、それは25年間責任者だった岸さんの失敗ではないですか」と岸さんを問い詰め、彼は「完全にそうですね。完全にそういうことです」と応じた。この映画のパンフレットに寄稿してくれた文芸評論家・加藤典洋《のりひろ》さん（2019年5月16日に肺炎で死去。加藤さんまで死んでしまった！）の一文を引く。

《こういう映画を私は必要としていた。そこで「悲哀」は「希望」に近い。敵と味方の区別は陥没した場所では無効だからだ。そして敵も味方もなくなると、あたりはぼんやりと明るくなる。その事情は、映画の最後に、元中核派政治局員の岸さんが、私たちはそこで間違った、失敗したんです、という。するとその言葉が私たちに、ひとつの希望となって聞こえる事情と似ている。それがなぜ希望かといえば、どんな深い誤りも、その人がそれを誤りと認めるなら、それだけで、別のもの、未来につながる何かに変わるからだ。それは「絶望」、「あきらめ」と隣り合う「希望」である。目が慣れてくるとこの映画の周りがほのかに明るんでいることに私たちは気づくのだ。》

この映画によって、ぼくは岸さんの「記憶」を時代に埋葬したつもりだった。そうしたら、岸さん本人が、ほんとうに死んでしまった。映画完成後の2017年3月26日、谷川岳付近で山スキーをしていて遭難。スキーの腕前に自信のあった岸さんは単独行だった。遺体はまだ見つかっていない。おかしな言い方になるが、映画『三里塚のイカロス』の上映を通じて、ぼくは岸さんと一緒に岸さんの「記憶」を時代に埋葬したかったのに。

大学では剣道部。もともとは右翼ちっくな少年だったんですが。

島元健作さんの話（10・8羽田闘争に岡山大学から参加）

8番目に撮影したのは島元健作さんだった。京都市内にある書砦・梁山泊《りょうざんぱく》は「社会人文系絶版古書専門店」として関西ではちと名の知れた、島元さんの古本屋である。25000冊以上の絶版古書が陳列してある万里の長城のように奥に伸びる書棚。ヒマラヤ山脈のように未整理の本の高山が連なる通路。その一角にある島元さんのいつもの場所で話を聞いた。窓際の棚に飾られた「ドン・キホーテ」の彫像の顔が島元さんにそっくりで、ずっと気になって仕方なかった。

撮影の3週間くらい前だったか、出演交渉のために書砦・梁山泊へ出かけた。島元健作さんとは面識がなかったからだ。妹の島元恵子さんも一緒に待ってくれていた。恵子さんも初対面だった。「日本酒の美味しいお店を予約しておきました」と近所の居酒屋へ案内される。

実は、ぼくは少し緊張していた。健作さんは「岡山大学の中核派キャップで、ものすごい武闘派だった」という噂だったし、恵子さんは「当時の運動のなかで死んだ若者は大勢いるのに、山崎くんだけを追悼するのはおかしい」と「10・8山﨑博昭プロジェクト」に対して異議申し立てをしていると又聞きしていたからだ。もしかしたら、おふたりも最初はぼくを警戒していたかもしれない。「お話を伺ったうえで、出演するかどうか決める」という成り行きで、このおふたりとの会見を設定したのだ。しかし、すべては杞憂《きゆう》だった。楽しい宴となった。

美味しいお酒を飲みながら、1969年の秋から冬にかけて兄と妹が同時に刑務所に拘留されたという話題になった。東大安田講堂攻防戦で逮捕された健作さん。別の闘争で逮捕された恵子さん。そのときに父親が兄には「最後までしっかりやれ」と励まし、妹には「すぐに運動をやめろ」と叱ったという。兄は「あのときの父は立派だった」とたたえ、妹は「私にだけやめろという父は間違っていた」と批判する。母親が亡くなったあと、兄妹で父親の生活を支えてきた。父親は100歳を越え、いまも健在である。兄妹はちゃんと反省すべきところは反省して生きてきたのだ。

消せども消せどもあるっていうのが嫌なんですよね。ええっ。これを撮りたいの？　変わっているね。これなんか簡単に済むと思ったら膨大にある。買い取った本の書き込みが鉛筆だと消しゴムでひとつひとつ消していく。これも仕事だけど、こんなにいっぱいあると本には線を引いちゃいけないっていう法律を作ってもらいたいくらいですよ。

最近ちょっと嫌になっているのは新左翼関係の評価が高くなっているわけでもないのに、あの時代の写真集に、もうべらぼうな値段がついている。プレミア級の何万もの。当時、早稲田で出した写真集とかには。いっぽうで、ちゃんとした記録集とか理論書はダメ。写真集に高値がつくのはサブカル系の本屋さんが関わっているんでしょうね。

古物は自己運動をはじめる。高いから、それなら買うっていう人が出てきて、もっと高くなるんじゃないかという投機の対象。漱石とか三島とかも投機の対象にしてしまう。ええ。ちょっと変な業界です。そうそう。ちょっと前に、あの頃の「立命館大学新聞」が手に入ったんですが、当時の大学新聞って、もう党派のものかと思うくらい過激なんですよ。立命新聞もそういう紙面構成なのに下の方にね、日本を支える大企業、三菱クラスの企業が広告出してる。紙面は過激で、下には大企業の広告が躍《おど》っている。そういう時代だったんですね。

店を始めるには前史があって、大学を除籍になって無職で途方に暮れた時期にね、いや、そういう時期だったからかもしれませんけど、女性と一緒になっちゃいましてね。ともかく働かなくちゃいけない。そのころは大学は単位が取れなくても8年までは在籍できて、9年目になると除籍になるんです。除籍になると「元過激派」で無職でしょう。彼女のご両親に「結婚させてください」って挨拶しましたけど、よく認めてくれましたよね。

まあ、そういう活動家ですから。親として娘のことを考えれば困ったもんだけど、人間としてこいつは間違いないっていう評価をしてくれたみたいです。そのときから性根を入れて仕事を探し出すんです。

最初は二人で仕事を探したんです。カミさんは1年遅れだけどちゃんと大学を卒業していて成績もよかった。字もきれいだったし。なのにね、結婚してるからと大概断られる。何社も。だけどこっちは、こんなあれなのに一発で通る。不思議なことに、男は結婚してると信用されたんです。女は子供ができるとすぐにやめるからダメだと。

新聞の求人広告を探したら営業、セールスが多いんですよね。とてもできそうもないし、雇ってもくれないと思っていたら、大阪の古本屋の組合の事務員募集があった。2行か3行くらいの広告。こういうところだと務まるかなあ。案の定雇ってくれて、そこで2年くらい。そのあと小さな古本屋をはじめたんです。

店名の由来はね、ときどき聞かれるんでこういうのを用意しているんです。(「吟醸酒・梁山泊」の箱を手にとり)梁山泊のように種々雑多な英雄、豪傑のような本が集まる店にしたいなと思って、命名した。古本屋ならなんとか生きていけるかなと思って。それが73年だったかな。そう。岡山ではじめた。長くいて、ひと足もあったからね。それがよかったかどうか。今日もいろいろ聞かれるだろうから朝、考えていたんですけどね。3年間ああいう運動をやったことの後悔はないですし、人は認めないにしても誇りを持ってますから。

もっとちゃんと勉強して、いいところに就職してなんてことはまるっきり思わないんですけどね。古本屋については、違う仕事もあったかなって。ほんとは職人になりたかったんですよ。大工とか板前とかがいいなあと。いまはそうでもないと思うんですけど、あのころ職人の世界は大学なんて行ってるやつはダメ、それだけで断られる。むしろ不利だったんですよね。

もともとは保守というか、右翼ちっくな少年でしたね。いえ、剣道は大学に入ってからで。岡山にしたのは旧帝大系の京大、東大は入試の理科が2科目なのに、岡山大学は生物の1科目でやれるというので。入って1年間はひたすら剣道やってました。昭和39（1964）年の入学です。ぼくらは、入学したのは昭和でいうんだけど、その後の運動について19何年というんですよね。

右翼だったのにどうしてと言われると、あるとき人生上の煩悶《はんもん》みたいなものが出てきて、ちょっと本など読み出して。剣道ばっかりやっててていいのかって。2年生のときに社会系のサークルに入ってね、そこで感化を受けるんです。弁論部なんですが、先輩が変わっていて「わが弁論部は弁論の技術を学ぶところではない。語るべき内容が重要だ」といって、サルトルとか吉本隆明の本を勧められているうちに左傾してしまった。

そこではぼくが一番右で、共産党の人から新左翼にいく人まで多彩でしたね。大学の自治会も共産党と構改（構造改革）派系が二大勢力で、マル学同（中核派）は少数派だったんです。さらに少数のブンド（共産主義者同盟）系がいましたね。弁論部にブンドの人がいて、その人に誘われて合宿へ行った先が妙義山の麓で、あのとき森恒夫（共産主義者同盟赤軍派から連合赤軍の指導者となった）もいたかもしれない。

6つ分科会があり、ぼくは三上治（共産主義者同盟の指導者）の分科会に参加して、吉本の話とか聞かされて、それなりに勉強にもなりました。ただそのあとの宴席に参加したら「こんなやつらと一緒にやれるか」と思った。幹部連中が花札をやって、谷川雁《がん》の「大正行動隊」を真似たんだろうね。格好つけているのが嫌になって帰ってきました。

しばらくして自治会の選挙がはじまって、少数派の共同候補として私をブンドとマル学同の両方が推して、私だけが通るんです。剣道部の票も獲得したんでしょうかね。それで選挙のあと正式にマル学同に入るんです。三派全学連が結成されていくのとほとんどパラレルで、準備会とか結成大会とかも全部行きました。

10・8のとき岡山は10人以上行っています。汽車ですね。事前に当日の作戦について、はっきりは聞いてませんけどね、岡山のリーダーとしてみんなを連れて行ってるんですね。前日の法政でのことをきちっと覚えている人はいなくて、突き合わせていくとそうだったかということもあって。というのは、ぼくらは知らなかったけど、東京では少し前から三派に亀裂が入っていて暴力沙汰が起きていたようなんですね。

そういうことも知らされてなかったんだけど、突然「（社青同）解放派とブンドの連合軍が大事な前日に押しかけてくる。許しがたいことだ。これを撃退しなければ明日の闘いはない」と幹部から聞かされて、こっちは、それはけしからんとなる。そこで彼らを撃退するために、すでに角材が用意されているわけです。

「持て」と言われて、しょうがないと思いましたけど。連れて行ったメンバーのなかには中核派でも何派でもなくて「ベトナム戦争反対」「佐藤のベトナム訪問許しがたい」ということだけで来ている、まだ少年のようなのもいて、突然そんなこと言われても「角材持てませんよ、嫌だ」となる。それで帰っちゃったのもいたのかな。

途中をはしょるとね、角材はそのときに他党派のために使う覚悟を決めていたわけですから、当日機動隊に使うことになんのためらいもない。それは（角材を機動隊に使うとは）聞いてない。だけど偽装でプラカードにしていて。ただプラカードにしては太さがありすぎるし持ちにくいんですよ、電車乗って行くときにもね。

萩中公園に着いて「さあ、いくぞ」となってプラカードとっちゃって、角材だけにするんだけど。もちろん行きましたよ。あのときはヤクザな言い方をすると「喧嘩は気迫だな」っていうか、あの屈強な機動隊が崩れて逃げ出すわけですから。もう行け行け。どんどん突っ込んでいく。それまでさんざんやられてますから逃げ遅れたやつを袋叩きにしたくなるんだけど、リーダーが「かまわずに突っ込め」って。その日は機動隊の方が完全にびびっちゃってるわけです。そうすると膠着《こうちゃく》状態になって、睨《にら》み合いになったときも、こっちが少数でもワアッとやると向こうが引いちゃう。

弁天橋は（装甲車で）封鎖されていたんだけども、人が一人くらい通れる隙間が2ヶ所くらいあって。橋の両端に。そっから突っ込んでいくと当然分断されて、向こうに行けるのは5人とか10人とか少数で、押したり引いたりして。引くときに逃げ遅れて川に飛び込むやつがいたり一進一退があるうちに突然、装甲車のマイクからかな「装甲車を奪った。これから装甲車で突っ込む」っていうのが聞こえて歓声があがる。

そのときヘルメットは組織的には被っていません。バラバラです。被ってたやつもいたけど、組織的には準備はしてない。ぼくはたまたまその前の全学連大会に行ったときに、早稲田の解放派に元気なやつがいて昔の軍隊のヘルメットを被っていた。小競り合いがあったときにそれをぶんどってあの日持っていって、先頭で突っ込んでいくやつに貸してやったら、そいつは被ったまま向こう（警備側）へ飛び降りて捕まっちゃいましたね。

学生が死んだという話が聞こえてきたのは一進一退の最中で、どれくらいの時間やってたのかなあ。くたびれもする。最初はなんだかよくわからない。誰がってこともあるし、死んだということも現実感をもって受け止められなかった。

妹とは橋のところでね、「お前来てたのか」って気づくんだけど。妹はすでに山﨑くんが亡くなったってことがわかってたからか茫然自失っていう状態で、ぼくもそこからだんだん事態を飲み込んでいった。

その前に砂川の米軍基地拡張反対の5・28に行ったやつが「妹さん来てたよ」って言うので、（中核派で活動していることは）知ってはいたんだけど。まだ妹が高3の夏に、広島反戦集会に岡山の部隊と一緒に連れていったこともあった。だけど詳しくは聞いてなかったから。

私の影響はあったかもしれませんけど、当時の大手前高校、京大というと中核派のある種エリートコースなんですよ。ただ東京と違って、京大の方はゴリゴリじゃない。文学も芸術全般もあってマルクス主義もあるっていう。当時は他の大学では有無を言わせず1年生はデモに連れてって、機動隊にぶつかって権力に目覚めさせるというのが常套《じょうとう》なんですけど、京大はマルクスの「経哲草稿」を読み終えない限りデモには連れていかないというのを聞いて、へえーと思った。そういう組織体質を、中央が行動的に過激化する路線に切り替えようとしていた時期だったんですね。

覚えてるのは10・8の前、9月くらいかな。岡山の主導的な部分にいたんで中央からいろんな指令がくるんです、文書が。政治的な文書って字面と字面の背後、行間を読むみたいなのがあるんですけど。これは相当すごいことをするんだ、しなきゃいけないんだな、と。砂川で「実力闘争」とは言ってるんですけど、そのレベルじゃないということは感じましたね。これは相当気を引き締めなきゃならないということを受けとめました。当時の京大の幹部は、そういう路線に疑問を提示していたんですよね。彼らが日和ったとかではなく、彼らなりの戦略観があって。だから赤松は幹部と山崎くんたちの間にいて悩んでいたし、10・8には参加しなかったんだと思う。

学生が死んだというのが伝わったあとは、あの日は三つの橋でやりましたけど、他の党派の部隊も弁天橋に集まってきて抗議集会をやりました。ただぼくとしては、いままでの運動の経験からするとこれで今日の闘いは終わるんだと思った。そうしたら「再突入だ」と言われ、まいったと思いました。勘弁してくれよって。同時に、確かにそうでなくては、とも受けとめました。それは中核派だけで、他の党派のリーダーは自分たちの部隊を預かっているわけで、部隊のレベルはわかるわけですよ。つまり、そういう指示を出して動くかどうか。しかし中核派はそれを指令し、中核派だけが突入するんですね。「まいったなあ」と同時に「やっぱり違うな。やるならこの党派だ」の思いを強くするんですね。

その後は1000人のデモをやって100人捕まる。しかし次は1500人、2000人になるっていう時代になるんですね。これは「悪意のある比喩《ひゆ》」でいうと、旧陸軍と同じじゃないか。一銭五厘のハガキで兵隊が集められたのと。ハデにぶつかるほど次は数が増える。でも、その政治姿勢を少し過信したように思います。烏合《うごう》の衆とは言わないまでも、運動や組織の内部の空洞や劣化が生まれていったんですね。

69年の4・28（沖縄デー）のときはものすごい人数が多かったはずなんです。そう。沖縄闘争のときは。ぼくはその前に東大で捕まっていたんだけども、拘置所内の新聞を見ても、これはあまり勝利していないというのがわかる。結局同じ100人でも10人のベテランがいる100人と、全員新兵の100人じゃ全然違う。実際ぼくらも前に突っ込んでいく人がいるから行けるんであって。そのぼくのあとをまたついてくる。

限られた経験ですけど、最後は気迫なんですよ。ちょっと怖気《おじけ》づいたらドッと押し込まれる。こっちも怖いけど突っ込んでいくと、機動隊の側も引くっていう。つばぜり合いのときに行けるやつが何人いるかなんですよね。従来の中核派にはそれがいっぱいいたんだけども、そういうやつから捕まるから、補充ができても訓練が追いつかないわけですよね。それなのに、増大する人数に幻惑されていくんです。

羽田、佐世保、王子、三里塚。全部行きました。あの頃2月、3月は毎週のように東京に行って、王子がなきゃ三里塚、三里塚の帰りに王子に行くとかね。佐世保のときは初日に怪我をしちゃいまして。びっこ引いて「それじゃ使いもんにならない。岡山に戻って応援部隊をオルグしろ」と言われ、長靴履いて新幹線に乗って帰ったのを覚えてます。あのときは怪我して現地の外科病院に行ったら、学生とわかると「治療費いらない」って。こちらが、ええって思ったくらい。そういう好意的な空気があったんです。駅前でカンパを集めたら、万札が入るような。

68年の夏に心身消耗で体調もおかしくなって、夏休みは実家に帰り、病院に行ったら「肝臓がやられてるよ」と。不規則、栄養不足、疲労。あとは佐世保で放水車にベトナムの枯れ葉剤と同じものが薄めて入れてあったという説があって。実際一緒に行った女性で、肌の弱い人は顔にあざや炎症がおきたりしていたから。当時、現地闘争のなかで放水を受けると喉が渇いてますから、放水で喉を潤すんですよ。直撃されたら飛ばされちゃいますけど。そういう調子で佐世保のときにも飲んだりしてた。それも肝臓を悪くした原因じゃないかという気がする。

体重が50キロを割って48キロ、もう強風が吹くとフラフラする。これはいかんと病院で食欲増進剤をもらい、多少元気が出てきたら大学に戻った。あの頃わが派は全国基地闘争に力を入れていて、岡山にも自衛隊の弾薬庫があって、弾薬を運ぶトラックがどうも大学の中を走っているようだということなんで。そうです。岡山大学は（市街地では）北海道大学に次ぐ広いキャンパスで、中を道路が通っている。そこを自衛隊のトラックが走っている。ケシカランということを理由に三軒屋弾薬庫反対闘争を組織したけれど、盛り上がりが思わしくない。30人くらいのデモでもパトカーが1台付いてきて、大学構内の道路に入ったというんで取り囲んだんです。そうしたら救援の機動隊がやってきた。たちまち学生が集まってきて、最後は一人逮捕して引き上げたんだったかな。

翌日から、基地闘争では学生は集まらなかったのが大学自治の問題で集まった。これを大事にすべきだったんだけれども、（中核派の）中央は基地闘争を重視しろという。大学闘争は学園闘争で、政治闘争とは違う、低い位置づけだったんですよ。

しかし日大や東大で起きていることについては従来の学園闘争とは違うものだと。中央は「大学闘争の大学闘争としての徹底化」とか言い出して、いつしか基地闘争が消え、岡大の闘争は収束する。路線や戦術をめぐって対立が生じて私は左遷させられ、広島へ飛ばされるんです。中国学連の常任として。名目はいわば引き抜き「栄転」のような形ですが。

そこで今度は東大闘争が大きくなって広島から部隊を連れて行くことになるんですが、法文3号館に（機動隊の封鎖解除の）1週間くらい前に入ったんじゃないかと思うんですけどね。水を止められて兵糧攻めに遭う。いま思うと克明なメモをとっておけばよかったんだけど、余裕もなかったし。これは東大に限らず、あの頃の自分の運動の経験全般に思うんですけど、自己意識が集中して研ぎ澄まされているときですよね。にもかかわらず、そのときに何を考えていたかということが案外不明なんです。

断片的にいろんな事実やときどきに感じたことは覚えていても、そのとき自分が何を考えていたかがはっきりしない。自分の内面風景がぼんやりしているっていうか。ぼくらは旧陸軍に置き換えれば中隊長クラスで、現地闘争では20人なり30人に直接指示する立場なんだけど、全体の戦略のことは聞かされてない。あの頃は普通のデモで逮捕されると2泊3日で帰ってこれる。だいたい拘置所には行かずに身柄釈放されていたのが、（東大闘争の）直前に呼ばれて「島元、23日間は覚悟しろ」といわれる。

しょうがねぇ我慢するしかないなと思っていたら、1年間ですからね。つまり中央も読めてなかったわけですね。それは責任だと思うんですね。考えれば火炎瓶も飛んでるわけですから。50年代の日本共産党の闘争以来のことで、それを飛ばすわけでしょう。そうしたら弾圧も当然違ったものになるという予測がなぜできなかったのか。予測してたけど知らせなかったのではなく、予測できなかったんだと思う。

軍隊も政治闘争も、どこにどういう人を配置するかということで闘争にかける位置づけがわかるもので。あの東大闘争には中核派は他派を圧倒する人数を配置しながら、指導能力や象徴的な意味においても相応のクラスじゃない人をもっていった、私も含めてね。そこもまたおかしいんですよね。

罪状は、凶器準備集合と不退去ですかね、建造物の。公務執行妨害はもちろん。逮捕のときには放火もあったんですよ、逮捕状には。放火だと全然罪のレベルが違うんで、これはちょっと、と思ったけど。安田講堂と違って法文3号館では火炎瓶は飛んでない。そういう指示は出さなかったから。あとで、よくやらなかったなと思うんだけど。

1年拘置所にいて。とにかく拘禁されているっていうのは苦痛でしたね。拘禁性ノイローゼまではなかったですけど、出たあとまた捕まって拘禁される夢を見ては、ぞっとする。どんなにあがいてもこの小さな独房から出られないんだっていうのは。

まだあの頃は洋式トイレなんて使ったことないのに、拘置所は洋式トイレだったですね。最初、座って大をするっていうのがものすごく違和感があったのは覚えています。トイレというと、東大に何日籠城してたのかなあ。もう水道を止められるっていうのがどういうことかっていうとね、水洗便所が機能ストップする。だから各所でトイレが糞尿まみれになって。汚い話だけど、あれがもっと長かったらどうなっていたのか。

別々ですが妹と同時期に捕まっていたときがあって、父親を立派だったと思ったのは、息子に対する場合と娘に対する場合では態度が違っていた。簡単に言うと、息子には「お前の信念通りにしっかりやれ」と言い、娘に対しては父親として何がなんでも連れ戻したいという。

当時は、ある種の懐柔作戦なのか、子供が捕まると警察はまず親に連絡をする。親は飛んできますよね。面会させると親は泣きますよね。それを見て崩れるやつがけっこういるわけです。その効果を知っていて会わせてくれるんですよ。ところが、父親は娘には会うけど、ぼくには「会う必要はない」と言ったんですよ。

出てからですか？　1日か2日、異常に興奮して寝られないで生まれてはじめて睡眠薬を飲んだんですよね。岡山に戻ったんですが、もう大学闘争が敗退していったあとで、受け入れ体制もなくほったらかし。保釈出所のときもひとりだったし、ヤクザでももう少しましですよね。結局いったん実家へ戻っていると迎えがきた。

拘留中にいろいろ考え、組織に対する疑問や不信もありました。ただ、やめるとまでは決めかねていた。運動自体は続けたいと思っていたけれども指導的なところに戻る気持ちになれないから一兵卒でやらせてもらいたいと言ったんですが、組織としたらこれはものすごく扱いにくい。罰として一兵卒でやれっていうことはあっても、自発的にそれはさせないんですね。結局だんだん離れていくっていうか、離れざるを得ないっていうか。

裁判も続いてましたから。統一被告団にいたんですが、気持ちが萎《な》えて派手な裁判闘争もできない。意気軒昂に抗議するとかいう気持ちになれなくて、しょぼくれている。山根弁護士が東大弁護団で大活躍していたんですが、彼から、はっきり言われましたよ。「君は迷惑だ」って。あいつは被告を弁護するより、自分の闘争の方が大事だったんでしょうね。だから一審の判決が出たあとの二審はひとりです。

そうです。政治組織というのは入るときには決意書とか書いたりするんですが、やめるときはやめる書類を出すわけじゃない。だんだん縁遠くなってきて、そんな感じでした。鬱々《うつうつ》とバイトしながら。

あの時代で強烈に覚えているのは、当然ですが、やはり連合赤軍ですね。少なくともあの時点で他人事じゃなかった。リンチする側にも自分がいるし、される側にも。ぞっとするような思いで受けとめましたけどね。もうひとつは海老原くんの事件（東京教育大生がリンチを受け死亡）。時間は前後しますが。あれはもっと他人事じゃなかった。

あのときの（中核派）関係者は誰ひとり、満足な総括をしてこなかった。現在も組織の史実としても認めてないですしね。あれはおかしい。のちの「対革マル戦」は誰が何と言おうと正義の戦いとして総括しているにもかかわらず、最初はあそこなのに、なかったことにしてきた。前衛組織として拙劣《せつれつ》というか最悪の対応の仕方だった。周囲からの疑問や批判に一切答えなくて、どうして「人民の前衛」などと言えるんですか。
行方《なめかた》くんて、知ってますか？　そう。連合赤軍に行って亡くなった。彼を岡山大学でぼくがオルグしたことがあるんですよ。頭はいいかもしれないけどちょっと生意気で、あまり地道な運動をやりそうになくて。中核派のような規律のあるところを嫌っているようなところがあったから、こういうのはダメだって匙《さじ》を投げたんだけど。
故人を悪く言いたいわけじゃなくてね。そういうタイプがある局面で急に左傾化すると、ああなるんですよね。正統派というか、まっとうな地道な左翼訓練を受けていたら、ああはならなかったんじゃないか。非常に残念なんですよね。

本書のことを伝えた際、島元さんからこんな返信が添えられていたので以下付しておきます。

《古本屋の方は間もなく50年目を迎えます。国からの年金も何も貰っていませんから、くたばるまでつづけるしかありません。取材を受けたときの店を畳んで、比叡山の中腹に移転する計画です。もう半年以上かかっていますが、寄る年波もあって、あの時代の「激動の7か月」よりはるかにきついですね。同じ業界の若いのが支援に来てくれるのが何より救いになっています。

植村正久と其の
植村正久と其の
植村正久と其の

学生運動に明け暮れた岡山大学での時代は、ほぼ青春のすべてだったように思います。全く悔いはありません。》

わが子に「命」が何なのかを教えてもらいました。

田谷幸雄さんの話（大阪の反戦高協に参加）

9番目に撮影したのは田谷幸雄《たやゆきお》さんだった。田谷さんは京都市内で中高校生を対象にした進学塾を営んでいる。ぼくも受験のときにお世話になった大学入試過去問題集「赤本」が本棚にずらっと並ぶ進学塾の教室で田谷さんにインタビューした。

田谷さんは大阪府立市岡高校出身で、山﨑博昭さんの1年先輩になる。高校3年のときにベトナム反戦に目覚め、反戦高協に参加。一浪後に入学した同志社大学では中核派に加盟し、活動した。大手前高校出身ではない田谷さんになぜ映画出演をお願いしたかというと、「山﨑博昭の死」の目撃者だからだ。

1967年10月8日、羽田・弁天橋。学生が奪った機動隊の装甲車が、学生の運転で前に動いた瞬間、橋の前方が開けた。橋の上で学生集団が前進を開始。その最前列には田谷さんと山﨑さんが含まれている。橋の向こう側で事態を見つめていた機動隊が突然走りはじめ、学生集団の直前で警棒を抜き、いきなり殴りつけた。その瞬間、田谷さんは見た。自分の視界の右端、橋の右側で山﨑さんが警棒で殴られ、頭から血が噴き出すのを。直後に自分にも警棒が迫ってきた。そのあと山﨑さんがどうなったのかはわからない。

「押入れに何冊か眠っているかもしれない」と田谷さんが言ったので、34歳のとき（82年）に出版した『田谷幸雄詩集』（白地社）を送ってもらい、撮影前に読んでみた。その詩集の「印象風自註」に田谷さんはこう書いている。「高度成長の陰惨な性格が見た剝げ落ちそうな空の下で、飛ばねば見えない羽根のない鳥の飛翔と転落。闇またはあっけらかん。もうだいぶたってしまった、殺さねば終らぬ未処理の戦後」

田谷さんのこの自註を読み、ぼくは改めて「殺す相手を間違えてしまった未処理の学生運動」を映画にしたいと思ったものだった。

進学塾の教室では田谷さんが持参した高校時代のアルバムを教え子たちが覗き込み「ふけているなあ」とツッコミをいれていた。

何歳やろう。20代やったかなあ、詩集を出したのは。あれは出せって言われたの。シリーズの1巻目にするといわれて、そんな詩集出すなんて思ってなかったけど。まわりに詩人がおったから引っ張られて、ついつい書きはじめたんやね。運動しているときは書いてなかった。なんで書くように？（佐々木）幹郎のせいかな、そうでもないか。

挫折感っていうかね。ちょっと人を誘っているから。どっちかっていうと連れて行く立場やったから。連れてってんのに後ろにいたらアカンやないかいう頭が働いて、ついつい先頭におることになってしまったわけ。先頭におらんとしょうがない。

10月8日よりも前にも、砂川とかの現地デモにも行ってた。機動隊にガシッと挟まれて、一番端っこにおったら俺のココ、右肩をつねったまま歩いているやつもおったりして。なんやねんこれって。

だから、あのときはもうスカッとしたというか。あの機動隊が逃げてる。そりゃあ、丸太持って突っ込めば、逃げるわなあ。

67年10月の羽田闘争に田谷さんも参加していた。その日の話の前に、運動をやめたきっかけをたずねた。

運動やめたきっかけは、68年の4月に捕まって起訴されてるんです。王子で笛持っとって。全体の指揮をやってしもうてて。1年がですよ。1年生が指揮するかって。「田谷、ほかのやつ捕まってもうて、おれへんから」と言われて「1年だけど」と言おうか思ったけど、もうポンと渡されたからしょうがなしに。王子でデモはじめたんやけど、横のところに機動隊がビシッと張りついて、これはまずいなぁと思ったんや。その前の日に川に突き落とされてたから。機動隊にドブ川に突き落とされて、ドブ川にはまったんですよ。それで足を半分びっこ引きながら笛持ってて、いきなり捕まってしまった。凶器準備集合罪やったかなあ、公務執行妨害だったか、1ヶ月くらい入ってた。東京拘置所も経験したし。そうそう。独房で隣が死刑囚で、よう雀に餌やってたんねん。ああ、またやってるわって。

帰ってきたら春休み終わって、新学期になってて。もう指揮するとかはしんどいから、ただデモにだけ参加してた。その年の暮れ頃に家が火事になってしもうてね、学校すら行くのが無理になって。

実家は薬屋で、親父がベンジンなんかも売ってたんです。昔はガラスの瓶やって、ストーブの前で縄でくくってあったのが、スポンと抜け落ちた途端、ボン！って。下で妹が「お兄ちゃん、お父さんが、お父さんがあ」いうから降りていったら、天井まで燃えてる。ほんで、薬取り出さなあ。年末に近かったから、カウンターのレジのお金だけでもせめて取り出さなと、レジのところへ行こうと椅子を摑んだら、鉄のところが焼けてて、火傷して。うわ、やばい。レジのまわりを火がぼうぼう燃えはじめてて、スプレー缶が爆発して、危機一髪ですわ。

親父は呆然として、走り回っていたんはぼくだけ。なんとかレジに近づこうとしたけど、これは無理だと思った瞬間、パンパンパンパン！　びっくりしたなあ、あれは。全焼というか、壁が全部崩れ落ちていたから。もう68年っていう年は逮捕もされたし、自宅も燃えたしね。とんでもないわ。

それで翌年、掘建《ほったて》小屋みたいなのを建ててね。親父の代わりに薬を売ってました。そうしているうちに（運動からは）自然に遠ざかってしもうた。やっていたのは66、67、68の3年間ですわ。

あの詩集は、30になってたかもしれん。えっ、70年くらいに書いたのも入ってた？　ああ、そうか。思い出しときますわ。

69年になると闘争が高揚する一方で、運動から離脱していく人が多くなる。セクト間の内ゲバが見られるようになったのも原因と言われている。

もろにぶつかったことがあります。まあ革マルの方が機動隊よりひどいんよ。機動隊はある程度叩いたら指揮官が引き受ける。だけど、もう倒れて動けんようになってるやつまで殴りかかるんよ。67年から68年にかけて反戦集会でたまたま横に並んだときに、ぶつかった。あれは東京に行ったときやね。ほんま機動隊に殴られるよりひどかった感じがある。

機動隊の警棒は痛いんですけどね。機動隊で警棒を落としていったやつがおって、それを拾って持ってたのがおったんですよ。あれね、真ん中にまっすぐ鉄芯が通っていて、外は樫《かし》材だから硬いかたい。あんなんで殴られたら頭がぐちゃぐちゃになる。重いし。いっぺん振り下ろされたらズーンとなるからね。

同志社は赤ヘル（ブント系）が主力で、赤ヘルに殴りかかられたこともあります。機動隊にも殴られたけど。ああいうのが一番嫌やったなあ。

反戦高協じたいは中核派が作ったんやけど、高校のときは反戦高協と民青くらいしかなかって、反戦高協の方がええかってことでした。「アサヒグラフ」とか見たんが引き金みたいなもので。同じクラスの前田いうのが「反戦高協を作るから、田谷おまえも来るか」って。で、入ってしもうたんよ。

ベトナム戦争があって、アメリカ軍の空爆がひどかったからねえ。ベトコン（反政府の抵抗組織・南ベトナム解放民族戦線）に弾薬運んだっていうので捕まった高校生くらいのが処刑されるんよ。米兵が、発砲されて崩れ落ちた死体を運んでいく。その一部始終を写したのが載ってたんですよ。公開処刑ですわ。なんちゅうことをすんのやって。「よおし、俺も反戦運動をやるか」って。それが高校のとき。それから皆勤賞です。65年から。関西であったのには抜けたことがなかった。

71年12月4日、関西大学で田谷さんも知る中核派の学生ふたりが内ゲバで亡くなっている。

正田三郎は同じ同志社で一緒に通ってました。あれも大阪の薬屋で、ぼくも大阪の薬屋。阪急電車で、よう一緒になったんですよ。じつは正田を「学生運動やろうや」って誘ったのはぼくなんやけど。もう、あんなむごい殺され方するなんて考えもせんかった。ものすごいええ体格してて。レスリング部かなんかそっち系統でガッチリしてて、ちょっと押しても動かへん体型してて。あれが殴り殺されるなんて考えもせんかった……。

絶句する田谷さんを見て話題を変え、現在の塾の成り立ちをきいた。

もともとは通信教育の会社やったんです。そこに加わったん。前は十何人もおったんやけどね。通信教育がめんどうだから塾やったらいいと言ったんよ。26のときからここにおるんやけど。71、いや72歳になったんかな、1947年生まれやから。

最初は腰掛けのつもりだったけどね。娘（次女）が心臓病だと、この方が身動き取りやすい。ほんで四十何年もやってしもうたわけ。もう苔生えそうなくらい。まさか、ずっとやってると思ってなかったもんなあ。

大血管転移症で血管が逆についてて、心臓から肺にいったのがまた戻って肺にいく。要するに、肺で浄化するあれがないんで間を通す手術をして、助かったのが1歳くらいのとき。だから運動ができない。37で亡くなるんやけど、あのときはずうっとぼうっとしてたなあ。

最初の子はね、女房が石川県の七尾の出身で、むこうに連れて帰ってたんです。2階で寝てて、朝起きたらなんや息してなかった。家を出て行くときもいつもと変わらんかった。普通で元気やったのに、突然死って、わけがわからん。だからズレっぱなし。それもあって雅子（次女）のために、夫婦でかかりっきりだったから。なんかあるたびにぼくも阪大病院へ駆けつけてましたよ。車で運んだりして。まあ、よう通ったなあ。
最後は心臓じたいの機能がいかれてしもうて、もたへんようになって。しんどかったけど、でも雅子のおかげで幸せ感がもてたから。そう。素直なんやわ。合唱団に入ったりとか、いろんなことを自分からパッパ、パッパと始めてね。もう安らかな顔して逝きました。ほっとしたみたいな顔してましたわ。

もうこれだけ長い間やってるから卒業生、元生徒が学校の先生やってててね。その先生に、またここの生徒が教えてもらっていたりするんよ。元教え子で教師が4、5人おるから。ざっくばらんなんです。見てもらったようにずっとあんな調子でやってきたから。「先生」なんて呼ばれへん。「タヤさん」やね。

田谷が持っていたノートを見せてもらうと、生徒思いの熱心な先生だというのが伝わってきた。

ぼくの生まれは昭和22年、1947年です。（持参してもらったアルバムを見ながら）中学のときは、22組もあった。プレハブで夏は屋根に当たった熱がそのまま降りてくるから、まあひどいもんでした。急に子供が増えたからね。学校分割して。もう増えたら増えただけあっちこっち都合つけて、運動場なんか端から端まで走られへん。

ベビーブームなんて戦争から男がどんどこ帰ってきて子供つくってっていう、あれからでしょう。親父は沖縄と奄美の島へ衛生兵で行ってて、もうちょっと戦争やってたらやられてたやろうね。

親父はちょっと偏屈なんですわ。鹿児島出身で、大阪になじめなかったのか。おふくろの方の母親が高知、父親が和歌山で。それが大阪へ入ってきて混ざり合って、ほんまどこが故郷なんやって。


大学に入ってすぐに砂川があったかなあ。2回くらい現地へ行ったなあ、基地反対で。同志社はブンドの天下でしたから校門でビラをまくのも、赤ヘル以外はもうちょっとの集団で、中核いうても14、5人やったから、こそっとやってた。そのときの先輩も、どっちか言うとまじめっていう感じで、過激派っていう感じじゃなかったんですよ。赤ヘルの集団にボックス襲撃されたときはさんざん殴られて、2階の窓から飛び降りるようにして逃げて、足の骨を折ったりとか。まあ、そんなんはありました。

しかし、あの正田が死ぬなんてねえ。関大の学園紛争の番してる最中にいきなりやられたらしいけど。もともと同じところ(革共同)なんやから近親憎悪みたいな感じが強いというか。革マルと中核のぶつかるのが一番ひどかったんと違うかなあ。

ここで10・8の日のことに話題を移した。

あれは夜行バスやったかな。京大、同志社、立命、龍谷あたりでチャーターするんです。誰がしてたんか知らんけど、電車は高いからバスをチャーターした方が安い言うて。

中核派系の学生が結集した法政大学では前夜、各大学のリーダーを集め作戦会議がもたれた。

行ってたやつが帰ってきたときにやたら興奮してたんですよ。明日のデモはとんでもないことになる。「行動隊作ることになった。誰か申し出てくれ」いうんで、そいつとぼくと、もうひとりがね。

そうしたら法政の学生から「はい」とカナヅチと釘を渡され、棒切れとベニヤの板に「ベトナム戦争反対」「佐藤訪ベト阻止」とか書いて打ち付けて。夜その作業をやってた。いまからプラカード作るということで、意味がわからんまま。「何が起こるんや?」聞いてもそれだけは絶対に言えんて。

夜、校内での集会やとかシュプレヒコールとか、そんなもん繰り返して。朝、プラカード持って出かけたんを覚えてます。電車乗ったら、ぎょうさんプラカード持って「何この人たち」

っていう視線があったのは記憶に残ってる。

大鳥居駅で降りてバァーッと走った。公園まで行って機動隊と遭遇したけど、先頭はもう言い含められていて、わかってたんやろうねえ。みんなに知らせたら機動隊にバレたら困る。当然の判断で黙ってたんやろうけど、いきなり先頭が機動隊にプラカードを振り下ろしたんです。瞬間「あ、そういうことなんか」と納得しますよ。デモ隊の集団が全員持ってるわけやから。

あれはそのまま振り下ろしたら空気抵抗があるから、横にするとベニヤが外れる。何回か殴りかかっただけで折れて、どうしようって感じになって立ちすくんでいたら、あれ最初から調べてたんやろね。何人かが建築現場にバラバラと入っていった。それをなんとなく見てたら、建築資材の丸太を抱えて帰ってきたから「貸せ」言うて先頭で突っ込んだんです。

二人掛かりで突っ込むんやけど、後ろの奴がひっくり返りそうになって「起きろ、行くぞ」って。あれはさすがに効いたんちゃうかな。向こうもたまらんかったでしょう。まだジュラルミンの盾がない時代やから。こっちもヘルメットなんか被ってなかった。被ってたら山﨑、あんな簡単にやられへんわな。

そのまま突っ走ればまた違ってたかもしれんけど、シュプレヒコールがあって。そういう儀式をやるんです。装甲車が「く」の字型に橋の上に設置されていて（弁天橋に着いたときには装甲車が空港への進路を封鎖していた）。

そう。あれは、よう上手に停めていたと思います。あんな大きいの、ほんま人がひとり通れるかどうかの隙間しかないから、デモ隊としては入り込めへん。だから投石ですね。それくらいしかなかったんちゃう。それも役割分担かなんか決めてたんやろうなあ。バケツに石をいっぱい詰めてくるんですわ。そういう状況も想定して考えてたんやろう。そもそもプラカードを振り下ろすという発想を誰がしたんやろうか。

弁天橋は中核派だけでやってて、ハシゴを調達する部隊がおったんです。ちょうど「ハシゴ持ってきたぞ」ってパッと立てかけたんが、自分の前だった。そうです。だからつい登る羽目になったんよ。とりあえず登って（警備の装甲車の）屋根に手をかけた途端に、油塗ってるのを初めて知った。そう。屋根の上に油塗っているなんてことは誰も知らんわな。ズルッとなって、ハシゴに股挟んでぶら下がってて。降りてからうずくまってた。そのあと誰が毛布を調達してきたんか、屋根に敷いて登って投石してたな。

それで佐藤（栄作首相）が乗った飛行機が飛ぶ時間に「あれや、あれや」って装甲車のこっちで見上げていた。だけどそこで引き下がることはせんと。飛んだから言うて、ここで終わって帰ろうかみたいな発想はそもそも誰にもなかった。「（阻止線の）向こうへ行こう」という意思がやっぱり働いていたんやね。

橋の欄干《らんかん》へ登って、止めてあった装甲車の中を覗いたやつが「この車、鍵ついてるぞお」って叫んだんですわ。ほんで何人かが装甲車の窓ガラス割って、手を突っ込んで内側の鍵を開けたかなんかしたんやろうね。「車運転できるやつ、いるかあ」っていう叫びがあって、手がパラパラと上がった。

あの時代、大学生でも車の免許もってる人間がそんなにおらんかったから。それで装甲車が移動した瞬間、前が空いたわけです。装甲車があったところが。そこで隊列が進みはじめた。機動隊が橋の向こうに見えてて、それが一斉に走って来て。それも警棒抜いて走ってきたというわけではない。目の前に来ていきなり、パッと抜いて殴りかかったイメージですわ。だからこういう（頭をかばう）姿勢をとれてなかったんよ。

最初に殴られたのが、ちょうど橋の右手、進行方向の右側にいた学生で。警棒がこう振り下ろされた。そのうちのひとりが山﨑だったということになるわけですよ。あっという感じで、次の瞬間こっちにもきたから。身体そらしたら背の高い女の子がいて、こっちが傾いてるときに振り下ろされた警棒がその子の側頭部にガーンと当たった。ぼくもそのまま倒れて。起き上がったら機動隊の後ろになってたんやね。見たら（機動隊が駆け抜けていき）次から次へ殴りかかっていってた。

だから幸いぼくは殴られなかった。めちゃくちゃ運がええっていうことになりますよね。起きたら、ずっと向こうまで空いてたんで逃げました。

あれは、デモ終わったくらいかなあ、帰りのバスの中で聞いたんか。どっちやろ。誰かが死んだという追悼のあれを公園でやったような気もするから。うーん、思い出せんなあ。ああ、そうか。デモの終わりの方で聞いてたんやねえ。警棒の記憶が凄すぎて記憶が飛んでいたりするけど、催涙弾放たれて口の中に催涙ガスの粉が入ったりしたし。あのあとどう動いていう記憶が飛んだままやね。実感としてね、「ひとりおらんのやな」というのはバスですわ、帰りの。「ああ、ここにひとり乗ってないのがいるんや」って、じわじわって実感湧いてきたね。帰りのバスのときに。

どこでバスに乗ったのも全然覚えてない。バスの中でシュプレヒコールやったり、なんかいろいろやったけど、ひとりおらんのやって。大学帰ってきたら、もう大騒ぎになってて。行ってないメンバーにどうやったか興奮して聞かれた記憶はある。向こうは沸き立つというか、ものすごい落差あったのを覚えてます。

山﨑博昭さんが亡くなった羽田闘争以降、デモの様相は明らかに変わっていった。

怖さはやっぱり出てきました。逆にそれを打ち消そうと思って先頭にいたかもしれんね。怖いという意識と闘いながら。その後はゲバルトの、角材でのデモになって学生運動に入ってくる人間も増えたし。あのあと、第二次の羽田が11月にあり、王子も三里塚も何回か行ったけど。オルグしやすくなったのも多少あったと思います。ただ（同志社大学は）どうしても中核派が少数やから、ぼくがちょっと何かやったら「田谷何してんねん?」て感じで望月(上史：共産同赤軍派)っていたじゃないですか。あいつが寄ってくるんですわ。彼もほんまにかわいそうな死に方(対立する他派に監禁され脱出中に転落)したけど。よう熱心に立て看書いてて「また書いてるわ」ってくらい、すごく熱心に活動してはったから。

もう高校のときに自殺したのもおって、正田のこともあったり、望月さんのことも思い出したりしますね。ぼくがオルグをかけてゲバルトのやり方を教えたのもいる。でも、オルグ自体はあんまり好きやなかった。声かけたのはいっぱいおったけど。もう50年になるけど、すぐ頭に浮かんでくるのはあの警棒やね。どうしても。あとは、どう言ったらいいんか。言おう思っても出てきいへんな。

ただ10・8のあとは毎月毎月行ってたから。11月の羽田、12月にもどっか行って。エンタープライズは年明けか。そう。佐世保も行きました。あれは電車やった。

病院内に逃げ込んだら、あの日はぎょうさん殴られてた。ぼくも殴られたけど、機動隊も頭殴るのは避けるようになった。だから、もういつもこのへんが痛いの。ぎしぎしと背中の背骨のあたりが。

ヘルメットは11月の羽田くらいのときから被ってたんちゃうかな。警棒で頭がんがん割られたんじゃたまらんから。だけどヘルメットいうてもね、ちゃちなヘルメットで。1回叩かれたら割れてまうような。だけど何もなしよりましなくらいの。

佐世保のあとの三里塚は土手みたいなところを降りたり登ったり。畑が多いんです。田んぼじゃない、土の色も違ってて。あのときはデモが機動隊とぶつかって、どっちも引いたら真ん中へんに女の子が倒れてた。足挫いたんか。こっちはみんな凍りついてしまっていた。そしたらツツツッと戸村（一作・三里塚芝山空港反対同盟委員長）さんが走り出ていって抱きかかえたんよ。わあ、この人ようやるわと思った。あれはものすごい印象に残ってる。ちょうどぼくの後ろにいたみたいで、横側をすっとすり抜けていった。戸村さん、どっちかというと、ちっこい方でしょう。自分より背の高い女の子を抱えてデモの後ろの方へ連れてったん、記憶に残ってる。ああいうことがパッとできる。敬虔《けいけん》なクリスチャンのなせる技なんかなあ。

初めて王子のデモ指揮で逮捕されたときには1ヶ月くらいで出てきたけど。そのあともなんとなくデモには参加してたんですが、なんかゲバルトにつぐゲバルトでちょっと嫌気がさしてたんやなあ。こんなこと、いつまで続けるんやろ。こんなん7ヶ月も続いてやっとったら身がもたへんやろうって。

だけど、人の経験せんようなことばっかしやってきたから。山﨑のそばにおったり、火事におうたり、心臓病の子供が生まれたり。だから不幸だとは思ってませんよ。むしろ死んだ雅子が幸せにしてくれたと思っています。

苦しかったけど、雅子はものすごく素直な子で、自分なりに積極的にいろんなことをして。阪大病院に何回も駆けつけたりとかしたけど、がんばって生きていこうとする姿見てたら「よかった」いう気持ちが残ってますから。ええ、ものすごく貴重なものとして残っています。生きていくんだっていう感じがよう伝わってきたんですわ。「命」が何なのかを教えてもらった。

大学もちゃんと卒業して、会社勤めして、恋愛もして。自分の好きなコーラスも京都の合唱団に入って。年末になったらよう合唱団が歌う、なんやったっけ？　ああ、そうそう。「第九」やね。あれ聴きに行きましたわ。そういうことを積極的にやりながら、人を非難したりということが一切ない子で。ほんとうに一生懸命生きてくれたっていうのが。それ見てて感謝してたんです。葬式の日に「ありがとう」って声をかけたくらいですよ。

まあ安らかな顔しとった。

あ、あかん、ちょっと待て。思い出しちゃった、やめとこ。

高校のときの友達にはいまでも会ってますよ。４人くらい。70を超えても付きあっています。同志社の中核派だった人たちとも付き合いがあります。最近ひとり死んで、葬式で会いました。

ここも、もう46年やってるんだけど、雅子が死んだとき「これで終わりにしよう」と思った。途端にぐちゃぐちゃになって。生徒を集めてやる、そういう気力がなくなってしまってね。立ち直らなければあかんのやけど。あまり先生っぽいのが嫌いでね、気楽にやってたいから。

でも、とてもええ子に恵まれてますわあ。

ぼくの話　4

青春はチョコレートの箱、開けてみるまでわからない

「人生はチョコレートの箱、開けてみるまでわからない」。映画『フォレスト・ガンプ／一期一会』（1994年）の有名なキャッチコピーである。映画の冒頭で主人公フォレストが「母親が教えてくれた名言」としてしゃべるセリフで、『アメリカ映画の名セリフベスト100』の第40位になっているそうだ。

監督はロバート・ゼメキス、主演はトム・ハンクス。主人公フォレストの「記憶」と歴史上の「記録」を紡ぎながら、米国の1950年代から80年代という「いくつもの時代」を通史的に描こうとした『フォレスト・ガンプ／一期一会』のような日本映画があるだろうか。

主人公フォレストと幼馴染の女友だちジェニーは「ベビーブーマー」、日本でいえば「団塊の世代」である。フォレストは普通の子どもより知能指数の低い少年だったが、足がとんでもなく早く、集中力も抜群だった。ケネディ大統領の時代、ジョンソン大統領の時代、ニクソン大統領の時代、「いくつもの時代」を頭の弱いフォレスト

は権力の要請に逆らわずにくそまじめに生き抜き、ベトナム戦争の英雄になり、経済的にも大成功する。

一方、フォレストがこころを寄せつづける片思いの恋人ジェニーは歌手ジョーン・バエズにあこがれてフォークシンガーをめざしたり、ブラックパンサー党でベトナム反戦運動をしたり、権力に反抗し、自由に生きようともがくが、うまくいかない。成功したフォレストと失敗したジェニー。時代に引き裂かれたように見えた二人は……。

ぼくは「団塊の世代」を主人公に日本の50年代から80年代という「いくつもの時代」を通史的に描く、『フォレスト・ガンプ／一期一会』のような映画を作りたかった。「記憶」と「記録」を紡ぐドキュメンタリーで（ぼくには劇映画の監督はできないし、資金もない。『フォレスト・ガンプ／一期一会』の製作費は約70億円。ぼくのドキュメンタリー映画の予算は1000万円がやっと）。米国アカデミー賞で作品賞／監督賞／脚色賞／主演男優賞／編集賞／視覚効果賞に輝いた作品をイメージして作ったと言っても信じてもらえないというか、もうホラ話にしかならないけれど、映画『きみが死んだあとで』を編集しながらいつも頭のどこかでフォレストの「人生」を意識していた。

青春の夢に挫折したジェニーが休息を求めて一時的にフォレストの家に避難してくる。再会を楽しむ日々。しかし、はじめてフォレストと一夜を共にした翌朝、ジェニーは何も告げずにフォレストのもとを去る。その日から、失意のフォレストは走りはじめた。

米国の西海岸と東海岸を何往復もした約1年後、やっと走るのをやめて家に帰る。髭ぼうぼうのキリストのような姿になって。ぼくが『フォレスト・ガンプ／一期一会』で一番好きなシーンだ。「絶望＝闇」に落ちた人間がもう一度「希望＝光」を取り戻すためには、古い魂を捨て、新しい魂を入れるイニシエーション（通過儀礼）が必要なのだ。

「もしもぼくが団塊の世代に生まれたとしたら、どんな青春を送っただろうか。もしもぼくが1967年10月8日に羽田・弁天橋で死んだ18歳の若者の友だちだったとしたら、どんな人生を歩んだだろうか」

映画『きみが死んだあとで』の冒頭に掲げられる字幕である。この映画の主人公である「きみ」＝18歳で死んだ山﨑博昭さんは1948年11月12日に高知で生まれた。ぼくは1958年2月4日に埼玉で生まれた。もしもぼくが10年早く生まれていたら、絶対に学生運動をやっていて、山﨑博昭さんと同じように67年10月8日の佐藤栄作首相南ベトナム訪問阻止闘争（第一次羽田闘争）にも参加していたと思う。

山﨑さんが開けてしまったパンドラの箱みたいな「チョコレートの箱」を、もしかしたら自分が開けていたかもしれないとも思う。もしも10年早く生まれていたら、『きみが死んだあとで』に登場する14人のように「異常に発熱した時代」にぼくは絶対に巻き込まれていただろう。いや、巻き込まれていたという受動態ではなく、きっと「巻き込まれたい」気持ちを育てていた、少年時代から。

中学2年のときに吉田拓郎のアルバム『青春の詩』を買った。71年の夏休みだったと思う。秋葉原で買ってきたばかりのステレオセットで聴き、生まれてはじめて自分の「青春」を具体的にイメージした。早く大学生になりたいと思った。時代の気分が歌を作り、歌の力が時代を引っぱっていた。

喫茶店に彼女とふたりで入って
コーヒーを注文すること
ああ　それが青春（中略）
飛行機のっとり革命叫び
血と汗にまみれること
ああ　それが青春（後略）

この歌を聴いて、「青春」というラベルが貼られた「チョコレートの箱」のなかには「自由と孤独」、「恋愛と失恋」、「革命と挫折」、3種類のチョコレートがセットになって詰まっているのだと思った。その時、ぼくはまだ13歳だった。

友よ　夜明け前の闇の中で
友よ　戦いの炎をもやせ
夜明けは近い　夜明けは近い
友よ　この闇の向こうには
友よ　輝くあしたがある（後略）

岡林信康の『友よ』も、「青春」のイメージを掻き立てる歌だった。神田の楽器屋で買ってきたＹＡＭＡＨＡの安いギターで、はじめて練習したのが『友よ』だった。コード進行がシンプルだったから。大学生になったらぼくにも「闘い」が待っているのだと思いながら、この歌を唄っていた。きっと「団塊の世代」のかっこよく見えたお兄さんもお姉さんも「この闇の向こうには　友よ　輝くあしたがある」と連帯して闘おうとしたのだろう。しかし、「この闇の向こうには　友よ　悲惨なあしたがあった」。

ライフル銃で武装した「連合赤軍」のメンバーが人質1名をとって立てこもる「あさま山荘事件」があったのは１９７2年2月。10日間の攻防の末、2月28日に警官隊が突入し、人質を無事救出、犯人5人が逮捕された。最後の攻防戦はテレビで生中継され、28日夕方の人質救出、犯人逮捕直後の視聴率は89・7パーセントを記録。ほぼ国民全員がテレビを見ていたことになる。ぼくもテレビで事件を見た記憶がある。でも、それが生中継だったのか、ニュースだったのか、よく覚えていない。中学2年生の3学期だった。

革命をめざす若者たちが権力の先兵である警官隊・機動隊と闘っているという図式でとらえて、ぼくは若者たちに少しだけ共感していたが、ライフル銃で撃たれた警官隊員が死亡したことをニュースで知ると、動揺したのを覚えている。3学期の期末試験がはじまるころ、「連号赤軍」の山岳ベースでリンチ殺人事件があったことが発覚。新聞で事件の詳細を読み、これにはものすごい衝撃を受けた。「仲間を殺して埋める」「裏切った男を裸で」「女含む3遺体発見」「妊娠8ヶ月の妊婦まで」「永田洋子《ひろこ》ら自供」などの見出しが並び、殺された若者の顔写真が連日新聞に掲載された。殺された14名も、殺したメンバーも、ぼくがあこがれた「戦いの炎をもやす」若者だった。何かが間違っている……。

高校時代、ぼくのまわりにこのテーマを真面目に議論できる相手はいなかった。73年元日、「連合赤軍」のリーダーだった森恒夫が独房の扉に巻いたタオルで首を吊って自殺。「独房で首吊り」に再びショックを受けたが、友だちにも家族にも話せない。暗い詩を書いて、適当なコードを押さえながらギターを弾いて歌った。『めくら鳥』という題名だけは覚えている。将来には絶望しか待っていないのではないか、というほんとうに暗い歌だった。73年4月、目標とする高校に進学したが、その3年間は薄ぼんやりしている。勉強もまったくしなかったので、学年405人中402番で卒業した。現役での大学受験は全部落ち（これは覚悟していた）、東京の予備校の選抜クラスの試験にも落ちた（同じ高校でこの試験に落ちたのはぼくだけだった）。仕方なく、自宅に引きこもってひとりで勉強した。

77年4月、早稲田大学（政治経済学部経済学科）に入学。キャンパスにはまだ「川口大三郎虐殺事件を糾弾する」立て看板が立っている時代だった。ぼくは大学入学まで「川口君事件」を知らなかった。

《72年11月9日早朝、東大本部の構内で、パジャマ姿の若い男の死体が見つかった。全身アザだらけで、骨折した腕の白い骨が見えていた。解剖の結果殴り殺されたものと判明した。調べですぐに、これは革マル派が中核派シンパだった川口君を早大でリンチして殺したあと東大構内まで運んで放置したものとわかった。

早大は革マル派最大の拠点校で、構内はいつも革マル派の防衛隊が、他のセクトの活動を封じるためにパトロールしてまわっていたが、川口君はこの防衛隊に〝スパイ〟だとしてつかまり、リンチを受けたのである。この事件で、長年の間、革マル派の安定政権がつづいていた早大に嵐がまきおこる。

中核派を含めた各セクト、それに民青とノンセクトの学生も含めて、革マル支配をくずそうとするものと、必死で支配権を維持しようとする革マル派の間に、三つどもえ、四つどもえの死闘が演じられる。それから半年余にわたることになる〝早大戦争〟の開始である。》『中核VS革マル（上）』立花隆著より

ぼくが入学した頃は、もうとっくの昔に〝早大戦争〟は終わり、革マル派支配が再確立していた。ぼくが見つけた立て看板は法学部自治会が掲げた新入生に「川口君事件の真相」を伝えるものだった。

法学部自治会だけが民青（日本共産党系の学生組織「日本民主青年同盟」の略）で、大学全体を見渡すと革マル派が牛耳っていた。立て看を読んで、革マル派、中核派などのセクトによる内ゲバの実態を知り、改めて「セクトには近づかない」ことを誓う。少年時代に「団塊の世代」のお兄さんやお姉さんに抱いていたあこがれは完全に失望に変わった。ぼくの「青春」はどうなってしまうのだろうか、と思ったものだ。

高校時代は何にでもなれると思ってたけど、何にもなれなかったっていうような人生ですね。

黒瀬準さんの話（大手前高校の同学年）

10番目に撮影したのは黒瀬準《じゅん》さんだった。高校時代から三田誠広さんの親友で、三田さんの芥川賞受賞作『僕って何』の主人公のモデルとも噂される黒瀬さんの撮影は早稲田大学のキャンパスからはじめた。これは例外である。映画『きみが死んだあとで』の撮影は「登場人物の自宅か仕事場で行う」ことを原則とした。自宅や仕事場にはその人の人生が潜んでいるからである。「大阪の自宅はＮＧ」と言われたので仕方なく、黒瀬さんには特別に青春を過ごした場所をロードムービー風にたどってもらうことにした。

大隈講堂と大隈銅像の前で主に早大時代のことを聞いた。そこから近所の「ぷらんたん」という喫茶店まで歩き、主に高校時代のことを聞いた。「ぷらんたん」はぼくがよく通ったなつかしい店で（早大政経学部から近かった）、ニューオルリンズジャズ倶楽部の拠点だった。「高田牧舎」で昼食を食べて、早大から法政大学市ケ谷キャンパスへ移動（移動はすべてぼくが運転するクルマである）。いよいよ「10月8日前夜」の話になる。

黒瀬さんはノンセクトだったが、中核派で活動する大手前高校出身の友だちと合流するために前日から法政大学にいて、三派全学連の「不穏な動き」を目撃する。午後2時過ぎに法政大学から羽田・弁天橋へ移動し、山﨑博昭さんが死んだ「1967年10月8日当日」の話を聞く。

新幹線で大阪へ帰るという黒瀬さんをクルマで東京駅まで送る道すがら、「50代からずっと肉体労働のアルバイトをしている」という告白があり、驚くと同時に関心が膨張したぼくは条件反射的に「仕事を撮らせてもらえませんか」とお願いしていた。数週間後、ぼくとカメラマンの加藤さんは重そうな紙袋を両手に提げ、電車に揺られ、大阪の工場から京都駅周辺の店まで「ある物」を運搬する黒瀬さんの姿を撮影した。この黒瀬さんの仕事シーンはなんとか映画に収めたいと努力したが、最後の最後で削除してしまった（だから、この本に収録できてほんとうに救われた）。

文学部で専攻は露文です。あの頃は作家になろうと思ったら露文、しかも中退でないとダメだったんですよ。でも結局、ぼくはロシア語は全然できない。大学入って忙しかったから。そう。恋と革命で。東京に出てきてから最初は鶴巻町の下宿にいまして、ひとつ下の女の人を呼んで東京で暮らそうという計画だったから切り詰めた生活をしていたら、パアになった。

ぼくは高校の頃から中核系でしたけど、結局入らなかったんです。何で？　う〜ん。組織の一員になって、生活のすべてを没入できるかを考えたときにやっぱり自分の自由な部分といいますか、それを残したいという気持ちが強かったんですね。当時はまだ牧歌的で、革マル派と社学同（ブントの学生組織）と社青同解放派が共同集会を開いたりしていて、一緒にデモに出て行くようなことがけっこうありましたね。

横長の椅子を（演壇用に）並べて、座って集会するんですけど。革マル派は組織論の党派なんで、集会が始まる何十分も前からビシッと座っているんですよ。解放派と社学同の方はパラパラとしか座ってない。それでも集会がはじまると同じくらいの数になる。革マル派はどんな集会でも演壇の前を必ず占拠するんです。自分たちが一番目立つというのと他派を（ヤジで）妨害できるからでしょうね。

『僕って何』は図書館の場面からはじまるんですが、昔の仲間はみんな、あれはぼくがモデルだと思っている。ぼくが三田に話したことが混ぜ合わされているんですけどね。

大隈銅像横のベンチに腰を下ろした。

もともと高校のときから反戦闘争をやってましたから、大学入ってすぐにやるのが当たり前なんですけど。そうしなかったのは同棲生活をするために切り詰めていて、全然運動にたずさわってなかったんです。その彼女とダメになり、運動にもどるのが「佐藤訪ベト」（10・8羽田）のときで。党派には入らず、闘争があると参加する。外へ出て行ったりもしました。佐世保は行ってないですけど、王子と三里塚へは行きました。

大学に中核派がいないので、ぼくは社学同と解放派の共同隊列みたいなところと一緒になって。ヘルメットは赤です。赤（社学同のカラーだった）を被るのも大変忸怩《じくじ》たる思いでしたけど、ノーヘルでいたら危険だと言われて、もう仕方なく借りていました。石を投げるのもねぇ「したくないなあ」というせめぎ合いの中にいたと思います。

いまになると、どうしてあんなに盛り上がったのか不思議ですけど。当時は自然な感じで。やっぱり10・8が大きかったと思いますよ。あれで闘争に対する見方も考え方も変わって「できるぞ」って感じになりましたから。

自分のダメなところは、ずっとなりたいものがなかったんですよ。演劇も四季に入ったのも、ぼくは遊び半分みたいな感じで。だから「劇団四季」にいたのも1年足らずです。ほんとダメなんですよ。そうなんです。運動も、そう言われればそうで。うん。全存在を賭けてという気持ちにはならなかったんで。山崎が亡くなったときに気持ちは沸き立ってますけど、党派に入ってとは思わなかった。どっちかというと、ヒッピー文化に好意的でしたから。

演劇やりたいと思ったきっかけは西麻布に「自由劇場」というアングラの拠点みたいなところがあったんです。そこの演劇を観に行って目覚めてしまった。それが大学3年くらい。三田誠広のお姉さんの三田和代さんがね、自由劇場の結成に参加するかもしれないと聞いて興味をもってたんです。結局、彼女は参加しなかったんですけど、白土三平の「赤目」っていう漫画を演劇にした舞台を目にして虜になってしまった。

狭い空間で、ビルの地下の50席もないくらいのところで板一枚を動かして違う空間を現出させるんですよ。板一枚で空間を変え、想像を喚起させる。それがすごかったんですよね。

芝居は、作り手と観客のイメージ、それらが一致するのが理想だと思うんですけど、あのときは一致していた。どんどん観に行くようになり、自由劇場に入りたいなあと募集要項を探したんです。でも見つからなかった。本気で探せば見つからないわけないんですけどね。だから真剣に思ってなかったんでしょうね。それで3ヶ月くらいかなあ。べつの演劇研究所、恵比寿の方に通っていたときに四季の募集があって、試しに受けたら合格した。何十倍の競争に打ち勝って入ったんだあ。そう思って入ったのに、もう1年足らずで。やっぱりダメなんですね、ぼくは。

それでまた大学へ戻るんです。休学はしてなくて、籍は置いたままだから戻るのは簡単に。卒業には5年かかりました。だらしない話しかないんですけど、こんな話でいいんですか。

ああ、そうですか。それで5年目の春に大阪から女の人がきて同棲をはじめましてね。ほんとうなら就職活動しないといけないいんでしょうけど、当時は「大学の学生のうちにそういうことをするのはおかしい」と思っていて、何にもしなかったんです。

だから就職はできず。彼女も「大阪へ帰りたい」と言うので、帰って親の会社に入れてもらったんです。ええ、結婚しました。5年かかったので、卒業したのは72年で、連合赤軍でみんな幻滅していた時期ですよね。

ふいにこんな質問をしてみたくなった。「黒瀬さんはご自身をおじいさんだと思うか」。年齢を感じさせない風貌は出会ってから気になっていたことだった。

えええー。ずっと幼稚なままですからねえ。我々の世代はわりとそういう人多いんじゃないですかあ。これまで「おじいさん」だと思うという人はいました？　ああ、そうですか。「老成しない」って言ったらいいみたいだけど、成長しないとも言えますよね。

大手前高校の「ツッカケ禁止」の校則に反対する運動についても聞いた。

あれは赤松さんたちが言い出したと思うんですけど。学校側が「ツッカケ禁止」といって突然履くなとなったんだけど、「これは単に履物の問題ではない。自治権の侵害である。だから闘わなければいけない」というので反対ビラを撒こうと、朝まだ誰も来ないうちに各クラスに入って机にビラを入れてまわったんです。あのときいたのは岩脇と三田、民青のOくんと。全員の机に入れるわけですから、かなりの数はいたと思うんですよ。

あるとき体育館で生徒総会がありまして。1学年500人。3学年で1500人はいたと思うんですけど、2階部分の空中回廊みたいな狭い廊下のところに教師全員が上がって、生徒総会を見下ろしてたんです。急に赤松さんが手を上げ、演壇に走っていった。空中回廊の先生たちを指差し何か言ってるんです。赤松さんの言葉が終わった途端、ぞろぞろと先生たちが無言で降りてくる。

あとで思うと、あれは生徒を見下ろし管理する発想である。だからよくない、と言ったと思うんです。ああ、それはまだツッカケの前の出来事だったんですけど。ぼくはそのときの赤松さんのかっこよさがね、イメージにずっと焼きついてるんですよ。思想が形になって物事を動かすところを初めて見たんです。

最初にデモに行ったのは「日韓条約反対闘争」です。大手前からも50人くらい出ていたこともあるんじゃないかなあ。（中核派の）誘いは、ぼくにはなかったですね。「中核派は誰でも彼でもということはしない」と言ってましたから、岩脇が。志望者が多くても困るんやって。まあ、だからぼくは誘われなかったですね。

岡龍二とはね、大阪駅の西出口、いまは桜橋口って名前が変わってるんですけど、よくそこで待ち合わせていたんです。ぼくが改札口の外で待ってたら、岡がダッシュしてきてね。すごいスピードで改札を駆け抜けていく。顔色を変えた駅員が4、5人追っかけてきて簡単にとっ捕まって目の前をひきずって行かれるんですが。「家が貧しくて」とか嘘泣きってわかるのを延々とやってる。顔面蒼白に怒ってた駅員たちもその嘘泣きがあまりにわざとらしいんで笑って、あれは無罪放免になったのかなあ。そしたらそのすぐあと、ぼくに「おうっ」って笑って。すごい生活してるなあって思ったのを覚えていますね。

それで飲食店に行くと「ここで一番安いもの何?」って聞くからぼくは恥ずかしいやら一面嬉しいやら、岡龍二といると他では経験できないようなことがよくありました。

もう悪い高校生ですから、喫茶店でお酒を飲むこともあって。ハイボール200円って壁に貼ってあると彼がママに「ぼく、120円しか持ってないんやけど、ハイボール120円分くれる?」って大声で言うんですよ。ママさんが怒ったらどうしよう。ひやひやしていたら、面白がって「この線まで」って作ってくれたのも忘れられませんね。

デモはね、大学生と高校生で一緒にするんですけど、目的地に着いたら「高校生も発言せよ」ということで岡龍二がマイク持たされるんです。何言うのかと思ったら「大学生、ダラダラしたデモなんかすんなよ」って。すごい反発食らってましたけど、そんなことを平気で言い放つんです。それからすると山﨑博昭はもう寡黙でクールでしたよね。でも、言うべきことは言う。

あれは数学の授業で。長い数式を書いていって最後に解を出す問題で、ひとりの生徒が黒板いっぱい使って解を書いたけど、答えが間違っていた。数学の担任がその数式を見て、迷惑そうな顔をしたんです。

ここからここまでの考え方は合っているけど、ここで間違えたとか説明するのかと思ったら、ただ迷惑そうな顔をして全部消したんです。そして「これが正解だ」と書いた。その授業のあと、山﨑博昭が「ああいうやり方はよくない」と批判したんです。そしたら「ぼくらは学校に答えを教えてもらいに来てるんだから、あれでいいんだ」と言い返すのがいて。山﨑くんが色をなして「ぼくらは考え方を教えてもらいに来てるんだ」って反論したんです。これはガリ勉だけの男じゃないなあと思いましたねえ。

ほかに覚えているのは、3年生は受験ですから、さっきの数学の担任が受験勉強の意欲を高めようとして、みんなの前で「山﨑、君なんか家で毎日どれくらい勉強してるんや」って聞いたんです。山﨑はほんとうに恥ずかしそうに「6時間くらい」っていうので、ぼくは椅子から飛び上がるくらいびっくりして。こっちは恋と革命の方、もちろんゼロですから。

彼は家庭環境のこともあって、現役で東大なり京大へ入らないといけなかったから学業優先で。マル研の連中と比べたら自分は（本を）読んでないという気持ちが強かったんでしょう。だから東京に数日行くだけなのに、あの日10冊も本を持って行ったんですよね。

あれ、びっくりしたんです。10冊もいろんな本を詰めてったっていうことに。あの本の冊数には胸が痛みますね。

場所を法政大学へ移動し、10月7日、中核系の学生が法政に集まった闘争前夜のことを聞いた。

時間は正確には覚えてないですけど、もう暗くなってたと思います。山﨑とは、彼らが来るのは当たり前に思っていたので「やあやあ」みたいな感じだったと思います。夜の9時頃だったかなあ。(社青同)解放派と社学同の合同の隊列が正門前まで押しかけてきて、一触即発みたいになったんです。「大事な日の前になんてバカなことをやっているんだ」と心底怒ったというか絶望的な気持ちになって、ぼくは学外に出て、ここで門の外から固唾《かたず》を飲んで見守っていたんですけど。

その前にちょっとしたリンチ合戦があったらしいんですね。それで中核批難のために二派がやってきた。まさか前夜に衝突はしないだろうと思っていたけど、心配だし、腹がたつし。正門の外からずっと見守っていたんです。

結局、二派はシュプレヒコールしたりしてたけども、中核の方は一人も出てこなくて、甲高い女の人の声で批難し返すアジテーションをやってました。マイクでの応酬だけだったんで、中核が押し込まれているような感じを受けたんですが、衝突はしなかった。その頃は「ゲバ棒」とは言ってなかったと思いますけど、二派が去ったあと、中核派が全員棒を持って走り出してきました。中に数十人、ヘルメットを被っている人がいて驚愕《きょうがく》しました。それまでヘルメットといえば機動隊が被るものだったから。明日のデモは本気だなと感じた瞬間です。１００人以上が校内で円を描くようにデモ行進するんです。むだな衝突を避けるために出てこなかったんだと理解しました。

翌日の作戦指示ですか？　明日はいままでとは違う、サンドイッチ（警備の機動隊からデモの左右を挟まれ強い規制を受ける）されたら中で暴れろって。そんな指示は初めて聞きましたから。意気込みも違うんだということを強く感じました。

山﨑くんとはそのときは話してないです。もう適当に分けられて、そういうことはできなかったですから。現場で一緒になったのも、最初から隣にいたということじゃなかった。後ろの防衛ラインに配置されたときに山﨑が隣にいたんです。10月8日の朝は飯田橋の駅までみんなで行き、ひとりひとり正規の切符を買って電車に乗り込んだ。みんなおとなしく静かにしてましたね。そのときはゲバ棒は持ってなかったと思います。日曜で朝も早かったからそんなに混んでなかったですね。

まず萩中公園に集まって集会をして、デモの隊列を組んで、先頭の方が機動隊を突破して弁天橋へ行った。もう無我夢中で行ってたと思うんです。前日に「明日の朝早いからさっさと寝ろ」と言われて、コンクリートの廊下に新聞紙を引いて眠ったんですけど、起きたらもう人がかなり動いてましてね。

前庭に出たら焚き火が焚かれてて、あたった記憶はあります。寒いのと怖いのとで震えてたのもあると思うんですけど。そう思いたくないですよね。だから、これは寒くて震えているんだ、怖くて震えてるんじゃない。そう思って、焚き火にあたったらピタッと止まった。でも、やっぱり怖かったのも間違いないです。

さらに場所を移動。羽田空港に続く弁天橋のところで話を聞いた。

この手前ですね。阻止線を張っていたのは。山﨑くんが隣にいて。何十人くらいだったか。リーダーが「行きたいだろう。行きたいだろう。だけど俺たちの持ち場はここだから、ここを動くな」と言ってまわっていたら、機動隊が押し寄せてきて。石を拾っては投げ、拾っては投げ。あのときは投げなきゃいけないと思って投げましたね。

それで山﨑博昭が振り向いて「行きたいね、行きたいね」ってぼくに言うんですよ。（隣に）昔のクラスメイトがいたから声に出したんでしょうね。ぼくには高校時代のクールな山﨑の印象が強いんで、こんなに戦闘的だったかなあと思いながら横顔を何回も見たんですね。3回くらい機動隊を押し返したあとに、彼がついに行っちゃった。すっと行っちゃって。もうあっけにとられ。まさか、そんなことすると思わなかったんで。

報せを聞いたのは、ぼくを誰かが探しにきたと思うんですよ。呼ばれて行ったら北本くんと山本くんと、あと友達が3、4人いたのかな。「山﨑博昭の漢字を教えてください」って記者に言われてて。山本望くんが「博士の博のヒロに昭和の昭」とか一生懸命伝えてた。記者が北本くんに「何か言いたいことは」みたいな質問をしたら、北本くんというのはふだんクールで余り感情を出さない人だと思ってたんですけども、もうそのときは。……泣いて「なにも言えません」って言ってました。山﨑博昭の漢字の話をしてるのを聞いて、ああ山﨑だったのかと思って。ええ。ショックでした。

結局10・8があったことで、それ以降ヘルメットを被るのが当たり前になったんですね。そういう意味でも大きな歴史の転換点になったと思いますね。

あの山﨑博昭の死を受けて、もっともっと自分もやらなくちゃいけないと思った人も多いし、ショックで社会に眼を向け運動に入った人もたくさんいましたから。

黒瀬さんはこのインタビューの前年に70歳になった。山﨑さんが18歳11ヶ月のままだということについて思うところはあるかを問うた。

そのことはずっと、ずっと思ってますね。さっきからつらつらと話しているように、だらだらとダラしなく生きてきたから。山﨑に申し訳ないような気分にはなりますね。まあ、一生懸命生きてきたつもりもあるし、突き詰めたところがないかなあとも思ったり。

我は古希　18のままの山﨑よ
君は駈け　翔び　生を生きたのだ

っていう歌を作りましたけど、古希になる前からずっとそういう感じで思ってましたね。

現在、黒瀬さんが働いている現場を撮りたいという申し出を承諾してもらい、日を改めカメラマンと京都に向かった。

あれは、おむすびです。紙箱に5つ入ったのを今日は62個（売店に納品）。ひとつ250グラムなんで、商品だけで15・5キロですか。はじめてもう16年目です。自営業を失敗しまして、とにかく働かないとホームレスになると。

自営業はコーヒー屋です。焙煎して喫茶店にコーヒー豆を卸す。うまくいかなくなったのは、もともと商売できるような人間じゃないんですね。セールスしながら「相手はこんなこと言われるの嫌だろうなあ」とか思ってしまう。そういう人間なんで向いてない。一生懸命やったんですけどね。娘と息子がいて、この二人のためにとは思うんですけどね、がむしゃらに売り込むぞっていうことはね。

大阪弁でいう「気があかん」のです。意味はねえ、ダメなやつというか、だらしないというようなな。もともと父がコーヒーの焙煎《ばいせん》会社をやっていて、大学卒業後にそこに入れてもらって。ずっと親にたてついてましたので、父は家業を弟に継がせたかったんです。不当解雇されて、裁判をしたことがあるんです。（弁護士の）北本くんに手伝ってもらって。そうです。父親と裁判をね。

ひとつの目標に向かって生きるということができずに状況、状況に合わせて生きてきた感じで、物を書く、小説家になりたいとか、役者になろうとかね。ずっとふらふらしてましたね。就職活動をせずに卒業して。同棲相手が泣くのを見て大阪へ帰ろうと思った。そのとき「東京でいい」って泣いているのに、大阪がいい（帰りたいと望んでいる）としか見えなかった。二人で大阪に帰って仕事を探したけど、いいのがなくてアルバイトをしてたんです。いいとこがやって来て酒を飲んでたら妻がアパートの部屋から出ていってしまった。外の廊下で「仕事も決まってないのに昼間からお酒飲んで」って泣くんですよ。それで父の会社に就職を決めた。

解雇されたのは二度あって。最初は35くらいかな。父親は「許すな人権、守ろう差別」みたいな人でね。社員を長時間労働させて、利益を分配はしない。ずっと軋轢はあって。何かいうと「だったらやめろ」って言われて、1年間百科事典を売るセールスをしていたんです。

フルコミで経費はすべて自分もち。売れなかったらマイナスになる。チームで全国をまわるんですけど。そこを1年でやめて、また父の会社にもどる。父は、ぼくのことを気に入らないので弟に社長を譲って、自分は会長になる。その弟がお酒に溺《おぼ》れ、会長と喧嘩になる。だけど弟は謝って許される。でも、弟をかばったぼくは解雇だという。

それで頼ったのが北本くんなんですが、彼は以前に父の会社の仕事をしているので自分はできない。別の人を紹介すると言いながら、なかなか紹介してくれない。あとで考えたら、親子で裁判はやらせたくなかったんでしょうね。だけど、お金を全部止めるという書類がきて相談したら「えげつないな」と絶句して、彼の友人の弁護士を紹介してくれた。ただ、裁判するにもお金がかかるので裁判費用は妻の生命保険を解約して。三田誠広が５００万貸してくれたのはとても助かった。

裁判は2年ちょっとで和解しました。それからずっと一人でやってきて。店をもって、そこから業務用の配達をしたりしていたときには妻も手伝ってくれていたんですが、途中で妻が亡くなって。47歳でした。

娘は成人していたんですが、息子はまだ中学3年生で。貧乏させて、ほんとうに悪かった。子供には苦労かけたと思います。ただ、これ（おにぎりの配送）は1日も休んだことがない。今年が16年目。欠勤したことはないです。社員ではなく、まったくのアルバイト。時給です。ほぼ最低賃金。９４０円です。1日4時間の日と、2時間半の日と。いまは週4日ですね。3年前までは週に6日やったんですけど。

もうひとつタバコ屋の仕事の方は、夕方5時から10時。そっちは店番ですけど、3年前に閉店しちゃいましたんで、いまはおにぎりだけです。

思ってませんよね、こういう人生になるとは。高校時代は全能感に近い、何にでもなれると思ってた。だけど何にもなれなかったっていうような人生ですね。

娘には金銭的に苦労かけたけど、いまもずっと一緒に暮らしてくれています。息子は、だらしないやつだと思っているんじゃないでしょうか。彼は沖縄でいま自営業やってますからね。

そうそう。妻が亡くなったときに、同級生の金森くんというお坊さんが全部やってくれたんです。タダで。13回忌まで済ませてもらって、お礼しようとしたら「来るな」って、お礼をさせてくれなかった。「迷惑や」とまで言って。ぼくにお金を遣わせまいとしてくれたんだと思います。

エイッて、機動隊に追われてホームから線路に飛び降りたんですよ。

島元恵子さんの話（大手前高校、京都大学の同学年）

11番目に撮影したのは島元恵子さんだった。近畿の小さな集落にある古民家、そこは島元さんが2010年に移住した自宅。ぼくらが撮影に訪ねたときは、自宅前の畑でジャガイモの種芋を植え付けているところだった。集落を囲む山々の新緑が芽吹き、青空には白雲がゆったりと流れている。「いいところですね」と声をかけると「だいぶ暖かくなったけど、ここの冬の寒さは耐えられない。今年も体調を崩してしまって」と島元さん。畑の作業が一段落したところで、そのまま地べたに座り込み、インタビューをはじめた。

島元さんの古民家にはいくつかの看板がかかっていた。「雀のお宿」「もよりカフェ」「もより文庫」。知り合いや教え子（島元さんは元高校英語教師）が家族ぐるみで泊まりにきたり、地元のおじいちゃんやおばあちゃん、子供たちが集える場所を提供しているのだ。「もより」というネーミングが面白いので由来をたずねたら、「この辺では集落の一番小さな単位を『もより』と呼ぶ」という答えが返ってきた。

むかし左翼党派は一番小さな単位を「細胞」と呼んだけれど、「もより」はのどかでいいなと思う。「細胞」はピラミッド型組織の最小単位を連想させるが、「もより」は水平型共同体の最小単位、それも助け合いの最小単位という感じがする。島元さんだって京大時代は「細胞」っぽい時期もあったが、いまは「もより」で生きている。

外が冷え込んできたので、夕方からは古民家のなかにある囲炉裏《いろり》端で話をつづけた。1967年10月17日、日比谷野外音楽堂で「山﨑博昭　虐殺抗議　中央人民葬」開催。雨と機動隊の厳戒態勢のなか、一万人が参列した。島元さんは友人代表として追悼の言葉を述べた。もっと山﨑さんのことをよく知る友だちもいたが、中核派幹部は「女の子の方がインパクトが強い」と島元さんを指名した。しかし、幹部は原稿をチェックすることまではしなかった（というか、しようとしたが島元さんが拒んだ）。その結果、前日にノートの切れ端に走り書きした島元さんの自然体の言葉は参加者のこころに強く残った。島元さんが書いた追悼の言葉を朗読してもらい、撮影終了。その夜、ぼくらは島元さんと鍋を囲み、酒を酌み交わし、「雀のお宿」に泊めてもらった。

泥んこになるのが私らの子供のときは当たり前だった。そういうことをする場を提供したいなっていう気があって家をずっと探してたんです。だけどなかなか見つからなくて、たまたまココにあるよって話に飛びついたんですね。

昭和の初期に建てたそうで、私が譲ってもらう3年くらい前までは、おばあさんが住んでたんですよ。お嫁さんが世話されてて。だから家の中もきれいでね。いっぺんに気に入って、それからいろんな人に「遊びに来て」と発信していたら、やって来た子供たちも楽しむけど私もいっぱい元気もらって。力が出るというか。そんなことでしてたんですけどね。

最初は夏に1度くらい。いろんなママ友につながりがあって、高校のときから自治会長をやったりする元気な子が家族で来るようになって。ほかにも生協やってる子が「これ差し入れ」って大きな魚をドーンと持ってきてくれたり、それをワイワイ言ってさばいて囲炉裏を囲んでやってたんですよ。

（東日本大）震災のときには、いまもつながりがあるんですけど「どろんこキャラバン」っていう保養キャンプを立ち上げた子たちがいたの。私は何もわからなかったんですけど、たまたまその反省会に出たことでメンバーになんとなく入っていったんです。

2年目、3年目と関わったのかな。けっこう内輪揉めとか主導権争いとか、つまらないことがあってね。違和感もあって私はそこからはずれてしまったんですけどね。はずれた子とはいまでもコーヒーのやりとりしたりしていて。

春休みにキャンプをやろうというとき「ここ使って」って言ったんです。3泊、4泊かな。もうみんな走り回ってね。前の川で遊んだり。それはよかったです。ジャガイモもみんなで植

えて、穢《と》れた頃に送ったりして。あれからもう5年、6年経ってるのかなあ。そのときは福島じゃなくて関東圏の（自主避難している子供）とかいろいろ来られたんですよ。いまでも何も解決していないのに新聞にもほとんど載らなくなったでしょう。どうなっているかなあと思うけど。そんなことで、もっと来てほしいんですよ。

島元さんは自宅を「雀のお宿」と名づけ、福島の子供たちの保養キャンプに場所を提供することもしてきた。ほかにも表には「もよりカフェ」「もより文庫」の看板がかかっている。

あれは、もともとおばあさんが物置小屋に椅子を置いて、前を通る人たちを呼び込んで、おしゃべりの場になってたんですって。そういう話をここに来たときに聞かされていたから「私も続きをせなあかん」と。最初はただの物置小屋だったけど。珍しくて友達とか同僚とかが来てくれたんだけど、だんだん遠慮があるのかなあ。

泊まりにくる教え子達のなかには左官屋さんや大工さんがいてね、床もきれいに仕上げてくれたんですよ。この壁も。兄にも手伝ってもらったんですけどね。オイルステインを塗るとちょっと格好がついてきました。そう。「コミュニティ・カフェ」というのか、そういうことをやりたくて、地元の人も来ておしゃべりする場をしばらくやってたんです。

もともと子供に本を読んでもらいたいというのがあるので、自分の蔵書も寝かしているだけだったのを生かしたくて、あの看板を出したんですけど。子供の数が少ないのでね、カフェに来た地域の人が借りてったりするけれど、持続するって大変で。いまはちょっと開店休業状態になっちゃって。こっちの体調が悪くなったこともあるんですけど。町づくりのメンバーに入って、意見を言ったりしていたこともあったんですよ。人とのつながりができて、やってたんですけど。夜に出ていくのがしんどくなっちゃったのと、父が大変になってきたこともあってね。

ええ。（体調が悪くなったのは）2年前なんですけど、朝近所のおばさんと立ち話をしてたら急にバタンと倒れちゃって。何が起きたのかわからなかった。そういうことが何回かあって、足踏み状態が2年ほど続いてしまった。

父が一緒だったのは1年前までです。ここ冬は寒いんですよね。それで父と大阪のマンションで過ごすことになって、春になったら帰ってくるつもりだったのが、私自身が父のことでストレスのかたまりになっていて。いまから思うとね、もうこっちが一杯いっぱいだったんですよね。

息子に言われるんですけど「お母さんは許容範囲が狭すぎる」って。そうなんです。それで年金プラスなんぼで入居できる有料老人ホームがあるのを知って、弟と二人で探して「お父さんごめんね」って。そうです、いまはそこに。

その父も100歳の誕生日にはお祝いをしてケーキも作って、鯛焼いたりしたんです。もう

101歳になりました。

　あの「もより文庫」というのは、看板をあげたらローカル新聞に載せてもらったんですね。「もより」というのは、ここに来てはじめて知ったんですけどね。ここはスガワラっていう地域なんですけど、スガワラのもよりといって一番小さい単位を「もより」っていうんです。最寄りのバス停、最寄りの駅とかっていうでしょ、あの、もより。名前を考えていたときに借りたんです。

（地域の方から）昔どうだったこうだったっていう話を聞かせてもらってね、聞き書きして、まとめたいなあと思ってたんですけどね。「お父さんがシベリアに抑留されて、帰って来るときに町まで迎えに行って」といった話をいっぱい聞かせてもらってきて。その方ももう80歳で、半分は大阪の方で暮らされてて、半分はこっちに帰ってくる生活をされていたんだけど、病気されて家を売りに出されてね。ええ。ここはどうなっていくのかなっていう気はあるんですけど。お年寄りの一人住まいが何軒かあるし。

　私が来たときは、近所でおばあさんが一人で暮らされていた。小学校の先生をされてた方で、立ち話をしては昔の話を聞いたりしていたんです。でも、認知症になられたとかで娘さんのところへ引き取られていかれたんですよね。（村落として）すごく危機的な状況やとは思うんですけどね。あそこの集落には紅葉で有名なお寺があって、新緑のときはすごくきれいなんですよ。

　小学校は一つで、いまはスクールバスでずっとまわっているんです。前はね、ここの道を7

時半になると子供達がずっと通ってたんですよね。うちにも遊びに来てくれて。勝手に入って猫と遊んだり屋根裏部屋へ上がったり。そういう子達もね、5年、6年経つと大きくなる。「本の読み聞かせとかしたいなあ」というのもあって、いい本があったら買ったりして並べていると、ときどき借りに来てくれるんですけどね。

宿題やっているのを見たり、カフェで「おばちゃん、お菓子ないの、飲み物は?」っていうやりとりしている時間がすごく楽しいんですよ。孫が遠くにいるから孫の代わりだとも思ってて、ここで暮らすことは気に入っているんです。

だけど、自分が元気でないとこういう暮らしはできないとつくづく思いますね。相棒がいれば、もう少し楽かなあとも。病気しても車の運転ができないと医者にも行けないでしょう。昨年はほんとうに大変だったんですよ。

ああ、相棒ですか? 一緒にいるくらいだったらひとりの方がいいっていう場合もあるんでね。だからまあ、仕方がないかなあと。若気の至りで、私も。一緒になったのは20代なんですけども、まあ、いろいろあって。あんまり賢くなかったから。息子なんか見てるとお嫁さん大事にして、子供も大事にしてますよね。

父のことを含めて「悪いなあ」って気はあるんだけど、もう百まで好きに生きてくれたんだから「あとはごめん」っていう感じですね。

教師をやめたのは52歳のときです。大沼って函館の近くの別荘地というか分譲地にいてね。そこは都会から移った人ばっかりのところで、函館の知り合いとかと交流はけっこうあったんですけど。旦那と、この人とは一緒に暮らせないということがあったりして、仕方ないかなあと。そのころに母が亡くなって。亡くなるまでは私、母に反発してたんですよ。若いときは父親にものすごい反発し、口をきくのも嫌だという時代があったんですけどね。

すごい嫌だったのに、亡くなるとこんなに後悔が押し寄せるとは思わなかった。辛くて。毎日おんおん泣いて。

でも、声を出して泣くと気持ちが楽になるんですよね。誰かが本で、お母さんが亡くなったあと同じようなことを書かれていて「ああ、そうだ」と思ったんですけど。もう亡くなったらどうもできないですから。その前に私がやれることがいっぱいあったのにっていう後悔がね。そういういろんなことがあって、函館から大阪へ戻ることにしたんです。

それで悪い不動産屋さんにひっかかりそうになったりもしたんですけどね。こっちに来たらいろんな人と知り合いになって、お友達もできて。ここは昔の宿場町で、伝承館がこの向こうにありますけど、町の中には江戸時代の町並みがそのまま残ってあって、昔の脇本陣《わきほんじん》みたいなおうちもあるんですよ。そこに30代の人たちが地元の人と協力していろんなことをやっているところがあるんです、古本市を月に1回やったりしている。

そっちには高校もあって、新入生はハンググライダーをやるんです。進学校じゃない。あの、勉強のできない子が行くみたいな感じでね。学年18人くらいかな。そう。詳しくなるんです。前は住んでる場所でも挨拶くらいしかしてこなかったのにね。

私は育ったのは大阪市内じゃなかったから、ちょっと馴染めなくてね、大阪の子たちの雰囲気に。枚方《ひらかた》といって郊外の安サラリーマンの娘やったから。

あ、なんか私、ごめんなさいね。いつも話し出すときりがなくて、話があっちこっちにいって。そうなんです。子供のとき家の前にカトリックの教会ができて、家族で教会へ行くのが当たり前やって。「悪いことはしたらあかん」って感じの優等生だったんですよ。勉強もできたし。高校1年生のときは黙想会に行ったりして。自分なりに、どう生きるか。人のために生きなくては、とか。そういう気持ちがあって。

でも、どっかから、そういう信仰ではあかん。世の中全体が変わらなかったら小さな善意とか、小さな手助けとかでは、よくはならないんだ。そういうほうに傾いていって。でも、ずっとここまで生きてくると、そう言ってた人たちがどういう生き方をしてきたのか。前にテレビで見てたら「そんなことで世の中は変わらない」って誰かが言うんですよ。そうしたら相手のお医者さんが「世の中を変えようなんて思わない。だけど、自分の目の前に死にそうな人間がおれば助けよう。そういうことだ」って。

今頃になって思いますけどね。理屈ばっかり言って、主義主張を言っててもね。この年になって見えることがいっぱいあって。ああ、17、18の若者に過ぎなかったと思いますね。

私はもともとすごい人見知りで、人づきあいが下手くそで。社交的じゃなかったこともあるんだけど、クラスのなかでも浮いてしまったりしていて、同じように考える子たちとおると「そうだ」とついていく。親には「世の中変えなきゃあかんねん」と議論を吹っかけるくせに、行動力がない。何もできなくて。でも、たぶん、みんなそうやったと思うんですよ、ほかの子たちも。

山﨑くんとは、私はクラスが一緒になったことがなかったから噂としてしか知らなかったんです。すごく勉強ができた、すごい子やなと名前だけは知ってて。昔は職員室の前に「順位」が貼り出されるんですよ。模擬テストとかあったら。そう。ずっとトップでしたよね。赤松さんですか？　大手前のうちらの学年のヒーローみたいだったんです。「ここ赤松さんの机」っていう感じで、女の子がみんなドキドキするような対象やったから。

私はジグザグのデモでもね、交通妨害になるからよくないいん違うのって。くそ真面目な人間でね。そのレベルやったんですけど。大学に入って初めて参加したのは5月の砂川闘争。現地集会だったと思うんですけど、それにバスで行ったのかなあ。北本くんとか京大のメンバーがいて、学生が警官に頭を殴られてひどい怪我をしたのがすごく記憶に残ってる。

ああいう集会に行くとね、全国から集まっているので気持ちが高揚するんだけど、帰ってきたら、まわりはみんな知らん顔というか。そのあと行ったのが広島の、いわゆる原爆集会ではなくて、中核派の集会だったと思う。暑くて、何人かで帰りに「電車乗って、どっか行こうか」って、日本海の方まで行ったんですよ。

気持ちの上では、いまから思えば適当に距離をとって適当にデモに参加したり、集会には行くけれども党派に入るということはしないで、シンパっていうんですか、そういう子たちがけっこういて。だけど、そういう賢さがなくて。思い込んだらっていうか。私は、これしかないという感じでしたね。

そのあたりのことを昨日よく考えたりしてたんだけど。いまは「自己肯定感」っていう言い方をするんですよね。「自己実現」とか。驚くほどちがっていて。あたしらの時代は先鋭的な学生は「自己否定」「自己変革」といって、プチブル的な自分の弱さを乗り越え、自分を変えていく、そういうことが求められていると思いつめていたから。

だけど実際には私は何もできないし「オルグせいよ」とか言われて同じクラスの子のところへ行ったって、「世界的危機が」なんて話できるわけない。普通の日常的会話すらできてない相手にね。

いまでもそうなんですけど、自分が「こうだ」と考えて行動することはできるけど、人に「これが正しい」っていうのは苦手なんですよ。押しつけるようなことはできないし。それでもう嫌になって「消耗」とか「日和る」という言い方を当時はしてたけど。父親との関係がうまくいってなかったこともあって。奨学金ももらってたし。3畳で3000円の、京都の下鴨のところに下宿して。こもって本ばっかり読んで。下宿だと生活費がかかるのでアルバイトをしなくちゃいけないとか。活動のなかに戻ってはまた消えてしまう。戻っては消えてしまうので、ひとつ上の人に「島元さんは不死鳥みたいね」って言われた。褒め言葉じゃないですよね。10・8のあとやったと思うんですけどね。

だけど、一浪して入った子は山﨑くんのことがあったから。浪人中にショックを受けているから「入ったら頑張らな」というのがすごかった。私らは1年間そういう中におって違和感、これでいいのかなとかいうのがあったのでね。猪突猛進《ちょとつもうしん》みたいにはなれない。だから一緒に並んでやったという記憶があまりないんです。

それで1年目で羽田に行った中には私みたいに1年、2年で（運動から）離れた子がいて。無党派でという子もいたけど、まったく離れていってしまった子もいるんですね。

昨日考えてたんですけどね。あの日は朝、アンパンひとつ食べて法政からどうやっていったのかわからない。ほとんど覚えてないんです。記憶がぐしゃぐしゃになってて。だけど、夜まで何も食べていなくても空腹感とか考えることもなかった。深夜帰りのバスがどこかドライブインに入って、そのときにラーメンを食べたんです。その日2回目の食事だけど、ほとんど食べられなかった。それは覚えてるんですよ。

バスのなかで「インター（ナショナル）」とか「同志は倒《たお》れぬ」とか歌って泣いてたと思うんですけどね。そういう状態で帰ってきて、教養部の門の植え込みのところに集まって、「工学部のクラスへ入れ」って言われて。そこで「お前らが悪いんだろう」って罵声《ばせい》を浴びせられ、それがまたすごいショックでね。そういうことは覚えてるんですけどね。

頭を割られてしばらくおかしくなっている子とかもいたし。そういう子たちはどこかで中核派から離れて、その後の大学闘争のときは活動はしてないんです。かと言って、話があちこちになるけど、はじめから「べ平連」とかでやってた人たちのことは当時はいい加減に思えて。

「自分ができる部分だけ関わる」っていうのは中途半端ですごく嫌やって思ってたから。もともと父に対して社会批判みたいなことを家で言うくせに、生き方としたら自分は何もしてない。そういうのがあったので行動しないといけない、「行動せなあかん」と思ってたんですよ。

それで私、山﨑くんのことで一番覚えているのは、山﨑くんの葬式でおうちに行ったことがあって、二戸一《にこいち》の市営住宅に。お兄さんの記録を読めば4畳半と6畳のおうちで、びっくりしたんですよ。大手前の子って金持ちの子ばっかりやと思ってたので。あたしなんかは、ほんま小さい家だったから。

あの日（羽田闘争に）一緒に行った子が、お父さんが鉄工所の工員で、「おばあさんから怪我しないでって言われたから、後ろの方にいた」って言いやったんです。山﨑くんはそういう判断をしないで、たぶん先頭におったと思うんですよね。

島元さんは日比谷野外音楽堂で催された山﨑さんの中央葬で友人として追悼の言葉を述べている。

　私は党派の言葉でしゃべれるものを何も持ってなかったから、あのときは、自分の気持ちを伝えるには自分の言葉でしゃべるしかできなかった。私、あそこで書いてた気持ちっていうのは、いまもあまり変わってないなっていうか、原点に回帰するっていうか。結局そのときの気持ちが原点かなって思うんですけどね。

　市電かバスか、あの何日か前に乗っているときに山﨑くんが歩いているのを見たんですよ。その印象がいまでも記憶に残っていて。そのあと69年だったか、私も留置場に放り込まれたときに東京女子大の女の子に、私があのときしゃべったのを聞いて感動したって話してもらって、びっくりしたんです。たいしたことをしゃべれてるとは全然思ってなかったから。こんなことしかしゃべれないっていうか。

　あれね、なんで私だったのか。それこそ変な話でね。京大の同志というか「友人代表としてしゃべるのは女の子の方がインパクトがあるので」と言われた。たしか赤松さんに言われたんです。私、長い間、赤松さんは羽田闘争に行ったと思ってたんですけど。私は人前でしゃべるのは緊張する方だから、頭が真っ白になってたから。とくに何を話せって言われたんじゃなく、何を話したらいいんだろうと思って、たぶん思いつくままに前日に書いていったと思うんですよね。

女の子の方がいいみたいな政治的な判断は嫌やなとは思うんですけどね。だから私、あのとき、ほんとうに恥ずかしくて。きちんとした紙にきれいに書いて清書したものを用意せなあかんのに、もう走り書きみたいなもので。礼儀作法も何にも知らなくてトンチンカンで。

チェックですか？　新幹線の中で赤松さんに見せてと言われたけど「嫌です」とか答えて、「きついなあ」と言われた記憶があるから何のチェックも入ってないと思います。

向さんのところには前の晩じゃなくて、たぶん私が追悼の言葉を述べて、私が来ているということを彼女が知ったのかなあ。声かけてくれて、泊めてもらったと思うんですよ。あの日ははじめて新幹線乗ったんですよね。そのお金、あれ誰が出してくれたのかなあ。

69年の11月の「（佐藤首相）訪米阻止」のときには角材とかヘルメットとか渡されたのか。私やめようかなとか思ってたんだけど。東京駅で機動隊に蹴散らされてね。あたしはいつもどっかで日和って、臆病で。行動がとれないっていう気がずっとあったもんやからエイッて、機動隊に追われたときにホームから線路に飛び降りたんですよ。自分のそういうものを断ち切ろうと思って。

あれは神田の方だったんかなあ。たくさんの人が飛び降りて。同じように真似して。そしたら降りたところに機動隊がワアッと来て、捕まって頭をゴーンと叩かれた。何人も装甲車に入れられて警察署の留置所に放り込まれた。長い間留置所におって、起訴されて。12月には東京拘置所に移されたけど、そういう学生で捕まった子ばっかりやったから。12月の終わり頃に保釈金を払って出たのかな。

父親か兄貴の方のつながりなのか、弁護士さんが来てくれて。執行猶予の判決を受けて2年か3年か忘れたけど、そのあとは政治的な活動はしないで5年生で卒業してっていうことなんですけどね。

あの頃、父親は糖尿病がひどくなったんですよね。お酒の量がものすごく増えて。だから、いまちょっと親孝行をして。母親は泣くから、またそれが嫌で。父親は1回面会に来てくれて、裁判の最終弁論で「恵子はいいことを言った」と言われたのは嬉しかったですね。でも、親にとったら辛かったと思うんです。父親はそれでも「お前はなんや」とかそういうことは言わなかったですね。

それから教員になるまでにはブランクがあって。26、27くらいかな、就職したのは。ほんとうに賢くないというか。そうやって生きてきたのをいまからやり直すわけにはいかないんですけどね。鶴見俊輔なんかを読んでると腑《ふ》に落ちるんですよ。

自宅前に駐められた軽自動車のリアウインドーに「辺野古新基地反対！」という手書きのステッカーが貼ってあった。

車にあるステッカーですか。あれは辺野古の住民投票のあとかな。沖縄に一度行きたいと思ってるんですけどね。沖縄のことを考えるとほんとに他人事じゃないというか、腹立ってしょうがない。いま自分に何ができるかっていうので、せめてこれだったら私もできるわって。度胸というのか。ここは違う考え方の人、自民党支持の人もいるけど、もう5年住んでるから嫌われたら嫌われたでいいかって。

まだ、いまだったら間に合うかもしれない。こうやって映画を撮れるのもね。いまやらないと私が死んだ頃にはできなくなっているかもしれないし。ほんとうに変な話なんですけどね。（そういう気持ちが）ずっと自分につきまとっているというか。小学校のときにプールが新しくできて検定があったんです。平泳ぎ何級とかいう。私は125メートルくらいで「ああダメ」って立っちゃった。そういうところが自分のなかにずっとあって「もう無理かな」とあきらめてしまう。そういう情けなさというのがずっとつきまとっていたんですけどね。

高校生のとき「10・21（国際反戦デーの集会）」に向さんたちから誘われて行ったんです。大手前から50人くらい参加してて、びっくりした。試験中やったのに。はじめてデモに参加して、それもけっこう激しいデモで。あのときは5時くらいに扇町公園に集まって。家に帰ったのが8時くらい。ふだんそんなに遅くに帰ることないし、親には内緒で行ったからすごく心配させてしまったんだけど。ええ。そのときは一人じゃなく、女の子も何人かいました。

向さんですか？　同学年でずっと気になってたんですけど。1年生か2年生だったか。大手前のすぐ横に文化ホールみたいなのがあって、そこでクラブの発表をやるんですけど。向さんは弁論部で難しいことをとうとうとしゃべっていて、すごい女の子がいるなあという。

彼女は男の子たちに反発してたんじゃないかな。だから中核には行かずに早稲田の革マルに行ったのかも。（まわりにいたのはマスコミに）「暴力学生」とか言われても繊細で文学的なセンスを持っているような人たちばっかりだったから、政治的な人間になりきれないで（運動から）離れていったようなところもあると思うんですけど。10・8はそういう矛盾とかが出てくる前で、山﨑くんは命が終わっちゃったから。

私はね、大学は卒業すること自体よくないんじゃないかと思った時期があって。それでも友達にもいろいろ言われて卒業はしたんだけど。だから「えらい人間にはならない、無名のまま生きる」。それだけは自分に決めたんですよ。

そう言いながらも高校の教師っていうのは、小学校や中学校の教師に比べたら特権みたいなところがあってね。ここらでも「小学校の先生ですか」って言われて「高校です」「課目は？」「英語です」って。私は先生いうても天然ボケやったから、まわりはそのまま受け入れてくれて。それはよかったんやけど。

ああ、それからもうひとつ。「わかったことを言うような教師にはならない」それでやってきたんです。だから「10・8山﨑博昭プロジェクト」が発足したときも有名どころが呼びかけ人に並んでいることに違和感があって。話を戻すと（『かつて10・8羽田闘争があった――山﨑博昭追悼50周年記念［寄稿篇］』に）山﨑くんが亡くなって衝撃を受けたのが人生の指針になったようなことがいっぱい書いてある。

だけど、参加した人間にとってはちょっと違うんです、ショックの受け方が。私は石を投げても前の人に当たるくらいの投石力しかないから、後ろの方にいた。投げたら誰かに当たるわと思ってようせんかった。やっぱり怖かったから後ろの方にいたのもあると思うんですけど。でも、誰が亡くなるかということはその場にいたらわからないことでしょう。そういう意味で、その場にいたってことは、だから軽々しく思い出は話せない。一緒に行った人とは話はできても、それ以外の人に話したら死者を冒瀆《ぼうとく》するみたいで。だから運動と関わっていたこともほとんど誰ともしゃべらないできたから。

もうずっと会うこともなかったんだけど、3、4年前に山﨑くんのお墓に行って卒業以来（羽田に一緒に行った）何人かに会ったんです。自分が教師になって生きてくなかでも体験を共有できる人たちとの出会いはなかった。兄としゃべるくらいで。逆に行ってない人はそのことからくる逆の思いというか、そこから抜け出られないみたいなことがあるんだろうなあと思うんだけど。行ったから偉いとかそういう話では全然なくて。

教師になってからも組合に誘われたことはあったけど、政治運動には関わらないと決めていたから。職員会議で発言しても正しいことが必ず通るとは限らない。前例がないとか言われて。

結局のところ、あまり関わってこなかった。

あれからいっぺんだけね、大学の同窓会に行ったんです。普通の子やと思ってた子がね、家庭裁判所の保護司になったりしていて。大学卒業してから医学部に行き直してお医者さんになったりだとか。きちっと生きている人に出会って、ちょっと見直したっていうか。自分の感じ方は狭かったなあって。

兄の影響ですか？　あったとは思うんですけどね。歳は3つ離れていて。もともと兄は右翼ちっくな堅物で。あの日も法政大学で出会っていて。岡山のリーダーというので私にとってはちょっと誇りというか、誇らしいというか。よく弟とこわかったなあっていうんですけど、ほとんど口をきかなくて、こわかったんですよ。兄が高校のときとかはとくに。

あのう私、もうひとつずっとトラウマになっていたことがあって。中学校の3年生のときに、ひどい英語の先生がいて。みんなが不満もってて、職員室まで言いに行ったりしたんですよ。「ぜったい当てられても答えないでおこう」とか言ってたのに。要は怖くなっちゃった。そういうことがあったんですよね。それがずっとつきまとっていて。

高校の3年生のときにも「学校に抗議しよう」と言いながら、なし崩しというか。翌朝になると動けない。私はいざとなったら身を引いてしまう。ずっと呪縛《じゅばく》みたいなのがあって。でも、ここに住むようになったら「島元さんは行動的やから」って言われる。私はいつの間に行動的と言われる人間になったのかなあって。

ぼくの話　5

人生が二度あれば、なんてとんでもない

早稲田大学の近くの夏目坂（夏目漱石の生家がこの坂の途中にあった）を登って、ガソリンスタンドを右に曲がり、500メートルくらい先の細い路地をまた右に曲がった辺り、大学まで徒歩15分の新宿区戸山町に下宿した（民家の2階に4畳半の部屋が三つあり、台所とトイレは共同）。早大に入学した高校同級生のなかには埼玉県熊谷市から電車通学している人もいたが、ぼくは一刻も早く生まれた家から出たかったので下宿以外の選択肢は考えられなかった。

結局、両親の介護のために生まれた家に戻るまで、19歳から59歳まで、40年間を東京で暮らした。年末年始と夏休みのお盆、それから田植えと稲刈りの手伝い、両親が暮らす熊谷の実家には多くても年に5、6回帰るだけだった。

庄司薫の『ぼくの大好きな青髭』を読んだのは大学1年の夏休みだったと思う。『赤頭巾ちゃん気をつけて』『さよなら快傑黒頭巾』『白鳥の歌なんか聞えない』、高校時代に庄司薫の「赤・黒・白」3部作を愛読した。

この連作の主人公である薫くん（作家の分身）は１９６９年春に都立日比谷高校を卒業し、東京大学の入試中止（東大全共闘による69年1月18日・19日の「安田講堂決戦」の翌日、政府が入試中止を決定）のあおりを受けて浪人を余儀なくされた若者である。『ぼくの大好きな青髭』で「赤・黒・白・青」４部作になったこの連作について、仲良くなったクラスの友だちと「セクトのヘルメットの色みたいだね」と語り合ったものだった。赤ヘル＝共産主義者同盟（ブント）、黒ヘル＝ノンセクト、白ヘル＝革命的共産主義者同盟（中核派と革マル派）、青ヘル＝社青同解放派。庄司薫は絶対に意識して題名をつけている。

自分なりの「青春」を模索していた当時のぼくは、この小説によって「ぼくらの世代が置かれている時代」がわかったような気がした。『ぼくの大好きな青髭』は69年7月20日（日曜日）に主人公薫くんが体験した「新宿の熱い一日」の物語である。

この日の深夜、アポロ11号が月面着陸に成功。全世界がテレビ中継を見ていた。「これは一人の人間にとっては小さな一歩だが、人類にとっては偉大な飛躍である」。月面に立ったニール・アームストロング船長の言葉はよく憶えている。小学6年の夏だった。

『ぼくの大好きな青髭』は75年から『中央公論』で連載がはじまり、単行本になったのが77年7月。つまり、１９７５年の視点で１９６９年を眺め、その間に起きてしまった事の予兆みたいなものをつかもうとしている。作家・庄司薫にとって最大の「その事」は「連合赤軍事件」だった。エッセイ集『バクの飼主めざして』（74年）の序文に書いている。

《バクとは、悪い夢を食べることによって人々の安らかな眠りを守る動物と伝えられるわけだが、彼らはまさに、少なくとも主観的には「社会のために身を犠牲にして」バクになり、同時代を生きるぼくたちの悪夢をひたすら食べ続けていたのではあるまいか。そしてその結果、消化不良を起し栄養失調に陥った。それも肉体だけでなく、いわば魂の栄養失調とでもいうべき状態にいつの間にか追いつめられていき、気づいた時には「社会のために」という他者肯定を目ざす最初の夢とは全く正反対の、他者否定社会否定そして人間否定へとのめりこんでいた……。（傍線著者）》『バクの飼主めざして』庄司薫著より

1969年6月10日、日本のGNP（国民総生産）世界第2位が発表される。「豊かな時代」の到来だ。7月20日、アポロ11号が月面着陸に成功する。「人類の進歩」は右肩上がりの人生を保証する。ぼくが小学6年だった69年、すでに何かが終わり、何かがはじまっていたのだ。でも、「社会のために身を犠牲にして」バクになり、同時代の悪夢を食べ続ける若者は闘うことをやめなかった。『ぼくの大好きな青髭』のなかで、主人公・薫くんの自殺未遂した高校同級生の友人シヌへは語る。

《この世界はピラミッドの集りだ。生まれ落ちたとたんから、おれたちはピラミッドに圧しひしがれている。幼稚園から大学へと連なるピラミッドの階段を、一段一段登るという形でおれたちは成長し、そのあとは会社や権力組織のピラミッドが待ち受けている。(中略)そしてその無数のピラミッドが集って出来上っているのがこの世界で、おれたちはみんなそのピラミッドの階段を息せききって駆け登らされ、そして自らその巨大な弱肉強食のピラミッドを作る小さな石になる。そんな世界のどこに自由があるんだ。いつの間にか、人間の文明全体がピラミッドになっちゃったんだ。そしてこの呪うべき文明の頂点にあるのが水爆なんだ。(中略)その水爆を地球上至るところに確実に射ちこむ手段として追求された宇宙ロケットが、人類の夢のシンボルであった月を土足で踏みにじろうとしている今、世界中の人間が大喜びでみんなテレビを見ているんだ。》『ぼくの大好きな青髭』庄司薫著より

この原稿を書くために『ぼくの大好きな青髭』の古本を買い、43年ぶりに読み直してみて、当時この「ピラミッド」のくだりに共感した自分を思い出した。しかし、その後に起きてしまった事件によって新左翼党派(セクト)などの反体制派のピラミッドを作る小さな石になることへの拒絶感も、ぼくは同じようにもってしまった。体制派のピラミッドにも反体制派のピラミッドにも入らないならば、どう生きたらいいのか。

《なんていうのかな、要するに若者がね、その青春という限られた時期に短期決戦で世界を動かすという種類の試みが、このたった今、最終的に敗北しつつある、ということなんだろうね。ということは、あとは言ってみれば、誰にとっても年甲斐もない馬鹿騒ぎ、といった感じの長い人生が残るということになる。》『ぼくの大好きな青髭』庄司薫著より

自殺未遂した同級生のことを取材する30歳前後の週刊誌の記者が薫くんに語る醒《さ》めた言葉。ぼくらの世代が置かれた時代は「若者が敗北した後の時代」だった。だから、ぼくらは「しらけ」るしかなかった。「しらけ世代」と命名された。「無気力・無関心・無責任」の「三無主義の時代」と嘲笑された。

ぼくの前に置かれた「青春」というラベルが貼られた「チョコレートの箱」には「早稲田大学合唱団」という甘いチョコレートが入っていた。コーラスなんか真面目にやったことがないのに、雰囲気が超よかったので入団。入ってからわかったのだが、実は日本共産党系の「日本のうたごえ全国協議会」に属する「うたごえサークル」だった。

合唱の練習が中心だが、ときどきキャンパスで「うたう会」などを催す。民青同盟

員が大勢いたと思うが、オルグはされなかった。合唱団なのに内部に民族音楽研究部があり、ぼくは和太鼓に興味をもった。能登半島に伝わる「御神事太鼓」を地元の奏者から習う合宿に行ったり、和太鼓だけはけっこう熱心に練習した。ぼくらは「早大合唱団」が53年に発足してから24年目の団員で「24期生」と呼ばれた。

大学2年のとき、先輩たち主導で「日本のうたごえ全国協議会」から脱退する議案が「純粋に音楽を楽しむサークル」になるために民主的に可決された。70年代後半は新左翼も旧左翼も、若者が政治から離れていく季節だったのだ。ぼくもその隅っこにいたわけだ。大学3年のときに「純粋に音楽を楽しむサークル」に転向した「早大合唱団」の最初の団長をやった。就職するのが嫌で、体育2単位だけをわざと落として留年した。当時、小此木啓吾《おこのぎけいご》先生が命名した「モラトリアム人間」のさきがけとなった。

《ぼくはふとその老人が、ぼくやぼくの友人たちと全く同じように若々しい輝きに充ちた表情をとり戻すのを確かに見たように思ったのだ。ぼくはその一瞬、その白髪の赤ら顔のやせた老人が、ぼくと同じクラスで勉強したり議論したり泣いたり笑ったりしているところをはっきりと見てとったように思った。(中略)

人間にとって、いや、少くともこのぼくにとってほんとうに怖いのは、年老いて、遙かな時間と疲労の厚い壁の向うに夢と情熱に溢れた十八歳を持つそのことではなく、実は十八歳の自分をそのまま持ちながら年老いるということなのではあるまいか？自分にも十八歳の時には夢があったと年老いて語ることが怖いのではなく、そう語りながらもなお夢は消えないというそのことこそ恐しいのではなかろうか？》『ぼくの大好きな青髭』庄司薫著より

還暦を過ぎて読み直してみると、「十八歳の自分をそのまま持ちながら年老いることが怖い」というくだりにうなずく自分がいた。ぼくらの世代は「しらけ」たまま老いてしまったという実感がある。「団塊の世代」はどうだったのだろうか。年老いても「十八歳の時の夢」が消えないということは、結局夢は達成されていないということになる。

印象的な高齢の男性や女性と出会うと、この人にも子どものときがあり、青春のときがあったのだ、どんな子どもだったのか、どんな若者だったのかと、ぼくにはその人が辿った人生を勝手に想像する癖がある。かつて「若者が主役の時代」があった。いまは「老人が主役の時代」なのかもしれない。そして、庄司薫が『ぼくの大好きな青髭』で予想したように「十八歳の自分をそのまま持ちながら年老いた」老人がジーンズをはいて歩いている。

父は今年二月で六十五　顔のシワはふえてゆくばかり

仕事に追われ　このごろやっとゆとりが出来た
父の湯飲み茶碗は欠けている
それにお茶を入れて飲んでいる
湯飲みに写る　自分の顔をじっと見ている
人生が二度あれば
この人生が二度あれば

井上陽水はどんな気持ちでこの歌を作ったのだろうか、と最近よく考える。『人生が二度あれば』は、高校時代によくギターをつま弾きながら歌った。井上陽水の歌のなかでは、比較的コード進行が楽だった。ぼくは還暦を過ぎ、顔のシワはふえていくばかり。でも、自分を老人だとは認めていない自分がいる。若者に負けない老人ではなく、若者よりも若いと思っている自分がいるのだ。

精神が熟さないまま年月ばかりが経ってしまったのか。確かに身体能力の衰えは否応なく感じる。しかし、「湯飲みに写る　自分の顔をじっと見ている」感傷的な自分はいない。そして、「人生が二度あれば」とはまったく考えない。

もしも人生が二度もあったら、きっとぼくは一度目の一生を台無しにし、二度目の一生もやっぱり台無しにしてしまうだろう。高校時代はこの歌を「人生が二度あれば」いいよなあ、年寄りにはなりたくないなあと思いながら歌っていた。井上陽水はこの歌を封印したのか、80年代以降ライブでもテレビでも聴いたことがない。

5年かけて大学を卒業したぼくは、広告代理店に就職しようとしていた留年仲間のTくん（彼は司法試験をめざしていたが、留年しても不合格だったのであきらめた）に手順を教わって、彼と同じ2つの会社（電通と博報堂）の就職試験を受け、内定をもらえた博報堂に入社（ちなみにTくんは電通に入社）。82年4月入社ということになる。

それから2年後の3月、つまり84年3月にぼくは博報堂をやめた。やっぱり巨大な弱肉強食のピラミッドを作る小さな石になるのが嫌だったのだと思う。それから3年後の11月、つまり87年11月に資本金60万円で有限会社を設立。スコブル工房と命名。スコブルなもの、とんでもないものを作る会社というイメージだった。会社の定款の目的には「書籍・雑誌の編集、出版、販売」「放送番組の企画、演出、制作」「コンサートの企画、演出、制作」「レコードの企画、制作、販売」「広告宣伝業務及びこれに関する市場調査」「店舗の企画、設計並びに経営指導業務」「レストラン、スナック、喫茶店の経営」「不動産管理業務」が並ぶ。

もしかしたらいつか映画を作ることもあるかもしれないと思いつき、最後に「映画及びビデオ映像の企画、制作、配給」を加えた。何をやるかわからないから、とりあえず何でもやれる会社をつくった。そして、いまもこの小さな会社をつづけている。いまは定款《ていかん》の目的に最後に書き加えた「映画の制作」がメインの仕事になっている。ここ26年間、社員はぼくひとりだ。

私の救援の原点は、じつは子供たちなんですよね。

水戸喜世子さんの話（10・8羽田救援会）

12番目に撮影したのは水戸喜世子《きよこ》さんだった。撮影は大阪の水戸さんの自宅で行った。リビング奥にある6畳の部屋に夫・巌《いわお》さんと双子の息子、兄・共生《ともお》さん、弟・徹《てつ》さんの写真が掲げてある。「10・8山﨑博昭プロジェクト」の撮影係を務めるなかで喜世子さんと次第に親しくなった。

不覚にもぼくはそれまで、夫と双子の息子を山の遭難でいっぺんに失うという「癒《い》えない悲しみ」を喜世子さんが抱えつづけていることを知らなかった。「原発を止める」ことが死んだ三人の一番の願いであったこと、だから自分は福島の原発事故が起きた直後に反原発運動の先頭に立たねばならないと決心したことを喜世子さんから直接聞いたのは2017年の夏だったか。

山﨑博昭さんを追悼する集会に喜世子さんはいつもかわいい「コアラのぬいぐるみ」を大事そうに抱いてくる。山﨑さんが死んで1年後、68年10月8日の追悼集会に出席するために大阪から上京した母親の春子さんが、喜世子さんの子供たちへのお土産として持参したものだ。息子を突然失った春子さんを喜世子さんはやさしさで包んだに違いない。自分の未来に夫と二人の息子を突然失うという悲劇が待ち受けていることも知らずに。春子さんは73年、48歳の若さで亡くなった。色褪せた「コアラのぬいぐるみ」を見るたびに、春子さんから喜世子さんに「癒えない悲しみ」がバトンタッチされたように思えて仕方がない。

2018年3月7日、財務省近畿財務局管財部の上席国有財産管理官・赤木俊夫さんが自殺した。当時の安倍晋三首相に関わる「森友学園をめぐる財務省公文書改ざん事件」の当事者が死をもって真実を告発したのだ。「癒えない悲しみ」は時代を超えて、バトタッチされていく。ぼくたちは「きみが死んだあとで」どう生きるのかを問われている。

あの日は、私は子供たちがいなかったら参加してたと思いますけれども。勘定してみたら4歳とか5歳なんですよね。67年といえば東京へやって来たばっかりの年で、それまで関西にずっといたんです。関西では「神戸べ平連」というのを作り、子供たちを連れてアメリカ総領事館前で座り込みをし「無差別北爆」に抗議しました。そこで出会った学生に誘われて、日韓のデモにも参加するようになったんですね。近所の主婦たちと一緒に、それが65年ぐらいの頃です。

私は学生時代に砂川でデモの体験はあるんですが、10・8当日の深夜、彼（夫の巌さん）がデモから帰ってきたときは、身体中がもうアザだらけで。本人はすごく元気なフリをして。わざとそうしたんだと思いますけど、玄関で子供たちと呆然としてしまって。もう服はちぎれてるし、袖も半分破れている。私は、そのときにはもう山﨑くんが亡くなっていることは報道で知っていました。彼は、寝ないですぐにアッピール文にとりかかりました。「翌日の新聞は暴徒キャンペーン一色になる。反撃しなきゃいけない」と言って。

次の日、彼は研究所に行って報告会をやって。東大の原子核研究所は官舎のすぐ隣にあったので、私も覗いたんですが、玄関のところに「10・8山﨑博昭くん虐殺抗議」の立て看が出ていました。

当時、警備の車輌に「轢《ひ》かれた」という報道が出ましたけれども、本当のところはわからない。でも、戦争加担の抗議の表明と不当弾圧のなかでの死であることは間違いない。文章もそういうふうに書いていたと思いますけども、それを読み上げるんですよね、電話口で。賛同人のひとりひとりに電話しては、読み上げていましたね。ここは直した方がいいとか意見を言ってくださるのを聞いて書きかえるんです。当時はメールなんてないですし、手紙でやりとりするなんて暇はなかったですから。それにすぐにやる人だったので。一番心配していたのは、何のために学生たちは立ち上がったのかが伝わらないこと。「新聞は表面的なことだけを書き立てるだろうから、目的は何であったのかはちゃんと訴えなきゃいけない」。そう言ってましたね。

もうひとつは、18歳の未成年者が逮捕されていたので、こころにもない自白をさせられるのは目に見えるようで、自分の潔白を貫けるように支えなきゃいけない。この二つが、市民としての役割だと思いました。

二人で話して、そのためには、毎日のように差し入れに行った方がいいということになって。当時はね、警察も差し入れを歓迎するんです。どうしてかというと、家族が行けば、子供を説得して警察に協力するように親に言わせる。友達であれば、どういう関係なのか、芋づる式に背後関係を調べることができる。しかし、家族でも友人でもない一市民の差し入れは、警察には嬉しくなかったと思いますよ。私たちにとって差し入れは大切なパイプ。あのときは真っ白のセーターを差し入れたり、ケーキを持って行ったり、気持ちが明るくなるようなものを心掛けていましたね。

そうそう。このあいだ私がこれを（『救援』縮刷版）たまたま読んでいたら、その未成年のNくん（警備車両を運転していた容疑で逮捕された）が差し入れにどう思ったかを書いてるんですよね。ここです、ちょっと読んでみてください。

（水戸さんの前で読み上げる）「山﨑君轢き殺し犯人」の汚名を着せられ、勾留されて、権力のでっちあげに応ずることを連日強要された日大生のN君は次のようにいっている。

「突然、羽田救援会の伊藤説子（主婦）という方からショートケーキが二個とどいたときは、一瞬ぼくは目がしらが熱くなりました。ぼくから離れたところでぼくの知らない流れがあり、その流れは〝羽田〟を通じて、ぼくという岸までおし寄せてきた。小さな房の中に閉じこめられているが、ぼくはその流れの中にはいったのだ。この発見は正直いって驚きでした。そこでぼくは新たに再出発したのです」

この説子さんは、喜世子さんの変名だった？

ええ。役に立ったんだ、そういえば、そういう名前を使って差し入れしたんだなあって。もうみんな挫けそうになると思うんです。とにかく警察は「まわりはお前を見捨ててるんだ」って攻めてくるでしょうからね。

救援活動をはじめる動機はね、私のなかでは怪我している学生は自分の身内と完全にくっついちゃってるんですよ。もう矢も盾もたまらないって思いになる。あのときも怪我をして、まだ病院に入っている人がいっぱいいるはずだからと、羽田周辺の病院を全部まわることにしました。うちには子供の保育園の送迎用のスバル360があったから、朝うちのことを片付けると運転して羽田まで行ってましたね。いまでも弁天橋付近に行くと妙に懐かしくなるんですけど。

病院を一軒一軒「学生がお世話になってませんか」と訪ねては診断書をもらい、お金を払って、そういうことを毎日やってました。夜、保育所へ迎えに行くまでの時間を使って。夜は夜

で封筒書きをする。カンパの訴えを出すんですね。だから運転中は眠くて眠くて、道路の傍に車を駐めたことも何回かありました。

診断書はまとめて「現代の眼」(月刊誌)に載せましたけど、一番多かったのは脳挫滅、棍棒で頭をやられたのが。眼球破裂もありました。そういう診断書を当時、法務委員だった佐々木静子議員に証拠として提供し、国会で追及してほしいと要請したりもしました。それから病院を転院させるというようなこともしましたね。当時、共産党はトロツキストに人権はないというような書き方を「赤旗」でやっていましたから、治療を拒否される学生もいたんです。医者ならば、たとえ極悪人であっても治療しなきゃいけないでしょうに。そういうことも、事実としてあったということは覚えておかなきゃいけないことですよね。二度とそういうことはやっちゃいけない。

69年、「10・8羽田救援会」を起点に水戸さんたちは「国家権力による弾圧に対しては、犠牲者の思想的信条、政治的見解の如何を問わず、これを救援する」という活動目標を掲げ、人権団体「救援連絡センター」を発足させた。

デモで逮捕者が出ると「何々署、何番」というふうに、みんな氏名も黙秘してるから留置番号で警察から弁護士選任の電話が入ります。そうすると、その地域の救援会に「○○署に今日、留置番号○番が入ったので差し入れに行ってください」と連絡し、「いいですよ」って返事が返ってくる。

でも、その返事がね、だんだんと重くなってくるんです。頼む方も「内ゲバ」で逮捕されたという場合に、地域の救援会にお願いしていいものかどうか悩む。救援センターは内ゲバの逮捕者にまで救援するのか、「連赤（連合赤軍）」は救援するのかという議論が起き、運営委員をやめていく方もいらっしゃったりして、救援センターの組織自体がガタガタしました。

たとえば、一般刑事犯のスリとか詐欺とかやった人が獄中で学生と知り合って、救援センターの存在を知るということがある。一般刑事犯の人には肉親とも連絡のとれない人も多くて、学生に聞いて助けを求めてくる人がでてくるんです。

そもそも私たちには「二つの原則」があって。ひとつは、国家権力の犠牲者は思想信条の如何に関わらずこれを救援する。もうひとつは、一人の弾圧に対しても全人民への弾圧として受け止める。これは水戸（巌）の主張だったんです。刑事犯の人も反省して助けを求めてきたら、断ることはしない。「基本的人権の砦」として救援をしなきゃいけないという立場はずっと守ってきたと思います。私たちがやってることは「人権を守る」市民運動ですからね。

でも、拒否感を抱いたのは、市民運動としてやっている私たちに対して「従え」といわれることが出てきた。73年にうちへの嫌がらせがひどくなった時期と重なって、私は子供たちを連れて関西へ移るんです。

その嫌がらせの意図は、はっきりしないです。何をやめろとか書いていない。とても汚い字で「お前の父ちゃんを殺してやる」という手紙やハガキや電話がある。電話を子供が受け取っちゃう。そういうのが続いたのが、原発の住民運動で水戸が各地をまわりはじめた頃でもあって。青森の六ヶ所、新潟の柏崎など、立地住民に原発の危険性を説いてまわっていた。私は子供を守らねばの一心で関西へ移ったので、一人でそういう嫌がらせと向き合わざるをえなかっただろうから、彼にとっても辛かったと思います。

やめていかれる人が続いた頃に支えてくれたのは三里塚の戸村（一作）さんたちですよね。戸村さんには「党派の勢力争いを救援の場に持ち込むな」と言ってもらえて、一応の抑えが効いていたんです。ある日、日比谷公園の集会で二つの党派が衝突しかけたときに「お前たち、そんなにやりたければ俺を殺してからやれ」って水戸が竹槍の間に立ったこともあったようです。私は記事で知ったので、たずねてみたら、本人は「目が殺気立って、本当にやられるかと思ったよ」と。さすがに恐かったみたい。

いっときセンターを閉じることを考えたのは、権力との闘いよりも内ゲバの逮捕者の方が増えてくるようになり、救援センターの本来の目的からずれてきた。だけども、獄中にいる人たちのために続けなきゃいけないということで持ちこたえてはきたんですけど。運動総体の内部分裂と対立のなかで統一的にやっていくっていうのは、ほんとうに辛いことなんですよね。

60年安保のときに大学生だった水戸喜世子は、新左翼の運動の推移をどう捉えているのかをたずねた。

社会を変えたいという気持ちはみんなもってますよね。だけども私の時代には政治にきちんとモノを言う立場は共産党しかなかったんですね。だから私も中学、高校のときから共産党に対する敬意っていうのはありました。新左翼の登場というのは、それが覆ったんですから、ほんと天地がひっくり返るような思いがありました。

ちょうど大学に入ったときが六全協（1955年）の直後で、自殺する人がいたり、活動家たちは真っ暗になったんですね。自治会運動は停滞しちゃって。それまで、戦後の全学連運動はそれなりに活発だったんですが。「学割」も全学連運動が獲得してきた闘いだったし。授業料が私のときは国立500円で、それ以上は上げさせないというのも全学連の力だったと思うんですけども。突然の共産党の路線転換は学生の中に衝撃を与えました。学業を放棄して献身的に党を下支えしてきたのは学生党員ですからね。

私が大学（お茶の水女子大）に入ったのが54年ですから、55年は私が2年生のときで、なんとか自治会を復活させたいと思っても、誰もやり手がないんです。結局、私が委員長になった。誰もならないので私のところにお鉢が回ってきたんですけどね。

当時は共産党を否定するところまではいかないんだけども、なんとか立ち直って欲しいという気持ちだった時期です。他大学からお茶大にも共産党を批判するグループのオルグがぼつぼつ来るようになって、新左翼の萌芽の時期でした。それが「新左翼」という形でみんなの前に出てきたのは、駒場（東大）から始まった授業料値上げ反対闘争でした。

私たちの時代はみんな論争して、論争して。水戸の世代はすでに大学院を終えていたので、共産党の影響下のままでしたが、学生の私が彼に新しい風を送ったことになってしまった。彼も一生懸命本をいろいろ読んでましたよね。60年安保の年に私たちは結婚して関西へ来たんですが、いろんな機関紙とか雑誌とか手当たり次第にいろんな文献を読んだり、古典を読み直していました。

そうそう。当時「戦旗」という、まだ共産主義者同盟（ブント）が分かれる前の頃だったと思いますけど、そこの機関紙が、右翼に襲われて印刷ができなくなった事件があって。水戸が大学に就職して、はじめて手にしたボーナスを全部そこへ匿名でカンパしましたよ。家計は火の車でしたが。共産党には60年安保を通してもうダメだなと思ったので、それに代わる新しいものをつくっていかなきゃって思いを多くの人がもったと思います。

神戸で過ごしたのは60年から67年の7年間。子供が生まれて、ベ平連の市民運動をつくったのが、子供が3歳くらいだったから64か65年ですね。神戸ということもあって私たちは比較的のどかに過ごしていたんでしょうね。子供と一緒にアメリカ総領事館前の座り込みをしたときに知りあった学生に誘われて、同じ団地のママ友何人かでデモに行くと、隊列の中に入れてくれるんです。かわいそうだからって。外だとほんとに（機動隊に）蹴られる、鉄みたいな靴で。それがもう痛いんですよ。

ジグザグしようとすると先頭のデモ指揮はバーンッとやられる。私なんかは、もうおとなしくしとけばいいのにと思うんだけど。帰り道に「もうあんな目にあいたくないね」と言いながらも、やっぱりまた行くんですよね。どうしても行かなければと思ったのは、当時はカメラマンがいい写真をね、現場の写真を新聞に出してくれていたのも大きかったですよね。お母さんたちとの間で、子供を広場で遊ばせながら話題になったのは新聞の写真でしたから。

でも、デモに行く人はちっとも増えない。みんな怖いから来ないんですよね。ちゃんとした奥様ばかりだから。それでも「フランス革命のお勉強会しましょう」とかいうと、私の家に集まってくる。それはベトナム反戦運動の広がりのひとつでしたね。

10・8の翌年、山﨑博昭さんのお母さんが水戸さんのところを訪ねていたという。

東久留米のほうの家にまで来てくださったんです。そのときは東大の核研の社宅から離れて、東久留米市の公団住宅にやっと入れてもらえた頃で。お兄さんの建夫さんと二人でいらしてくださったんですね。

うちの子供達はまだ小さかったから、そのときにコアラのぬいぐるみをいただいたんです。何を話したのか、もう細かいことはよく覚えてませんけど、お母さんとはずっと手紙のやりとりをしてました。救援センターに毎月カンパを送ってくださっていて、必ず領収書に手紙を添えてお返事していたので、はじめて会うという感じはまったくなくて。とても控えめで優しいお母さんて印象でしたね。

あのとき子供を亡くすということを私はどれだけわかってあげられたかしらと、いまになって思います。私も子供を25歳で亡くしてるでしょう。だからあの事故（夫の水戸巌さんと双子の息子さんたちは86年冬、雪山で遭難死した）があったあと、（山﨑）春子さんもこんなお気持ちだったんだなって。

でも、春子さんはほんとに弱音を吐かない方で、みなさんにいろいろ支援していただいてありがたいということをおっしゃるだけでしたね。いまになって改めて、すごく会いたくなりますね。

これは私の救援の思想と言えるかどうかよくわからないですけども、原点みたいなものって、じつは子供なんですよね。うちの子供たちは、すごいやんちゃで。東大闘争の真っ最中に成長してきた子供たちですから、保育園でも遊びは「安保粉砕ごっこ」だったんですよ。小学校になってからも一緒に差し入れに行ったり、東大闘争を見に行ったりしているから。

どっかに彼らが書いた「全学連の学生はかっこいいと思う」という作文があるんですが。

「この子たち、大きくなったら間違いなく活動家になるだろう」と予測できましたから、それまでに救援組織をしっかりしとこう、と。すごくエゴイスティックな思いが一番の原動力だったんです。だから学生たち見ても、自分の子供と区別つかないんですよね、私の場合。

10・8以降の救援はお母さんたちが多かったんですよね。まず婦人民主クラブに救援部を作ってくださって。三里塚は必ず放水があるので、部屋いっぱいに衣類を集めてくださったり炊き出しをしたり、連絡先で代表者になるのは男性がやって、実質動いているのはほとんど女でしたね。

そういう活動をするには夫の給料だけでは足りないので、関東に戻ってから私は高校の教師になろうと思ったんです。理科の免許状で、理科教育実験法だったかな、ひとつだけ単位が足りなくて持っていなかったので、お茶大に聴講で通って教員免許をとり、高校の教師になるんです。だけど、結局朝から晩まで救援一本になってしまった。もうそれもいいかって。

ほんとうは、夫に養ってもらうのは良しとしないという考えは持ってたんですけど、もうそういうのは捨てることにして。だから随分経済的には苦しくって、100円くらいの小アジの一盛りがいくらかってご近所の主婦と情報交換するんです。「安くて栄養があるわよ」って。それを買ってきて唐揚げをして、それでちょっと余裕があったら、野菜のあんを上にかける。これは水戸の方の親の意見なんですけど、「人様にカンパをお願いするときには、自分が全部出した上でお願いするものなんだよ」って。だから、まず自分がギリギリまで出してっていうのが、水戸の家の家訓みたいに言われてましたね。それには全く共感できるので、いまも実践しています。

それで67年の4月に学校で働きだしたけども、その年のうちに辞表出しちゃった。おかげで人生観も変わった。それまでは女も仕事を持たなきゃいけないと考え、大学時代も婦人問題研究会とかやってたけれども「こだわる必要はない」って。それは子供にとっても、いいことだったと思います。形ではないですね。

水戸さんは、のちに「連合赤軍」に加わることになる坂口弘と救援活動で知り合っていたという。

坂口くんは当時（1969年9月、愛知外相訪ソ訪米阻止闘争）、京浜安保共闘（革命左派）にいて逮捕されてるんです。空港の敷地に数歩踏み込んで火炎瓶を投げた。何の実害もないのに重い求刑がされた。航空法違反、威力業務妨害の罪名で。水戸は「こんなのをひとつ認めちゃったら、今後右にならえで、とんでもないことになる。これは食い止めなくちゃ」というんで全力をあげて裁判に集中し、2年か3年で彼は出てくるんだけれども、逆にこれが後悔の種になるんですね。もしもあのとき出てこなかったら、あんな事件を起こさなかったのにっていう。

でも、赤軍派の人たちに助けてもらったこともあったんですよ。センターの電話番で夜まで帰れないことが多くて、多忙なときには赤軍派の女性が子供の世話をやってくれていたんです。

ご飯を作ってくれたり。ほかにも関西の救援会から人を送ってくださったりして、うちに住み込んで世話を交代でしてくれて、すごく助かりました。

それはともかく、水戸は、坂口くんから自分で陳述書を書くために必要な本を取り寄せてほしいと言われて差し入れに行ったり、裁判闘争を闘うための資料集めについて最後まで協力していて。それはセンターがというより、自分の役割だと思っていたみたいです。彼は「ドブさらい」って言ってましたけど。「なぜ、ああいうことになったのか。ぜんぶ明らかにして総括するのが自分たちの役割で、逃げてはいけない。これはぼくの仕事だ」ってずっと言っていましたね。坂口くんを権力の手によって殺させてはいけないという強い思いから「死刑廃止」運動に踏み込んでいき、救援連絡センターの大きな目標のひとつになっています。

ぼくの話　6

生きてる　生きてる　生きている

「きみが人生で一番がんばったのはいつか」と問われたら、「浪人時代」と答えるだろう。高校時代、ほんとうに勉強しなかった。だから、3年生のときの定期テストの成績はいつも学年405人中の400番台だった。当然、現役で受けた大学はすべて落ち、予備校の選抜試験にまで落ちた。浪人時代は家にこもって独学した。英語、国語、日本史の三教科に絞った。つまり、私立大学だけをねらうことにした（現役のときは無謀にも国立大学も受けた）。特に英語が苦手だった。

予備校に通っていないので、自分で参考書を選ぶしかない。先輩か、勉強のできる同級生に教えてもらったのだろう。原仙作の『英文標準問題精講』『英文法標準問題精講』『和英標準問題精講』を買って、貪るように吸収した。「本を食べた」。1冊目を食べきる（赤線や青線を引き、ページを何度もめくるので本がボロボロになる）と、同じものをもう1冊買った。受験生なら誰でも使っている『試験にでる英単語』も2冊食べた。日本史は山川出版社の教科書を2冊食べた。国語はどうやって勉強したのか、よく覚えていない。浪人中はジャージしか着なかった。頭は丸刈りにしていた。そんなうつむく日々がぼくの18歳だった。

原仙作の参考書も『試験にでる英単語』もとっくの昔にどこかへ消えたが、当時勉強の合間に読んだ谷川俊太郎の詩集『うつむく青年』（71年）だけはいまも手元にある。そのなかの「生きる」という詩には鉛筆でギターコード譜が書き込まれている。たぶんFM東京からだっただろう、「生きていること、いま生きていること……」という歌声が聴こえてきたのは。小室等が歌っていた。すぐにFM番組表とにらめっこしてカセットテープへの録音に成功した。

高校時代はギター部に所属し、クラシックギターのプロをめざしていた浪人仲間のSくんが詩集『うつむく青年』に直接鉛筆でギターコード譜を書き込んでくれた。Sくんのなつかしい筆跡がいまも詩「生きる」に寄り添っている（5年前くらいだったか、高校の同窓会の席で「Sくんが病気で死んだ」と聞かされた）。小室等が歌う「いま生きているということ」のはじまりはコードA↓D↓Aを繰り返し、サビで$F^{\sharp}m$↓A↓$F^{\sharp}m$↓E^{7}と展開する。カポタストを使って弾いて、歌った。

生きているということ　いま生きているということ
それはミニスカート　それはプラネタリウム
それはヨハン・シュトラウス　それはピカソ

それはアルプス
すべての美しいものに出会うということ
そして　かくされた悪を注意深くこばむこと
「生きる」谷川俊太郎より

高校時代は「いい大学に行き、安定した人生を歩む」ことを消極的に拒んでいた。しかし、現役受験の完敗がぼくを焦らせた。浪人時代は「とりあえず大学に入ってから考える」ことを積極的に選んだ。その結果、希望の早稲田大学に合格した。やっかいなことに、そしてまた「いま生きているということ」に悩みはじめるのである。

小室等さんとはぼくが29歳のときにご縁があって、「音楽夜話」というミニ・ライブを3年間ほどプロデュースさせていただいた。谷川俊太郎さんとは54歳のときにご縁があって、映画『オロ』公開時のライブイベントにご出演いただいた。お二人とのご縁はいまも続いている。いま生きているということ、それは「出会う」ということだった。たとえ、相手が死者であったとしても。

「失恋で自殺したんだよね。私なら死なない」。「自意識過剰のむっつりすけべな女って感じ」。大学時代に聞いた女友だちの高野悦子評は散々だった。『二十歳の原点』の著者高野悦子。彼女たちが発する高野悦子評にうんざりしたぼくは「女同士の妬《ねた》みほど、この世に恐ろしいものはない」と思ったものだった。高野悦子は高校時代のぼくのこころに秘めたアイドルだったのだから。

本屋の息子の同級生Kくんが休み時間に読んでいた。高校2年だったと思う。「大学3年で自殺しちゃった女の子の日記。女心がわかって、ちょっと面白いよ。読み終わったら貸そうか」とかなんとか言われ、本の扉に載っている高野悦子の白黒写真を見せられた。タイプだった。かわいかった。「おれ買うから、明日1冊もってきてよ」。翌日、高野悦子は、いや『二十歳の原点』はぼくのものになった。

当時、日大闘争や東大闘争のことには関心があったが、関西の大学紛争はまったく圏外で、高野悦子が闘った69年の立命館大学闘争のことはこの本ではじめて知った。連合赤軍によるリンチ殺人事件、新左翼党派間の内ゲバ事件はあったけれども、全共闘世代のかっこよかったお兄さんやお姉さんへのあこがれの気持ちが高校時代にはまだこころのどこかに残っていた。『二十歳の原点』を読んだその日から、高野悦子は全共闘世代のお姉さんの代表、ぼくのアイドルになった。

独りであること、未熟であること、
これが私の二十歳の原点である。

この2行のエピグラフから『二十歳の原点』ははじまる。

《1969年1月2日
今日は私の誕生日である。二十歳になった。酒も煙草も公然とのむことができるし、悪いことをすれば新聞に「A子さん」とでなく、「高野悦子二十歳」と書かれる。こんな幼稚なままで「大人」にさせてしまった社会をうらむなぁ》

20歳になった彼女は明るく、前向きに「どう生きるか」を模索していた。

《1969年1月23日
新聞のトップを飾っていた東大も機動隊の導入、政府の介入で一応平静になり、反対に京大、関大、立命大が新聞にあらわれている。寮連合は要求の貫徹のために封鎖をやり、クラス討論が数多くなされ、全学集会も開かれ、学生も教職員も活発に動いている。ヘルメットに角棒をもった民青行動隊と全共闘がぶつかったりしている。》

1月19日に機動隊によって東大安田講堂が陥落した後、全共闘運動の核が関西へ移った。立命館大学では全共闘VS大学当局+民青+秩序派学生という対決構図になり、大学1年のときに「部落解放研究会」=民青で活動した経験（7ヶ月でやめた）のある高野悦子は両者の間で悩む。

《1969年2月17日
毎日、立命には行っているものの、ただ見ているだけである。昨日と一昨日はノートを書く気がしなかった。一昨日は疲れすぎてであり、昨日は人と話して言いたいことを言ってサッパリして、それ以上の追求をノートで試みなかったからである。このノートは欲求不満の解消のためにあったのか。（ちっぽけだよ！）》

日記にときどき入る（ちっぽけだよ！）みたいな自分に対するツッコミをいいなと思った。醒《さ》めたもうひとりの自分がいる。（醒めたもうひとりの自分を自分のなかに育てよう、という考えがぼくのなかに生まれた。いま考えれば「自意識過剰」の芽だったかもしれないが）。
3月から京都国際観光ホテルのレストランでウエイトレスのアルバイトをはじめ、4月に下宿を引っ越し、生活を一新しようと試みる。と同時に、酒と煙草の量が増えた（大学時代、ぼくも生活を一新しようと何度か引っ越して、その度に酒と煙草の量が増えた。結局、引っ越しでは何も変えられないのだ）。

《1969年4月6日
なぜ生きているのかって？　そりゃおめえ、働いてメシをくって、くそを放って、生活してるんじゃねえか。働いてりゃよオ、おまんまには困らねエし、仕事の帰りにしょうちゅうでもあおりゃ、それで最高よ。それが生活よ。自殺をしたら、バイト先では、ヘエあの娘がねエと、ちょっぴり驚かれ、それで二、三日たてば終りさ。》

4月6日の日記を書いたとき高野悦子は、少し酔っ払っていたと思う。バイト先の年上の男性に恋心を募らせながら、その先には「敗北」しかない立命館大学の全共闘学生の闘いに「自己否定」「大学解体」という虚しいスローガンを掲げて参加していく。恋と革命。5月からの日記は異常に発熱し、精神のバランスが崩れていく。「異常に発熱した時代」の全体像をとらえることができるいまなら、最終的に「全共闘運動」に飛び込んだひとりの女性の内面の葛藤にまず関心がいくのだが、まだ童貞であり、性的な関心が異常に発熱していた高校2年のぼくには「こんなにかわいい女子大生にも性的欲求がある」ということが一番のショックだった。

《1969年6月22日
11:30AM
けれども闘争のない生活は、空気の入っていない風船、タマの入っていない銃、豆腐の上にのせたコンニャク、からっぽの膣、空中に向って出された陰茎……ではないでしょうか。
「闘争か、血みどろの闘争か、それとも死か」という言葉があります。どこかでそんな言葉をよんだことがあります。
13：00AM
生きてる　生きてる　生きている
バリケードという腹の中で　友と語るという清涼飲料をのみ
デモとアジ　アジビラ　路上に散乱するアジビラの中で
風に吹きとび　舞っているアジビラの中で
独り　冷たいアスファルトにすわり
煙草のくゆない煙をながめ
生きている　イキテイル》

1969年6月24日未明、鉄道自殺。高野悦子が死の直前に日記に残した「生きてる」という詩は、日大闘争の記録『叛逆のバリケード』（1969年）の冒頭に掲げられた詩を元にしている。

《生きてる　生きてる　生きている
バリケードという腹の中で
生きている
毎日自主講座という栄養をとり

〝友と語る〟という清涼飲料剤を飲み
毎日精力的に生きている

生きてる　生きてる　生きている
つい昨日まで　悪魔に支配され
栄養を奪われていたが
今日飲んだ〝解放〟というアンプルで
今はもう　完全に生き変わった
そして今　バリケードの腹の中で
生きている

生きてる　生きてる　生きている
今や青春の中に生きている》

東大闘争は「自己否定」の闘争だったが、日大闘争は「自己肯定」の闘争だったという人がいる。日記を読むと、高野悦子も「自己否定」と「自己肯定」の間で揺れていた。死ぬ直前まで揺れていた。1969年という時代全体が揺れていたのだと思う。『叛逆のバリケード』の詩の内容は明るい。高野悦子は「独り、冷たいアスファルトにすわり、煙草の煙をながめ」ている。全共闘運動がもっとも高揚し、あっけなく衰退した1969年という時代の腹のなかで生きた若者たちの多くも、「独り、冷たいアスファルトにすわり、煙草の煙をながめ」た体験をもっているのではないだろうか。ただ、死ななかっただけで。「1970年代とは生き延びてしまった者たちの時代だった」と誰かが書いていた。殺されることもなく、自ら死を選ぶこともなかった者たちが、「われら（組織）」から「われ（個）」を切り離し、それぞれの「生き方」を模索していった時代ということだろうか。

護送車のバックミラーに映った顔を見たら憑かれた顔で「これがハタチの俺なんやなあ」って。

岡龍二さんの話（大手前高校の同学年）

13番目に撮影したのが岡龍二さんだった。大手前高校時代に山﨑博昭さんも参加した「マルクス主義研究会」の中心メンバーは全員撮影したかった。岩脇正人さん、佐々木幹郎さん、北本修二さん、向千衣子さん、三田誠広さん、黒瀬準さん、そして岡龍二さん。岡さんはインド北部のダラムサラで舞踏学校を主宰していた。

ぼくとカメラマンの加藤さんは2019年4月中旬、ニューデリーへ飛んだ。ニューデリー－ダラムサラ間の移動にはもっと時間がかかった。険しい山岳部を抜ける深夜バスに揺れること10時間、ぼくらはほとんど一睡もできずに朝陽を浴びたダラムサラのバス停に着いた。ダライ・ラマ14世が暮らす亡命チベット人の街には、日本とは違う「気」が流れていた。

ヒマラヤ山脈をのぞむ岡さんの舞踏学校兼自宅の建物は「ハウルの動く城」を思わせた。そして、岡さん本人は城を動かす火の悪魔・カルシファーのような不思議な、そして魅力的な人だった。岡さんを撮影する前に、ぼくは複数の高校同級生から岡さんにまつわるエピソードを聞いていた。それはすべて「貧乏物語」だった。「京大を受験するときに受験料が払えなかった。だから、友だちみんなでカンパした」とか「電車をキセル（無賃乗車）して駅員に捕まった」とか。父が消えてからは、母親が女手ひとつで男の子三人を育てたという。岡さんはその長男だった。

1969年の『アサヒグラフ』に掲載された原稿で、岡さんは高校時代の山﨑さんをこう描写している。

《デモがあったあくる日、奨学金を受取りに行った学生部の窓口の前で偶然出会ったぼくらは、お互いの機動隊に蹴られた足の傷やアザを見せ合いながら、「昨日は酷かったなあ」といって話し始めた。「やっぱり貧乏ってことかなあ」と、もらったばかりの三枚の千円札を恨めしそうに眺めながら闘いの動機を語り始めた君に、ぼくは共感してしまった。》

岡さんはいまも山﨑さんに共感しながら、「山﨑博昭の記憶」を踊りつづけている。

一年中、毎週末金曜日は午後3時から5時でパフォーマンスしてるんですね。今週は「山﨑デイ」で、山﨑に関してあれこれやってきたんですけども、山﨑が無意識のうちにぼくにくれたのがリゾーミングテクニックっていって、小さな部分から見えないくらいの変容が起こり、それが知らんまに身体の全体に広がっていくというもの。そうした、じわっとした変容が20年前に突然身体に降りてきたんですわ。

インタビューの前にぼくらはヒマラヤの麓の舞踏学校で彼の授業を見学した。

今日は、山崎からもらったぼくのギフトを生徒に返す、みんなとシェアしたいっていう授業をしました。最初はちょっと恐ろしかったです。なんか自分と違うものが自分のなかで蠢《うごめ》いているって感じがね。大昔の人は「憑依《ひょうい》」とかいって恐れたんですけども、いまのぼくは「命のクオリア」、共振が起こっているってことなんやと思っている。ぼくのなかで、山崎の記憶が延々と50年続いています。

40になるまで、20年間は京都によう帰らんかったんですわ。一歩でも足を踏み入れたら怖いことが起こりそうなんで。40過ぎだったかなあ。もう子供も大きくなって、ひとりになって何をはじめようか。そう思ったときに舞踏やなって。当時、舞踏のワークショップは京都にしかなかったんですよ。

それで京都に移り住む。いろんなワークショップにも参加するという段になって、京大のそばの浄土寺っていうところに家を借りたんです。ところが一晩目から魑魅魍魎《ちみもうりょう》みたいな悪夢が毎晩やってきて、眠れへん。ヘトヘトになってた。悪夢を見るっていうのも生命共振で、自分のなかの忘れていたクオリアが夢になって出てきてるんやなって。そういうふうに受け止めることができていたんで、恐怖はなかったんです。

というのもぼくのおばあさんがね、和歌山の町の口寄せ巫女《みこ》みたいなシャーマンやったんです。いつも町内の地蔵さんの守りして掃除したり、拝んだりしていて。町の人がやってきては「死んだおじいちゃんに会いたいんだけども」と言われると、ちょっとあれしてたんです。ぼくが4つか5つのときにおばあさんとよその家に行って、祭壇作って、線香を燃やし、鉦《かね》や太鼓《たいこ》を叩く。そのうち突然「お前、ワシをいじめたな」とかいうことを言うんですよ。そしたらその家の人は「おじいちゃん。ごめん」と泣き出す。泣くことでスカッとするんです。

嫁と姑とか、嫁とおじいちゃんとか、家々のストラグルをばあさんは全部知ってるんですよ。どうしてかというと、地蔵守りしているから。そこでみんな悩みを言いにくるんです。子供のぼくは「何が起こっているんやろ」と不思議だったんですけども。

きっかけは、20歳を過ぎた、21か22の頃に、はじめて土方《ひじかた》（巽《たつみ》）さんの舞踏「燔犧《はんぎ》大踏鑑」が京大の西部講堂に来て公演したことがあったのを、当時身重だった女房と見に行ったんです。そうです。もう大学をやめて、子供のために働きはじめてた頃です。

土方のことは高校生のときから知っていたんですよ。『鎌鼬《かまいたち》』っていう写真集が評判になって本屋に山積みされていたんですよね。ぼくはお金ないから買えへんけど、すごいやつがいるなあって。そういうふうに土方の世界には若い頃から馴染みはあったんです。71年か72年に京大へ来てパフォーマンスしたときは、西部講堂は1000人くらいのキャパなんですが、そこに

2000人が入った。舞台の上の三分の二にも観客が座るもんだから、踊るところがないくらい凝縮した、活気にあふれたパフォーマンスやったんです。

ぼくの記憶ではね、床下とか壁とかに戸板を貼り付けて、その下から隠れていた舞踏家が出てくる。「水俣《みなまた》の手」がすごくクリアにぼくの魂を打ったんですよ。ぼくらはもうだいぶ前から水俣病がはじまっているのを知ってましたけど、ベトナム反戦とか安保反対とかの運動のほうが火急の課題だと思っていたので、これが終わったらすぐにかけつけるんで、と。だけども土方さんのを見て、舞踏というのはこんな形で水俣の人とか、障害をもった人とかと共振することができるんやなって。ガーンと影響を受け、いますぐにでも舞踏家になりたいと思った。帰り道には踊ってた。

それを見ていた女房が「あんたはまだ踊ることはできへん。子供育てる義務がある」と言うんで、25年間はコピーライターをやったんですけどね。子供も大きくなり、離婚もして、ひとりになった。

ひとりになったらもう何して生きたらいいかが全然わからへん。

酒ばっかり飲んでぶくぶく太って、狭心症とか痛風とかの怖い病気になったんですよ。このままじゃ死んでしまうとなって水泳をはじめ、仲間とトライアスロンはじめ、今度はただただ体を鍛えていたんです。アホみたいに。何したらいいかわからへん。この空っぽの体に何ができるんやろうと。

さいわい身体のほうはまだ20代くらいの体力をもってたんで、踊りやろうか。ようやく舞踏家になることを決めたのが43か44です。土方さんはもう亡くなっていたんですけども、土方さんに代わって大野（一雄）さんが脚光を浴びはじめていた。80の人が踊ってるんだったら、40の俺にも踊れるやろうって、励ましになりましたね。もちろん何度も（公演を）観に行ったんですけども、身体はヨボヨボでも胸を打つんですよ。

それからダンシング・コミューンっていうネットワークを作っていたんですね。世界中に200人くらい振付家とかダンサーの友達がおって、その伝手《つて》を頼って、日本からタイ行って、インド行って、フランス、スペイン、いろんなとこで踊り出したんですよ。もう止まらへんのですわ。踊りはじめて数年しか経っていない素人なのに、なんか止まらん勢いになって、3年か4年あちこちで踊ってました。汽車で10時間移動してはワークショップするという生活を続けたんですけども、そのうちにヘトヘトになってきてましてね。

ある日、気づいたんですわ。このままアドレナリンモードを続けてたら、お前死ぬでって。そこで次の地を探し始めました。

ベネズエラの広場もよかったな。タイのあそこもよかったな。そんなこと考えていたうちのひとつがダラムサラで。ここはもう何にもない。山しかない。食べ物はものすごく貧しい、海からも遠いから。

ぼく、和歌山で育ったんで魚が大好物なんだけど、魚なんか全然手に入らないから胃袋には我慢してもらった。でも、ここは人がいいんですよ。ダライ・ラマがちょうどノーベル（平和）賞をもらったあとに世界中から面白いやつが集まってきてたんですわ。街でちょっとチラシ貼ったら、ワークショップの参加者が来る。ここやったら、やっていけそうやと。

2001年ごろですね。1年くらい場所を探していたら、30年（借地）契約、インドのお金で6ラック。1ラックは20〜30万円くらいで、建物建てるのに30ラックくらいでしたね。

日本を飛び出す動機になったんは、日本は情報が緊密でスピードもすごく速い。もう耳をすます余裕がないんですよね。そやから、次に住みつくところは身体の闇に耳をすませることのできる、何もないところがええなあと。ここは、静かな上に人が集まる格好の場所やったんで決めました。

昨日でも勝手にいろんなことが起こっていたでしょう。そういう踊りの方がもっと面白いし、なんせひとりの演出家が振り付けようと思っても限られていますよね、創造力が。でも、全員が命の創造力を全開にしたら、ほんまに予想もしないことが起こるんですよ。

このやり方は未来をたぶん予感してるんちゃうか。これは踊りだけじゃない。音楽とか、他の芸術、あるいはもっと社会運動とかにも広がる可能性はある。もう昔みたいなツリー（ピラミッド型の階層秩序）にツリーでぶつかるみたいな政治運動はまったく無効やと思っているんです。

ええ。質問してもらっていいですよ。ぼくが踊ってる「山崎リボーン」（身体に泥土を塗りたくって踊るパフォーマンス）というのは、「山崎生き返れ」と山崎の墓名碑を石で叩く。革命のこころとか、未来を作るんだとか、若いこころの生き物みたいなのを忘れているかもしれへんので、それを思い出させるために自分を叩いていたんですよね。

ヒマラヤでやっているのは、思考を止めるということが日本にいてたらできるわけないんですよ。ここへ来たらほんまになんもない。日本の友達とも音信不通。小さい観光の街ですけれども、街からも離れていて、山しか見えへん。そういうところだからこそはじめて、ここで思考を止め、ただ身体を揺らすことができた。

この身体の運動は「瞑動《めいどう》」っていうんですけどね。動きながら瞑想やっているうちにだんだん思考が止まっていって、身体の忘れてた細胞とか、瞬間的にくるものに耳をすますことができるようになったんですよ。これは体感だけでもないし、想像力でもない。夢でもないし、妄《もう》想《そう》でもない。なんかわからん。そのわからんものが自分を動かして、下意識の世界から自分を突き動かして、わけのわからん動きが突然出てくるんです。「ペルソナ」っていうか、ここへ来たら社会的な仮面は必要ないんで、それを脱いでしもうたら、ずうっと自分のなかで眠ってた悲しい記憶、3歳のときに母親に捨てられ、わんわん泣いてた自分の記憶が出てきて、それが踊りになっていくんですよ。

ぼくは3歳までは母親に可愛がられ、ものすごいふわーとした幸せな自分がいたのが、突然それが崩れてしまう。母親に捨てられ、おばあさんを「母親」と信じてなついている自分がいてて。おばあさんがぼくのことを、名前は「龍二」なんですけども、和歌山弁では「じ」が「り」になって「りゅうり」になる。おばあさんになついている「りゅうり」という人格がいて、その「りゅうり」もまたおばあさんに裏切られ、突然母親のところへ連れていかれ、そうすると母親はぼくのこと「りゅうじ」と呼ぶ。

今度は「りゅうじ」という小学校頃の人格ができて、この「りゅうじ」時代にある日、母親と父親が「兄貴の家へ売ってしまおうか」という話をしているのをたまたま聞いてしまう。それで「りゅうじ」は大人の言うことは絶対に信じられへん。ものすごく用心深く、疑い深く、耳をすます子になるんです。

学校の勉強は平気でできていました。でも、その裏には「りゅうり」がひっついてるんですわ。賢いふりしてるけども、おばあちゃんに抱きつきたい「りゅうり」と「りゅうじ」の二重性が中学、高校に入っても続いてました。

そうそう、その話ですよね。運動に関わるのは高校に入る前、中学くらいから母親が60年の安保闘争のデモに参加していたこともあって、この日本の資本主義社会って間違ってるんちゃうかとは思っていた。特に自分は貧しい家に育ちましたから、中学1年から2年にかけてそっちの方面の本を読みだすんです。ロシア語を勉強しはじめたりしてね。

高校は大阪の大手前高校へ行ったんですけども、中学時代に共産党の学生組織の「民青」に入ってましたし。地区の共産党の活動家の家に行っては、毎週ミーティングに参加してましたわ。そやから高校入ったら民青に入ろうと友達探したんですけども、勘違いしているような子たちばかりで、どうも合わへん。探したら面白いクラブがあって、佐々木が部長になっている美術部に入ったり、あとは「社研部」。社会科学研究部ですね。岩脇がそこの部長やったんですけども、出入りするようになったり。ぼく自身は文芸部の部長をやって読書会などを主催してました。ほかにも、小さい頃から新聞配達してたんで、走るのが好きだったから陸上部にも入ったり。4つクラブを掛け持ちしていたんで、忙しい放課後生活を過ごしてたんです。

それで社研部の岩脇と一緒に「マルクス主義研究会」っていうのを作ったのが2年のはじまりくらいやったかなあ。ポスターを学内に貼り巡らしたら10人から20人くらいが集まって、基礎的なマルクス主義の文献を読むグループができたんですわ。あの頃「反戦高協」を作ろうかっていうようなことになったのは、たぶん日韓闘争のあとやったと思うけど。岩脇が議長で、ぼくが書記長。大阪中の高校の社研とかあるところへ行っては「反戦高協入らへんか」って。文芸部や新聞部をオルグに行きました。その結果、他の学校からも反戦高協に入るようになって、200人くらいが集まる組織が3年の頃にはできていました。

正式な名称は「ベトナム戦争と植民地主義に反対する高校生協議会」。それを縮めて反戦高協なんですけど、岩脇はどっしり座ってこうしてるやつで、外へオルグに行くのはぼくでしたね。夏休みには大阪の高校生代表として、広島でやった全学連大会にヒッチハイクして、トラックの後ろに乗せてもらって行きました。東京の全学連大会には東海道線をキセル（無賃乗車）して、あのときは20円の切符拾って改札を出てましたね。

京大には1年浪人して入るんですが、浪人時代の最初の半年は工場で働いたり、ペンキ塗ったり、溶接したり。昼間はいろんな仕事をしながら夜ちょっとだけ勉強する。そんなんやったんですが、10月9日に大阪の街をやがて女房になる女性とデートしてるときに同級生と出会って「山﨑、昨日羽田で死んだぞ」と聞かされた。そうしたらもう突然モードが変わってしまった。なんとしてでも京大へ入って、山﨑の仇を討とうというので受験勉強に没頭しだした。戦闘モードというか、復讐モードというか。だから大学に入った途端、そういう戦闘モードの自分が自我の中心になってオルグしてゆく。死にもの狂いで。でも、こんなやつはなかなか死なんもんでね。

当時は毎月のように反戦デモの連続で朝早う起きてビラをガリ版で切って、印刷して。朝校門に立って学生に配る。授業が始まる前には各クラスに行って、ガラス戸をがらっと開けるとマイク持って「学生諸君、何月何日のデモに結集せよ！ ベトナム戦争を黙って見て過ごすんかあ」と恫喝みたいなアジテーションをやってまわり、週末はデモです。

山﨑の1周忌のデモはぼくがデモ指揮して、途中でジグザグデモになった途端、警官に飛び

かかられてパクられてしもうた。１週間か2週間、留置場に入って。その次の10・21国際反戦デーは大阪駅前に全関西から１０００人くらい集まってデモをやったんですけど、それもデモ指揮やってました。やはり警官隊とぶつかり合いになって、機動隊に追いかけられて捕まった。今度は１ヶ月ほど留置場、いや拘置所やったな。

おかげで誕生日が10月23日なんですけども、21日のデモでパクられ護送されていく車内のバックミラーに顔が映っていて、見たらもう闘いに取り憑かれた顔で「これがハタチの俺なんやなあ」って。

山﨑のほかにも、橋本憲二、辻敏明と二人の輝かしい友が運動のなかで死にました。橋本は反戦高協を一緒につくった北野高校の同志で、辻は京大のぼくの1年後輩です。（辻は）ものすごい人格のええやつでね。天王寺高校の剣道部のキャプテンで、恰幅もいい。男前で、強いし。ぼくが一番かわいがってました。デモなんかも何十回と一緒に行って、いつも隣に辻がいてる。辻が京大闘争で逮捕されて京都の拘置所に入っているときには面会に行って、差し入れもしました。学内の状況を伝えるとキリッとして「一生懸命勉強しています」と言ってましたよね。

当時、中央の革共同（中核派）の方針がものすごい軍事主義的で「一人一殺」とか「滅私奉公」とか、太平洋戦争の日本軍のスローガンのようなものが機関紙の「前進」に載ったりして。へんなとこへ行ってるなあっていうのは感じてました。そういう中央の方針への疑問と、もう自分の身体がもたへん状況になって活動を離れたんです。しばらくちょっと休憩しますすみたいなものを、2回生のときに革共同に送ったような記憶があります。

それで辻が死んだとき（71年12月4日、革マル派の襲撃を受け亡くなった）はすごいショックで、大阪のコピーライターの会社に就職してて、京都の八幡に住んでいたんですけども。大阪の梅田駅で、昔知った後輩の連中がカンパしてるんですよ。「辻が死んだ」と亡霊のような顔になってカンパ活動している高校の1級下の連中とかに出会いましたが、「俺はいま何もできへんなあ」って。それから辻の死んだ情景を何度も、何度も夢に見るんですよね。

辻は剣道の腕が立ってたからゲバ棒持ってもピカイチで、そういう強いやつだからみんなを逃がすために、最後の防波堤になろうとして何十人もに襲撃されて死んだんやろうなとか。ああ、あのときにカンパしたかどうかは覚えてません。後輩でぼくらのあとの反戦高協のリーダーだったやつと長話したんだけは覚えています。実際の襲撃された状況とかいろいろ聞いて、また悪夢になってよみがえるんですけども。

それがぼくのなかで無限にリピートして、踊りのなかに出てくるんです。抑えようと思っても、突然出てくるんですよ。山﨑とか、殴り殺された辻とか。ヒマラヤへ来て、日本から離れると、彼らがひとつのかたまりになって出てくるんです。あの時代が終わったあと、ぼくは領導した一人として、あの闘争の何が間違ってたんか。根本的にぼくらが何に気づいてなかったから、ああなったんかを考えながら20代、30代、40代と暮らしてきたんですけど。ぼくは日本にいてる友達にも言いたいし、若い人にも言いたいんやけど、日本は絶対に捨てなあかんのですわ。日本にいてる限り、全然見えないこと、感じられへんことが多すぎる。

ぼくは日本を捨てて、命の震えみたいなものに耳をすますことができるようになったし、世界がくっきり見えるようになってきた。日本にいたら、もう自我、自我の世界やから「命に耳をすます」なんてことは絶対にできへんかったなあって。お願いだから、みんな日本出てくれ。なんで日本にとらわれてるんやと思いますね。

幸い、うちの息子もここに2回来てくれているし、ときどき日本を出てインドを旅している間にここにたどり着く日本人も多いし。最近は中国人、韓国人、インド人。南米の人、ヨーロッパの人、アフリカの人も集まってくる。いまは日本だけじゃなくて世界中の人が自我と国家にとらわれている時代やから。どっかで自我と国家の囚われを断ち切ってほしい。それが最後のぼくのメッセージかなあ。日本を捨てろというのが。

ぼくの話　7

若い死者への「贖罪《しょくざい》」

57歳のときに道浦母都子《もとこ》さんと出会った。高野悦子より1歳年上の歌人である。『無援の抒情』（1980年）という歌集でデビューしたときは「全共闘歌人」と呼ばれた。同時代に『二十歳の原点』に綴られた「青春」と同質の体験をしながらも、「生き延びてしまった」女性である。

迫りくる楯怯えつつ怯えつつ確かめている私の実在

2015年夏、大阪で開催した『三里塚に生きる』上映会を見にきてくれ、そのあと一緒にお酒を飲んだ。「三里塚闘争には何度も行った」「早稲田大学の中核派に属していた」「ジュッテンニイイチ国際反戦デーのあと、はじめてパクられた」「当時つき合っていた人が民青で、意見が対立して困った」「結局その人と結婚したけど、うまくいかなかった」「……」。当時の記憶がいっきに溢《あふ》れ出す。ああ、この人はいましゃべりたいんだなあ、映画が記憶の蛇口をひねったんだなあ、と思った。「私の実在」は死を選ぼうとしたこともあっただろうか。

ビラ一枚見出すことなきわが部屋に五人の刑事の苛立ち満ちる

調べより疲れ重たく戻る真夜怒りのごとく生理はじまる

釈放されて帰りしわれの頬を打つ父よあなたこそ起たねばならぬ

68年10月21日、国際反戦デーの闘争。道浦さんは新宿駅の中核派の隊列にいた。集まった学生が投石や放火を繰り返し、レールや車両を破壊。騒乱罪が適用され、700人以上が逮捕された。道浦さんは公務執行妨害罪、凶器準備集合罪の嫌疑で事後逮捕される。逮捕、拘留、釈放をめぐる歌は『無援の抒情』のハイライトを成している。

「杉並の下宿で手錠をかけられたとき、わたしの人生は終わったと思った。21歳で自分の人生に未来はないと思った」と道浦さんは打ち明けた。人生をかけた闘いがそこにはあった。素直に感動する。ぼくも同じ時代を生き、その夜新宿にいたら、いのちをかけただろうと口にする。しかし、どこかに「待てよ」という自分もいる。歴史の闇の大奥に鎮座する神さまみたいな人がぼくに「それは彼女が人生をかけるほどの闘いだったのかい？」と囁《ささや》く。それに対してぼくは「人生をかけた闘いがなければ、歌人・道浦母都子は生まれなかったんだよ」と答えておく。

炎あげ地に舞い落ちる赤旗にわが青春の落日を見る

お店の箸袋にこの歌を書いて「この情景、眼に浮かびます」と渡す。「真っ赤に燃えながら安田講堂の屋上から落下していく旗を見て、これで青春は終わったと思った」と道浦さん。69年1月18日、東大の安田講堂攻防戦に彼女も参加していたのだ。中核派の持ち場だった法文1号館をバリケード封鎖していたのだろうか。この安田講堂攻防戦で中核派は100名以上逮捕されている。「機動隊が入ってくる前に逃げろと言われて、催涙ガスがたちこめる街をさんざん彷徨《さまよ》ったあげく、いつのまにかわたしは自分の机に突っ伏していたの。そのまま朝まで眠ってね、目が覚めたら憑《つ》かれるようにこの歌を書きとめていた」。そのあとあふれるように歌が生まれ、暗澹《あんたん》たる70年代（道浦さんの結婚生活と重なる）に発酵した。そして離婚後の80年に道浦母都子歌集『無援の抒情』が出版され、全共闘世代の歌人として脚光を浴びるのである。

高野悦子、1949年1月2日生まれ。

道浦母都子、1947年9月9日生まれ。
山﨑博昭、1948年11月12日生まれ。

もしも「きみ」＝山﨑博昭が18歳で死ななかったとしたら、羽田・弁天橋で殺されなかったとしたら、どんな人生を送っただろうか、と再び考える。山﨑さんの兄、友だち、先輩に「きみ」の話を聞いて、1本のドキュメンタリー映画『きみが死んだあとで』を完成させたいま、ぼくは「きみ」に出会ったような気持ちになっているのに気づく。でも、「きみ」の同級生はもう70代になっているのに、ぼくが出会ったのは18歳のままの「きみ」なのだ。

ある雨の日、ぼくは詰襟を着込んで羽田・弁天橋の「きみ」が死んだ場所に立ち、18歳の「きみ」の遺影を掲げて、「きみ」がいまどんな気持ちでいるのか、感じようと試みた。「きみ」の遺影をぼくの顔の位置にもってきて、18歳の「きみ」になりきろうとした。黒い雨雲の上にある青空の世界にいる「きみ」は、いま泣いている、その涙が雨粒になって降っていると思った。もしかしたら「きみ」は、あの日からずっと泣きつづけているのか（弁天橋で撮影した、ぼくが遺影を掲げて瞑想する場面は映画の重要な表現になった）。

《地球上に生を受けて十八年と十ヶ月、私は一体何をして生きて来たのだ。現在にすら責任をもたず、未来に対する責任もなく、ひたすら懐疑と無関心の間を揺れ動き他人の言葉で自己弁護する。この私は一体誰だ。》
「山﨑博昭の日記」より

この文章に日付はないが、「十八年と十ヶ月」ということは1967年9月頃だろうか。そうだとしたら、死ぬ一カ月前。問うている。悩んでいる。Raison d'être、レゾンデートル。存在理由、存在価値。その悩みの深さには個人差があるだろうが、誰でもが通過した、いまの若者も歩む「青春の道程」なのかもしれない。

高校2年の倫理社会の授業で、山﨑博昭は「実存主義」の創始者と言われるデンマークの哲学者キルケゴールを知り、『誘惑者の日記』を手にしている。キルケゴールの「実存」とは他者とはとりかえることができない「私」を主体的に生きることによって自分の人生を創造すること。山﨑博昭は「実存主義」を世界に広めたフランスの哲学者ジャン・ポール・サルトルも読んでいる。「人間は本質に先立つ実存である」として、人間は自分で行動することによって何者かになっていく存在であり、本質は存在から生まれる。サルトルの「実存主義」の定義。

《彼は夜、話し込んだ友人と別れをつげ、一人電車通りをうつむきかげんにあてもなく歩き出した時、街の騒音と、ネオンの色のまぶしさに心がふとさびしくなった。

心のさびしさが一人彼につぶやいた。

A　人間は全部弱いんだ。それでもだよ。ここが肝心なのだ、それでもだよ、人間は努力するんだよ。仏様の最後の言葉知ってるかい。「休まず努めよ」っていうんだよ。僕は人間は生きてゆく上でどうしても罪を犯さなきゃならんと思っている。かといって、生きなければそれはそれ以上の罪なのだ。僕達の生は罪の浄化のためにのみ意味をもつんだよ。（中略）

B　君は君はね。罪をオブラートにつつんでいるよ。君は罪と罰を離している。君に罪の観念がある以上、君は人間を超えた絶対者を考えているのだろう。いやそれなしには君の論は立たないんだよ。》

「山﨑博昭の日記」より

「ドストエフスキーが好きだ。大学に入ったら小説を書いてみたい」と山﨑博昭から聞いた友だちがいる。高校時代に彼が使っていた学生手帳を見ると、高校3年生の夏休みまでは「東京大学法学部」をめざしていたことがわかる。しかし、進学したのは「京都大学文学部」だった。家が貧しくて下宿はできない、という事情から東大へ行くのをあきらめたのだろうか。家が貧しいから逆に「えらくなって、金持ちになってやろう」とは思わなかったのだろうか。山﨑博昭はそうは思わなかった。そして、「小説を書く」ために京大文学部を選んだ。しかし、「小説を書く」前に死んでしまった。「革命的共産主義者同盟中核派」の同盟員になったために。大学1年の5月に出した中学時代からの親友への手紙で中核派加盟の決意を吐露している。

《T君。元気ですか。手紙を出すのがおくれて申し分けない。出せる時もあったのだが、ついなまけぐせが出て、他の事に手が移ってしまい、本当に申し分けない。……実は僕、ついに学生運動に飛び込みました。全く、飛び込んだというのが一番いいでしょう。これから先どうなるか分りませんが、一生懸命にやるつもりです。……学生運動といっても、これは革命運動なのだよ。革命。現在の社会体制をブッつぶすんだよ。夢じゃありません。想像でいってるんじゃありません。僕達はつぶさねばならないと考えているのです。そして……僕達の手で、僕達による本当の直接民主制を創っていくんだ。（後略）

――「人生は革命と恋」――太宰治。

さようなら

1967・5・19　11：00PM　山﨑博昭》

「弟が残した日記や書簡を中心に1冊の本を作りたいと思ったんですよ」と山﨑博昭の兄・建夫《たてお》さんは「10・8山﨑博昭プロジェクト」設立の動機を語った。「羽田事件の主役は何を考えているか」という見出しがつけられ、『週刊朝日』67年10月27日号に掲載された山﨑さんの日記と書簡は当時の若者のこころを大いに揺さぶった。「ベトナム戦争、沖縄問題、70年安保。ぼくたちは何もしなくていいのか」と。

山﨑さんは羽田事件の主役とされ、その日記と書簡はその後激しくなる学生運動のアジビラの役割を果たす。しかし、それでほんとうに18歳で死んだ山﨑博昭の実像は伝わったのか。歴史にその意義が残せたのか。死者を冒瀆《ぼうとく》するようなゆがんだヒーロー像だけが一人歩きしているのではないか。いや、もう世間は彼の死を忘れてしまったのではないか。弟の日記と書簡を抱えながら、兄・建夫さんは50代になるまでずっと悶々《もんもん》とした日々を送ってきたという。

高野悦子が残した日記は、両親が京都の下宿で発見した。父・三郎は「涙でかすむ目を拭いながら一気に読み通して愕然となった。親の私が抱いていた『悦子』と別の人間がそこにいた」（高野三郎「失格者の弁」那須文学掲載）と書いている。親として何もわかってあげられなかった自分がつらく、父・三郎は悦子の友だちや関係者に会って死の真相を探りながら、日記の書籍化に奔走する。そうして71年に世に出たのが高野悦子の『二十歳の原点』である。

一方、山﨑博昭の日記と書簡は『週刊朝日』に掲載された後、忘れられてしまう。残した分量が少なかったという事情もあるのだろう、それは書籍化されなかった。「自分の怠惰のせいだ」と悩みつづけた兄・建夫さんは、私立高校の国語教師を55歳で早期退職し、弟・博昭に関連する資料・写真・映像を整理しながら、高校、大学の友だちに会って弟の生前の話を蒐集《しゅうしゅう》し、２０１４年に「10・８山﨑博昭プロジェクト」を立ち上げ、弟の死から50年後の２０１７年に『かつて10・８羽田闘争があった——山﨑博昭追悼50周年記念〈寄稿篇〉』を、翌２０１８年に『かつて10・８羽田闘争があった——山﨑博昭追悼50周年記念〈記録資料篇〉』を出版した。２冊とも６００頁を超える大著である。

若者の死は残酷であるが、若者を死なせてしまった者たちのその後の人生もまた残酷なのである。なぜなら若者の生と死の「記憶」とともに、若い死者に対する「贖罪《しょくざい》」が一生をかけてつづいていくからである。「贖罪」の意識は若い死者の肉親だけでなく、若い死者と生前に出会った人、若い死者と同じ時代を生きた人、全員に生まれる。

俺いなくなったら、絶対集まらないから待ってるしかない。だから、ひとりで待っているんだよ。

山本義隆さんの話（大手前高校卒業生・元東大全共闘代表）

最後に撮影したのは山本義隆《よしたか》さんだった。当人にとっては至ってはた迷惑なことだったかもしれないが、全共闘運動全盛時代の若者はみんな「日大全共闘の秋田明大《あけひろ》」と「東大全共闘の山本義隆」にあこがれた。全共闘予備軍だったぼくらの世代もあこがれた。

二人はまったく異なるタイプのリーダーに見えた。ジャズでいえばマイルス・デイビスとジョン・コルトレーン、絵画でいえばパブロ・ピカソとマルク・シャガール、映画俳優でいえばロバート・デ・ニーロとクリント・イーストウッド、指揮者でいえばレナード・バーンスタインとムスティスラフ・ロストロポーヴィチ、革命家でいえばキューバ革命のチェ・ゲバラと（女性であるが）ドイツのローザ・ルクセンブルグ……。青春時代のぼくは、秋田さんと山本さんに対して勝手にそんな妄想を抱いていた。

山本さんとは「10・8山﨑博昭プロジェクト」の撮影係を務めるなかで少しずつ話ができるようになった。ある集会の打上げの席で「ぼくはあこがれていました」と告白すると、「あれはマスコミがつくった虚像だからね」とあっさりふられてしまった。山本さんはそういう流儀で人生を歩んできた。全共闘運動の敗北の責任を一身に背負うように生きてきたのである。

東大全共闘は「自己否定」というスローガンを掲げた。今回の撮影で「ぼくも自己否定の影響を受けました」と告白すると、「東大闘争のとき、ぼくは大学院博士課程3年生だった。研究者への道を確保しながら大学当局と闘うのはナンセンスだと思ったから『自己否定』を叫んだ。ところが一般学生や高校生まで真似しちゃったんだよ、ごめんね」とまじめに謝られてしまった。

山本さんの撮影は試写室で行った。「東大闘争」の記録映像を見てもらいたかったからだ。そこには1969年6月15日に日比谷公園でアジテーションする若き山本さんが映っていた。もしかしたら、それは山本さんにとって拷問のような時間だったかもしれない。何も言わずに黙ってスクリーンを見つめてくれた山本さんに改めてあこがれた。

ぼくが出たのは70年の秋、10月末だったと思う。保釈になってね。前年の9月のはじめに逮捕され、翌年の10月末だから正味14ヶ月。逮捕状が出て大学を離れて2年近く経っていたから、保釈で出たとき、大学の雰囲気が随分変わってたことは事実だね。研究室には戻らず、そのあとどうするか。はっきりした考えはなかったんだけども、東大では臨時職員の闘争（地震研の臨時職員の闘争）をやっとったから、それに関わる形で大学に戻った。そんなわけで東大のなかで細々とではあるけど集会とかは行なっとった。裁判も続いていて、その臨職闘争の過程で、じつはもういっぺんパクられてしばらく入っとったしね。

それで74年の終わりぐらいまでバイトしながら東大でやっとった。だけども、行き詰まっちゃって。そのあと友達の会社に拾われてコンピューターの仕事やっとったら、今度はぼくのことで公安が会社に来たりして、会社に迷惑がかかるようだったのでやめて、１９７６年の秋に予備校の講師になったということです。

ぼくは正直食えるんなら（仕事は）何でもよかった。「どんな仕事でもやります」っていう気持ちでおったけど、しかし時間がとれたら勉強したいとは思っとった。勉強はものすごくしたかった。拘置所の中でもよく勉強していたからね。ドイツの哲学者カッシーラの『アインシュタインの相対性理論』に詳しい解説をつけた翻訳を出したのが１９７６年1月だから、会社勤めの間も、夜は家でドイツ語と格闘しとった。勉強が好きやったんやな。

東大闘争の最中は、ぼくのことは東大のなかではそれなりに知られてたかもしれんけど、それは東大の中だけ。社会的にある種有名になったのは東大闘争のあと、新聞とかにイッパイ書かれて「虚像」を作られてから。逮捕状が出て、地下へ潜ってからあとの話なんだよね。逃げて、また集会に出てきてという、そういうのが新聞に出るようになってからで。マスコミは、どこで調べたのか、ぼく自身もよく覚えていないような、あるいは記憶にもないようなエピソードを、それも尾ひれをつけてプラスにもマイナスにもふくらませて面白おかしく書きたて、そうして作られた虚像を通してぼくは知られていったんですよ。そういう虚像を真に受けて、それを前提に話かけてくる人もいて、本当にカンベンしてほしいと思ったね。

それまでは東大の外では、ぼくのことなんか誰も知らんかった。それが拘置所に入って戻ってきたら、全然知らん人から「あ、山本さん」と呼びかけられるからさ。まいったなと思って。電車に乗ってても挨拶されるし。「いま、どうしてますか」って聞かれても、まったく知らん人に答えようがない。もちろん、悪気があって言ってるわけではないだろうけど、えらいことになったなあ。ほんと、逃げ出したいっていう感じだったね。

逮捕されたあとのぼくに関連した新聞記事を切り抜いていてくれた友達がいて、ぼくが保釈になって出たあと見たら、まあいろんなことが書かれてる。警視庁に留置されている間は「接見禁止」で、手紙とかは一切入らなかった。本は全部ダメ。新聞もダメ。留置場では読むもんなくて、それはさすがにつらくて、あのときは自分をつくづく活字人間だと思った。

接見禁止の根拠は証拠隠滅のおそれだそうだが、市販の本まで禁じるのは嫌がらせ以外の何でもない。やっぱり何でもいいから本を読みたくてね。あるとき取り調べの刑事が「読みたい本はあるか」と言うから、接見禁止にしておいて何だと思ってムカっとしたから「漫画の本でも入れてくれ」って言ったら、「山本は漫画の本を読みたがっている」と警察が発表したというのが新聞に出たんだよ。

その新聞記事を読んだら、評論家がぼくのことをボロクソに言っていたんだな。あの刑事はぼくにそういうことを言わすために聞きよったのかと思ってさ。その評論家もまた「嘆かわしい。大杉栄なんかは獄中でフランス語を勉強していたのに、それに比べなんと情けない」とか言っているもんだから、ほんとバカバカしい。東大闘争が始まってからパクられるまで、1年半ほどの間、物理学の勉強から遠ざかっていたから、物理の書物が無性に読みたくなっていたけれども、しかし取り調べの刑事相手にそんな真面目なこと言うわけねえじゃないかとアホらしくなった。本当にマスコミも評論家もずれてるなと思った。

69年9月5日の朝、日比谷公園の入り口で逮捕されて警察で部屋に入れられたときに何をされるわけでもなく、指紋だけとられ「そこに洗面所があるから手を洗え」と言われ、連れて行かれた洗面所に大きな鏡があって、「立派な鏡やなあ」と思いながら手を洗って戻ったんだけど。あとから考えたら、あれはマジックミラーだったんだな。部屋に戻ってハッと気がついた。つまり、裏からぼくを見とったわけだ。逮捕したけれども本人かどうかの確証がなかった。警視庁の公安もぼくの現物を見たことがなかったんだな。本富士署（東大本郷キャンパスの近くの警察署）の公安が来るのを待っとったんだ。

取り調べられた経験もなかったからどうされるのかと思っとったけど、部屋でぼけっと待たされていただけで、そのうちに付き添っとった刑事が「ようやく揃った」と言って警視庁の廊下の暗いところを歩かされていった。そのときは腰縄で。角を曲がると目の前がパアッと光って、一瞬目がくらんだ。目が見えるようになると前にカメラマンがズラーッとおって。要するにマスコミ各社のカメラマンが揃うのを待っとったの。つまり「山本を捕まえたから来い」とマスコミ各社に連絡しとったんだな、あれは。いまから思うと現代版の市中引き回しですよ。警察っていうのは、マスコミにこれだけサービスしとるんだとわかった。そのことを不思議とも思わないマスコミもひどいもんだと思う。それでいて、ぼくに対する逮捕状は、とても起訴できそうもない瑣末《さまつ》なことで出されたもので、だから逮捕は典型的な「別件逮捕」だという重要なことは、マスコミは書かないしね。

60年の安保闘争のあと、65年に日韓闘争があって、66年くらいから砂川の問題があり、ぼくらは66年秋に大学院と助手を中心に「東大ベトナム反戦会議」というのを作っていた。きっかけはメンバーのひとりが砂川に行って話を聞き「これはやっぱりやらないかん」とベトナム戦争反対の運動をショボショボ始めたことです。

砂川闘争が問題になったのは、米軍基地を拡張するという形で、ベトナム戦争が現実に日本のなかで影響を及ぼそうとしている。これを問題とせずにベトナム反戦運動はないだろうというので砂川に取り組んだ。それが66年の秋からで、その年の12月かな、「三派全学連」が再結成されたのは。ぼくはもう学生じゃなかったから三派全学連については外から見とった感じだけれども、67年の2月、5月、7月と砂川闘争があって、その度に人数が増加し、運動が大きくなっていった感じがした。ぼくは3べんとも行ってました。

運動としてはもうひとつ、ぼくは物理の大学院生で日本物理学会の会員だったわけだけども、物理学会が国際会議の開催に米軍資金を導入したというのが新聞（1967年5月）に出たんだ。そのことを問題にして、物理学会のなかで運動を始め、物理教室で物理の教授たちとやりあっていた。

物理学会での運動は、第一、第二に、国際会議の開催に米軍の資金が導入されたことの誤りと、その際に学会に諮らなかったことを誤りと認めること。第三に、今後、日本物理学会は内外を問わず、一切の軍隊からの援助、その他一切の協力関係を持たないこと。そして第四に、関係者の適切な処分を行うこと。臨時総会を開催させて、以上4点の決議をとることを目的にした。後に羽田救援会を起ち上げ、救援連絡センターを作られた水戸（巌《いわお》）さんと知り合ったのもこのときです。

学会の秋の臨時総会では、第三までは可決したけれども、第四は残念ながら過半数に達することができなかった。だけれどもいま振り返ると、この第四項は極めて重要だったと思う。

というのも、東電の福島原発の事故にしても、誰も責任を認めず、責任を取っていない。そしてズルズルと原発再稼働や老朽原発延長使用がなされようとしている。かつての戦争でも、日本は民衆の力で戦争指導者たちの「戦争責任」を取らせることができなかったことが、戦後社会に影を落としている。何かがあったときに、しかるべき責任者にしかるべく責任を取らせるということがきちんと行われていないことが、日本の政治的、社会的風土の重要な問題、重要な欠陥と思われるからです。

東大闘争でも、誤った処分に対して、大学側は運動の力に押されてなかったことにするとか、解除するとしたけれども、その誤りを認めてその責任を取るということを誰もしていない。東大闘争で最後までぼくらがこだわっていたのは、そういうことだったのです。

物理学会での運動の話に戻りますと、ぼくたちの運動に対して、ボス教授たちは、物理学会は研究するための同好会的な集まりで、そこに政治を持ち込むのはとんでもないと言うから「何言ってんだ、この人たちは」と思った。ベトナム戦争の真っ最中に、戦争の一方の当事者から金を貰うという極めて政治的なことを既成事実としてやっておきながら、それに対する批判を政治的だといって封じようとするのは、まったく何言ってるんだという感じで、話にならない。

金を受け取った学会執行部は、ひも付きじゃないとか、見返りを求められていないとか言い訳していたが、何のねらいもなく外国の団体に気前よく大金を与えるような軍隊があるわけないじゃないか。学者というのは世間知らずのくせに金に汚いと思う。実際には日本の学者が米軍の行動を批判しにくくなる状況を作るという目的があり、それだけではなく金を貰うにあたって、学会が主催する国際会議のプログラムなり公式報告に「米軍から財政援助を受けた」と書かされる条件が付いていた。つまり、世界中に、日本の物理学会は米軍とそういう関係だと認めることになり、それは米軍のベトナム侵略を支持する、あるいは容認することを表明するようなもんであって、そのこと自体きわめて政治的なことでありながら、しかしそれに抗議したら「学問の世界に政治を持ち込むのはけしからん」っていうんだから、こんなひどい話はない。いまでも、たとえばスポーツの世界に、あるいは芸術の世界に政治を持ち込むな、といったことが言われたりするけれど、それも同じ構造で、そういう言い方は批判を封じ込めるものでしょう。

だから砂川と米軍資金の問題の二つで、国際会議に行ってビラを撒いたりしたんだけど。あの頃、一番先鋭的だったのは数学者で「ベトナム問題に関する数学者懇談会」略してベト数懇にはかなりえらい先生も入ってましたね。数学者はえらかったと思う。それで物理学会のなかでも運動しようとなってやってたんだけどさ。

10・8羽田闘争の日は、佐藤がベトナムを訪問するっていうんで、これは問題になるなとは思っとった。ぼくはドクターの2年生（東大大学院博士課程2年生）で、羽田には行ってない。10・8闘争はやっぱりものすごい衝撃を受けたよね。

さっきの話にどういうふうな歴史的な意味があるかっていうと、具体的な形で佐藤がベトナムを訪問する。これは日本政府が明確に米軍のベトナム戦争介入に対する支持を世界的に表明することでもある。すでに南ベトナム政府は腐敗の極みにあり、ベトナムの民衆から愛想を尽かされていて、かろうじて米軍の軍事力でもっている。それを支持しに行くという。これは日本が戦争に加担するということで。このように日本は、アメリカのベトナム侵略の加担者であり、なおかつ受益者でもあったのです。日本が60年代の後半まで高度成長が続いたのはベトナム戦争の「特需」によるもので、アメリカが日本からありとあらゆるものを買い上げていたからなんだね。武器弾薬の購入はもとより、戦闘機や船舶の修理から、米軍の衣料品や靴、トイレットペーパーのような日用品も日本で調達していた。

米兵は半年間ベトナムのジャングルで戦争したら休暇があって、息抜きに日本にやって来る。小遣いを与えられて。歓楽街で彼らが落とす金だけでも相当あったわけで、ありとあらゆる面で日本はベトナム戦争で金儲けしとったんだね。

そして韓国は当時出兵してるわけですよ、ベトナムに。その見返りにアメリカ政府は韓国から物を買っていたんだけども。軍服とか。実はその材料も日本が輸出していた。だから韓国経由でも日本は儲けている。ベトナムで米兵の血が流され、韓国の青年の血が流され、ベトナムの人が殺され、それで日本は儲けとったんだよね。日本はそうした意味で加担者であり受益者であるということを突きつけたのが10・8闘争だった。

しかし、ぼくはあの日、羽田に行かずに何しとったのか。問題だとは思っとったけど、記憶にないんです。記憶にないということは普段と変わらんことをやっとったんだろうね。だからいつもどおり勉強してたと思う。

当時のぼくの生活っていうのは、物理の理論の大学院生だから論文読んでるか計算しとるかで。明けても暮れてもそれやっとる。たぶん、あの日もそれやっとったんだと思う。スケジュール的にデモや集会に行っとったけれども、それ以外の日は大学の研究室で勉強していた。

ああ、思い出した。そうか。67年の2月から砂川闘争に打ち込み、5月から米軍資金の問題が始まり、67年の9月9日が物理学会の総会でね、確か。「米軍資金問題」の臨時総会だったんだ。先に言ったように、最終的に日本物理学会に対して、軍の援助を受けないという決議をさせた。それに全力投球しとったんだな。それが一段落したから頭を切り替えて、しばらく物理に集中しようとしとったんだ。というのも、実は翌68年3月の物理学会で研究発表を予定していただけでなく、その他に特別講演もやらされることになっていて、それに3年になるとドクター論文を書かなきゃいけないからさ。10月8日はたぶん、そんなんで、物理に集中しとったときだったんだな。

物理の研究に打ち込むと決めた山本さんがその後、態度を急変させることになる。

急変ちゅうわけではないけれども、第二次羽田の11月12日には行きました。10・8のショックで「物理なんかやっとったらいかんわ」っていう感じになってね。気持ちの上では、いろいろ動揺しとったけど。次の年の三里塚も王子も。佐世保はテレビで見とっただけだけども、王子には何べんか行った。毎日じゃないけども。三里塚の3月10日（成田市営グラウンドで行われた反対同盟と全国反戦青年委員会共催の集会）のときも反戦青年委員会の部隊に入っとったから。東大ベトナム反戦会議っていうのは大学院生と職員、それから助手でやっとったんだな。東大病院の青年医師連合の諸君と一緒に「文京反戦（青年委員会）」の部隊に入っとって、三里塚にも行っていた。それが3月10日。だけど、ぼくはその年の3月末に大阪大学であった物理学会では研究発表もしていたし、レッジェポール理論の特別講演もやったよ。これが物理学会に行った最後になったけれども。

これまで、人にはこんな内輪のことは言わなかったんだけどさ。物理学会のなかで「軍と協力関係をもたない」というのを決議するときに、物理学会としては軍との関係を持たないが、会員ひとりひとりについては「個人の良心にまかせる」という含みをもたせたんだ。どういうことかというと、物理学会という公的組織としては「軍と協力関係をもたない」と決議するんだけども、決議は必ずしも会員個々人を縛るものではない。抜け道というか。

なんでそういうことになったか？　ぼくは東大の大学院におったからさ、ドクターを終えて何年間かアメリカの大学とかへ行って帰ってくるとポストを探して就職する、あるいはアメリカで研究する、そういうケースが多いことを知っていた。それで、アメリカの研究機関で論文書いて公表する場合、論文の最後にたとえば次のようなことを書かなきゃいけないと言われる。「This paper is financially supported by US Air Force」、要するに「この論文は合衆国空軍の財政援助によってできました」というようなことを書かされるんだ。もちろん、Air ForceがNavyになったり、Armyになったりするけれども。

つまり、研究に要した費用も研究者の給料も、実は軍から出ているわけだよ。研究者の給料はアメリカのボスが軍にかけあって集めた結果なわけで。毎年その大学に若者が世界中からやって来るんだけど、そういう裏事情は本人は知らんから。論文を書いて、初めて知らされるわけだ。これを書けって義務付けられているのを見て。そういうことがあるもんだから「個人を縛るものではない」という暗黙の含みをもたせることで、妥協したんだ。そうしないと、これからアメリカに行こうと思っている人たちが決議に反対するかもしれないと配慮したんだ。

そうしたことを知ってぼくは、物理学の研究をやるというのはそういうことなのか。それでもやることの意味はあるんだろうかと考えさせられた。物理の研究をして論文を書くのは、ぼくは世のため、人のために書いてるんじゃない。自分が面白いからやってるんであってね。通常、研究者が研究するのは、第一に面白いからであって、第二にはその結果が研究者の世界で評価され認められればキャリア・アップにつながるからだけど、しかし研究生活を続けると、こういうところに行き当たるわけだ。

それでも研究生活というか勉強を続けたいという思いはあったし、いまでも勉強は好きですけど。いまでも暇があったら物理の本を読んでいるしね、物理の勉強は好きなんだな。でも、以前から研究者の世界に違和感というか、この頃から何かなじめないところがあって、このまま研究者の途を歩み続けるということに疑問が生じてきた。

これもあまり言ったことないんだけどね。いま思うと、東大の物理教室に行くと「あの先生は、有名ななんとか博士の息子さんですよ」とかいうのが多かったわな。ぼくは大阪の商売人の息子で、親父は小学校しか出てない。研究者の世界で、なんか話してても合わないところがあって。こういうところでずっとやっていくのはなあっていう思いがあったね。

これはもうあかんわなあって思い始めたのは、米軍資金の問題で教授たちと議論したときだった。そしてその思いを決定的にしたのは、その翌年、68年の東大闘争だった。

東大闘争といえば、いまでもヘルメットにタオルの颯爽とした山本さんの姿が印象につよい。

ぼくは東大闘争のときにいつもヘルメット被ってたわけじゃないですよ。ヘルメット被るっていうのは、あれなんだな。砂川闘争のときに「三多摩反戦」の労働者の部隊がヘルメット被って登場してきたことがあって、それがヘルメットのデモ隊の初めてかな。みんなワアッかっこいいと言っとったんだな。ヘルメット被って革のジャンパー着て、革のブーツを履いてさあ。のちに三多摩の反戦青年委員会の人の話を聞いたら、三多摩地区っていうのは交通の便が悪くて普段からヘルメット被ってバイクに乗っていて、あれは仕事帰りの格好で来たんだって。

話を戻すと学生のなかで一番大衆的に響いたのは10・8闘争で、新聞は彼らを「暴力学生」

の跳ね上がりのように言っているけれども、しかしわれわれが彼ら数百人の三派全学連を孤立化させたんじゃないか。なんのかんの言って、彼らを孤立化させていたんじゃないか。だから、彼らはああいう先鋭的な形でしかやれなかった。その責任は俺たちにあるんじゃないか、という論理だったと思う。

学生がひとり死んだということもあるけれども、彼らを結果的に孤立化させていたのが一番問題じゃないか。日本がベトナム戦争に関わって、日本の親玉がベトナムまで行って南ベトナム政府支持を表明する。そういうことをやっているのに、俺たち何にもやらなかったんじゃないか。何もやらなかったということは、それを認めていたことになるのじゃないか。そういう負目みたいなものを大衆的に行き渡らせた。これはものすごく大きかったと思うんです。

東大闘争でもそうなのね。医学連の諸君が6月15日に本部を占拠し機動隊が入った。そのときに一番議論されたのは、1月からひどい処分をされて医学部の諸君が反対闘争をやっていたのに、6月まで彼らを孤立させてきたんじゃないか。責任は俺たちにあるんじゃないかという気分が学生大衆にあった。そう思うだけの感性の健全さのようなものは学生の内にあったと思う。

これはマスコミの論調とは全然違ってたと思う。マスコミなんかに出てくる文化人は、抗議するにしてもあのやり方が悪いとかいうんだけどね。しかし、そういうことを偉そうに言っている人たちは、自分では何もしないわけだ。

三派全学連が部隊としてヘルメットを被りだしたのは、翌月の11・12の佐藤訪米阻止闘争、そして翌年1月の佐世保闘争からだったと思う。そして学生大衆のなかで、その当時は一緒になってヘルメット被ってやろうというのはごく少数で。もちろんそういう諸君もいたとは思うけど、多くは「そこまではやれんけども、なんか俺たちにやれることはないか」と考えていたと思うんだ。

それでべ平連にいった諸君もいれば、小さな集団で何かやろうとするのもいた。68年3月4日の王子の闘争なんかは、個人や小さな集団で行ってたのも多かったんじゃないかな。何かやりたいけれども三派全学連についてゆけないという諸君はたくさんいたと思う。しかしついてゆけないというのは、過激な運動についてゆけないのではなく、党派の排他的な指導についてゆけないということなんだ。政治党派の指導とか囲い込みの外側で多くの諸君が動いていたし、動きたいと思っていたのですよ。そういう重層的な運動が大事で、そういう背景があったから東大闘争にしろ日大闘争にしろ、あれだけ広がった。全共闘運動はそういう諸君に結集と活動の場を用意したんだと思う。

それは救援会運動もそうで、10・8以降逮捕者が増えるにつれて救援もものすごい広がりをもっていった。各地に救援会ができて、普通の家庭の主婦が警察に行って、警察の嫌がらせをはねのけ、逮捕された学生に下着や弁当を届けた。そういう下地がものすごい勢いで広がっていったんですよ。

救援会運動について言うと、水戸さん夫妻が起ち上げた「10・8救援会」がその後「救援連絡センター」に発展し、政治党派、政治信条を問わず権力に弾圧された者はすべて救援するという路線を貫いたのは、やはりきわめて貴重で有意義なことだったと思う。

そういうのがあって11月12日、第二次羽田闘争の前後に由比忠之進《ゆいちゅうのしん》さんが佐藤政府に抗議して焼身自殺をはかって死んだ。米海軍空母イントレピッド号からの4人の脱走兵の記者会見があり、脱走兵援助運動があったわけでしょう。じつはその後、脱走兵の支援をしたのは、ほんと普通のサラリーマンですよ、大部分は。これは日本の歴史で稀有《けう》なことでね。新左翼の党派はあまりそういうことを評価しないけど、そういう多面的で重層的な運動があったというのはものすごく重要なんですよ。

70年代に入って「内ゲバ」が激しくなっていくのだが、萌芽は東大闘争の頃に生じていたという。

69年の1月の安田決戦の後、各党派は4月の沖縄闘争を経て秋の「11月決戦（沖縄返還交渉のための佐藤首相訪米阻止闘争）」に向けて一大決戦を構えたんです。そのあと内ゲバの問題が出てくるんだけれども、じつはこの問題はそれ以前からあって、東大闘争のなかでも始まっていた。ただ、問題として大きく出てくるのは11月決戦の敗北のあとなんです。

（当時の運動全体の）闘いの総括をどうするのかっていうときに、ぼくは政治党派の理屈とかようわからんところもあるんですけども、なんであのとき力がなかったんか。ぼくらに、力がなかったんかなという思いはあります。結局、前衛党が絶対的だという呪縛《じゅばく》みたいなものがずっと残っとったんだな。60年安保闘争のあと、上の方の総括っていうのは「真の前衛党がなかったからだ」みたいなことを言って分裂していったんだよね。そういう議論は敗北のあとは強いんだと思うけれど、しかし唯一の絶対的に正しい前衛党というような観念は、かつての共産党から引き継いできたドグマ（教義）だと思うけれど、やっぱり間違っている。

東大闘争の最中に全共闘内部で対立するようなことをおっぱじめたときは、もう何考えとるんだって感じだった。要するに社青同解放派と革マル派が内ゲバ始めちゃったんだよね。仕掛けたのは革マルで、それは東大闘争の論理や流れとは関係のない政治党派の独善で、結局、大衆的に闘われている東大闘争よりも政治党派の利害を優先させ、大衆運動にダメージを与えても政治党派が生き残ればよいというものだった。それは闘争に責任を持っている者にすれば、許し難いものだったと思う。

三派全学連の内部でもすでに10・8闘争の前日に法政でリンチがあって、10・8闘争も分裂して行われた。そして68年8月に三派でやっていた全学連大会が分裂し「反帝全学連」ができたんだけど。分裂はしょうがないんだけどさ。しなきゃいかんときもあるから。だけどそれがリンチにまでいってしまう。どんなことにもやっちゃいかんという線があるわなあ。そこまでやっちゃいかんよっていうさ。

しかし、そうなるのは俺たちは絶対正しいっていうのがあるからで。しかし政治的な理論で「絶対的に正しい」なんてことはあり得ない。相対的にいまならこれが一番よさそうだぐらいのことしか言えんですよ。いくらマルクス・レーニン主義だなんだかんだって、そんなもん現実の運動で、絶対的に正しいなんてあり得ないんだから。

そういうことを考えたら人をリンチするなんて、ぼくなんかとてもできない。そう思うんだけど、若い人がそういう論理にすっと入っちゃうっていうのはちょっと信じられないところがあった。ぼくなんか、そういう党派的な運動に飛び込めなかったからさ。逆に言うと、いまある問題にどう抗っていくのかということでしかないんだと思っている。

革命が成し遂げられたらすべて解決する。革命党を強めることが最も大切なことで、だから、いまのことには目をつぶりなさいとかいう論理は信じられなかったしね。「革命政府ができたら全部解決する」なんてことは幻想ですよね。

ようやく70年代が終わり、80年代が終わって、そういう幻想がなくなっていったんじゃないかと思うんだ。60年代末の闘争が何を成し遂げたのかと問われてもね、何もなかったじゃないかと言われたりもするけれど。

ただ言えるのは、ひとつは、絶対的に正しい前衛党というような幻想がなくなったこと。そしていまひとつは、なんのかんの言っても科学技術の進歩は無条件にいいことだというような科学技術性善説みたいな思い込みがなくなったこと。つまり60年代の末までは、「科学技術の

進歩が人類の幸福に結びつく」っていうのが階級的立場や思想信条を超えた考えだったんだね。社会主義国であろうが、資本主義国であろうが、それが等しく信じられていた。それが変わってきたことだと思う。

アメリカが最新鋭の科学技術を駆使してベトナムを叩き潰そうとしたけれども、できなかった。ジャングルに地下トンネルを掘り、墜落した米軍機のタイヤから作ったサンダルを履いて闘ったベトナムの人たちに、世界最強の軍隊は勝てなかった。そして公害によって科学技術神話が壊れた。有害物質に汚染された工場廃液でも、海に捨てれば、「海は広いな、大きいなー」と歌われているように、海は十分に広いから希釈され危険性はいくらでも減少し無くなってゆくという言い訳と思い込みがあったわけだ。実際にそれが魚介類に吸収され、魚介類の体内に蓄積されてゆくということには思い至らなかった。

しかし、たとえば貝は海水中のきわめて微弱な濃度のカルシウムを吸収し、それを体内に蓄積させ、何年もかけてカルシウムの塊である貝殻を作り出す。エビも同様。有害物質が海水中でいくらでも希釈されるとは限らない、魚介類に吸収され蓄積されるということぐらいわかるはずと思われる。けれども、そのことに考え及ばなかった、あるいは考えようとしなかった。

結局、自然科学は、実際にはきわめて複雑で多くの要因が絡み合ってできている自然の一部を切り出し、理想化し、単純化して理論化したものであり、科学技術もそれにもとづいている。その意味では、狭い視野で物を見ているのだ。だから自然界全体のなかで、それがどういう効果をもたらすかは結果が出るまでわからないし、わかろうともしないんだな。

もちろん、ある新しい技術が、ある特定の面ではきわめて有用であるにしても、人間社会全体のなかでどういう社会的影響をもたらすのか、これも結果が出るまでわからない。巨大情報をほとんど瞬時に処理する現在の先端情報技術など、どのような結果をもたらすのかわからないだけに、余計恐ろしい。

この科学技術信仰の解体と、革命が起これば物事がすべて解決するみたいなことは無いという気付き、この二つは60年代末からの10年ほどで到達したところだと思うな。しかし、そんなわかりきったところに到達するのに、なんでこんなにしんどい思いをしなければいけなかったのかとは思うけど。

ぼくはベトナムに行ったときに、ツーズー病院っていう「平和の村」という付属施設のある産婦人科の病院を見学した。その「平和の村」は日本でもよく知られている「ベトちゃんドクちゃん」が育ったところで。しかし実は戦争が終わって40年、50年経った現在もまだ障害児が生まれている。このことは日本では知られていない。その原因をつくったのは何かって言ったら、除草剤です。元々は農業生産性を高めるために開発されたもので、いまでは「枯れ葉剤」といわれるけど、農業用のものが軍事転用されたんだよね。その「枯れ葉剤」が土壌のなかで何年も何十年も先にどういう影響を及ぼすかは誰にもわからなかった。

あれはものすごい衝撃だった。ホルマリン漬けの胎児、障害を負って母親の体内で死んだ胎児がずらっと置いてある。息を飲むというか。科学技術の使い方が悪いっていうだけじゃなくて、どんな発明も、それが何をもたらすかについては、事前に十分に見極めなければならないが、そのことがいつも可能とは限らない。そしてまた、どんな発見も即軍事転用されるものだということなんだ。

ここで、ずっと抱いていた疑問をぶつけてみた。本来、政治から遠い場所にいた山本さんがなぜ「東大全共闘代表」になったのだろうか?

なんでかっていうのは、代表とか議長とか言われているけど、実際は単なる調整役で、そんなに立派なもんでもなかったんですよ。ぼくについていろんなことが書かれているのは、あとからマスコミが作った虚像であって。マスコミが言っちゃったことを、あんまり真に受けないでほしいんだけども。

経緯を言うとね、東大にいた学生党派は、駒場教養学部が主戦場なんだよ。力をそこにほぼ全部集中していて、本郷にあった専門課程は党派的な軋轢は比較的少なかったんだ。砂川闘争が始まって、本郷の専門課程のあるキャンパスで統一集会をやろうって言ったときも、みんな力を駒場に注いでいるから、彼らも本郷ではそれなりに柔軟で、そんなに力もないし、じゃあやりましょうと。そういうことで、民青以外のどの党派ともいちおう話ができる関係にあったのね。

そういう経緯があり、医学部の闘争が始まって。68年3月4日の卒業式入学式闘争のときなんかも、ぼくは医学部の何人かの諸君とは親しかったから医学部支援を統一してやろうっていう感じでやっていた。何で医学部の諸君と親しかったかというと、今井澄《きよし》とは62年の大管法（大学管理法案反対）闘争以来だけれど、それだけではなく、米軍資金は物理学会だけではなく東大医学部にも導入されていたんであり、その関係で67年以来、何人かの諸君とは知り合っていた。それで6月以降、東大闘争が全学化して本郷でやるとなったときに、ベトナム反戦会議を中心として大学院生たちが活発に動き、本郷で「全闘連」という全学的な組織をつくって動くようになった。それが8月、9月を通してかなり中心的な働きをするようになっていたんだ。

各党派は、自分たち党派のことには熱心だが、全学集会の準備とか安田講堂の維持のような全体的な作業はほとんど全闘連が担っていた。だけども闘争というものの現実は、その大部分はそういう日々の雑用の積み重ねで、そういう意味で全闘連の働きは大きく、秋には全闘連を無視しえなくなっていたと思う。

それで、その頃はまだ「共闘会議」って言ってたんだけど、大学側と交渉するのに代表者がいないといけないということで、誰にするか。結局、消去法でぼくにまわってきちゃっただけで。ぼくはあくまで医学部が中心だから「医学部で」って言ったんだけど、そうすると今井か誰かになるんだけど、今井が辞退し、他の党派もね「今井はモヒカン（ＭＬ派）だ。誰それは隠れブンドだ」としょうもないことを言って、まとまりがつかない。それで結局、無色透明みたいなぼくになっちゃった。だからぼくの主要な仕事はまとめ役というか、折り合いをつけさせるっていうことだったんだ。

ぼくは、自分から何かを言いだして引っ張ってゆく、何かを提起して方向づけしてゆくというタイプではなく、皆の言うことをよく聞く、最後まで丁寧に聞くというタイプで、それに徹していた。このことはあのときの各党派の活動家諸君も認めてくれると思う。むしろそのことで、全闘連の仲間からはいろいろ言われた。党派に対してもっと強く出ろ、もっと主張しろというふうに。

いずれにせよ、大変だったことは事実だ。何が大変かというと、たとえば、学生は時間守らないしさ、代表者会議やるって言っても、来ないわけだよ。そう。時間通りに。誰か一人そこにいないとさ、来たやつが「誰もいない」と帰っちゃう。「何時にやるから」って言って、8時間くらい待ってたことがある。だって、誰か来ては「まだか」と帰っちゃう。別のやつが来て「まだ集まってない」と帰っちゃうんだから。

それぞれ皆忙しいとは思うけどさ。俺いなくなったら、ほんとに絶対集まらないから待ってるしかない。だから、ひとりで待っているんだよ。そんなことばっかりやってたから。そのくせ何かあると党派間でグジュグジュやって「山本さん、来てくれ」っていう話になるしさ。そんなんで党派間の問題の調停で振り回されとったんだよね。特に11月以降はそうだった。

テレビで安田講堂の中継を目にしていたときに掲げられた旗からセクトが闘っているという印象を抱いていたが、実際は。

政治党派は、とくに中核派なんかは、マスコミ報道されたときにはどうすれば一番目立つかというようなことを常に抜け目なく考えているから、安田の闘争のときも目立つ場所に大きな旗をぶら下げたりしていたけれども、安田の闘争自体は、闘ったのは東大全共闘といくつかの党派で動員された諸君の混成部隊だよ。

東大闘争の過程でも、実際は相当多数の無党派の諸君が思いおもいの考えで闘っていた。党派と言ってもその多くは大衆なんですよ。たとえば文学部で革マルがストライキやって集会やったら、はじめの頃は多くの諸君が自治会が配った革マルのヘルメットを被っている。駒場なんかでもそうなんだけどね。だからといって党派の主張を全部支持しているわけでも信じて行っているわけでもないですよ。工学部だったら自治会の執行部は社青同（解放派）だったから青いヘルメット被っとったけどね。だからと言って同盟員であるわけじゃないし、多くは大衆なんだよ。

いまでもぼくが覚えてるのは、工学部は社青同解放派が自治会もっとったから、みんなに青いヘルメット被せるわけですよ。工学部の集会で。大衆的にはみんな党派の違いを気にせずに被っとったからね。社青同解放派のヘルメットは、「反戦」「反合（理化）」「反安保」って書いてある。ひとり、黒いヘルメットを被って「阪神、阪急、反巨人」っていうのがいたけどさ。そんな風に好きなヘル被るためには自分でヘルメット買ってきてやらなきゃいけないから、みんな配られたヘルメット被ってただけで。いろんなやつがいたんですよ。同じものを被っているからといって党派的に集約されているわけじゃない。そのうちに小さな集団でまとまって好きなヘル被りだしたけれども。

ただ、いま思うのはあのときにもうちょっとこの、そういう無党派の諸君に対しては組織的にやれなかったかなっていうか。東大全共闘として悔いが残るのは、日大ではやれたことがやれなかったんだよなあ。行動隊をちゃんと作ってさ、各学部でやるというのを。

1月19日に安田講堂のバリケードは機動隊によって排除される。その前後のことを聞いた。

ぼくはあのあとすぐに逮捕状が出たんだけども、その後新しい活動家が出てくる。そこには「あのとき俺たちはやれなかった」というのと「彼らはあそこまでやった」っていうのがあって。10・8と同じで、その後に動き出したのが多いでしょ。そんなわけでぼくが逮捕され、保釈になって出てきたときにはもう随分顔ぶれが変わっていた。安田のあとに出てきた諸君が多くいて。

そう。あの日（機動隊導入の前日）は、まわりから「お前は絶対パクられちゃいけないから出ろ」って言われ、ぼくと鈴木は前の晩の深夜にキャンパスを離れたんだけど。もう、夜12時をまわっていたと思う。（安田講堂を）見上げて、ちょっと胸に迫るところがあったけど。そのあと、じつは、しばらくは日大理工学部のバリケードにおったんです。そこでテレビ中継を見ていた。それですぐにぼく自身の逮捕状が出ちゃったから身動きつかなくなってさ。

ただ、ぼくに関していえば逮捕状は出ても、実際にはそこに書いてあるのと違うことで起訴されているから、典型的な「別件逮捕」だった。とても起訴まで持ち込めないような些細なことで逮捕状を取っていたので、あれはとにかく18、19の後すぐに逮捕状を出して、ぼくを表立って活動できないようにするのが狙いだったと思う。

それからだいたい69年の3月以降、ぼくは潜ることになるんだけども、気持ちの上ではものすごく負担が大きくてね。要するに、みんな現場でしんどい闘争やっとるのに俺はこういうところで、人に守られてていいのかという。うしろめたい思いになるんですよ。闘争現場にいない者が、実際の日々の活動に対してアーセイ、コーセイというようなこと言えないし。それで正直なところ、自分でできることは何でもしますよと言っとった。だから「メッセージを寄こせ」といわれると一生懸命書く。集会があるから宣言を書けといわれたら書く。そんな日々だった。

「全国全共闘」の話が出たときには、あれは早い話が「11月決戦」のためで、そのためにはそういう型の全体的な統一戦線が必要だと思ったし、そのためには「ぼくの名前でいいんなら使ってください」それぐらいしか何もできないんだからという気分だった。秋田（明大）くんは正直だったから「俺、嫌だ」って言ったけど。正直なやつだなあ、うらやましいと思った。

9月に日比谷野外音楽堂で催された「全国全共闘連合結成大会」に出ようとして山本さんは会場の入り口前で逮捕される。

逮捕状が出たあとも2月21日の日比谷の集会、5月19日の東大の中での集会、6月15日、9月と次の10・8までは集会に出るつもりだった。11月決戦の責任までお前に負わせるわけにいかないから、どの道いつか逮捕されるんなら11月以前にパクられた方がいいと、まわりから言われとったから。だからせめて10・8までは逮捕されないようにしてたんだけど、9月5日にやられてしまった。

その日は車から降りてひとりで歩いていった。一緒に来たやつもちょっと離れていて、日比谷の入り口の両側に20人くらい機動隊がおる中を一人ずつ通され、面通しされた。その中を知らん顔して通り抜けようとした。あと二人というところまできて「これはいけた」と思ったら、引っぱり出された。

むこうも確証があったわけでもないようで、もしかしてコイツじゃないかというぐらいのことだったみたいで。変装とか何もしてない。そんなんしたら目立つもん、かえって。

東大闘争の有名なスローガンに「自己否定」「大学解体」があった。あれはどこから生まれたのだろう。

誤解されてる面があるけどね、一つは、闘争の過程で東大の教授たちを面と向かって批判して、なんのためにお前ら研究しているんだというように彼らを問い詰めてきたわけで。当然その批判は、実際的には、研究だけしていれば許されるといった社会的に同じような地位にいる、あるいは同じような地位に将来的になるかもしれない自分にも跳ね返ってくるわけで、教授に対する批判を自分も受け止めなければいけないという思いがあった。それはかなり自覚していた。「東大解体」を言ってきたんだから。

それともう一つ、ぼくなんか当時大学院のドクター・コースの3年生でさ、いわば研究者。それも恵まれた研究者で「こんなんでええやろか」っていう思いがずっとあった。ベトナム戦争なんかやっているのを見ながら、ものすごい恵まれた環境で、研究者の身分を確保しておいて、その上で何か言うっていうのは欺瞞《ぎまん》的だという思いがあった。

さっきも言ったけど、大学院を出たらアメリカの最先端の研究機関に3年か4年おって、帰ってきたら大学のポストを探す。そういうコースを確保しときながら、なんか立派なことを言う、それは欺瞞だという思いがあったから。それを後に若い学生とか高校生が言うようになるとは思わなかったから、気恥ずかしいというか。逆にそこまで自分を思い詰めないでくれという思いもある。

だけど、後の話だが、唐木順三がね、「パグウォッシュ会議」に関して学者の社会的責任について書いてたのがぼくは非常によくわかった。核兵器について「ラッセル＝アインシュタイン宣言」は、ひとりの人間として、これは許せないという言い方をしているけども、パグウォッシュ会議では湯川先生も含めて、「研究の自由は最大限、大事である」というその点を確保しておいて同時に「研究者として社会的な責任を果たさなきゃいけない」という立場で発言してる。原爆の理論的可能性を明らかにしたのは物理学者であって、そのことを考えればこれは欺瞞じゃないかというのが唐木の議論なのだ。ほとんどの物理学者は、唐木順三の言ってることは話にならない、あの人は何も学者のことを知らないと言ったけど、ぼくは唐木順三が言ったことは正しいと思っている。

それにしても、大学の先生たちが、少なくとも私が経験した限りで理工系の東大の教授たちが、自分たちの専門を離れた諸問題で、どれほど権威主義的で、しかもレベルの低いことしか言えないのかが明らかになったのが、東大闘争だったのです。東大闘争で、学生が頭にきたのは医学部の教授会だけじゃないの。自分たちの学部の教授会のメンバーも、あまりにもひどいっていうのがあったんだよね。医学部でやっていることはめちゃくちゃだけども、法学部の教授にしろ何にしろ、ふだん立派なことを言っていたのが、学生に対してめちゃくちゃなことを言っとったんだから。

7月にわれわれは安田の占拠闘争に入って、その占拠に大学院生がかなり関わっているということが学校側にもわかってきたんだな。それで全部チェックしてさ。物理教室でいうと各教授が自分のところの大学院生のなかで、誰と誰と誰が安田に出入りしてるかを全部調べ上げていたんだ。そして各個撃破で潰していくと申し合わせたみたい。

もちろん、そんな申し合わせを握りつぶした教授もいるわけだけど。たまたまぼくの指導教官はドイツに行って居なかったので、代わりの大ボスみたいなのが指導教官代理としてひとりひとり呼び出していた。ぼくはずっと安田の中におったから、まったく気がつかなかったんだけど、それを知ったのが8月の中ほどで「これはいかん」と研究室へ戻ったときに案の定、その教授から呼び出しがきた。

教授の部屋に入ったら、開口一番「きみは秋にドクター論文の締切りがあるのを知ってるか」って言うから「知ってます」と答えた。そして「いま何してる」って言うからね、物理屋さんで何してるって言ったら「こういうテーマで、これこれの計算をしています」っていう話になるわけだし、ドクター論文の締切りという前置きで始まったやりとりだから、当然のこととしてぼくは、教授の部屋の黒板に計算式を書いてこういうのをやろうとしてますと説明しようとしたら、「もういい」と言って、聞こうともしない。失礼なやつだなと思ったけれど「それで、きみは安田に出入りしてるだろう」って言うから、「はい、しています」と答えたら、その教授は何と言ったかというと、「そういう学生は研究者として認めない」と言うんだな。

「研究者」というのは教授に認められてなるものとは思っていなかったから、それはどういうことかと聞いたら、「きみとの共同論文も外国の研究機関への推薦状も書かない」と言うんだ。あきれちゃってさ。だって、俺はだいたい教授と一緒に論文なんて書いたことないよ。それまでいくつか論文書いたけど、他の大学の先生との共著は一つあったけれど、それ以外は全部単名ですよ。勝手に計算して、勝手に書いて、勝手に投稿しとったんだ。共同研究なんて頼んだこともない。そういうことしか言えないのかとつくづく思った。言うに事欠いて「推薦状書かない」って。

教授が、医学部の処分や機動隊の導入は間違ってはいない、だから大学側に落ち度はなく、きみたちの要求は不当であると主張するんであれば、それはむしろ許せる。というのもそれは政治的な議論であって、ぼくの方でも政治的に反論し、われわれの正当性を主張することができるから。ただ、どちらの主張がより正当性を有しているかの問題である。しかし「推薦状を書かない」というような言い方は絶対的に優位な立場での宣言であり、反論もなにもしようのない恫喝《どうかつ》であり、アメリカの一流の大学への推薦状を書いてほしいとは思わなかったけれども、これは許せないと思った。そもそもが、自分からドクター論文のことを聞いておきながら、ぼくが自分のしている研究について喋ろうとしたら聞こうともしないというのは、教師のとるべき態度じゃないだろう。

工学部とか薬学部の教授は特定の企業とパイプがあって、企業からの委託研究を受け入れ、寄付金をもらい、それで配下の学生をその企業に就職させる。そういうパイプを持っているやつが、えらいわけ。医学部でいえば「医局」という奇怪な組織があって、大学病院ではその医局の30代、40代の医師たちが無給で働かされている。どうしてそんな理不尽なことが横行しているのかというと、そこでおとなしくして教授の言うことを聞いていれば、そのうちに教授が自分の縄張りの大学とか大病院のポストを世話してくれるというわけで。そんな話を聞いて医学部はひどいところだと思っていたが、俺の言うことを聞かなければ外国の研究機関への推薦状を書かないぞ、というのはまったく同じ構造ではないかと、つくづく思った。そしてそれ以上に、そういうことを恥ずかしげもなく面と向かって口にする、その無神経さにあきれ果てた。

おまけに、俺が書けば一流のところへ行けるぞということは、言外に「おまえの本来の指導教官ではろくなところに行けないぞ」っていうのがあるわけで。これがノーベル賞候補とか言われたやつなのかと思うと、本当、あほらしくなってきた。結局、学問の世界はそんなふうにできているのか、そう思ったら、もう俺は大学におれん、やってられるかって感じだった。物理の勉強はやめる気はなかったが、特に研究職のポストにつかなくとも物理学の勉強ならひとりの人間としてどこにおってもやれると思った。

それで、もう腹決めたという感じやった。その頃までは、安田講堂でちょっと暇があったら中で（論文のための）計算しとったんだけどさ。それから4ヵ月ほどかかって「東大解体」のスローガンにゆきついたんだ。

これはあまり知られていないことだが、逮捕され拘留生活を経て、外に出てきた山本さんは「元東大全共闘代表」として各地の集会に呼ばれ挨拶をしていた。

全国全共闘の集会に出たのは潜っているのを合わせると2年くらいして、保釈になった70年末頃から。いくつかの大学から「来てくれ」と言われて行ったのは、全国全共闘の議長としてではなくて元東大全共闘の代表としてであった。1回じゃない。何べんか地方の大学から言われて話した。はじめは俺、そういうのは義務だと思って行っていたわけだ。そうすると大学ごとにいろいろあって、ノンセクトといってもゴチャゴチャしているところもあり、大学のなかで対立していたのがあり、呼ばれたから行くと、他のグループから「なんであんなグループのところへ来たんだ」って言われる。そんなこと言われたって、外から見たらわからんもん、そんなの。

わざわざ上京してきて「こういう闘争をやってますから山本さん来てください」って言われて、それではというわけで行くと、対立している諸君から「なんであんな連中のところへ来たんだ」と抗議されるわけだ。そういうのがいっぺんじゃない。何回もあった。そうかと思ったら、行った先で党派が誹謗《ひぼう》ビラを出してるわけだ。「あいつらは反革命だ」「山本は何なに派だ」とか。ようそんなこと書くなと思ったけど。逆に、ノンセクトの諸君から「苦労してノンセクトの運動を起ち上げたから、ぜひ来てくれ」と言われて行ったら、完全に政治党派に乗っ取られて、政治党派の集会になっていたときもあった。

こんなことこれまで言わなかったけどさ。あるとき、もうこういう義務感で行くのはやめたと思った。他の大学から来てくれという話を、原則として断ることにした。第一、行っても、正直なところ確固とした方針や明確な展望を語れるわけでもないし、また呼ぶ方もそんなこと承知の上で「山本を呼べば人を集められる」みたいな安易な考えの諸君も少なくなかったようで。ただそれでもね、行ってよかったところもあったんですよ。行ったなりに意味があったんじゃないかというのもいくつもあったからね。

準備しておいた69年6月15日の集会で山本さんがアジテートする記録映像を見てもらった。

もう細かな内容までは覚えてないけど、あのとき、俺は間違えて先にべ平連の集会場に行っちゃったんだ。日比谷公園全部が人で溢れていて、中では二つに分かれてやってて、べ平連のところで先にしゃべって、それから学生が集まっているところへ行ったんだな。だからこれは2回目だったんだ、しゃべったのは。

最後に、いまの若い人にあの時代について伝えたいことがあるか聞いた。

いまの若い人に何を言いたいかっていうと、簡単に言えないからあれだけども、ひとつだけものすごく気になっていることがあって。予備校なんかで教えてて一番気になるのは、子供たちが笑わなくなったこと。ほんとに笑わなくなった。前はよく笑ってくれたんだけど、しょうもない冗談でも。

20年くらい前から笑いが減ってきて、前だったらワアッと笑ったようなことも笑わないんで、いっぺん「おもろないのか」って聞いたら、面白いって言ってくれるんで「じゃ、なんで笑わないのか」と聞いたら、恥ずかしいんだって。ワアッて笑ったときに自分ひとりだけだったら浮いちゃうからと言うんだなあ。

確かに2、3人そういうことにとらわれず笑うやつがいるクラスは皆つられて笑うのよ。そういうのがいないクラスはほんとに笑わない。「面白くても、笑って自分ひとりだったらものすごく恥ずかしい」って笑うのをこらえているんだという。まわりの目を意識しすぎてるんだな。それはちょっとかわいそうな感じもしている。そういうことをちょっと前に京都大学の先生と話してたら「やっぱりそうか」と言うんだね。大学でもそうらしい。

いまの子は笑うことまでまわりの目を気にしているっていうのはかわいそうというか、気の毒というか。それくらい「同調圧力」みたいなのがあるのかなと思うんだけど。気の毒で。もともと学生運動なんて、突出したやつがクラスに一人か二人いたらできちゃったんだから、昔はね。そういうのがいなくなって、まわりを気にし過ぎているなあって。そういう雰囲気のなかで、昔のこと、たとえば「連帯を求めて孤立を恐れず」と安田の壁に大きく落書きしたような大学内の雰囲気をわかってくれっていうのも難しいんだろうけれども。だけども、安易に人に同調するのは主体性の欠如として恥ずべきことで、常に自分の頭で考えて俺はこうすると語り、お前はどうするんだと問い詰めていったのは、俗にいう「若さ」であり「青臭さ」ではあるが、そういう時代を経ることなく大人になるというのは不幸なことなのだと知ってもらいたいと思う。

あと、「ベトナム反戦闘争」っていうのは65年から75年まで、10年間にわたって、脱走米兵の支援運動とかを普通の人がやったんだよ。特別な党派の活動家だけがやったんじゃなくてね。普通の人たちが、いまの若い人にとってみれば、目をまわすようなことをやってたんですよ。いまだったら考えられないけど、はじまりは新宿の喫茶店で、たまたま東大生がおったら外国人に声をかけられ「実は脱走兵なんだ。助けてくれ」って言われ寮に連れて帰った。いまの東大生には、そんなこと想像がつかんでしょうが。その学生が教授に相談したら「やばいことに首を突っ込むな」と言われる。教授がいかに自己保身的かがわかるけれど、そこから始まったんだ。

そういう脱走米兵を支援したりするなかで米軍が内部から崩れていった。砂川や三里塚や北富士の農民たちが闘っていただけではなく、王子や朝霞や相模原の市民が米軍の野戦病院や基地や補給廠《ほきゅうしょう》と闘い、高校生が反戦組織をつくり、そしてさらに自衛隊の内部からも「反戦・反安保」の声があげられていった、そういう歴史をいまの時代の若い人にも知ってもらいたいよね。

ぼくの話　8　終章

もう一度、秋田明大に会いにいった

「僕の前に道はない　僕の後ろに道は出来る」と詩人・高村光太郎は書いた。いつの頃まで、この『道程』という1914（大正3）年に作られた詩の言葉はリアルだったのだろうか。

五木寛之が書いた『青年は荒野をめざす』という小説がベストセラーになったのは1967年だった。いつの頃まで、若者は荒野をめざしたのだろうか。ぼくの一番上の娘がまだ大学生だったころ、21世紀に入ったばかりの頃だったか、家に連れてきた男友達に「将来何になりたいのか？」と質問した。少し酒に酔っていて、たぶんぼくがしつこかったのだろう。娘の機嫌が次第に悪くなり、「夢をもとうとか、自由に生きろとかいう時代はとっくの昔に終わってんのよ」とついに切れたのだ。

少なくともぼくがまだ子どもだった頃、当時の若者は「僕の前に道はない」「僕は荒野をめざす」と自由な生き方を追い求めていた。ぼくはそういう若者の大きな影を踏んで育った。でも、ぼくが若者になった頃、ぼくがあこがれた大きな影は不吉な影に変わってしまい、ぼくらの世代はすっかりしらけてしまう（いわゆる「しらけ世代」だ）。ぼくが子どもから若者に成長する間、つまり60年代後半から70年代の頃に何かが大きく変わったのだ。何かがこの国の若者の「青春」を大きく歪めたのだ。そして不幸なことに、このときにひどく歪んでしまった「青春」はたぶんいまも歪んだままである。

当時の若者の大きな影のまん中にいたヒーローが、元日本大学全共闘議長・秋田明大だった。新聞や週刊誌に載る秋田の姿はかっこよかった。キューバ革命の英雄チェ・ゲバラに似ていた。秋田が先頭に立った日大闘争は１９６８年の出来事だから、ぼくはまだ10歳。小学5年だったから、読みはじめたばかりの新聞で学生運動の記事を見聞する程度だったと思う。学生運動（全共闘運動と言ってもいい）に関心をもち、資料を漁りはじめたきっかけは72年に起きた「あさま山荘事件」だった。その後、連合赤軍による同志14名のリンチ殺人が明らかになり、衝撃を受ける。73年4月に高校へ進学したぼくは、当時中央大学の学生だった従兄弟（ノンセクトだったと思う）に頼み、神田本屋街で学生運動に関する本を買ってきてもらった。そのなかの1冊に秋田明大の『獄中記』があった。

《日大から去っていくすべての学友へ。

屈辱感、挫折感を持って日大から去っていかないで欲しい。もし去っていくなら、

日大闘争を、ほんの数時間、数日間でも、自己の良心に、人間性に従い闘ったという誇りと勇気を持って去って行ってほしい。そうするなら、君の青春は無駄ではなかったろう。そして、君の第二の人生も、君自身が切り開こうとするなら、必ず、君を待っているであろう。》『獄中記』秋田明大著より

日記（69年7月17日）に書かれたこの文章を読み、高校1年だったぼくは日大全共闘議長・秋田明大に改めて恋した。従兄弟は『叛逆のバリケード――日大闘争の記録』『バリケードに賭けた青春――ドキュメント日大闘争』（日大闘争に関する本は東大闘争よりも多かった。東大闘争が特別なエリートの闘いだったのに対して、日大闘争は普通の学生の闘いだったからだろうか）も買ってきたが、闘争の過程を進軍ラッパを鳴らすように威勢よく書き立てるこの2冊よりも、獄中で静かに闘争の内実と自己の深淵を見つめる秋田明大の日記に惹かれた。

『獄中記』を漫画しか読まない秋田が「わけのわからない文章」を並べた悪書と酷評する人もいるが、生き方を悩んでいたぼくのこころには「わけのわからない文章」が素直に響いたのである。いまならば、その理由がはっきりわかる。「天然ヒーロー」だったのである。仲間からウソをつけない、バカがつくほどの正直者だと秋田は信頼されていた。「天然ヒーロー」だった。だから、日大闘争の、いや全共闘運動全体のシンボルとして輝いたのである。そして、闘争が敗北し、運動が衰退した後、「天然ヒーロー」だった秋田は「堕《お》ちたシ

ンボル」として一生苦しむことになる。

2007年2月6日、ぼくは広島県呉市の倉橋島にいた。秋田明大さんの自宅である。当時のぼくの「取材ノート」には、その日のことがこう書かれている。

《〝普通の人生〟を送ることを困難にした日大闘争、そして全共闘運動のシンボルに祭りあげられた男の悲運。自分の過去をまったく知らない中国人の奥さんと3歳の息子と暮らしている。4年前に再婚したらしい。「連帯を求めて孤立を恐れず、力及ばずして倒れることを辞さないが、力を尽くさずして挫けることを拒否する」というスローガンが好きだったと話す。「倉橋島に戻ったとき、何かが身体から脱け出していった。それまでは全身がずっと緊張していたことがそのときにわかった」「真剣にやったのは日大闘争だけかもしれない」。忘れようと努めてきたためか、生まれながらの性格のためか、過去をスムーズに思い出し、物語のように並べることができない。未整理の記憶たち。きれいにまとめられているよりも、かえってポツリポツリと秋田さんが話す未整理の断片の方が真実のように思える。》

当時、ぼくは漠然と秋田明大さんを主人公にしたドキュメンタリー映画を作りたいと考えていた。それでまず秋田さんに電話で連絡し、訪問日程を決め、倉橋島の自宅を訪ねたのである。「あこがれの秋田明大」に会えるということで、相当緊張して呉駅前から「音戸《おんど》の瀬戸」を渡るバスに乗り込んだのを覚えている。バス停を降りて歩いていくと秋田さんが経営する自動車整備工場が見えた。その裏にメルヘン調の白壁の自宅。目の前は瀬戸内海である。まず自動車整備工場の事務所で1時間ほど話したあと、「コーヒーでも」と誘われ、自宅のリビングへ。結局、午後1時から呉駅行きの最終バスの時刻まで滞在する。

中国人の奥さんが夕飯を作ってくれた。取材ノートには「フリカケをかけた目玉焼き、チャーハン、魚の煮付け、白菜スープ、きゅうりの漬物、かまぼこ」とある。「中国人だから料理がうまい」と秋田さんは言った。食後は3歳の息子と遊んだ。「今夜は泊まっていって」とせがむ息子を振り切って、帰り支度をする。秋田さんと息子がバス停まで送ってくれた。呉駅行きの最終バスは乗車から終点まで「ひとりぼっち」だった。終点に着くまでずっとぼくは井上陽水の『夜のバス』を口ずさんでいた。

夜のバスが僕をのせて走る　暗い道をゆれる事も忘れ
バスの中は僕一人　どこにも止まらないで風を切り走る
バスの中はとっても寒いけれど　君の嘘や偽り程じゃない
君のくれた青いシャツを　今日は着ていないだけ
まだ暖かいよ

結局、ぼくは秋田明大さんの映画を作れなかった。1968年から40年目という節目である2008年に秋田さんの映画を公開しようという魂胆だったが、別のおおがかりな企画に巻き込まれてしまったからだ。

社会学者の小熊英二さんが『1968（上・下）』を09年に出版したときは「決めるときに決める人はすごい（1968年から40年目という節目からは1年遅れの出版だったが）」と悔しがったものだった。全共闘世代の当事者のなかには「小熊英二の『1968（上・下）』は資料だけを漁って書いた偏向本」と非難する人もいるが、ぼくは興味深く読んだ。改めて、ぼくに「1960年代後半から70年代の学生運動の軌跡」を映画にしてみたいと思わせた本だった。

当時の取材ノートをめくっていたら、秋田さんの映画のタイトルを考えるメモが出てきた。そこに「日大バカボン」とか「団塊バカボン」とあるのは、秋田さんの愛称が「バカボン」だったからだ。マルクスや吉本隆明の本には見向きもしない代わりに、秋田さんは少年マガジンやサンデーなどの漫画雑誌を愛読したと伝わる。『私は今日まで生きてみました』というタイトル案にぼくは二重丸をしている（これは吉田拓郎の『今日までそして明日から』という歌にあるフレーズ）。そのタイトル案の下にこんな走り書きがあった。

《主人公：秋田明大　主題歌：吉田拓郎
日本はいま、当時の日本大学化（アウシュビッツ収容所体制化）しているのではないか。権力は個人の自由を抑圧する、自己決定権を奪うがっちりとしたプログラムを構築しつつあり、すべての人々がそのプログラム化されたシステムのなかに組み込まれ、飼いならされてはいないか。そのときに秋田明大と日大全共闘が希求し、権力と闘い、そして結果的に敗れ去った思想が再び輝いて見えてくるのではないか。思い出せ。そして、生きろ。》

２００７年に書いたメモだとしたら、ぼくは49歳。高校時代に感化された思想信条から何も変わらない、つまり熟さない、恥ずかしい自分がいる。そして、それは還暦を過ぎたいまもあまり変わっていない。だから、１９６７年10月８日に羽田・弁天橋で殺された山﨑博昭さんという死者を主人公にしたドキュメンタリー映画『きみが死んだあとで』を作った。かつて秋田明大さんを主人公にした映画で描こうとした「１９６０年代から70年代の学生運動の軌跡」にこだわった。この映画には元東大全共闘代表の山本義隆さんも出演している。

新しい映画が完成し、この本の原稿をまとめはじめたとき、ぼくは「大きな忘れ物」をしていることに気づいた。このままだと、ぼくは自分が一番影響を受けた元日大全共闘議長・秋田明大について何も残さないままになってしまう。

2020年10月、ぼくは13年ぶりに秋田さんに電話をかけた。挨拶を交わし、もう一度お会いしたいとお願いする。詳細を手紙にしたため、手紙が着いたと思われる翌日、もう一度電話する。「もうわたしには何にもお話することはありませんよ」と断られそうになりながらも、必死に食い下がり、訪問日程を決めた。息子は17歳になったという。中国人の奥さんとは離婚し、いまは息子と二人暮らしだという。いまの秋田さんに会いたい。かつて「バカボン」と呼ばれ、国民的に愛された元日大全共闘議長の人生の「記憶」を書き残すために。

秋田さんに会いに行く前に、山本義隆さんと話す機会があったので「なにか伝言はありますか」と伺う。「秋田の日大の同級生のお別れの会で2年前に会ったのが最後だったかな。最近は葬式でしか、昔の仲間に会えないようになった。からだに気をつけて、長生きしてくれと伝えてください」との伝言を預かる。


1968年9月30日、日大全共闘は日大の両国講堂での大衆団交で「学園民主化」を日大当局に認めさせた。翌日、佐藤栄作首相が「大衆団交は常識を逸脱している」と横ヤリを入れた。10月3日、古田日大会頭が大衆団交再開を拒否。10月4日、狙いすましたように秋田明大以下8名に逮捕状が出た。

1969年1月18日、東大当局が本郷キャンパスに機動隊導入。東大全共闘と支援部隊は徹底抗戦。安田講堂攻防戦はじまる。深夜、山本義隆は安田講堂を脱出。1月19日午後5時45分、機動隊が安田講堂バリケード封鎖を解除。1月20日、政府が東大入試中止を発表。と同時に、山本義隆に逮捕状が出た。

秋田明大も山本義隆も罪は犯していない。逮捕状に書かれた起訴内容は「公安条例違反」「公務執行妨害」の疑いだが、逮捕の目的ははっきりしている。日大全共闘議長としての秋田明大、東大全共闘代表としての山本義隆の活動を封ずるためだった。権力は生《い》け贄《にえ》を求めていた。

1969年3月12日、秋田明大は匿われていた知人宅で逮捕された。大雪の朝だった。白い雪道に足跡を残して逃げざるを得なかった秋田はついに警察に追い詰められた。不運だった。

秋田の『獄中記』の「はじめに」は山本義隆が書いている。

《忘れられないことがある。たしか2月（1969年＊引用者注）のはじめ、共に官憲に追われる身として、日大経済学部のバリケードの中にいた日の午前三時ころ、「明けがた右翼が機動隊に守られてバリ破壊に来る」との確実な情報が入った。全共闘を支援しているさまざまな方々も来て下さったが、中にいたのは、日大・東大全共闘のわずかの学友であった。うわべは平静をよそおっていたものの、私は「日大の右翼」

と聞いただけでオタついてしまって、正直言って後のことも顧みず逃げ出すことばかり考えていた。実際、「日大の右翼」というのは私たちにとって魔術的恐怖をよび起こすものだ。おまけに校舎はすでに右翼に囲まれている。

ところで、彼、秋田は何やら、のそのそ人を集めて悠長に話し込んでいる。別に毅然としているわけでもテキパキと判断しているわけでもないが、かといってあわてている様子もなく、ウンとかアーとか人の話にうなずいている。恥ずかしいことに、私のことまで心配してくれるのだ。後になって考えてみるに、政治的判断とはいえ、自らの手で血を流して作りあげたバリケードを撤退するのに心が痛まないはずはない。私ももう少し配慮すべきであったとくやまれたが、ともかくその時は何かしら小まわりのきかない安定感みたいなもの（傍点著者）があるやつだと思ったものだ。》『獄中記』より

69年9月5日、山本義隆は日比谷公園入口に設けられた検問で逮捕された。日比谷野外音楽堂で開催される「全国全共闘連合結成大会」へ向かう途上だった。70年安保闘争に向けて、各大学の全共闘と新左翼党派が結集した「全国全共闘」の議長に山本義隆、副議長に秋田明大が就任していた。獄中の秋田は自分が知らぬ間に副議長にされていたことに怒り、一度は就任を拒否。山本義隆からの手紙での説得によって、しぶしぶ副議長を受諾していた。実は、その山本も「潜伏中の身で、みんなの世話にな

っているから、お役に立てるならどうぞ」という消極的な態度での受諾だった。

秋田明大と山本義隆は、権力だけでなく、同志の全共闘・新左翼党派の側からも生け贄にされたのである。「全国全共闘」が結成されたあと、10月10日の日記で秋田は怒りを爆発させている。

《日大闘争のビラを見れば、私の名前がのっていた。それは、幾万枚もまいたという話であった。その内容は、いたって非論理的、かつ無内容のものであった。例をあげればきりがないが、また、ある本には秋田編などという日大闘争の本の広告がなされていた。私は、その広告を見たとき、嫌悪感さえ感じた。なぜなら、そこには自己、というものは一切存在せず、人間の汚ならしさが集約されていた。「売る」――名前――これだけである。》『獄中記』より

秋田明大を再訪する前に『獄中記』を再読し、面白い発見をした。拘置所で自費購入する新聞で知ったのだろう。69年7月22日の日記で、秋田はアポロ11号の月面着陸を話題にしていた。その日記を読みながら、庄司薫の小説『ぼくの大好きな青髭』はアポロ11号が月面着陸に成功した日が舞台であることを思い出した。

当時、小学5年生だったぼくはルイ・アームストロング船長が発した「これは一人の人間にとっては小さな一歩だが、人類にとっては偉大な飛躍である」という言葉に感

動し、未来は明るい、世界は右肩上がりだと素直に信じた。『ぼくの大好きな青髭』では、新宿のバーに集まり、テレビ中継を見る客と主人公のぼくがこんなふうに描かれている。

《目を凝らして眺めると、テレビはすでにたった今、月のまわりを這うように飛んでいるアポロ11号に関する熱狂的な報道を続けているようだった。そしてその時、一人のやはり女装したそして大きな口髭をつけた男が、テレビにグラスをつきつけるようにして、アポロよ落ちろ、アポロよ落ちろ、と繰返し、続いてそれを受けるように一人のTシャツに頬髭の大男が立上ると、芝居気たっぷりの荘重な演説口調で大声で言った。
「しかしアポロは絶対に落ちない。そうして人類はついに輝かしき魂のふるさとと月を征服し、やがてはすべての人類が月を訪れることになるであろう。人類の永遠の夢は、かくしてついに実現するであろう。」（中略）
　目を移すと、テレビはちょうど、着陸予定地点の月面を大きく写し出しているところで、一瞬ざわめきを忘れて吸い寄せられるようにテレビに見入る人々の背中に、ぼくはなにか世界中の人人の姿を見たような気がした。そしてぼくは、まるで自分がたった一人とり残されたとでもいうような淋しさから逃げるようにまた一気にグラスをあおり（傍点著者）、すべての人の注意がテレビに向けられている中をそっと出口へと

向っていった。》『ぼくの大好きな青髭』より

アポロ11号が月面着陸したとき、秋田明大はたぶん拘置所の独房で眠っていただろう。朝の点呼で起き、顔を洗って、歯を磨き、朝飯を食べ、独房に届けられた自費購入している新聞を読んだのだろう。

《7月22日

昨日、アメリカの国威をかけたピエロショーが、クライマックスに達した。（中略）このショーがなかったなら、ベトナムの危機増大、アメリカの黒人問題、一〇〇〇万におよぶ、食うや食わずのアメリカ人の腹の中をいくらか満たしたであろうに。

現代のように世界の情報網――マスコミ――が発達していなかったなら、アメリカ帝国主義の意図したショーの価値は半減していたであろうことも付け加えておいてよいであろう。

宇宙計画支持五一％、反対四一％。これがアメリカ国民だそうだ。（中略）

アポロ熱で、外からの数少ない情報が、なおさら、少なくなって若干アポロに対し、嫉妬とともに、ウンザリした気分になっている（傍点著者）。というのは、新聞が大幅にアポロ情報でさかれ、普通の社会、政治面が少なくなったから。》『獄中記』より

いまみんなの前で起きている現実、いまみんなが熱狂している出来事、いまみんなで歩んでいる時代。その現実や出来事や時代の前で「ふむふむ」と立ち止まり、自分の頭で考え、自分の感受性を信じ、自分の判断で行き先を選ぶこと。『ぼくの大好きな青髭』の主人公も、獄中の秋田明大も、アポロ11号月面着陸というテレビ中継や新聞報道を前に「たった一人とり残された淋しさから逃げる」「ウンザリした気分になっている」自分を確認し、自分の判断で人生の行き先を選ぼうとしている。庄司薫が小説のテーマに選んだこと、秋田明大が権力の生け贄になり、同志の生け贄になりながら、獄中で気づいたこと、それは「若者の叛乱」と「アポロ11号月面着陸」は同じシステムによって作られているのではないかということではないか。

『ぼくの大好きな青髭』には「サカナヤと呼ばれる悪い人たち」が出てくる。それは「テレビとか週刊誌とか、マスコミでいろいろやる人」。生意気がって新宿に出てきた若者をオーバーに面白がって、「テレビに出ないか」、「週刊誌の記事にするよ」と誘い、権力や大人に反抗するヒーローやヒロインに仕立てる。その気になった本人が人生をかけて無茶なことを実行した場面をサカナ（ネタ）にして、主役交代。だいたいその気になった本人の人生は台無しになる。新宿に集まる若者のリーダーは主人公のぼくにこう語る。

《アポロンに集る連中ときたら、やつらだけじゃなく、みんないやったらしい金と権力をカサにきておれたちを食いものにする連中ばかりじゃないか。それを真似した月ロケットだっておんなじことさ。金と権力のいやらしいかたまりそのものじゃないか。》『ぼくの大好きな青髭』より

日大闘争のはじまりは秋田明大を含む経済学部の学生、約2000人による200メートルデモだった。管理体制が厳しいことで有名だった日大史上初の公然デモである。全学部バリケード封鎖したあとの日大はさまざまな話題を「サカナヤ」に提供した。自分たちがやったことが翌日の新聞紙面を飾ると日大生は歓喜した。テレビのワイドショーに出演した日大全共闘の若者がスタジオで突然デモ行進をはじめ、視聴率を稼いだ。「週刊プレイボーイ」のグラビアに秋田明大の上半身裸の写真が躍った。日大闘争は全国にその名を轟《とどろ》かせ、秋田明大は「日本のチェ・ゲバラ」になった。

テレビと新聞と週刊誌の時代だった。「情報化社会」という意味では、通信手段はアナログだけで、通信量も通信速度もいまの一万分の一にも満たない状態だったと思う。しかし、「情報化社会」の寡占度はいまよりひどかった。「いやったらしい金と権力をカサにきておれたちを食いものにする連中」にとっては、「若者の叛乱」と「アポロ11号月面着陸」は同じサカナだったのである。当時の週刊誌の「日大特集」や「東大特集」を読むと、確かに学生の真情を理解し、親身に応援する良心的な記者は

いた。しかし、日大が、東大が、当局の機動隊導入によって敗戦後の「焼け野原」同様の状態になり、逮捕されたり、負傷したりした学生のその後の人生が無茶苦茶になったとき、どれだけのかつての取材者がその敗北した人生を見守り、支援しつづけたか。秋田明大の名を売り物にしようとする「サカナヤ」は、利用価値のある間は秋田が逃げ帰った故郷の倉橋島まで追いかけてきた。そう、「秋田明大の映画」を作ろうとしたぼく自身が「サカナヤ」だった。

2020年11月上旬の気持ちよく晴れ上がった日、呉駅前で借りたレンタカーを運転して倉橋島へ向かった。本土と島を結ぶ「音戸大橋」を渡る。秋田明大さんとの約束の時間まで1時間あったので、いかにも地元人御用達という雰囲気の食堂へ入り、牡蠣《かき》フライのランチを注文（「かきしま海道」というサイクリングロードが通る倉橋島は牡蠣の名産地）。正面にステージがあり、カラオケの歌手名と点数が掲示してある。そのうちに地元歌手、つまり常連さんがお店に集まってきた。午後1時からカラオケ大会だという。70代から80代の男女。大学進学せず、高卒で地元に就職していたら、秋田さんもこの仲間になっていても不思議ではない。食堂から10分も運転しないうちに、13年前に訪れた自動車整備工場とその裏の白壁の自宅が見えてきた。

「人間っていうのはいい加減なもんですよね。夫婦で暮らしていたとき、クルマの仕事をしてて忙しかったときですね、わたしが病気か事故で死んでも女房がいるから、女房と子どもと二人でなんとかなるわいと思っていたわけですよ。ところが、女房が離婚していなくなって、子どもと二人になると、わしが死んだら子どもはどうなるか、子どもが小学校3年だったけい、わしは死なれん、生きなきゃならん、と思うたらそれが欲に変わってくるみたいなね。人間っていうのはいい加減なもんですね。

その前に結婚したときも、離婚しますっていうてね、三行半《みくだりはん》押しつけられて、子どもが二人いたんですけど、4歳と2歳だったですけど、〝カルガモ一家〟みたいについていっちゃって。ただ後悔のしようがないっていうのがありますよね、自分がやっちゃったんだから。自分の自己でやっちゃったんだから、誤りだとか言えないし」

17歳になったという息子は高校に行っていて不在だった。自分と息子、男二人の洗濯物が室内に干してある。洗濯も食事づくりも全部自分がやっている、ゴハンもよそってやるという。最近、息子との会話はない。「何を考えているか、わからない」と言いつつ、「自分も高校生のときは親とは口をきかんかったからしょうがない」と自省する。1階リビングルームに小学校から使っているらしき息子の勉強机があった。「離婚したときはゴハンくらいしか炊けなかった。スーパー行って涙が出そうでしたね」。中国人の奥さんと離婚してから、不器用ながらも男手ひとつで一生懸命に息子を育ててきた「二人だけの家族史」が自宅全体から伝わってくる。

秋田明大はどんな若者だったのか。『バリケードに賭けた青春』の冒頭に本人が書いた「ぼくの経歴書」が掲げられている。書いたのは「一九六八・一二・一四　バリケードの中にて」。

《音戸の瀬戸で有名な広島県倉橋島――そこがぼくの生れ故郷だ。一九四七年（昭和二二年）、ぼくは、漁船の修理などを業とする鉄鋼所経営者の二男坊として生れた。この年、教育六三三制が発足した。二男坊といっても、姉一人、兄一人の末っ子である。われは海の子――。幼いころから漁師の子らと瀬戸内の海にあそんだ。（中略）

一九六五年（昭和四〇年）、日本大学経済学部（静岡県三島市）入学。（中略）スポーツへの夢たちがたく、水泳部に入部。平泳ぎで東海地区大会に出場したが入賞を逸す。ぼくは、体連の洗礼を受けている。二年のとき、友人に誘われて社会科学研究会に入り「マルクス」を初めて知る。翌春、同会キャップ、一二月、経済学部学生委員会の委員長の席につく。

一九六八年（昭和四三年）、日大全共闘議長に選ばれる。この年の初め日大理工学部小野教授の脱税発覚。五月、はじめてスクラムを組み日大初のデモを行なう。同じ月、全学共闘会議発足――。

幼い日、黒々と眠る海の彼方に見た灯は自由の灯であった。警棒と日本刀の乱舞の中で――その灯を手に入れるまでぼくの闘争歴は刻みつづけられる。殺されるか生きるか。この闘いに勝つよりほかに生きる道がないからだ。》

『バリケードに賭けた青春』より

「議長になるのは5月、全共闘結成と同時に。『おまえなれ』って誰かに言われたんですかね。『わしゃあ嫌だ』と言ったことは覚えています。『おまえアホじゃけい、イノチ知らずじゃけい、おまえがいい』って、そんな感じだったですね」

日大の全学共闘会議はML（社会主義学生同盟マルクス・レーニン主義）派と中核派（マルクス主義学生同盟中核派）が中心になって結成された。秋田はML派に近いと言われていたが、セクトには属していない。当時の日大中核派幹部から秋田が議長に決まった経緯を聞いたことがある。日大のML派と中核派が明治大学に泊まり込み、全共闘立ち上げ・バリケードストライキの戦略を練っていた。ML派が秋田を近くの神社の境内へ連れて行き、秋田議長を決めてきた。副議長はML派の矢崎薫、書記長はML派の田村正敏。ML派が決めた人事だった。中核派は当然不満だったが、いまは党派闘争（内ゲバ）をやっているような場合ではないと矛を収めた。真偽のほどは明らかではない。

「わしゃあ何やったんかなあっていえばね、道路を走った罪だけなんですね、具体的に言ってしまえばね。佐藤首相から『大衆団交はいかん』っていう指令が出て、指名手配されたけど、道路を走った罪だけですね。神田三崎町の銭湯へ行ったら、全国指名手配のポスターに自分の顔がある。すごいなあ、こりゃあ田舎にも知られるなあと思うてね、ちょっとショックだった」

大学当局に要求を受諾させ、日大全共闘が勝利した68年9月30日の大衆団交の翌日、10月1日の新聞夕刊に「首相、日大の事態重視」の記事が出る。佐藤首相の発言を政府の意思と受け止めた警察は10月4日、秋田明大以下8名に逮捕状を出し、全国指名手配した。経済学部バリケードに立てこもっていた秋田は、久しぶりに出かけた銭湯で指名手配ポスターを見たのである。「道路を走っただけの罪」でなぜ凶悪犯のような扱いを受けるのか……。政府のターゲットにされた秋田の運命は狂いはじめた。

「逮捕されるまでは一生懸命、まっすぐにやってきたんですね。それが間違いかどうかわからんけど、運動はまっすぐにやってきた、逮捕されるまでまっすぐにやってきた。それだけは申し上げておきます」

69年3月12日に逮捕された秋田は12月末に保釈になり、拘置所を出た。出所の夜、仲間に迎えられた秋田は新宿ゴールデン街へ直行した。入ったお店は日大闘争を撮影していた写真家・佐々木美智子さんの店「Barむささび」だった。佐々木さんは著書『新宿、わたしの解放区』で、その夜のことをこう描写している。

《秋田くんを連れてきた連中、みんな途中で帰っちゃって、秋田くん一人残った。しょうがないから「どこへ帰るの」って聞くと、帰る場所がないって言うの。いま思えば、あの秋田くんがよく言えたと思うんだけど、「きょうはずっときみといたい」って。きっと先に帰った連中に教えられたんだと思う。》

『新宿、わたしの解放区』佐々木美智子著より

大久保にアパートを借りた秋田は、しばらく公私ともに佐々木さんの世話になる。70年の終わりに『幻視行――くたばりぞこないの唄』という小冊子を1000部作り、新宿の紀伊國屋書店の前や日大経済学部の前で立ち売りした。20ページで12章あり、最後が「九月二六日　一身上の都合により全国全共闘副議長を辞めるため、全国全共闘に辞表を提出す」で締めくくられる。「自由の灯を手に入れるまでぼくの闘争歴は刻みつづけられる」(『バリケードに賭けた青春』)と宣言した秋田明大の「青春」はどこへ向かえばよかったのか。

「郡山の飯場で土方してたんですよ。寒いとこでね、風がビュービュー吹いてね、昔のプレハブだから暖房器具はないし、テレビも洗濯機も壊れてるし。そこへ電話があってね、東京キッドブラザースの東由多加《ひがしゆたか》が『おい秋田、映画やるから出てこい。主役だ』と。飯場からセメントだらけの服で青山行ってね、服買ってもらって映画に出たですよね」

映画は東由多加が監督した『ピーターソンの鳥』。残念ながら映画フィルムは残っていない。

「シナリオではわたしがギターを弾くシーンがラストだった。現場でそれが全部なくなって、わたしがピストルを女の子に渡してね、撃たれて死ぬんですよ。そこに〈秋

田明大、死亡〉って字幕が入る。わけのわかんない映画でしたよ。また、大酒飲んだですね。なんで死ななきゃいけないんだ」

同じころ、秋田はシングル盤レコードを出した。A面「あほう鳥」作詞：岡本おさみ　作曲：加藤登紀子　B面「砂の唄」作詞：秋田明大　作曲：加藤登紀子。「流れ流れてあほう鳥、俺の10年どこいった……」というフォーク調の曲を、秋田は独特のかすれ声で歌っている。しかし、まったく売れなかった。ついに秋田は東京の生活に見切りをつけて故郷の広島・倉橋島に帰った。

ところが77年に突然上京してきて、佐々木美智子さんを驚かす。参議院選挙の候補者のひとりとして社会民主連合から「秋田明大」の名前があがっていた。

《上京の理由がわかって、わたしはなんとか出馬をやめさせないと、秋田くんがまた滅茶苦茶にされて傷つくと思った。それで秋田くんの居場所を探したんだけど、だれも教えてくれない。でも東京を去るときにはかなり精神的に病んでいたし、そのときもまだ完全に治ってなかったはずだから、自分の意志だけできたんじゃないって思ってた。だから選挙に出たりしたら、マスコミや元の仲間から攻撃されて完全に壊れてしまうんじゃないかって思ってた。》

『新宿、わたしの解放区』佐々木美智子著より佐々木は秋田と会い、出馬を思いとどまらせ、広島まで電車で送った。江田五月《さつき》が参議院全国区に社民連から出馬し、初当選した選挙である。当時の全国区は知名度が勝負だった。誰かが「元日大全共闘議長・秋田明大」の名前を利用しようとしたのだ。そして、この出馬騒ぎは秋田自身がまだその名声に未練をもっていることをも暴露した。

「ぐちゃぐちゃですよね。いろんなことが断片的に頭のなかにこびりついてきて。デモしてた事象が浮かんできたり、会議の事象が浮かんできたり、誰かがこう言っただとか、誰かが逮捕されただとか、いろんなものがこう頭のなかへ入ってきて。うつ病の世界ですよね。そういう思い出が断片的に、意味もなく出てくるのがものすごく嫌だった」

再び東京から倉橋島へ帰ってきた秋田明大に家族も親戚も、近所の人も何も言わなかった。

「まったく、ただ戻ったなっていう感じ。隣のおばちゃんが『あけちゃん』って言ってね、『今日帰ったたん』って挨拶してくれるんですよ。うちのお袋とだいたい同い年。そのおばちゃんにとっては子どもの頃の『あけひろ君』なんですね。なんか救われるような、明るくなるようなね、そう言われると嬉しかったですね、いまでも思い出しますね。東京でなにしたっていうのは関係ないですね。映画に出たり、選挙に出ようとしたり」

親戚の自動車修理工場で10年間修行した。その間に何回か見合いをして結婚し、父親の援助で自分の整備工場を建てた。子どもが二人生まれた。

「子どもが4歳と2歳のとき、離婚。すさまじいショックだったですね。37くらいのときですかね、なんとか生活できるようになった、そういうときでしたけいね。ひとつだけ理由はわかるんですがね。歳の差とか、12か13くらい違ってた。仕事に没頭しちゃって、それ以外考えなかったみたいなね。別に悪いこと、浮気するとかそういうことはなかったんですけども、きっかけはあるんですけどね。1回か2回くらい離婚する話はあったですけどね、3回目かなんかにボーンと。あれが辛抱して力合わせてくれりゃ、いま気楽に暮らせてるのになあと思うんですけどね」

ちょうどそのころ、東京から1通のアンケート用紙が郵送されてきた。そこに「あの時代に戻れたら、また運動するか?」という質問があった。秋田は「しない／アホらしい」と書いた。そのアンケートの回答は1994年に新潮社から発行された『全共闘白書』に載った。5割以上の人が「（あの時代に戻れたら）また運動をやる」と答えているのに、元日大全共闘議長が「しない／アホらしい」と書いたので話題になった。秋田はそのアンケートのことを覚えていた。

「ボーンと実家に帰られてね、そのときにアンケートに『アホらしい』と書いたですよね。離婚したあとね、何年か呑んだくれて、気分晴らして、これじゃあもうどうしようもないと思って、業者に頼んで中国へ行って、奥さんを探して、それで結婚して、子どもができたんですね。だから、そういう意味では息子にはちょっとうしろめたいような。そんなことは言えないけどね、絶対にね」

中国人の奥さんは息子が小学校3年生のときに出て行った。彼女はこまめに息子の衣服を送ってきたり、定期的に会ったりしてくれているという。数年前、誰かと再婚したという噂を聞いた。

「なんとか育てようと、なんとか乗り切ってきたんだけど、16、7になると一人前の男として扱わなきゃ、子どものくせにね、さてどうしようかなみたいな。今度は育てるんじゃなくて、自分の信条みたいなものをきちっとしないとバカにされるんじゃないかみたいな、自分の生きる道をひとりで探さなきゃみたいなね。まだ何も見つからないですよね、こんな俗っぽい人間だから。毎日食事作ったり、洗濯したり、全部わたしがするんです。ごはんもよそってやる。どうしようかなって思ってね。怒ったら、向こうが怒るんですよね。話はしない、話をしようとすると嫌がるんですよね。ほとんど会話はしないですね」

一緒に暮らす息子はもうすぐ高校3年生。次男だった秋田は父親に勧められて大学進学を選んだ。本人は就職を希望していた。60年代前半、高度経済成長の波は倉橋島にもやってきて、船の修理工場を営む父親の懐具合がよかったから秋田は東京の大学へ進学できた。その頃、兄はすでに父親の元で働いていた。

「(息子は)専門学校へ行くと言っています。自動車の整備工になりたいと言っているんですよね。嬉しいんだけど、この辺は過疎化で難しいんですよ、経営していくのが。わたしはなんとかできたんですがね、もういまは生計が成り立ってない、営業的には。歳をとって難しい仕事ができなくなったし。だからあとを継ぐっていったら大変。電気自動車の時代になって、才能がないと自営は難しい。就職するしかない。

でも、車のディーラー（販売業者）へ就職しても整備工は使い捨てだから、熟練工はそんなにたくさんいらないからセールスマンにさせられて、営業が苦手だともうつづかない。いまは車が故障しなくなった。昔はマフラーはすぐに錆《さ》びた、2、3年で錆びて交換すると2、3万円になった。それが錆びなくなった。いまはメッキがよくなった、ステンレスになった。ベルトも、ファンベルトもいらなくなる。部品も消耗品がなくなった、耐久性がよくなった。電気系統は故障しなくなって、修理がすごく難しくなっている。車検で交換する部品が少なくなった、車検が儲かんなくなった。だから、いまは年金とわずかな仕事で食いつないでいるかなあ」

日大闘争から10年、20年、30年、40年という節目の年になると、季節風のようにマスコミやジャーナリスト、ルポライター、写真家と呼ばれる「サカナヤ」たちが倉橋島にやってきて、元日大全共闘議長・秋田明大の偶像を拡大再生産してきた。「秋田明大の映画」を作りたかったぼくもそのひとりだった。「天然ヒーロー」から「堕ちたシンボル」へと石のように転がった（ライク・ア・ローリングストーン）秋田明大の人生を描き、その向こうに「荒野をめざした若者の一団が誤って崖から落ちた時代」を見ようとした。もしもそんな映画が実現していたら、その映画はきっと秋田の精神をひどく傷つけただろう。あるいは逆に、青春時代への秋田の未練をもう一度掻き立てただろうか。結局、ぼくの映画は作られなくてよかったのだ。

「マスコミがつくった虚像に流されてきたんですよね。遅いかもしれないけど、もうやめようと思ってる。いままで流されてやってきて、反省さえもできなかった。いつも混沌《こんとん》の、迷いの人生ですね。どうすりゃええんですかね」

インタビューの最後の方で元赤軍派議長・塩見孝也と会った話が出た。初対面だったという。羽田・弁天橋での山﨑博昭の死から日大闘争、東大闘争、そして全国全共闘結成へという、67年から70年代へつづく当時の学生運動の流れを（実質的な70年安保決戦であった69年11月の佐藤訪米阻止闘争に完全敗北し、その流れは徐々に弱まっていたとはいえ）完全に断ち切った「連合赤軍事件」の根源は、塩見さんが唱えた（楽観的で無責任な）「過渡期世界論」にあるとぼくは思っている。

現代（つまり当時）は世界各地で起きている革命――「世界同時革命」が防御→対峙→攻勢へと進みつつある時期で、日本の階級闘争も「攻撃型階級闘争」へと進むべきだと主張し、人民にさきがけて蜂起を行う「前段階武装蜂起」＝武装闘争路線に突っ走る新左翼党派「赤軍派」を結成した。塩見さんたちが正式に「赤軍派」を名乗ったのは69年6月だったと言われる。70年3月31日に起こした「日航機よど号ハイジャック事件」が冒険的な武装蜂起への狼煙《のろし》となるはずだったのだが……。

全共闘運動のシンボルだった秋田と武装闘争路線を唱えた元赤軍派議長の塩見さんは、ぼくの認識のなかでは「明」と「暗」、「水」と「油」。これまで接点がなかった二人が老人になってから面会したことに興味を覚えた。何を話したのか。

「あのころは塩見ってくそったれ、塩見は何を考えているのかって思ったことはありますね。その塩見さんがね、死ぬ前、3年くらい前、『秋田会いたいけい、ちょっと広島にいるから会いにきんさい』って、会いに行った。2時間くらいお話して思ったのはね、ものすごくいい人だなあって。このへんの田舎のおっさん、いい青年みたいな感じを受けたですね、こんないい人だったんかと思ってね。わしが子ども連れて一生懸命四苦八苦しているときに会って、わけがわかんなくなっているときです。『塩見さんいま何をやってる』って聞いたら、駐車場の管理人みたいな、『給料なんぼですか』って聞いたら7万円だって。ものすごくいい人でしたね、ものすごくいい印象を受けたですよ、詳しいことは知らないですけどね」

塩見さんはなぜ秋田に会いたかったのだろうか。秋田は塩見さんと会って何を思ったのだろうか。秋田が塩見さんを「ものすごくいい人」と言ったことに若干の戸惑いを覚え、そのことをどう受け止めたらいいものかと頭のなかで反芻《はんすう》しながら、ぼくはクルマを運転して宵闇《よいやみ》迫る「音戸大橋」を渡り、倉橋島をあとにした。

東京の自宅へ戻って、この原稿を書きながらも、まだ頭のなかの反芻はつづいている。塩見さんは2017年11月に心不全で亡くなった。死ぬ3年前、塩見さんは秋田と会いたかった。秋田は初対面の塩見さんを「ものすごくいい人」だと感じた。そして、ぼくはまだ戸惑いを反芻している。無理をして難しい答えを探す必要はないのかもしれない。「人生」とは究極、そんなものなのだ、それでいいのだと思う。「自己否定」とか「大学解体」とか、「反帝反スタ」とか「共産主義化」とか、無理をして難しい答えを探そうとしたから、多くの若者の「人生」がひどくこんがらがってしまったのだから。

あとがき

映画『きみが死んだあとで』の関係者試写会が終わったあと、写真家・北井一夫さんから電話をもらった。「あなたに会いたいという人物がいる」。『きみが死んだあとで』のなかで山﨑博昭が死んだときの状況を証言する〝目撃者〟、それがぼくに会いたがっているK氏だった。

このK氏による証言が録音されたのは1968年10月8日の夜、場所は弁護士事務所。山﨑の死因を追究した小川紳介監督の記録映画『現認報告書──羽田闘争の記録』からこの証言を発掘し、ぼくは『きみが死んだあとで』で引用していた（K氏は関係者試写会に参加した誰かから、自分の証言がぼくの新しい映画に引用されていることを知らされたのだろう）。

品川のホテルの喫茶店。数年前からパーキンソン病を患っているというK氏は杖を頼りに現れ、ぼくの向かいに着席した。「新しい映画を作ったあなたにちゃんと事情を伝えておきたかった」とK氏は静かに話しはじめた。

第一次羽田闘争。日大2年生で、日大の中核派のリーダーだったK氏は山﨑博昭と同じ弁天橋で闘った。K氏は学生が奪った装甲車（給水車という報道もあるが、K氏は「あれは装甲車だった」と言った）に乗り込み、機動隊を橋の向こう側へ後退させた。「装甲車に乗っていたのは10人もいない。その半数が日大だった」。

橋の上の混乱した状況を確認するためにK氏は装甲車から降りた。そこで機動隊員に棍棒で頭部を殴られ、顔面を血だらけにした山﨑博昭をK氏は現認したのである（前夜宿泊した法政大学の教室でK氏は山﨑博昭と会話を交わした。「初対面だったが、彼の顔はしっかりと覚えていた」と言った）。

すぐに装甲車に戻ったK氏は運転を指揮した。警察は、山﨑は学生が運転する装甲車に二度轢かれ、それが死亡原因であると発表した。マスコミはその通りに報道した。それがもしも事実だとするとK氏が指揮した装甲車が轢いたことになる。

闘争が終わったあとの総括集会で「山﨑を見たものがいたら手をあげてほしい」という要請があり、K氏と数人が手をあげた。K氏は弁護士事務所に連れていかれ、聞き手から〝目撃者〟の証言を求められ、それは録音された（聞き手が誰だったかは覚えていない、複数だったかもしれない。「たぶん、そこにはセクトの幹部もいた」と言った）。「勇み足という言葉がありますが、わたしのは少し勇み口だったかもしれない。お前が見たのはこうだろうと聞き手に言わされた部分もあったような気もするんです」。

血だらけの山﨑の姿を見たのはほんとうだ。しかし、そこで死んだかどうかまでは確認していない。もしかしたら、自分が乗った装甲車が山﨑を轢いたのかもしれないと考えるとぞっとした。『現認報告書』で世間に公表されたK氏の勇み口は、ぼくが作った『きみが死んだあとで』によって時を超えて現代に甦《よみがえ》ってしまった。

「1968年の秋、日大のバリケードのなかで開かれた『現認報告書』の上映会ではじめて知ったんです、わたしの声が映画から聴こえてきて。驚くと同時に、怒りが湧いてきました」。映画は本人には無断で勇み口を使用していた。うそではない。しかし、それは100％事実なのか。その永遠に終わらない自問自答を、再び勇み口を映画に引用したぼくにK氏はちゃんと伝えたかったのだと思った。そして、この会談はK氏の〝後味の悪さ〟をぼくが共有する、伝達式でもあった。

〝後味の悪さ〟を忘れないこと。K氏と別れたあと、ぼくは20年以上前にベルリンの路地で見つけた「Stolpersteine（躓《つまず》きの石）」のことを思い出していた。ホロコーストで犠牲になったひとたちがかつて住んでいた家の前に、そのひとの記録が刻まれた10㎝四方の大きさの金色のプレート（一辺10㎝の立方体のブロックの上の面にプレートが貼りつけられている）が設置されている。「ここにヒルデガルド・ズィヒェル（1911年生まれ）が住んでいた。1939年にフランスへ逃避。1942年9月2日にアウシュビッツへ移送され、殺害された」。

〝後味の悪さ〟を忘れないこと。たとえば内ゲバで殺された若者の記録が刻まれた10㎝四方の大きさの金色のプレートを彼が死んだ場所に設置できないか、と妄想する。「1970年8月4日早朝、この地（東京都新宿区津久戸町・元東京厚生年金病院前）で当時東京教育大学3年生の海老原《えびはら》俊夫《としお》さん（21歳）の死体が発見された」。100人を超える内ゲバの犠牲者の「躓きの石」を設置できたら、若かった死者を社会全体で追悼し、〝後味の悪さ〟を未来に向かって伝達していくことができるかもしれない、と考え込む。

K氏は山﨑博昭の死にまつわる〝後味の悪さ〟を忘れなかった。いや、忘れられなかった。これは人間のこころの路地に設置されたプレートであり、精神的な「躓きの石」ではないか。映画『きみが死んだあとで』に登場した14人も〝後味の悪さ〟を忘れないで、生き抜いてきた。書籍『きみが死んだあとで』に収録した14人のモノローグは、紙に印刷された長文の「躓きの石」のようにも思える。そういう意味では、ぼくの創作衝動は最初から学生運動の時代の「躓きの石」をめざしていたのかもしれない。内ゲバで殺された若者の記録が刻まれた金色のプレートを日本全国の死に場所に設置して歩く代わりに。

最後に感謝の言葉を、と考えると、多くのひとの顔が浮かんでくる。映画に出演し、書籍化を快諾してくださった14人の登場人物のみなさまありがとうございました。暖かく迎え入れてくださった秋田明大さん、一生忘れられない思い出になりました。北井一夫さんとは三里塚の映画から切っても切れない縁がつづいています。「映画に収録できなかったインタビューを本にしませんか」と強く勧めてくれたルポライター・朝山実さんの存在を抜きには、この本は生まれませんでした。装幀の松田行正さん、杉本聖士さん、どしんと美しい本に仕上げていただきました。晶文社の編集者・安藤聡《あきら》さんとは昔から知り合いだったけれど、やっと一緒に仕事ができましたね。

いつも迷惑ばかりかけている人生の伴走者、愛するおふみちゃんにもありがとう。（「まだこんなルンペンみたいなことをやってるんかい！」と叱られるのは覚悟の上で）この本は２０２０年７月に死んだ母・三子《みつこ》に捧げます。

代島治彦

２０２１年４月６日

●登場人物紹介

向千衣子（むかい・ちえこ）

大手前高校同学年／10・8羽田闘争参加者／早稲田大学第一文学部中退。

編集者・ライターとして活動。夫の看取りをきっかけに2012年から介護ヘルパーになる。

北本修二（きたもと・しゅうじ）

大手前高校同学年／10・8羽田闘争参加者／京都大学法学部卒業。

弁護士。橋下徹元大阪市長による職員攻撃に対する係争（職員アンケート事件等）において職員側代理人となった北本は大阪市に対して16戦16勝。

山﨑建夫（やまざき・たてお）

山﨑博昭の兄／京都府立大学文学部卒業。

1969年、高校の国語教師になる。2005年に早期退職し、弟・博昭に関する聞き書き・資料収集に没頭。2014年に博昭を追悼する「10・8山﨑博昭プロジェクト」を立ち上げる。

三田誠広（みた・まさひろ）

大手前高校同学年／早稲田大学第一文学部卒業。

作家。小説『僕って何』（河出書房新社）で1977年上半期芥川賞を受賞。

岩脇正人（いわわき・まさと）

大手前高校同学年／立命館大学経済学部卒業。

大学卒業後、父の会社「岩脇商店」へ就職。父が急逝し、27歳で会社を継ぐ。

佐々木幹郎（ささき・みきろう）

大手前高校同学年／同志社大学文学部中退。

詩人。詩集『蜂蜜採り』（書肆山田）で第22回高見順賞、『明日』（思潮社）で第20回萩原朔太郎賞を受賞。

赤松英一（あかまつ・えいいち）

大手前高校先輩／元・京大中核派リーダー／京都大学文学部中退。

1993年まで革共同中核派で活動。1996年にワイン醸造会社へ就職。ブドウ栽培がその後のライフワークとなった。

島元健作（しまもと・けんさく）

10・8羽田闘争参加者／岡山大学法文学部中退。

1973年、岡山市で古書店「書砦 梁山泊」を創業。現在、京都と大阪に店舗を構える。島元恵子の兄。

田谷幸雄（たや・ゆきお）

10・8羽田闘争参加者／同志社大学文学部卒業。

学習塾講師。1968年から77年ころに書いた詩をまとめた詩集『田谷幸雄詩集』（白地社）を1982年に出版。

黒瀬準（くろせ・じゅん）

大手前高校同学年／10・8羽田闘争参加者／早稲田大学第一文学部卒業。

大学在学中、劇団「四季」に一年在籍。大学卒業後は珈琲焙煎を生業とする。

島元恵子（しまもと・けいこ）

大手前高校同学年／10・8羽田闘争参加者／京都大学教育学部卒業。

1977年、高校の英語教師になる。2001年、退職。2010年から田舎で暮らしている。、

水戸喜世子（みと・きよこ）

10・8羽田救援会／救援連絡センター事務局／お茶の水女子大学理学部中退・東京理科大学卒業。

1970年代初頭からはじまった日本の反原発運動を核物理学者という立場から支援した水戸巌の妻。2011年3月に発生した福島原発事故後、反原発運動の前衛に立つ。2014年8月より「子ども脱被ばく裁判の会」共同代表。

岡龍二（おか・りゅうじ）

大手前高校同学年／京都大学文学部中退。

舞踏家。2001年よりインド・ダラムサラで舞踏学校「サブボティ共振塾」を主宰。

山本義隆（やまもと・よしたか）

大手前高校先輩／元・東大全共闘代表／東京大学理学部物理学科卒業、同大学大学院博士課程中退。

「駿台予備校」講師。科学史家。『磁力と重力の発見』全3巻（みすず書房）で2003年度パピルス賞、毎日出版文化賞、大佛次郎賞を受賞。

●本書に登場する用語の簡易解説

＊年数は略したものをふくめ西暦。

【事件】

六全協…1955年、日本共産党第6回全国協議会の略称。革命情勢にないとして武装闘争路線を否定したため、急進派学生は共産党から離脱し「共産主義者同盟（ブント）」を結成、全学連主流派となる。

砂川闘争…55年〜60年代まで続いた、在日米軍立川基地の拡張に反対した住民運動。激しい衝突は「流血の砂川」と呼ばれ、後に砂川基地拡張反対同盟の行動隊長が三里塚芝山連合空港反対同盟の戸村一作に全学連委員長（中核派）を紹介したとされている。

日韓闘争…65年に調印された、在日韓国人の処遇などを定めた「日韓基本条約」批准をめぐる反対運動。

三里塚闘争…66年閣議決定により「新東京国際空港」が成田市三里塚に決定。農民を中心に「三里塚芝山連合空港反対同盟」が結成。「成田闘争」とも呼ばれる激しい反対運動が起こる。

王子野戦病院闘争…東京都北区王子に米軍野戦病院が開設されることに対し全学連を中心に波状的な反対デモが展開され負傷者が続出した。

早大闘争…66年、早大の学費値上げ反対などを主張して全学共闘会議の学生がストに突入（第一次）。大学本部に籠城した。翌年まで明治大、中央大などでもストが起き「大学紛争」と呼ばれる。

羽田闘争…67年10月8日、佐藤栄作首相の南ベトナム訪問が戦争加担につながると反対する世論が高まる中、実力阻止を訴えた三派全学連2500人の学生と警官隊が衝突。死者1人。重軽傷者数百人。検挙者58人。同年11月12日、佐藤首相の訪米に反対する「第二次羽田事件」が起きた。

佐世保闘争…68年、米原子力空母の佐世保寄港に反対する運動。一般市民も加わり1月17〜21日まで警官隊と衝突が続いた。

東大闘争…68年1月、登録医制度に反対する医学部ストを発端とし「東大紛争」ともいわれる。東大全共闘が結成されるのは7月。
日大闘争…約20億円の使途不明金摘発を発端に学生が大学当局を追及。右翼学生の襲撃を受けるなどしながらも運動は拡大。68年5月、全学共闘会議議長に秋田明大が選ばれる。
沖縄デー…69年4月28日、沖縄返還を要求する集会が全国各地で行われた。
連合赤軍事件…72年2月過激派学生たちによる「あさま山荘籠城事件」逮捕後、仲間14人に対する「総括」殺人が発覚。

【団体】
全学連…全日本学生自治会総連合の略称。68年当時の三派全学連は、社学同（ブント）、社青同解放派、中核派の「三派」をさす。共産党系学生組織・民青と革マル派は独自の全学連を組織。68年7月、中核派をのぞき社学同中心の「反帝全学連」が結成された。
共産主義者同盟（ブント）…60年安保闘争を牽引し解散した第一次ブントと、66年に再建された第二次ブント（学生組織は「社会主義学生同盟（社学同）」）。多数の分派に分かれ「赤軍派」はそのひとつ。ブンドともいう。

革命的共産主義者同盟全国委員会…57年結成の新左翼党派。「マルクス主義学生同盟（マル学同）」は学生組織。63年、大衆運動・武装闘争路線の「中核派」と組織重視の「革マル派」に分裂。激しい内ゲバを行う。
社青同解放派…正式名称は「日本社会主義青年同盟解放派」。政治組織として「革命的労働者協会（革労協）」をもつ。革マル派と内ゲバを行う。
民青…日本民主青年同盟。日本共産党指導下の青年組織。
原水禁…原水協（共産党系）と袂を分かち「あらゆる国の核実験に反対する」原水爆禁止日本国民会議（旧社会党系）が65年に結成された。
べ平連…「ベトナムに平和を！市民連合」の略称。個人参加のベトナム戦争に反対する市民団体で、小田実らの呼びかけで65年結成。
全国全共闘連合…革マル派をのぞく新左翼八派による統一戦線が69年9月に成立。山本義隆議長は結成大会当日に逮捕された。
アングラ劇団…寺山修司の「天井桟敷」をはじめ既成の劇団とは異なる演劇活動が60年代後半からブームとなる。テントを設営して旅公演を行ったことから佐藤信の「演劇センター68」は「黒テント」、唐十郎の「状況劇場」は「紅テント」と呼ばれた。「転形劇場」は太田省吾らが結成した劇団で大杉漣が参加していた。

紅衛兵…毛沢東主席の『毛沢東語録』を手に、「造反有理」のスローガンを掲げ文化大革命の中心を担った青年兵士たち。

【人】

谷川雁…詩人、社会運動家。60年安保闘争で吉本隆明らと全学連主流派（反代々木）を支援。炭鉱争議で「大正行動隊」を組織。全共闘運動にも影響を与えた。95年71歳で死去。

戸村一作…クリスチャンの信仰にもとづく空港反対闘争に参加。三里塚芝山連合空港反対同盟委員長を務め、機動隊との衝突で頭部に大けがを負った。79年70歳で死去。

由比忠之進…エスペランティスト。米軍のベトナム北爆支持を表明した佐藤栄作首相の訪米当日、抗議表明とともに首相官邸前で焼身自殺を図った。享年73歳。

水戸巌…物理学者。東京大学原子核研究所助教授だった67年「10・8羽田救援会」を組織し学生を支援。69年、日高六郎らと「救援連絡センター」を設立。86年、双子の息子とともに剣岳登頂中遭難。享年53歳。

黒田寛一…革マル派議長。06年78歳で病死。

本多延嘉…中核派書記長。75年、革マル派の襲撃を受け死亡。

塩見孝也…共産主義者同盟赤軍派議長。よど号ハイジャック事件などに関わったとして20年ちかい獄中生活ののち76歳で病死。

●参考・引用文献

10・8山﨑博昭プロジェクト編『かつて10・8羽田闘争があった——山﨑博昭追悼50周年記念〔寄稿篇〕』合同フォレスト、2017年

10・8山﨑博昭プロジェクト編『かつて10・8羽田闘争があった——山﨑博昭追悼50周年記念〔記録資料篇〕』合同フォレスト、2018年

長田弘『記憶のつくり方』晶文社、1998年

村上春樹『ノルウェイの森（上・下）』講談社、1987年

立花隆『中核VS革マル（上・下）』講談社、1975年

庄司薫『ぼくの大好きな青髭』中央公論社、1977年

庄司薫『バクの飼い主めざして』講談社、1973年

小此木啓吾『モラトリアム人間の時代』中央公論社、1981年

谷川俊太郎『うつむく青年』山梨シルクセンター出版部、1971年

高野悦子『二十歳の原点』新潮社、1971年

日本大学文理学部闘争委員会書記局編『増補 叛逆のバリケード——日大闘争の記録』三一書房、1969年

道浦母都子『無援の抒情』雁書館、1980年

秋田明大『獄中記——異常の日常化の中で』全共社、1969年

日本大学全学共闘会議編『バリケードに賭けた青春——ドキュメント日大闘争』北明書房、1969年

小熊英二『1968（上・下）』新曜社、2009年

佐々木美智子〈聞き書き〉岩本茂之『新宿、わたしの解放区』寿郎社、2012年

全共闘白書編集委員会編『全共闘白書』新潮社、1994年
山本義隆『私の1960年代』金曜日、2015年
渡辺眸『東大全共闘1968-1969』新潮社、2007年
北井一夫『過激派の時代』平凡社、2020年
三田誠広『僕って何』河出書房新社、1977年
三田誠広『高校時代』角川文庫、1980年
三田誠広『早稲田1968――団塊の世代に生まれて』廣済堂新書、2013年
佐々木幹郎『死者の鞭』構造社、1970年
佐々木幹郎『猫には負ける』亜紀書房、2020年
田谷幸雄『田谷幸雄詩集』白地社、1982年
水戸巌『原発は滅びゆく恐竜である』緑風出版、2014年
柴田道子『ひとすじの光』朝日新聞社、1976年
奥浩平『青春の墓標――ある学生活動家の愛と死』文芸春秋新社、1965年
加藤典洋『村上春樹は、むずかしい』岩波新書、2015年
加藤典洋『オレの東大物語1966-1972』集英社、2020年
とよだもとゆき『村上春樹と小阪修平の1968年』新泉社、2009年
三橋俊明『路上の全共闘1968』河出書房新社、2010年
パトリシア・スタインホフ『死へのイデオロギー――日本赤軍派』木村由美子訳、岩波現代文庫、2003年
三浦俊一『追想にあらず――1969年からのメッセージ』講談社エディトリアル、2019年
続・全共闘白書編纂実行委員会編『続・全共闘白書』情況出版、2019年
救援連絡センター『救援縮刷版』彩流社、2010年

年	「きみが死んだあとで」関連のできごと	「若者たち」の運動	日本・世界の動き
1960		1月～6月…日米安保改定阻止闘争（60年安保） 6月15日…国会前デモで東大生樺美智子死亡	1月～3月…三井三池炭鉱スト敗北 6月23日…岸信介首相退陣 10月12日…浅沼稲次郎社会党委員長刺殺 12月…池田勇人首相「所得倍増計画」
1961			10月26日…初の全国統一学力テスト
1962		10月…大学管理法案反対闘争	10月…米ソ、キューバ危機
1963		4月…革共同全国委員会、中核派と革マル派に分裂	11月22日…ケネディ米大統領暗殺
1964	4月…山﨑博昭、大阪府立大手前高校入学		10月1日…東海道新幹線開通 10月10日～24日…東京オリンピック開催 11月12日…米原潜シードラゴン、佐世保入港
1965	5月…社研部長岩脇正人の呼びかけで「マルクス主義研究会」結成、佐々木幹郎の誘いで山﨑も参加。8月～10月…日韓基本条約批准阻止闘争、大手前高校からのデモ参加者のなかに山﨑もいた 9月…三田誠広、一年休学	1月～2月…慶大闘争 4月…高崎経済大学スト 4月24日…ベ平連、初めてのデモ 12月…中大学館闘争	2月…ベトナム戦争・北爆開始 6月22日…日韓基本条約調印 11月…中国、文化大革命始まる

1966

4月…反戦高協大阪府委員会結成（議長：岩脇 書記長：岡龍二） 5月…向千衣子がクラス議長となって立案した自治会祭の企画で学校側と対立、山﨑が新たなクラス議長となって交渉をまとめる このころ岩脇、岡、佐々木、北本修二は中核派同盟員になっていた

1月…横浜国大闘争、早大全学スト 12月17日…三派全学連結成（中核派・ブント・社青同解放派） 12月…明大闘争

5月…中国紅衛兵運動始まる 5月30日…米原潜、横須賀初入港 6月29日…ビートルズ来日 7月4日…佐藤栄作内閣が新東京国際空港三里塚案を閣議決定 日本の人口が一億人突破

1967

3月…北本が山﨑を中核派合宿に誘う手紙を出す 4月…山﨑、北本、島元恵子、京大入学。岩脇、立命館大入学 5月…山﨑が中核派に正式加盟、砂川闘争に参加 7月…山﨑が全学連大会に参加 10月6日…山﨑が京都から京大の同志とともに深夜バスで上京（同志社大学の田谷幸雄は同じバスで上京。岡山大学の島元健作は汽車で上京） 10月7日…山﨑たちは法政大学に宿泊（早大に進学した黒瀬準が合流） 10月8日…羽田・弁天橋で山﨑死す、享年18歳 10月17日…「虐殺抗議山﨑博昭君追悼中央葬」、島元恵子が友人代表として追悼の言葉を述べた 11月…水戸巌・喜世子夫妻が「10・8羽田救援会」を立ち上げる

10月8日…佐藤栄作首相南ベトナム訪問阻止闘争（第一次羽田闘争） 11月11日…佐藤訪米に抗議し由比忠之進が焼身自殺 11月12月…佐藤首相訪米阻止闘争（第二次羽田闘争） 11月13日…べ平連、米軍脱走兵援助活動公表

1月1日…寺山修司が『天井桟敷』結成。アングラ演劇ブームが巻き起こる 6月…第一次新潟水俣病訴訟開始 10月…ツイッギー来日、ミニスカート大流行 10月9日…チェ・ゲバラ、ボリビアで銃殺刑

1968

1月21日…佐世保エンタープライズ入港阻止闘争で山﨑の先輩・赤松英一逮捕 3月…佐々木（一浪）、同志社大合格。王子米軍野戦病院反対闘争で佐々木逮捕（保釈後に山﨑を追悼する詩「死者の鞭」を書き上げる） 4月…三田、向（一浪）が早大文学部入学 向は文学部自治会（革マル系）で活

1月…中大学費値上反対闘争 1月17日〜21日…佐世保エンタープライズ入港阻止闘争 1月29日…東大医学部スト、東大闘争始まる（〜69年） 2月〜4月…王子米軍野戦病院反対闘争 5月27日…日大全共闘結成、日大闘争始まる（〜69年）秋田明大、日大全共闘議長に就任 6月15日…東大安田講堂バリケード封鎖。2日

4月4日…キング牧師暗殺 5月…フランス五月革命 8月20日…ソ連軍、チェコ侵攻 12月10日…三億円強奪事件 12月29日…東大、翌年の入試中止を決定

1968	動　9月…岩脇と佐々木が中核派をやめる　10月8日…一浪後に京大へ進学した岡、山﨑一周忌デモで逮捕　10月…大手前高校出身の山本義隆が東大全共闘代表に就任	後、大学側が機動隊導入　7月2日…東大安田講堂再封鎖　7月5日…東大全共闘結成　7月…三派全学連分裂　10月4日…秋田明大に逮捕状が出る　10月21日…国際反戦デー・新宿騒乱事件　11月22日…東大・日大闘争勝利全国学生総決起集会	
1969	1月18日…山本、この日の深夜に安田講堂から脱出　1月19日…東大闘争で北本逮捕（約8ヶ月拘留）島元健作逮捕（約1年2ヶ月拘留）　1月20日…山本に逮捕状が出る　3月…水戸巌が中心となり「救援連絡センター」を設立　4月…山﨑建夫、高校教師になる　6月15日…日比谷公園で開かれた「反戦・反安保集会」で潜伏中の山本が演説　9月5日…日比谷野外音楽堂で開かれた「全国全共闘結成大会」へ向かう途上、日比谷公園入口で山本が逮捕される（翌年3月まで拘留）　11月…向、革マル派をやめる　11月16日…佐藤訪米阻止闘争で島元恵子逮捕	1月18日・19日…東大安田講堂攻防戦→神田カルチェ・ラタン闘争　1月29日…日大バリケード撤去始まる　2月…京大闘争始まる（〜9月）　2月〜7月…べ平連、新宿西口フォークゲリラ　3月12日…秋田明大逮捕　4月…革命左派（京浜安保共闘）結成　9月…赤軍派結成集会　9月5日…全国全共闘結成大会　11月5日…赤軍派、大菩薩峠で軍事訓練中に一斉検挙される　11月16日…佐藤訪米阻止闘争（実質的な70年安保闘争）	4月7日…連続ピストル射殺魔永山則夫逮捕　5月26日…東名高速道路開通　6月…南ベトナム臨時革命政府樹立　7月20日…米アポロ11号月面着陸成功　8月15日〜17日…米ウッドストック・フェスティバル開催
1970	3月…中核派をやめた岡は京大を中退、コピーライターとして働く　4月…黒瀬、「劇団四季」に入団（一年後に退団）　6月…佐々木、処女詩集『死者の鞭』を出版	3月31日…赤軍派、日航機よど号ハイジャック　6月15日…日米安保条約自動延長　8月4日…内ゲバによる初の殺人（海老原事件）　8月7日〜10日…べ平連、ハンパク（反万博）開催　10月21日…ウーマン・リブによる初のデモ　12月18日…革命左派、上赤塚交番襲撃事件	3月14日〜9月13日…大阪万国博覧会「人類の進歩と調和」開催　11月25日…三島由紀夫自決　12月20日…沖縄コザ暴動
1971	4月…北本、TVクイズ番組で初優勝（73年までに獲得した賞金額は600万円を超える）　12月4日…関西大学で革マル派が中核	2月17日…革命左派、真岡市猟銃強奪事件　6月…全国全共闘分裂　7月…赤軍派と革命左派が連合赤軍結成　8月21日…赤衛軍	6月17日…沖縄返還協定調印　9月…日清カップヌードル発売　空前のボーリングブーム

	派を襲撃、辻敏明（京大）と正田三郎（同志社）が死亡。中核派現場指揮者は赤松	による朝霞自衛官殺人事件　9月16日…成田東峰十字路事件、警察官3人死去　12月…警視総監・土田邸の小包爆弾事件や新宿追分交番の爆破など爆弾事件が頻発	アンノン族登場（anan70年創刊、non-no71年創刊）
1972	4月…田谷、学習塾講師のアルバイトを始める　10月…北本、司法試験合格	2月16日…森恒夫・永田洋子逮捕　2月19日〜28日…連合赤軍、あさま山荘銃撃戦。その後、リンチ大量殺人（14名）が発覚　5月30日…日本赤軍によるイスラエル・リッダ空港銃乱射事件　9月…リブ新宿センター開設	2月2日…横井庄一、グアムより帰国　2月3日〜13日…冬季オリンピック札幌大会開催　6月11日…田中角栄「日本列島改造論」発表　9月…日中国交正常化へ
1973	2月…島元健作、岡山で古書店「書砦・梁山泊」を創業　9月…佐々木、猫を連れて京都から東京へ移住	1月1日…森恒夫、東京拘置所で自殺　4月…京都ベ平連解散　中核派と革マル派に社青同解放派を加えた内ゲバが過激化し、80年までに100名以上が死亡	1月27日…ベトナム和平協定（パリ協定）調印　7月20日…ブルース・リー急死　10月…第一次オイルショック
1974	1月…向、恋人ユウジ君と東京都内で同棲生活をはじめる	1月…東京ベ平連解散　8月30日…東アジア反日武装戦線、三菱重工業本社ビル爆破　9月…日本赤軍、ハーグ・仏大使館占拠事件	5月…セブン・イレブン1号店出店　10月…長嶋茂雄（巨人）現役引退　『ノストラダムスの大予言』がベストセラーに
1975	9月…父の急逝を受けて、岩脇は父の会社「岩脇商店」の社長になる	3月14日…中核派書記長本多延嘉が革マル派によって殺される　中核派の反撃によりこの年だけで革マル派14人が死亡	4月…サイゴン陥落によりベトナム戦争終結　7月19日…沖縄国際海洋博覧会開幕　11月…フランスで第一回先進国首脳会議開催
1976	7月…内ゲバ事件で赤松逮捕（5年間収監）	3月…北海道庁爆破事件	堺屋太一が小説『団塊の世代』を発表。戦後ベビーブーム世代がもたらす日本の未来を予測

1977	4月…島元恵子、高校教師になる　7月…三田、小説『僕って何』で芥川賞受賞	9月28日…日本赤軍、ダッカ日航機ハイジャック事件	9月3日…王貞治（巨人）ホームラン世界記録達成　「国民の90％が中流意識」と発表される
1982	2月…田谷、『田谷幸雄詩集』を出版		2月…羽田沖日航機墜落事故　ホテルニュージャパン火災　12月…テレホンカード発売
1986	12月31日…水戸巌と双子の息子が北アルプス剣岳で遭難		4月8日…歌手・岡田有希子飛び降り自殺　4月26日…チェルノブイリ原発事故
1989	12月…赤松、中核派の関西事務所「前進社」から逃亡。その後、中央指導部の誘いにより翌年1月から東京本社で活動		1月7日…昭和天皇崩御、新年号が「平成」に決定　12月29日…日経平均株価が史上最高値
1993	8月…岡、舞踏家になる　11月…赤松、中核派をやめる（96年4月にワイン醸造会社へ就職）		5月…Jリーグ発足　8月…お台場にレインボーブリッジ開通　バブル経済崩壊が深刻化
2009	2005年に高校教師を早期退職した山﨑建夫は、それから弟・博昭に関する聞き書き・資料収集に没頭した		9月16日…戦後初の政権交代が実現、鳩山由起夫を首相とする民主党政権発足
2010	4月…島元恵子、移住		6月…鳩山退陣、菅直人が首相就任　9月…北朝鮮の金正恩、後継者デビュー　12月…「アラブの春」で独裁体制崩壊

2011	4月…水戸喜世子、「子ども脱被ばく裁判の会」共同代表になる	3月中旬以降、日本全国に「反原発デモ」が拡大	3月11日…東日本大震災、福島第一原発事故発生
2012	5月…向、夫ユウジ君を看取る	3月以降、毎週金曜日に首相官邸前で「反原発デモ」が開かれる。7月29日のデモは10万人単位まで膨れ上がった	5月…原発、一時稼働ゼロに　11月…習近平が中国トップに　12月26日…自民党政権奪取、安倍晋三内閣が発足
2013		11月…特定秘密保護法反対集会	9月…2020年夏季五輪、東京開催決定　12月6日…特定秘密保護法成立
2014	7月…山﨑建夫が呼びかけ人となり「10・8山﨑博昭プロジェクト」が発足する		4月…韓国で旅客船「セウォル号」沈没　6月…「イスラム国」が勢力拡大　9月27日…御嶽山が噴火　10月…香港民主派デモ隊、幹線道路を占拠（雨傘運動）
2015	原告弁護士となった北本は橋下徹元大阪市長と対決した訴訟（職員アンケート事件）に16戦16勝	5月…SEALDs（自由と民主主義のための学生緊急行動）発足　8月30日…安全保障関連法案反対デモが国会前を埋め尽くす（主催者発表約35万人／警察発表約3万3000人参加）	9月19日…安全保障関連法成立　10月…マイナンバー制度がスタート
2016		8月15日…SEALDs解散	4月14日…熊本地震　8月…天皇陛下（現上皇陛下）、退位の意向示唆　11月…ドナルド・トランプ、米大統領当選

2017	6月…山﨑博昭モニュメント建碑式　8月…ベトナム・ホーチミン市の戦争証跡博物館にて「日本のベトナム反戦闘争とその時代」展開催　山本が記念スピーチを行う　10月8日…「きみ（山﨑博昭）の死」から50年目の追悼集会開催　記念誌『かつて10・8羽田闘争があった〈寄稿篇〉』出版	4月〜7月…日本全国で「共謀罪」反対デモ・集会が行われる	6月15日…「共謀罪」法成立　8月…森友・加計問題が安倍政権を揺るがす　10月…衆院選で自民大勝、民進が分裂
2018	10月…記念誌『かつて10・8羽田闘争があった〈記録資料篇〉』出版		4月27日…韓国、北朝鮮首脳会談　6月12日…史上初の米朝首脳会談　7月6日…オウム松本元死刑囚の死刑執行
2019	1月…『きみが死んだあとで』制作開始　5月に撮影は終了したが、その後編集に10ヶ月かかる		4月30日…第126代天皇が即位、「令和」に改元　6月…香港民主化デモ　10月…消費税10%スタート
2020	6月…『きみが死んだあとで』完成　10月・11月…東京と大阪で完成披露上映会開催、約320名参加	5月…「#検察庁法改正案に抗議します」の芸能人ら500万件近いツイート運動が起きる	1月…米軍がイラン革命防衛隊司令官を殺害／イギリスがEU離脱　3月…新型コロナウイルスが世界中で感染拡大　4月…東京五輪・パラリンピック延期　5月…世界的な「ブラック・ライブズ・マター」運動がはじまる

著者について

代島治彦（だいしま・はるひこ）

1958年、埼玉県生まれ。映画監督、映画プロデューサー。『三里塚のイカロス』（2017年／監督）で第72回毎日映画コンクール・ドキュメンタリー映画賞受賞。他の映画作品に『パイナップル ツアーズ』（1992年／製作／第42回ベルリン国際映画祭招待作品・第33回日本映画監督協会新人賞受賞）、『まなざしの旅 土本典昭と大津幸四郎』（2010年／監督／2011年度山形国際ドキュメンタリー映画祭クロージング上映作品）、『オロ』（2012年／製作）、『三里塚に生きる』（2014年／監督／2014年度台湾国際ドキュメンタリー映画祭オープニング作品）、『まるでいつもの夜みたいに～高田渡東京ラストライブ～』（2017年／監督）がある。1994年から2003年まで、映画館BOX東中野（2004年以降は「ポレポレ東中野」）の代表を務めた。テレビ番組『戦争へのまなざし 映画作家・黒木和雄の世界』（2006年／NHK・ETV特集）でギャラクシー賞奨励賞を受賞。著書は『ミニシアター巡礼』（2011年／大月書店）など。

きみが死《し》んだあとで

2021年6月30日　初版

著　者　代島治彦

発行者　株式会社晶文社
東京都千代田区神田神保町 1-11　〒 101-0051

電　話　03-3518-4940（代表）・4942（編集）
URL https://www.shobunsha.co.jp

印刷・製本　株式会社太平印刷社

ISBN978-4-7949-7269-9 Printed in Japan